U0084270

古典文獻研究輯刊

九編

潘美月・杜潔祥 主編

第17冊

《李易安集》繫年校箋

何廣棪 著

國家圖書館出版品預行編目資料

《李易安集》繫年校箋／何廣棪 著 — 初版 — 台北縣永和市：花木蘭文化出版社，2009〔民 98〕

序 4+ 目 2+238 面；19×26 公分

（古典文獻研究輯刊 九編；第 17 冊）

ISBN：978-986-254-026-8（精裝）

845.21　　98014639

古典文獻研究輯刊

九　編　第十七冊　　ISBN：978-986-254-026-8

《李易安集》繫年校箋

作　　者　何廣棪

主　　編　潘美月　杜潔祥

總 編 輯　杜潔祥

企劃出版　北京大學文化資源研究中心

出　　版　花木蘭文化出版社

發 行 所　花木蘭文化出版社

發 行 人　高小娟

聯絡地址　台北縣永和市中正路五九五號七樓之三

電話：02-2923-1455／傳眞：02-2923-1452

網　　址　http://www.huamulan.tw 信箱 sut81518@ms59.hinet.net

印　　刷　普羅文化出版廣告事業

初　　版　2009 年 9 月

定　　價　九編 20 冊（精裝）新台幣 31,000 元

《李易安集》繫年校箋

何廣棪　著

作者簡介

何廣棪，字碩堂，號弘齋，香港新亞研究所文學博士。歷任香港大專院校教職，現任臺灣華梵大學東方人文思想研究所教授。早歲研究李清照、楊樹達、陳寅恪、敦煌瓜沙史料，頗有著述。近年鑽研陳振孫及《直齋書錄解題》，出版之專書並發表之論文，甚受海峽兩岸士林關注與延譽。至其所撰有關李清照之專著，除本書外，尚編撰有《李清照研究》及《李清照改嫁問題資料彙編》等書及相關論文十數篇。

提　要

本書乃繼《李清照研究》後而編撰。著者除盡量搜羅易安居士詞、詩、文（含「賦」）等作品外，亦收集相關疑作、偽作，及前人對清照作品之書錄、序跋、題詠、評論等資料。全書分「正編」、「副編」、「附錄」三部分以作編理。

「正編」收清照傳世真作，計詞四十三首、詩十八首、文七篇、逸句十七、逸文二。

「副編」收疑作及偽作計詞四十二首、逸句二。

「正編」、「副編」所收作品，均依需要撰寫「校記」、「評箋」、「繫年」與「考證」。「校記」以本書為底本，而校以 1962 年上海中華書局出版《李清照集》，亦校以他本或他書。「評箋」所收皆為與作品有關之故實，或前人對清照作品之評論。「繫年」則羅列眾證，對清照作品詳予繫年。「考證」則對存疑及偽作，詳予稽考，俾可辨偽存真於清照作品。

「附錄」部分，凡收「書錄」四十四則，「序跋」四十五篇，「題詠」詩六十九首，詞十首，另收「前人評論」三十三則。

全書資料富贍，編理得宜，考證確鑿，文辭順適。涂公遂教授序此書曰：「何子廣棪素尊易安，凡涉易安詩文本事品評諸作，無不精研參證，亘十數年而不輟。舊歲曾著《李清照研究》一書，現已傳誦士林；今更譔《李易安集繫年校箋》，都數十萬言，深稽詳考，踰於前書。治易安者歎觀止矣！」涂〈序〉抑揚未逾其實，洵為知言。

目次

涂 序

李易安集繫年校箋序

宋詞之有李易安，亦猶唐詩之有岑高，若論巾幗，直李杜耳。易安才性高絜，情思靈奇，倚聲擒辭，工麗精妙，諸家折服，南渡之後，魁予比倫也。何子廣棪素尊易安，凡涉易安詩文本事品評諸作，無不精研集証，且十數年而不輟。囊歲曾著李清照研究一書，現已傳誦士林，今更撰李易安集繫年校箋，都數十萬言，深稽詳考，臻於前書，治易安者歎觀止矣。茲將付梓，欣綴數語以張之。六十八年夏月涂公遂於九龍不恒齋

自　序

李清照，號易安居士，工詩、文，倚聲尤冠絕一代。其作品，宋時已版行。晁公武《郡齋讀書志》卷四〈別集類〉載：「《李易安集》十二卷。」陳振孫《直齋書錄解題》卷二十一〈歌詞類〉載：「《漱玉集》一卷。」又云：「別本分五卷。」黃昇《唐宋諸賢絕妙詞選》卷十載：「《漱玉集》三卷。」托克托《宋史．藝文志．集類．別集》載：「《易安居士文集》七卷，又《易安詞》六卷。」以上諸本，今皆不傳。

現存最早之清照作品刊本，乃明毛晉汲古閣所刻《詩詞雜俎》本《漱玉詞》。全書錄詞十七首，附錄〈金石錄後序〉一篇，遠非宋刊《李易安集》十二卷本之舊。故自清道光以還，汪玢爲《漱玉詞彙鈔》，王鵬運、況周頤、趙萬里、唐圭璋、李栖諸氏，亦繼而重輯《漱玉詞》。諸氏之書固視毛本多所增益，然囿於體例，於清照之詩、文、賦皆未遑旁搜遠摭。輯佚補苴，猶俟來者。

民國十九年（西元 1930 年），大興李文裿氏有重輯《漱玉集》之舉，用力頗劬。書凡五卷，錄詞七十九首、詩十八首、文五篇，可謂繁富。惟李氏未暇別白眞贗，貪多鶩得，致令其書金沙雜糅，訛誤極多，迄今仍備受讀者訾議，良有以也。

民國五十一年（西元 1962 年），中華書局出版《李清照集》。錄詞凡七十八首（其中三十五首存疑，悉入「附錄」）、詩十五首、文三篇，另《打馬圖經》及〈賦〉、〈序〉等若干篇；搜羅甚富，於存疑作品亦細加考證；然其書猶多漏略，而所考證眞僞諸文字，亦容有待於商榷者，故未能謂爲盡善。

余之重輯《李易安集》在諸氏之後，蓋前此據諸本以研治清照，每感其間多違礙及闕失，故發願重爲編理。茲之所得，凡詞八十五首（其中四十二首爲存疑或僞作）、詩十八首、文七篇（含〈打馬賦〉等）、逸句十九（其中二句爲僞作）、逸文二則；蒐求之富，固在諸本之上。而余對每一作品又嚴加考證，別白眞僞，另附「校記」、「繫年」、「評箋」等資料，以資參考。「附錄」之部，更輯得「書錄」四十四則、「序跋」四十五篇、「題詠」詩六十九首、詞十首、「前人評論」三十三則，既遠勝中華書局本，又爲他本所未及。至於全書編理之法，俟於「例言」處詳作說明，茲不多贅。

中華民國六十七年歲次戊午七月九日
鶴山何廣棪序於香港珠海大學中國文史研究所

例　言

一、本書除盡量搜羅李清照現存之詞、詩、文（含「賦」）等作品外，亦收集存疑之作、僞作及前人對清照作品之書錄、序跋、題詠、評論等資料。全書共分「正編」、「副編」、「附錄」三部分。

一、「正編」所收，皆爲清照傳世眞作，凡詞四十三首、詩十八首、文七篇、逸句十七、逸文二。

一、「副編」所收，則爲存疑之作及僞作，凡詞四十二首、逸句二。

一、「正編」、「副編」所收每一作品後，依需要撰寫「校記」、「評箋」、「繫年」及「考證」。

一、「校記」以中華書局本《李清照集》爲底本，而校以他本及他書。訛誤明顯者特爲注出，餘但列舉。

一、「評箋」所收，皆爲與作品有關之故實，或前人對作品之評論；若二者均闕，「評箋」亦從闕。如一文同時論及二作品或以上者，則但列之前者「評箋」項下，後者「評箋」項下不復重出。

一、作品之可繫年者，皆羅列眾證詳予繫年。前人繫年有譌誤者，則明辨之。如作品僅能推測其爲北宋或南宋時所作者，亦爲標出。其所不知，蓋付闕如。

一、清照眞作有誤題他人者，而存疑之作及他人作品亦有誤題清照，皆嚴加考證別白，並列舉作品出處，以助辨僞存眞。

一、「附錄」所收，凡「書錄」四十四則，「序跋」四十五篇，「題詠」詩六十九首、詞十首，及「前人評論」三十三則，用供讀者參考。

正　編

詩凡四十三首

詩凡十八首

文凡七篇

逸句凡十七句

逸文凡二則

詞

如夢令〔一〕

常〔二〕記溪亭日暮〔三〕，沉醉不知歸路。興盡晚〔四〕回舟，誤入藕花〔五〕深處。爭渡，爭渡，驚起一灘〔六〕鷗鷺。

【校記】

〔一〕《花庵詞選》、《詩詞雜俎》本題作「酒興」。

〔二〕「常」，沈雄本《古今詞話》作「嘗」。

〔三〕「暮」，鈔本《樂府雅詞》作「夢」，誤。

〔四〕「晚」，《全芳備祖》、《詞林萬選》均作「欲」。

〔五〕「藕花」，《花草粹編》作「芙蕖」。

〔六〕「灘」，《花庵詞選》、《全芳備祖》、《詞林萬選》、《歷代詩餘》、《女子絕妙好詞》、《詩詞雜俎》本、冷雪盦本均作「行」。

【評箋】

△龍沐勛云：矯拔空靈，極見襟度之開拓。(〈漱玉詞敍論〉)

△王汝弼云：風格剛健清新，和〈敕勒歌〉有異曲同工之妙。(〈論李清照〉)

【考證】

此首見曾慥《樂府雅詞》卷六，又見黃昇《唐宋諸賢絕妙好詞》卷十，皆作清照詞。曾、黃均與清照同時或未久，其言足徵。楊金刻本《草堂詩餘・前集》卷下題蘇軾作，鱅溪逸史《彙選歷代名賢詞府》卷一、董逢元《唐詞紀》卷五以爲呂洞賓作，楊愼《詞林萬選》卷四又題無名氏，均誤。

又〔一〕

昨夜雨疏風驟，濃睡不消殘酒。試問捲簾〔二〕人，卻道海棠依舊。知否？知否？應是綠肥紅瘦。

【校記】

〔一〕《古今詞選》題作「春曉」，《草堂詩餘》、《古今女史》、《古今詞統》題作「春晚」，《彤管遺編》題作「暮春」。

〔二〕「捲簾』，《詩詞雜俎》本作「卷簾」。

【評箋】

△胡仔云：近時婦人能文詞，如李易安，頗多佳句，小詞云：（中略）「綠肥紅瘦」，此語甚新。（《苕溪漁隱叢話》）

△伊世珍云：李又有「春晚」〈如夢令〉云云，極爲人所膾炙。（《瑯嬛記》）

△《草堂詩餘》引《花間集》云：此調安頓二疊語最難。「知否知否」，口氣宛。若他「人靜人靜」、「無寐無寐」，便不渾成。

△沈際飛云：「知否」二字，疊得可味。又云：「綠肥紅瘦」，創獲自婦人，大奇。（《草堂詩餘・正集》）

△王士禎云：前輩謂史梅溪之句法，吳夢窗之字面，固是確論。尤須雕組而不失天然，如：「綠肥紅瘦」、「寵柳嬌花」，人工天巧，可稱絕唱。若「柳腴花瘦」、「蝶悽蜂慘」，即工亦巧匠琢山骨矣。（《花草蒙拾》）

△查初白云：可與唐莊宗〈如夢令〉疊字爭勝。（況周頤《漱玉詞箋》引）

△黃了翁云：一問極有情，答以依舊，答得極澹。跌出「知否」二句來，而「綠肥紅瘦」，無限悽婉，卻又妙在含蓄，短幅中藏無數曲折，自是聖於詞者。（《蓼園詞選》）

△徐伯齡云：趙明誠妻李氏，號易安居士，詩詞尤獨步。其「綠肥紅瘦」之詞，「人比黃花瘦」之語，傳播古今。又「寵柳嬌花」之言，爲詞話所賞識。（《蟫精雋》）

△吳梅云：易安詞最傳人口者，如〈如夢令〉之「綠肥紅瘦」、〈一翦梅〉之「紅藕香殘」、〈醉花陰〉之「簾捲西風」、〈鳳凰臺〉之「香冷金猊」，世皆謂爲絕妙好詞也。（《詞學通論》）

△龍沐勛云：前人論易安作品，僅賞其字句之清俊，如，〈念奴嬌〉之「寵柳嬌花」、〈如夢令〉之「綠肥紅瘦」，以此爲易安之眞實本領，則猶爲

皮相之談也。(〈漱玉詞敘論〉)

△繆鉞云:殆少時所作,雖無深意,而婉美靈秀之致,非用力者所能及。(〈論李易安詞〉)

△梁乙眞云:此詞聲調,非常工整。而『綠肥紅瘦』之句,尤爲人所稱道。(《中國婦女文學史綱》)

△鍾應梅云:此調疊二字最難,宜承上啓下,生動有緻。李詞「知否,知否」,上承「試問捲簾人」之「問」字,下引「應是綠肥紅瘦」之自答語。蓋因「昨夜雨疏風驟」,而知「應是綠肥紅瘦」,故不待捲簾人之對,而自答之。　又云:唐孟浩然〈春曉〉詩云:「春眠不覺曉,處處聞啼鳥。夜來風雨聲,花落知多少?」《古今詞選》錄此詞,題亦作〈春曉〉,易安其祖孟詩之意而變化之歟?(《蕋園說詞》)

△廣棪案:此詞在宋時,即爲胡仔所賞識,謂「綠肥紅瘦,此語甚新」。王士禎則許之爲「人工天巧,可稱絕唱」。黃了翁《蓼園詞選》評本闋云:「一問極有情,答以『依舊』,答得極淡。疊出『知否』二句來,而『綠肥紅瘦』,無限悽婉,卻又妙在含蓄,短幅中藏無數曲折,自是聖於詞者。」竊謂上述三者之評,皆深中肯綮,推崇亦云備至。惟本詞究屬清照少作,故通篇了無深意,然寫來卻字句清俊,音調諧婉,境界亦妍美幽約,宜乎其能傳播古今,膾炙人口。(《李清照研究》)

【繫年】

王仲聞〈李清照事迹作品雜考〉云:「此首作於北宋何時,不可考。」王說是。余疑是闋爲清照少作,蓋以全詞了無深意,風格與早期詩作略類;而與晚年詞作則迴不相侔也。

【考證】

此首見胡仔《苕溪漁隱叢話・前集》卷六十,當是李作,前人從無置疑者。

點絳唇〔一〕

寂寞深閨,柔腸一寸愁千縷〔二〕。惜〔三〕春春去,幾點催花雨。

　　倚遍〔四〕闌干,祇是無情緒。人何處?連天衰草〔五〕,望斷歸來路。

【校記】

〔一〕《花草粹編》、《詩詞雜俎》本題作「閨思」，《古今女史》題作「閨怨」。

〔二〕「縷」，冷雪盦本作「里」。

〔三〕「惜」，《詩詞雜俎》本作「情」，字形近之誤。

〔四〕「遍」，《山左人詞》作「徧」。

〔五〕「衰草」，《歷代詩餘》、《詞綜》、四印齋本、冷雪盦本均作「芳樹」。《草堂詩餘・續集》、《詩詞雜俎》本均作「芳草」。《女子絕妙好詞》作「荒草」。

【評箋】

△廣棪案：一腔離愁別緒，而出之以沈鬱之調，其音悽婉，聞之者垂淚矣。(《李清照研究》)

【繫年】

此詞意境與〈一翦梅〉「紅藕香殘玉簟秋」、〈醉花陰〉「薄霧濃雲愁永晝」相類，當是清照寄懷明誠者，作於北宋時。

【考證】

此闋首見陳耀文《花草粹編》卷一，乃易安詞，前人從無置疑者。

浣溪沙

莫許盃深琥珀濃，未成沈醉意先融，□□〔一〕已應晚來風。　瑞腦香消魂夢斷，辟〔二〕寒金小髻鬟鬆，醒時空對燭花紅。

【校記】

〔一〕「□□」，《樂府雅詞》、《四庫全書》本、冷雪盦本均作「疏鐘」。

〔二〕「辟」，《樂府雅詞》作「碎」。

【考證】

此闋首見曾慥《樂府雅詞》卷六，乃易安詞，前人從無置疑者。

又〔一〕

小院閒窗春色深，重簾未捲影沉沉，倚樓無語理瑤琴。　　遠岫出山〔二〕催薄暮，細風吹雨弄輕陰，梨花欲謝恐難禁。

【校記】

〔一〕《草堂詩餘》題作「春景」。

〔二〕「山」，《草堂詩餘》、《歷代詩餘》、冷雪盦本均作「雲」。

【考證】

此闋原出《樂府雅詞》卷六，乃清照詞。洪武本《草堂詩餘・前集》卷上、楊金本《草堂詩餘・後集》卷上均誤以爲無名氏。《彙選歷代名賢詞府》卷一、陳鍾秀本《草堂詩餘》卷上、毛晉汲古閣本《清眞詞補遺》均誤作周邦彥詞。周瑛《詞學筌蹄》卷五、韓俞臣本《類編草堂詩餘》均誤作歐陽修。汲古閣本《夢窗詞》又誤收此闋。

又

淡蕩春光寒食天，玉爐沉水裊殘烟，夢回山枕隱花鈿〔一〕。　　海燕未〔二〕來人鬭草，江梅已過柳生綿，黃昏疏雨濕〔三〕秋千。

【校記】

〔一〕「鈿」，冷雪盦本作「佃」，誤。

〔二〕「未」，《陽春白雪》作「歸」。

〔三〕「濕」，《樂府雅詞》作「溼」，同。

【評箋】

△黃了翁云：「黃昏絲雨濕秋千」，可與「絲雨濕流光，波底夕陽紅」「濕」字爭勝。（《蓼園詞選》）

△廣棪案：斯亦寫景佳構。「海燕未來人鬭草，江梅已過柳生綿」二句，詞意之妙，雅近南唐。（《李清照研究》）

【考證】

此闋出《樂府雅詞》卷六，乃清照詞。仲并《浮山集》（宋本《浮山集》已佚，今本乃四庫館臣據《永樂大典》輯出，都十卷。）卷三亦錄之。考今本《浮山集》中有誤收他人詩作者，其所裒錄是闋，恐亦同誤。唐圭璋《全宋詞》依《四庫》本《浮山集》以輯《浮山詩餘》，特剔出此首，移諸附錄，眞具慧眼。

又〔一〕

髻子傷春懶〔二〕更梳，晚風庭院落梅初，淡雲來往月疎疎。　玉鴨熏〔三〕鑪閒〔四〕瑞腦，朱櫻斗帳掩流蘇，遺〔五〕犀還解辟寒無。

【校記】

〔一〕《花草粹編》、《草堂詩餘・續集》、《古今詞統》題作「閨情」。

〔二〕「懶」，《花草粹編》、《草堂詩餘・續集》、《古今詞統》、《詩詞雜俎》本、《全宋詞》本均作「慵」。《歷朝名媛詩詞》作「惱」。

〔三〕「熏」，《詩詞雜俎》本作「薰」。

〔四〕「閒」，《詩詞雜俎》本作「閑」。

〔五〕「遺」，《歷代詩餘》、《詞綜》、《山左人詞》、四印齋本、冷雪盦本、《校輯宋金元人詞》本、《全宋詞》本均作「通」。

【評箋】

△譚獻云：易安居士獨此篇有唐調，選家鑪冶，遂標此奇。（《復堂詞話》）

△王瀣云：「淡雲來往月疎疎」，此語從後主詞脫胎。（《冬飲廬讀書記》）

△龍沐勛云：有「豈無膏沐，誰適爲容」之意，而語自幽婉纏綿。（〈漱玉詞敘論〉）

△繆鉞云：寫情含蓄幽淡，從空際着筆，不滯於跡象，皆能造境清超，無塵下之弊。（〈論李易安詞〉）

△廣棪案：寫情亦含蓄幽淡，平凡處見精巧。余尤愛「淡雲來往月疎疎」之輕靈雋永，造境高妙也。王國維謂有境界自有名句，觀此闋，信然。（《李清照研究》）

【考證】

此闋見長湖外史《續草堂詩餘》卷上，乃清照詞。《花草粹編》卷二誤作無名氏。

又〔一〕

繡面〔二〕芙蓉一笑開，斜飛〔三〕寶鴨襯香腮，眼波纔動被人猜。

一面風情深有韻，半牋嬌恨寄幽懷，月移花影約重來。

【校記】

〔一〕《草堂詩餘·續集》、《古今詞統》、《古今女史》、《全宋詞》題作「閨情」。

〔二〕「面」，《歷代詩餘》、《山左人詞》、四印齋本、冷雪盦本均作「幕」。

〔三〕「飛」，《歷代詩餘》、四印齋本、冷雪盦本均作「偎」。

【評箋】

△王灼云：易安居士作長短句，曲盡人意，輕巧尖新，姿態百出，閭巷荒淫之語，肆意落筆，自古縉紳之家，能文婦女，未見如此無顧藉者。（《碧鷄漫志》）

△沈際飛云：又一個月上柳梢，人約黃昏，可嘆！（《草堂詩餘·續集》）

△徐釚云：詞雖以險麗爲宗，實不及本色語之妙。如李易安「眼波纔動被人猜」、蕭淑蘭「去也不教知，怕人留戀伊」、魏夫人「爲報歸期須及早，休誤妾，一身閒」、孫光憲「留不得，留得也應無益」、嚴次山「一春不忍上高樓，爲怕見分携處」。觀此種句，覺「紅杏枝頭春意鬧」尚書安排一個字，費許大氣力。（《詞苑叢談》）

△吳衡照云：易安「眼波纔動被人猜」，矜持得妙；淑眞「嬌癡不怕人猜」，放誕得妙；均善於言情。（《蓮子居詞話》）

△王鵬運云：此尤不類。明明是淑眞月上柳梢，人約黃昏詞意。蓋既汙淑眞，又汙易安也。（四印齋重刊《漱玉詞》）

△龍沐勛云：〈浣溪沙〉之「眼波纔動被人猜」，吳衡照贊爲「矜持得妙，善於言情」，而王鵬運謂是他人僞作，以汙易安。要之明誠在日，易安固一風流醞藉之人物，言語文字之間，亦復何所避忌？（〈漱玉詞敘論〉）

△趙萬里云：如〈浣溪沙〉「繡面芙蓉一笑開」一闋，雖又引見《古今詞統》、《草堂詩餘·續集》諸書，顧詞意儇薄，不似女子作，與易安他詞尤不類，疑所云非實。（《校輯宋金元人詞·漱玉詞跋》）

△張壽林云：溫存纏綿，全是性情中語，類易安少作，當非僞也。（〈清照詞校勘記〉）

△廣棪案：一種風流瀟灑之韻度，洋溢楮墨之間，讀之如覩其形、如聞其聲矣。吳衡照《蓮子居詞話》卷二云：「易安『眼波纔動被人猜』，矜持得妙，善於言情。」確具慧眼。（《李清照研究》）

【繫年】

此詞當是清照建中靖國元年辛巳（1101）歸趙未久之作，蓋全闋均着力描摹夫妻鶼鰈之樂者。吳衡照謂此詞善於言情，甚是。

【考證】

此首見《續草堂詩餘》卷上，清照詞。《金瓶梅》第十三回引之，無撰者。王鵬運、趙萬里、唐圭璋及中華書局本疑非易安作，皆非也。案王灼《碧鷄漫志》卷二云：「易安居士作長短句，曲盡人意，輕巧尖新，姿態百出，閭巷荒淫之語，肆意落筆，自古縉紳之家能文婦女，未見如此無顧藉者。」是清照詞中固有「詞意儇薄」者在。龍沐勛〈漱玉詞敘論〉云：「要之明誠在日，易安固一風流醞藉之人物，言語文字之間，亦復何所避忌。」所見極是。

菩薩蠻

風柔日薄春猶早，夾衫乍著心情好。睡起覺微寒，梅花鬢上殘。故鄉何處是？忘了除非醉。沈水臥時燒，香消酒未消。

【評箋】

△俞忠茅云：趙忠簡〈滿江紅〉：「欲待忘憂除是酒」，與易安「忘了除非醉」意同，下句「奈酒行有盡愁無極」，微嫌說盡，豈如「沈水臥時燒，香消酒未消」，亦宕開，亦束往，何等醞藉。易安自是專家，忠簡不以詞重云爾。（況周頤《漱玉詞箋》引）

△鍾應梅云：他如〈菩薩蠻〉詞「風柔日薄春猶早，夾衫乍著心情好。睡起覺微寒，梅花鬢上殘」。〈訴衷情〉「人悄悄，月依依，翠簾垂。更挼殘蕊，更撚餘香，更得些時」，與「人比黃花瘦」，「今年瘦，非干病酒，不爲悲秋」諸妙語，皆非女才人不能道。然其筆力排奡矯健，絕無閨閤之態。（《蕊園說詞》）

△廣棪案：南渡之後，《漱玉詞》中每多鄉魂旅思。如〈鷓鴣天〉「寒日

蕭蕭上鎖窗」，又如〈菩薩蠻〉「風柔日薄春猶早」，另如〈添字采桑子〉「窗前誰種芭蕉樹」；上述三詞，可謂情深調苦矣。「仲宣懷遠更凄涼」、「故鄉何處是？忘了除非醉」、「傷心枕上三更雨」、「愁損北人不慣起來聽」諸句，沈鬱蒼涼，讀之輒不自堪。（《李清照研究》）

【繫年】

一腔懷舊情緒洋溢紙上，觀本詞下片「故鄉」二句，其爲南宋時所作甚明。

【考證】

此首見《樂府雅詞》卷六，乃清照詞，前人從無置疑者。

又

歸鴻聲斷殘雲碧，背窗雪落鑪〔一〕烟直。燭底鳳釵明，釵頭人勝輕。　角聲催曉漏，曙色〔二〕回牛斗。春意看花難，西風留舊寒。

【校記】

〔一〕「鑪」，冷雪盦本作「爐」。

〔二〕《樂府雅詞》缺「曙色」，據《花草粹編》補。《四庫全書》本《樂府雅詞》、冷雪盦本「曙色」均作「霽色」。

【考證】

此首見《樂府雅詞》卷六，乃清照詞，前人從無置疑者。

訴衷情〔一〕

夜來沈醉卸粧遲，梅萼〔二〕插殘枝。酒醒熏破春睡〔三〕，夢遠〔四〕不〔五〕成歸。　人悄悄，月依依，翠簾垂。更〔六〕挼殘蕊，更撚餘香，更得些〔七〕時。

【校記】

〔一〕《樂府雅詞》案云：「〈訴衷情〉有單調有雙調。此詞名〈訴衷情令〉，一名〈漁父家風〉，張元幹、嚴仁皆同。」《花草粹編》、冷雪盦本題作「枕畔聞殘梅噴香」。

〔二〕「萼」,《花草粹編》作「蕊」。

〔三〕「春睡」,《樂府雅詞》、四印齋本、冷雪盦本均作「惜春」。

〔四〕「遠」,《花草粹編》作「斷」。

〔五〕《樂府雅詞》、《山左人詞》、四印齋本、冷雪盦本「不」字上均有「又」字。此依《花草粹編》刪。

〔六〕「更」,《花草粹編》作「再」。

〔七〕「些」,《花草粹編》作「此」。

【評箋】

△譚瑩云:〈訴衷情〉有單調有雙調,皆與此詞不同,惟〈訴衷情令〉相合。但前段第三句六字,第四句五字;此詞前段五句,下三句皆作四字一句,較譜多一字,或傳寫誤增,或當時本有此體,然宋人皆無此塡者,附注俟考。(〈覆校樂府雅詞〉)

△玉梅詞隱云:《漱玉詞》屢用疊字,「尋尋覓覓,冷冷清清,悽悽慘慘戚戚」最爲奇創,又「庭院深深深幾許」,又「更挼殘蕊,更撚餘香,更得些時」,又「此情此恨,此際擬托行雲,問東君」,又「舊時天氣舊時衣,祇有情懷不似舊家時」。疊法各異,每疊必佳,皆是天籟,肆口而成,非作意爲之也。歐陽文忠〈蝶戀花〉「庭院深深」一闋,柔情迴腸,奇豔醉魄,非文忠不能作,非易安不許愛。(況周頤《漱玉詞箋》引)

【繫年】

此詞佘雪曼《李清照詞校注》云:『玩其詞意,可能是流寓金華時作。』未知何據?余觀「酒醒熏破春睡,夢遠不成歸」二句,知是南宋時作。

【考證】

此首見《樂府雅詞》卷六,乃清照詞,前人從無置疑者。

好事近

風定落花深,簾外擁紅堆雪。長記海棠開後,正是傷春時節〔一〕。

酒闌歌罷玉尊〔二〕空,青缸〔三〕暗明滅。魂夢不堪幽怨,更一聲啼鴂。

【校記】

〔一〕《全宋詞》本案：此處依律衍一字。《山左人詞》注：「是」字疑衍。

〔二〕「尊」，《樂府雅詞》作「樽」。

〔三〕「缸」，《花草粹編》作「紅」，誤。

【繫年】

觀此詞結處「魂夢不堪幽怨，更一聲啼鴂」，知其必爲南宋時作。

【考證】

此首見《樂府雅詞》卷六，乃清照詞，前人從無置疑者。

清平樂

年年雪裏，常插梅花醉。挼盡梅花無好意，贏得滿衣清淚。　今年海角天涯，蕭蕭兩鬢生華。看取晚來風勢，故應難看梅花。

【繫年】

此首當作於建炎元年丁未（1127）冬；其年秋，青州兵變，郡守曾孝序遇害，清照間關千里，由北而南，至建康。故詞中有「今年海角天涯」之句。又其時清照已年逾四十，是以「蕭蕭兩鬢生華」也。

【考證】

此首見黃大輿《梅苑》卷九，乃清照詞，前人從無置疑者。

憶秦娥 桐

臨高閣，亂山平野烟光薄。烟光薄，棲鴉歸後，暮天聞角。　斷香殘酒情懷惡，□□〔一〕催襯梧桐落。梧桐落，又還秋色，又還寂寞。

【校記】

〔一〕「□□」，《全宋詞》本作「西風」，據楊金本《草堂詩餘·前集》卷一無名氏詞補。

【考證】

此闋原出陳景沂《全芳備祖·後集》卷十八〈桐門〉，乃清照詞。景沂，宋人，所言當可據。楊金本《草堂詩餘・前集》卷下、《花草粹編》均誤作無名氏詞。

攤破浣溪沙

揉破黃金萬點輕〔一〕，剪成碧玉葉層層。風度精神如彥輔，大〔二〕鮮明。　梅蕊重重何俗甚，丁香千結苦麤生。熏透愁人千里夢，卻無情。

【校記】

〔一〕「輕」，汲古閣未刊本、《山左人詞》、四印齋本均作「明」。

〔二〕「大」，《山左人詞》、四印齋本、冷雪盦本均作「太」。

【繫年】

讀此詞結處「熏透愁人千里夢，卻無情」二句，知是南宋時作。

【考證】

此首見《花草粹編》卷四，乃清照詞，前人從前置疑者。

又

病起蕭蕭兩鬢華，臥看殘月上窗紗。豆蔻連梢煎熟〔一〕水，莫分茶。　枕上詩書〔二〕閒處好，門前風景雨來佳。終日向〔三〕人多醞藉，木犀花。

【校記】

〔一〕「煎熟」，《花草粹編》作「剪熟」。《全宋詞》本作「煎熟」。

〔二〕「書」，《歷代詩餘》、四印齋本、冷雪盦本均作「篇」。

〔三〕「向」，冷雪盦本作「何」，誤。

【繫年】

〈金石錄後序〉載清照葬明誠畢，嘗大病，僅存喘息，而病中惟把玩詩書自娛。本詞有「病起蕭蕭兩鬢華」、「枕上詩書閒處好」之句，詞意與〈後序〉所載若合符契，故本闋必建炎三年（1129）明誠逝後未久之作。

【考證】

此首見《花草粹編》卷四，乃清照詞，前人從前置疑者。

添字采桑子〔一〕芭蕉

窗前誰種〔二〕芭蕉樹？陰滿中庭，陰滿中庭，葉葉心心舒卷有餘情。　傷心枕上三更雨，點滴霖霪，點滴霖霪〔三〕，愁損北〔四〕人不慣起來〔五〕聽。

【校記】

〔一〕本調《全芳備祖》作〈添字醜奴兒〉，《花草粹編》誤作〈減字木蘭花〉。

〔二〕「誰種」，四印齋本作「種得」。

〔三〕「霖霪」，《歷代詩餘》、《詞譜》、《詞律》、四印齋本、冷雪盦本均作「淒清」。

〔四〕「北」，《歷代詩餘》、《詞譜》、《詞律》、四印齋本、冷雪盦本均作「離」。

〔五〕《全芳備祖》無「起來」二字。

【繫年】

觀此詞下片，知必作於南宋時。

【考證】

此首見《全芳備祖・後集》卷十三，乃清照詞，前人從前置疑者。

武陵春〔一〕

風住塵香花〔二〕已盡，日晚〔三〕倦梳頭。物是人非事事休，欲語淚先〔四〕流。　聞說雙溪春尚好，也擬泛輕〔五〕舟。只恐雙溪舴艋舟，載不動，許多愁。

【校記】

〔一〕《草堂詩餘》、《古今女史》、〈詩詞雜俎〉本、《全宋詞》本題作「春晚」，《彤管遺編》、冷雪盦本題作「暮春」。

〔二〕「花」，《詞譜》、《詞律》均作「春」。

〔三〕「晚」，《花草粹編》作「落」，《詞譜》、《詞律》均作「曉」。

〔四〕「先」，《彤管遺編》作「珠」。

〔五〕「輕」，《歷朝名媛詩詞》作「扁」。

【評箋】

△葉盛云：此是南渡後易安居金華作，時年已五十三矣。　又云：此蓋感憤時事之作也，玩其詞意，作於序《金石錄》之後。（《水東日記》）

△沈際飛云：與「載取愁歸去」相反，與「遮不斷愁來路」、「流不到楚江東」相似，分幟詞壇，孰辨雄雌。（《草堂詩餘・正集》）

△俞正燮云：居金華，有〈武陵春〉詞。流寓有故鄉之思，其事非閨闈文筆自記者莫能知。（〈易安居士事輯〉）

△陳廷焯云：易安〈武陵春〉後半闋云：「聞說雙溪春尚好，也擬泛輕舟，只恐雙溪舴艋舟，載不動，許多愁」，又淒婉又勁直。觀此益信易安無再適張汝舟事，即風人「豈不爾思，畏人之多言」意也，投綦公一啓，後人僞撰以誣易安耳。（《白雨齋詞話》）

△王士禎云：「載不動許多愁」與「載取暮愁歸去」，「共載一船離恨向西州」，正可互觀。「八槳別離船，駕起一天煩惱」，不免徑露矣。（《花草蒙拾》）

△吳衡照云：易安〈武陵春〉，其作於祭湖州以後歟？悲深婉篤，猶令人感伉儷之重。葉文莊乃謂：「語言文字，誠所謂不祥之具，遺譏千古者矣。」不察之論也。南康謝蘇潭方伯啓昆〈詠史詩〉云：「風鬟尚怯胥江冷，雨泣應含杞婦悲。回首靜治堂舊事，翻茶校帖最相思。」措語得詩人忠厚之致。（《蓮子居詞話》）

△黃節云：易安遺事，於詞中可著見者，尚有〈武陵春〉一闋，葉興中《水東日記》云是南渡後易安居金華作，時年已五十二矣。（冷雪盦本《漱玉集・序》）

△梁令嫻云：按此蓋感憤時事之作。（《藝蘅館詞選》）

△龍沐勛云：友人傅東華君則稱此詞爲易安避亂金華時作，傅君金華人，其說必當有據。（〈漱玉詞敍論〉）

△徐聲越云：〈武陵春〉蓋南渡後易安流離杭、越時所作也。　又云：雙溪在餘杭縣北，東流合於苕溪。（《唐詩宋詞選注》）

△黃盛璋云：今案浙江雙溪有五：一在新登，見《咸淳臨安志》；兩在餘杭，見《圖書集成》杭州府與《清嘉慶一統志》杭州府下；一在紹興，

即今縣南之雙溪；一在金華，見《光緒修金華縣志》。餘杭、紹興，宋志見存，其中皆無雙溪，新登雙溪雖見於宋志，但非名勝，金華無宋志，但這個雙溪見於很多文人題詠中。在宋代即以風景著稱的只有金華的雙溪，與清照同時詩人如林季中、梁安世都有歌詠金華雙溪的詩（詳《光緒金華縣志》附錄），在清照稍後的袁桷《清容居士集》有〈懷雙溪〉詩，樓鑰《攻媿集》也有記游金華雙溪的事，都可爲證。溪在麗澤祠前，可以泛舟，迄今仍爲名勝。清照詞中的雙溪，可以肯定即此，其詞即作於金華，非紹興，亦非餘杭。（〈李清照事跡考〉）

△王仲聞云：俞氏云：在金華作，不誤。大約作於紹興五年。　又云：此一詞當作於紹興五年清照避地金華時。〈武陵春〉詞中兩云雙溪，雙溪在金華。（〈李清照事迹作品雜考〉）

△鍾應梅云：古人造句，有以情意勝者，有以用字勝者。以情意勝者，其深情至意，洋溢毫端，不假雕飾，亦足動人。例如「莫道不消魂，簾捲西風，人比黃花瘦」（〈醉花陰〉）「只恐雙溪舴艋舟，載不動許多愁」（〈武陵春〉），其寫景述事，融會情意，宅字位句，俱得自然之趣，無斧鑿之痕。正如王荊公所云：「看似尋常最奇崛」，允爲詞事之上選矣。（《詞學四論》）

△廣棪案：《漱玉詞》中間見悼亡之作，如〈武陵春〉詞，吳衡照《蓮子居詞話》卷二云：「易安〈武陵春〉，其作於祭湖州以後歟？悲深婉篤，猶令人感伉儷之重。」案：本詞中之雙溪乃金華名勝，因知詞乃清照紹興五年乙卯春流寓金華時作，時距明誠之卒已六載，而清照猶念念不忘。「物是人非事事休，欲語淚先流」、「只恐雙溪舴艋舟，載不動，許多愁」，寫來又悽婉又勁直，趙、李伉儷情重可見。（《李清照研究》）

【繫年】

雙溪爲宋時金華名勝，詞亦當清照居金華時作。考清照於紹興四年（1134）十月始抵金華，惟此詞描摹暮春景色，其紹興五年（1135）三月所作乎？

【考證】

此闋葉盛《水東日記》卷廿一、《類編草堂詩餘》卷一均作清照詞。趙萬里云：「玩意境頗似李作，姑存之。」是也。洪武本《草堂詩餘・前集》卷上、楊金本《草堂詩餘・前集》卷上並誤作無名氏。趙式《古今別腸詞選》卷二又誤作馬洪詞。

醉花陰〔一〕

薄霧濃雲〔二〕愁永晝，瑞腦消〔三〕金〔四〕獸。佳〔五〕節又重陽，玉〔六〕枕紗廚〔七〕，半夜涼〔八〕初透。　東籬把酒黃昏後，有暗香盈袖。莫道不消〔九〕魂，簾捲西風，人比〔十〕黃花瘦。

【校記】

〔一〕《花庵詞選》、《彤管遺編》、《花草粹編》、《堯山堂外紀》、《古今女史》、《女子絕妙好詞》、《詩詞雜俎》本、《詞林紀事》、《詞綜》題作「九日」，《草堂詩餘》、《古今詞統》、《古今詞選》題作「重陽」。

〔二〕「雲」，《古今詞選》、《古今詞統》、《歷代詩餘》、《詞律》、《女子絕妙好詞》均作「雰」。《詞品》云：「九日」詞，今俗本改「雰」作「雲」。

〔三〕「消」，《樂府雅詞》、《詩詞雜俎》本均作「銷」。《花草粹編》、《草堂詩餘》、《堯山堂外紀》、《古今女史》、《彤管遺編》、《古今詞選》、《古今詞統》、《歷朝名媛詩詞》、《白香詞譜》、《詩餘圖譜》、《詞律》均作「噴」。

〔四〕「金」，《全芳備祖》作「香」。

〔五〕「佳」，《花庵詞選》、《花草粹編》、《草堂詩餘》、《全芳備祖》、《詩詞雜俎》本均作「時」。

〔六〕「玉」，《花草粹編》、《草堂詩餘》、《堯山堂外紀》、《古今女史》、《彤管遺編》、《古今詞選》、《古今詞統》、《白香詞譜》、《詩餘圖譜》、《詞律》均作「寶」。

〔七〕「廚」，《彤管遺編》、《古今女史》均作「窗」。

〔八〕「涼」，《花草粹編》、《堯山堂外紀》、《古今女史》、《彤管遺編》、《草堂詩餘》、《古今詞選》、《古今詞統》、《詩餘圖譜》、《詞律》均作「秋」，《全芳備祖》作「愁」。

〔九〕「消」，《樂府雅詞》、《草堂詩餘》均作「銷」。

〔十〕「比」，《樂府雅詞》、《花庵詞選》、《花草粹編》、《古今女史》、《堯山堂外紀》、《草堂詩餘》、《詞林紀事》、《詩餘圖譜》、《詞選》、《古今詞選》、《古今詞統》、《歷代詩餘》、《詞綜》、《女子絕妙好詞》、《詩詞雜俎》本、冷雪盦本、《全宋詞》本均作「似」。

【評箋】

△胡仔云：「簾捲西風，人比黃花瘦」，此語亦婦人所難到也。（《苕溪漁隱叢話》）

△伊世珍云：易安以重陽〈醉花陰〉詞函致明誠，明誠嘆賞，自愧不逮，務欲勝之，一切謝客，忘食忘寢者三日夜，得五十闋，雜易安作以示友人陸德夫。德夫玩之再三，曰：「只三句絕佳。」明誠詰之。答曰：「莫道不銷魂，簾捲西風，人比黃花瘦。」正易安作也。（《嫏嬛記》）

△楊慎云：中山王〈文木賦〉「奔雷屯雲，薄霧濃雰」，皆形容木之文理也。杜詩「屯雲對古城」，實用其字。李易安「九日」詞「薄霧濃雰愁永晝」，今俗本改「雰」作「雲」。（《詞品》）

△沈際飛云：中山王〈文木賦〉「薄霧濃雰」，形容木之文理也。用修云易安本此，不必。　又云：康詞「人比梅花瘦幾分」，一婉一直，並時爭衡。（《草堂詩餘・正集》）

△王世貞云：康與之「人比梅花瘦幾分」；又「天還知道，和天也瘦」；又「簾捲西風，人比黃花瘦」；又「應是綠肥紅瘦」；又「人共博山烟瘦」；瘦字俱妙。（《藝苑卮言》）

△柴虎臣云：語情則紅雨飛愁，黃花比瘦，可謂雅暢。（《古今詞論》引）

△王士禛云：「薄霧濃雰」，新都引中山王〈文木賦〉「薄霧濃雰」，以折「雲」字之非；楊博奧每失穿鑿，如王右丞詩「玉角耙與朱鬣馬」之類，殊墮狐穴，此「雰」字辨證獨妙。（《花草蒙拾》）

△吳衡照云：楊用修《詞品》四卷，論列詩餘，頗具知人論世之說，不獨引據博洽而已。其引據處亦足正俗本之誤，如云：中山王〈文木賦〉「奔雷屯雲，薄霧濃雰」，《漱玉詞》「薄霧濃雰愁永晝」用此。俗本改「雰」作「雲」。（《蓮子居詞話》）

△許昂霄云：結句亦從「人與綠楊俱瘦」脫出，但語意較工妙耳。（《詞綜偶評》）

△陳廷焯云：深情苦調，元人詞曲往往宗之。（《白雨齋詞話》）

△況周頤云：中山王〈文木賦〉：「奔雷屯雲，薄霧濃雰」。易安〈醉花陰〉首句用此，俗本改「雰」爲「雲」，陋甚。升庵楊氏嘗辨之，且即付之歌喉，「雲」字殊不入律，不如「雰」字起調，可爲知者道耳。稼軒詞

〈木蘭花慢〉送張仲固帥興元句云：「追亡事、今不見，但山川滿目淚沾衣」，「追亡」用韓信事，俗本改作「興亡」，則毫無故實矣，是亦「薄霧濃雲」之流亞也。(《珠花簃詞話》)

△龍沐勛云：剛健中含婀娜，結語具見標格，兼能擦撥感情，宜其爲陸德夫所盛稱也。(〈漱玉詞敘論〉)

△詹安泰云：〈醉花陰〉之「簾捲西風，人比黃花瘦」，雖傳誦一時，通首不稱，惟以句勝耳。(《讀詞偶記》)

△鍾應梅云：元伊世珍《瑯環記》云：「易安以重陽〈醉花陰〉詞函致明誠，明誠歎賞，自愧弗逮。」則此詞因別離而作可知。起二句點寂寞，「佳節又重陽」，點時節，後半承上重陽，而寫到「東籬」、「黃花」、「莫道不銷魂，簾捲西風，人比黃花瘦」，不著情字，而深情無限，固不獨以黃花自喻高潔已也。(《蘂園説詞》)

△廣棪案：此闋亦閨情之作，纏綿悽艷。胡仔《苕溪漁隱叢話・前集》卷六十二云：「『簾捲西風，人比黃花瘦』，此語亦婦人所難到也。」伊世珍《嫏嬛記》云：「易安以重陽〈醉花陰〉詞函致明誠，明誠嘆賞，自愧不逮，務欲勝之，一切謝客，忘食忘寢者三日夜，得五十闋，雜易安作以示友人陸德夫。德夫玩之再三，曰：『只三句絕佳』。明誠詰之。答曰：『莫道不銷魂，簾捲西風，人比黃花瘦。』正易安作也。」案：此詞結句確是工妙，且獨具標格，宜乎其爲明誠歎賞，陸德夫、胡元任所盛稱也。(《李清照研究》)

【繫年】

此詞疑作於〈一翦梅〉「紅藕香殘玉簟秋」後不久。王仲聞〈李清照事迹作品雜考〉云：「此首當作於北宋，不知其在何時。」然伊世珍《嫏嬛記》謂：「易安以重陽〈醉花陰〉詞函致明誠，明誠嘆賞，自愧不逮，務欲勝之，一切謝客，忘食忘寢者三日夜，得五十闋，雜易安作以示友人陸德夫。德夫玩之再三，曰：『只三句絕佳。』明誠詰之，答曰：『莫道不銷魂，簾捲西風，人比黃花瘦。』正易安作也。」是明誠久遊未返，故清照既贈之以〈一翦梅〉，又於重陽函致〈醉花陰〉詞促其早歸也。

【考證】

此首見《樂府雅詞》卷六，乃清照詞，前人從無置疑者。

南歌子

天上星河轉，人間簾〔一〕幕垂。涼生枕簟淚痕滋，起解羅衣聊問夜何其？　　翠貼蓮蓬小，金銷藕葉稀。舊時天氣舊時衣，只有情懷不似舊家時。

【校記】

〔一〕「簾」，《歷代詩餘》、冷雪盦本均作「翠」。

【繫年】

張壽林《李清照評傳》謂此首乃清照在江寧懷念京洛舊家之作。未知何據？惟觀結處「舊時天氣舊時衣，只有情懷不似舊家時」之語，則其爲南渡後作品無疑。

【考證】

此首見《樂府雅詞》卷六，乃清照詞，前人從無置疑者。

怨王孫〔一〕

湖上風來波浩渺，秋已暮，紅稀香〔二〕少。水光山色與人親，說不盡，無窮好。　　蓮子已成荷葉老，青〔三〕露洗蘋花汀草。眠沙鷗鷺不回頭，似〔四〕也恨，人歸早。

【校記】

〔一〕《花草粹編》、《歷代詩餘》、冷雪盦本題作「賞荷」。

〔二〕《樂府雅詞》、《山左人詞》、四印齋本缺「香」字，據《花草粹編》、《歷代詩餘》補。

〔三〕「青」，《樂府雅詞》、《花草粹編》、《歷代詩餘》、冷雪盦本均作「清」。

〔四〕「似」，《歷代詩餘》、冷雪盦本均作「應」，《花草粹編》「似」下有「應」字。

【考證】

此首見《樂府雅詞》卷六，乃清照詞。王奕清《詞譜》卷二以爲無名氏詞，誤。

鷓鴣天

寒〔一〕日蕭蕭上鎖〔二〕窗，梧桐應恨夜來霜。酒闌更喜團茶苦，夢斷偏宜瑞腦香。　　秋已盡，日猶長，仲宣懷遠更淒涼。不如〔三〕隨分尊前醉〔四〕，莫負東籬菊蕊黃。

【校記】

〔一〕「寒」，《歷代詩餘》、冷雪盦本均作「盡」。

〔二〕「鎖」，冷雪盦本、《校輯宋金元人詞》本均作「瑣」。

〔三〕「如」，《樂府雅詞》作「知」。

〔四〕「醉」，《花草粹編》作「酒」。

【繫年】

讀「仲宣懷遠更淒涼」句，知此詞必作於南宋時。

【考證】

此闋見《樂府雅詞》卷六，乃清照詞，前人從無置疑者。

又 桂花

暗淡輕黃體性柔，情疏跡遠只香留。何須淺碧深紅色，自是花中第一流。　　梅定妒，菊應羞，畫欄開歲〔一〕冠中秋。騷人可煞無情思，何事當年不見收。

【校記】

〔一〕「歲」，冷雪盦本作「處」。

【評箋】

△廣棪案：清照才華品貌，遠邁時人。明誠在世時嘗以「清麗其詞，端莊其品」八字品評之；朱熹亦盛譽之，謂爲「宋代婦人能文者」；皆非阿其所好。然稽考清照一生，其謦欬清芬，確未獲眞賞，雖至親如其夫婿，亦非眞知之者也。是故清照每於其詞作中，以香花自況，且流露出知音難遇及孤芳自賞之情懷。〈鷓鴣天〉小題「詠桂花」，〈慶清朝慢〉則爲詠杏花之作。二詞均用事妥帖而不嫌堆垛，縷金錯采而絕無痕迹，而清照精神面貌之岸忽，則可於「自是花中第一流」、「誰人可

繼芳塵」諸語覘之。(《李清照研究》)

【考證】

此首見《全芳備祖·前集》卷十三，乃清照詞，前人從無置疑者。

玉樓春〔一〕

紅酥肯放瓊苞〔二〕碎，探著南枝開遍未？不知醞藉幾多香〔三〕，但見包藏無限意。　道人憔悴春窗底，悶損〔四〕闌干愁不倚。要來小酌〔五〕便來休，未必明朝風不起。

【校記】

〔一〕《花草粹編》、《歷代詩餘》、《山左人詞》、四印齋本、冷雪盦本題作「紅梅」。

〔二〕「苞」，《花草粹編》、《歷代詩餘》、《山左人詞》、四印齋本、冷雪盦本均作「瑤」。

〔三〕「香」，《歷代詩餘》、《山左人詞》、四印齋本、冷雪盦本均作「時」。

〔四〕「悶損」，《歷代詩餘》、《山左人詞》、四印齋本、冷雪盦本均作「閒拍」，《花草粹編》作「閑損」。

〔五〕「酌」，《歷代詩餘》、《山左人詞》、四印齋本、冷雪盦本均作「看」，《花草粹編》作「着」。

【考證】

此詞見《梅苑》卷八，乃清照作，前人從無置疑者。

小重山

春到長門春草青，紅梅些子破，未開勻。碧雲籠〔一〕碾玉成塵，留〔二〕曉〔三〕夢，驚破一甌春〔四〕。　花影壓重門，疏簾鋪淡月，好黃昏。二年三度負東君，歸來也，著意過今春。

【校記】

〔一〕「籠」，《樂府雅詞》、《花草粹編》均作「龍」。

〔二〕《歷代詩餘》無「留」字。

〔三〕「曉」,《花草粹編》、《歷代詩餘》、冷雪盦本均作「晚」。

〔四〕「春」,《歷代詩餘》、冷雪盦本均作「雲」。

【評箋】

△《問蘧廬隨筆》云：荊公〈桂枝香〉作名世，張東澤用易安「疏簾淡月」語填一闋，即改〈桂枝香〉爲〈疏簾淡月〉。（況周頤《漱玉詞箋》引）

【考證】

此首見《樂府雅詞》卷六，乃清照詞，前人從無置疑者。

一翦梅〔一〕

紅藕香殘玉簟秋，輕解羅裳，獨上蘭舟。雲中誰寄錦書來？雁字回時〔二〕，月滿西〔三〕樓。　花自〔四〕飄零水自流，一種相思，兩處〔五〕閒〔六〕愁。此情無計可消除，才下眉頭，卻〔七〕上心頭。

【校記】

〔一〕《草堂詩餘》、《彤管遺編》、《堯山堂外紀》、《古今女史》、《古今詞統》題作「離別」,《花庵詞選》、《詩詞雜俎》本、《女子絕妙好詞》題作「別愁」。

〔二〕「回」,《詞律》作「來」。

〔三〕《樂府雅詞》、《山左人詞》均注:「一本無西字」。《花庵詞選》、《草堂詩餘》、《歷代詩餘》、《詞律》、冷雪盦本均無「西」字，據《花草粹編》、《古今女史》、《詩餘圖譜》、《歷朝名媛詩詞》、《詞綜》補。

〔四〕「自」,《古今女史》作「落」。

〔五〕「處」,《女子絕妙好詞》作「地」。

〔六〕「閒」,《樂府雅詞》作「閑」。

〔七〕「卻」,《花草粹編》、《歷朝名媛詩詞》均作「又」。

【評箋】

△胡仔云：近時婦人能詩文者，如趙明誠妻李易安，長於詞，有《漱玉集》二卷行世。此詞頗盡離別之情，當爲拈出。(《苕溪漁隱叢話》)

△伊世珍云：易安結褵未久，明誠即負笈遠遊。易安殊不忍別，覓錦帕

書〈一翦梅〉詞以送之。(《鄉嬛記》)

△王世貞云：孫夫人「閒把繡絲撏，認得金針又倒拈」。可謂看朱成碧矣。李易安「此情無計可消除，才下眉頭，又上心頭」。可謂憔悴支離矣。秦少游「安排腸斷到黃昏，甫能炙後燈兒了，雨打梨花深閉門」。則一二時無間矣。此非深於閨恨者不能也。(《弇州山人詞評》)

△王世貞云：范希文「都來此事，眉間心上，無計相迴避」。類易安而小遜之。(《藝苑卮言》)

△無名氏眉批云：離情欲淚，讀此始知高則誠、關漢卿諸人又是效顰。(《草堂詩餘》引)

△張宗橚云：此〈一翦梅〉變體也。前段第五句原無「西」字，後人所增。舊譜脫去一字者，非。又按汲古閣《宋詞》，此闋載入《惜春樂府》，恐誤。(《詞林紀事》)

△周永年云：〈一翦梅〉唯易安作爲善，劉後村換頭亦用平字，於調未叶。若「雲中誰寄錦書來」，與「此情無計可消除」，「來」字、「除」字，不必用韻，似俱出韻。但「雁字回時月滿樓」，「樓」字上失一「西」字。(《古今詞話》引)

△陳廷焯云：易安佳句，如〈一翦梅〉起七字云：「紅藕香殘玉簟秋」，精秀特絕，眞不食人間烟火者。(《白雨齋詞話》)

△王士禎云：俞仲茅小詞云：「輪到相思沒處辭，眉間露一絲」，視易安「纔下眉頭，卻上心頭」，可謂此兒善盜，然易安亦從范希文「都來此事，眉間心上，無計相廻避」語脫胎，李特工耳。(《花草蒙拾》)

△梁紹壬云：易安〈一翦梅〉詞，起句「紅藕香殘玉簟秋」七字，便有呑梅嚼雪，不食人間烟火氣，其實尋常不經意語也。(《兩般秋雨盦隨筆》)

△玉梅詞隱云：易安精研宮律，所作何至出韻，周美成倚聲專家，爲南北宋關鍵，其〈一翦梅〉第四句均不用韻，詎皆出韻耶？竊謂〈一翦梅〉調當以第四句不用韻一體爲最早，晚近作者，好爲靡靡之音，徒事和暢，乃添入此叶耳。(況周頤《漱玉詞箋》引)

△王瀣云：詞意之妙，雅近南唐。(《冬飲廬讀書記》)

△龍沐勛云：易安傷離之作，大抵皆爲明誠而發，所謂「女子善懷」，充分表其濃摯悲酸情感，非如其他詞人之代寫閨情，終有「隔靴搔癢」之歎。(《漱玉詞・敘論》)

△繆鉞云：靈秀。(〈論李清照詞〉)

△王仲聞云：〈一翦梅〉詞，俞氏以爲結褵未久，明誠出遊時所作，蓋本明桑悅僞造之《瑯嬛記》，與事實不符。二人結褵後，明誠在太學，家住東京，並未負笈出遊。此詞蓋作於北宋時代，惟無法斷定其作於何年。(〈李清照事迹作品雜考〉)

△謝康云：《瑯嬛記》稱易安居士結褵不久，其夫趙明誠即負笈遠遊，易安殊不忍別，覓錦帕書〈一翦梅〉詞送之。(中略)《四六談麈》稱其祭夫文有「堅城自墮，憐杞婦之悲深」等語，俱可見其用情之眞摯，此其所以爲詞中當行作手也。(《詩聯新話》)

△鍾應梅云：詞材之涉及兒女情懷者實多，易安女子而富才學，故《漱玉詞》此類之作，無不絕佳，蓋視鬚眉以揣摹得之者有別。易安〈一翦梅〉詞，後半云：「花自飄零水自流，一種相思，兩地閑愁。此情無計可消除，才下眉頭，又上心頭。」與范文正〈御街行〉詞「都來此事，眉間心上，無計相迴避」，同一用意，而深婉過之。(《蘂園說詞》)

△李栖云：本詞有「紅藕香殘玉簟秋」句，故又名〈玉簟秋〉。　又云：原出《樂府雅詞》卷下。趙云：「此闋別見趙長卿《惜春樂府》九，以校《雅詞》頗有異文。以玉簟作碧樹，輕解羅裳作羞解羅襦，獨作倫，滿下有西字，此情無計可消除作酒醒夢斷數殘更，才下眉頭作舊恨前歡，卻作總，疑出長卿手訂，編者不察，遂誤入趙集耳。」《續草堂詩餘》卷下又誤爲無名氏之作。(〈漱玉詞研究〉)

△廣棪案：伊世珍《嫏嬛記》云：「易安結褵未久，明誠即負笈遠遊。易安殊不忍別，覓錦帕書〈一翦梅〉詞以送之。」案：《嫏嬛記》此條「負笈」二字疑乃衍文。蓋明誠結褵未久仍在太學作學生，實無須負笈遠遊也。全篇傷懷念遠，感情濃摯悲酸。下片「此情無計可消除，才下眉頭，卻上心頭」諸語，憔悴支離之極，道盡離情，此眞非深於閨恨者不能也。(《李清照研究》)

【繫年】

此詞是清照婚後未久之作。伊世珍《嫏嬛記》云：「易安結褵未久，明誠即負笈遠遊。易安殊不忍別，覓錦帕書〈一翦梅〉詞以送之。」是也。然黃盛璋〈李清照事跡考辨〉、王仲聞〈李清照事迹作品雜考〉疑之，均謂結褵後明誠在太學，家住東京，用不着負笈遠遊。余嘗疑《嫏嬛記》「負笈」二字乃衍文，後觀俞正燮〈易安居士事輯〉所載，亦去此二字。是明誠婚後實有遠行，惟非負笈出游耳。

【考證】

此闋《樂府雅詞》卷六、《唐宋諸賢絕妙詞選》卷十均題清照。《續草堂詩餘》卷下誤作無名氏。趙長卿《惜春樂府》卷九又誤收之。

臨江仙 並序

歐陽公作〈蝶戀花〉，有「深深深幾許」之句，予酷愛之，用其語作「庭院深深」數闋，其聲即舊〈臨江仙〉也。〔一〕

庭院深深深幾許，雲窗霧閣常扃。柳梢樓〔二〕萼漸分明，春歸秣陵樹，人老〔三〕建〔四〕康〔五〕城。　感月吟風多少事，如今老去無成。誰憐憔悴更凋零，試燈無意思〔六〕，踏雪沒心〔七〕情。

【校記】

〔一〕《全宋詞》本云：「序據《草堂詩餘・前集》卷上歐陽修〈蝶戀花〉詞注引補。」《山左人詞》缺序。

〔二〕「樓」，《樂府雅詞》、《花草粹編》、《歷代詩餘》、《山左人詞》、四印齋本、冷雪盦本、《全宋詞》本均作「梅」。

〔三〕「老」，《樂府雅詞》、《花草粹編》、《歷代詩餘》、冷雪盦本、《全宋詞》本均作「客」。

〔四〕「建」，《樂府雅詞》作「遠」，誤。

〔五〕「康」，《樂府雅詞》、《花草粹編》、《歷代詩餘》、冷雪盦本均作「安」。

〔六〕「試燈無意思」，《花草粹編》、《歷代詩餘》、冷雪盦本均作「燈花空結蕊」。

〔七〕「踏雪沒心」，《花草粹編》、《歷代詩餘》、冷雪盦本均作「離別共傷」。

【評箋】

△周煇云：頃見易安族人言，明誠在建康日，易安每值大雪，即頂笠披簑，循城遠覽以尋詩，得句必邀其夫賡和，明誠每苦之也。（《清波雜志》）

△徐釚云：「庭院深深深幾許，楊柳堆烟，簾幕無重數。金勒雕鞍遊冶處，

樓高不見章台路。　雨橫風狂三月暮，門掩梨花，無計留春住。淚眼問花花不語，亂紅飛過鞦韆去。」此歐陽文忠〈蝶戀花〉春暮詞也。李易安酷愛其語，遂用作「庭院深深」調數闋。楊升庵云：一句中連三字者，如「夜夜夜深聞子規」，又「日日日斜空醉歸」，又「更更更漏月明中」，又「樹樹樹梢啼曉鶯」，皆善用疊字也。（《詞苑叢談》）

△《樂府紀聞》云：李清照每愛歐陽公〈蝶戀花〉詞「庭院深深深幾許」，作「庭院深深」曲，即〈臨江仙〉也。（《古今詞話》）

△朱竹垞云：「庭院深深」一闋，載馮延巳《陽春錄》，刻作歐九，誤也。（況周頤《漱玉詞箋》引）

△玉梅詞隱云：據《漱玉詞》，則是《陽春錄》誤載也。易安宋人，性復強記，嘗與明誠坐歸來堂烹茶，指堆積書史，言某事在某卷某葉某行，以是否決勝負，爲飲茶先後，何至於當代名作向所酷愛者，記述有誤。竹垞云云，未免負此佳證。（況周頤《漱玉詞箋》引）

△唐圭璋云：詩句中有連三字者，「夜夜夜深聞子規，日日日斜空醉歸，更更更漏月明中，樹樹樹梢啼曉鶯。」詞中有「庭院深深深幾許」之調，亦此例也。（《夢桐室詞話》）

△佘雪曼云：案高宗建炎二年（1128），明誠知建康府，清照年四十五，並不算老，本詞似爲明誠死後，清照重客建康之作。（《李清照詞校注》）

△廣棪案：周煇《清波雜志》卷八云：「頃見易安族人言，明誠在建康日，易安每値大雪，即頂笠披簑，循城遠覽以尋詩，得句必邀其夫賡和，明誠每苦之也。」本詞「踏雪」云云，即指頂笠披簑雪下尋詩事也。清照倚聲塡此闋時，一面追懷當年鶼鰈之樂，另一面則哀痛如今之憔悴凋零。撫今思昔，故寫來字字辛酸，語語淒楚。「試燈無意思，踏雪沒心情」，幽咽處令人不忍卒讀。（《李清照研究》）

【繫年】

清照〈臨江仙詞序〉云：「歐陽公作〈蝶戀花〉，有『深深深幾許』之句，予酷愛之，用其語作『庭院深深』數闋，其聲即舊〈臨江仙〉也。」案：清照作〈臨江仙〉今僅存兩闋，當有散佚。本詞與下一首有「春歸秣陵樹，人老建康城」、「試燈無意思，踏雪沒心情」及「雲窗霧閣春遲」諸句，與《清波雜志》卷八所載之事正合，因悉詞必作於明誠任建康守時也。黃盛璋〈趙明誠李清照夫婦年譜〉繫此二闋詞於建炎二年春，甚當。

【考證】

本闋見《樂府雅詞》卷六，乃清照詞，前人從無置疑者。

又〔一〕

庭院深深深幾許，雲窗霧閣春遲。為誰憔悴損〔二〕芳姿，夜來清夢好，應是發南枝。　　玉瘦檀輕〔三〕無限恨，南樓羌管休吹。濃香吹〔四〕盡有誰知，暖風遲日也，別到杏花肥〔五〕。

【校記】

〔一〕《花草粹編》、《全宋詞》本題作「梅」。

〔二〕「損」，《歷代詩餘》、《山左人詞》、四印齋本、冷雪盦本均作「瘦」。

〔三〕「輕」，冷雪盦本作「郎」。

〔四〕「吹」，《歷代詩餘》、《山左人詞》、四印齋本、冷雪盦本均作「開」。

〔五〕「肥」，《歷代詩餘》、四印齋本、冷雪盦本均作「時」。

【考證】

此闋見《梅苑》卷九，作曾子宣妻詞；然《樂府雅詞》卷六魏夫人詞不收，《梅苑》顯難徵信。《花草粹編》卷七作清照詞，證諸另闋〈臨江仙〉清照自序，則此闋自是李作無疑。

蝶戀花〔一〕

淚溼〔二〕羅〔三〕衣脂粉滿〔四〕，四疊陽關，唱〔五〕到〔六〕千千遍。人道山〔七〕長山又斷，瀟瀟〔八〕微雨聞孤館。　　惜別傷離方寸亂，忘了臨行，酒盞深和淺。好把〔九〕音書憑過雁，東萊不似蓬萊遠。

【校記】

〔一〕《新編事文類聚翰墨大全》題作「晚止昌樂館寄姊妹」。

〔二〕「溼」，《花草粹編》、《歷代詩餘》、冷雪盦本均作「搵」。《山左人詞》注：別作「搵」。

〔三〕「羅」，《花草粹編》、《歷代詩餘》、冷雪盦本均作「征」。《山左人詞》

注：別作「征」。

〔四〕「滿」，《花草粹編》、《歷代詩餘》、冷雪盦本均作「煖」。《山左人詞》注：別作「煖」。

〔五〕「唱」，《歷代詩餘》作「聽」。

〔六〕「到」，《花草粹編》、《歷代詩餘》、冷雪盦本均作「了」。

〔七〕「山」，《歷代詩餘》，冷雪盦本均作「水」。

〔八〕「瀟瀟」，《樂府雅詞》、《花草粹編》、《歷代詩餘》、冷雪盦本、《全宋詞》本均作「蕭蕭」。

〔九〕「好把」，《花草粹編》、《歷代詩餘》、冷雪盦本均作「若有」。《山左人詞》注：別作「好有」。

【評箋】

△佘雪曼云：易安詞以眞摯勝，一字一句，入情入理。〈蝶戀花〉詞：「惜別傷離方寸亂，忘了臨行酒盞深和淺」，眼前景耳，人寫不出，彼能寫出；方其寫出，則又人心之所欲出，所以爲佳。(《李清照詞校注》)

△黃盛璋云：案〈蝶戀花〉詞，近人據元人選本《翰墨大全》，此詞前有一序，爲「昌樂館寄姊妹」，故有「瀟瀟微雨聞孤館」之句。清照於宣和三年八月十日到萊州，見〈感懷詩〉序，而此詞有云：「若有音書憑過雁，東萊不似蓬萊遠」，是盼其寄書東萊，必與赴萊州有關。昌樂即今昌樂，爲自青州赴萊中途所必經，此詞應是宣和三年秋清照自青赴萊中途宿昌樂縣之館驛而作。(〈趙李夫婦年譜校後記〉)

△王仲聞云：此詞或以爲寄趙明誠於萊州者。案此首原載《樂府雅詞》卷下，無題；《新編事文類聚翰墨大全・後丙集》卷四作無名氏，題作「晚止昌樂館寄姊妹」，前爲無撰人〈寄妹踏莎行〉詞、〈寄季順妹鵲橋仙〉詞、〈寄玉妹更漏子〉詞，更前一首爲延安夫人〈立春寄季順妹臨江仙〉詞。後之選本如《詩女史》、《彤管遺編》、《古今女史》等等，俱多以爲延安夫人所作。《樂府雅詞》以此詞爲李清照作，曾慥與清照同時，自較可信。趙明誠家青州，赴官萊州，必經昌樂。此蓋宣和三年八月清照赴萊，途宿昌樂所作，寄在青姊妹者。(〈李清照事迹作品雜考〉)

【繫年】

此首載《樂府雅詞》卷六，劉應李《新編事文類聚翰墨大全・後丙集》卷四亦載之，題「昌樂館寄姊妹」。黃盛璋〈趙明誠李清照夫婦年譜〉云：

「按清照於宣和三年八月十日到萊州，見〈感懷詩序〉，而此詞有云：『若有音書憑過雁，東萊不似蓬萊遠』，是盼其姊妹寄書東萊。必與赴萊州有關，昌樂即今昌樂，爲自青州赴萊所必經，此詞應是宣和三年秋清照自青赴萊中途宿昌樂縣之館驛而作，時間當在七、八月間。」所論甚是。

【考證】

此闋見《樂府雅詞》卷六，乃清照詞。《新編事文類聚翰墨大全・後丙集》卷四亦錄之，無撰人姓氏。田藝蘅《詩女史》卷十一、《留青日札》卷四十、酈琥《彤管遺編・後集》卷十二、趙世杰《古今女史》均因《新編事文類聚翰墨大全》此闋之前，其撰者爲延安夫人，遂誤認爲延安夫人之作。

又〔一〕

暖雨晴〔二〕風初破凍，柳眼〔三〕梅腮〔四〕，已覺春心動。酒意詩情誰與共？淚融殘粉花鈿重。　乍試夾衫〔五〕金縷縫，山枕斜欹〔六〕，枕損釵頭鳳。獨抱濃愁無好夢，夜闌猶翦燈花弄。

【校記】

〔一〕《花庵詞選》、《草堂詩餘・別集》、《古今詞統》、《女子絕妙好詞》、《詩詞雜俎》本題作「離情」。

〔二〕「晴」，《花庵詞選》、《草堂詩餘・別集》、《歷代詩餘》《古今詞統》、《詩詞雜俎》本、冷雪盦本均作「和」。《花草粹編》作「清」。

〔三〕「眼」，《花庵詞選》、《女子絕妙好詞》、《詩詞雜俎》本均作「潤」。

〔四〕「腮」，《花庵詞選》、《女子絕妙好詞》、《詩詞雜俎》本均作「輕」。

〔五〕「衫」，《花庵詞選》、《草堂詩餘・別集》、《歷代詩餘》、《古今詞統》、《女子絕妙好詞》、《詩詞雜俎》本、冷雪盦本均作「衣」。

〔六〕「斜欹」，《花庵詞選》、《歷代詩餘》、《詩詞雜俎》本、冷雪盦本均作「欹斜」。

【評箋】

△沈際飛云：此媛不愁無香韵。（《草堂詩餘・別集》）

△賀裳云：寫景之工者，如尹鶚「盡日醉尋春，歸來月滿身」、李重光「酒惡時拈花蕊嗅」、李易安「獨抱濃愁無好夢，夜闌猶翦燈花弄」、劉潛

夫「貪與蕭郎眉語，不知舞錯伊州」，皆入神之句。（《皺水軒詞筌》）

【繫年】

此闋必明誠卒後，清照悼亡之作，觀「酒意詩情誰與共？淚融殘粉花鈿重」、「獨抱濃愁無好夢，夜闌猶翦燈花弄」諸句甚明。惟未悉其確年耳。

【考證】

此首見《樂府雅詞》卷六，乃清照詞，前人從無置疑者。

又 上巳召親族〔一〕

永夜懨懨〔二〕歡意少，空夢長安，認取長安道。為報今年春色好，花光月影宜相照。　　隨意杯盤雖草草，酒美梅酸，恰稱人懷抱。醉莫〔三〕插花花莫笑，可憐春似人將老。

【校記】

〔一〕《歷代詩餘》、《山左人詞》無題。

〔二〕「懨懨」，冷雪盦本作「厭厭」。

〔三〕「莫」，《山左人詞》、四印齋本均作「裏」。

【評箋】

△王灝云：此詞所謂愈平淡愈精巧者。（《冬飲廬讀書記》）

【繫年】

此詞亦南渡後追懷京洛之作，「可憐春似人將老」一句，足證清照其時已垂暮。

【考證】

此首見《新編事文類聚翰墨大全・後丙集》卷四，乃清照詞，前人從無置疑者。

漁家傲〔一〕

天接雲濤連曉霧，星河欲轉〔二〕千帆舞。彷彿〔三〕夢魂歸帝所，聞天語，殷勤問我歸何處？　　我報路長嗟日暮〔四〕，學詩謾〔五〕有驚人句。九萬里風鵬正舉，風休住，蓬舟吹取三山去。

【校記】

〔一〕《花庵詞選》、《詩詞雜俎》本題作「記夢」。

〔二〕「轉」，《歷代詩餘》、冷雪盦本均作「曙」。

〔三〕「彷彿」，《樂府雅詞》作「髣髴」。

〔四〕「暮」，《山左人詞》作「莫」。

〔五〕「謾」，《歷代詩餘》、冷雪盦本均作「復」。

【評箋】

△黃了翁云：此似不甚經意之作，卻渾成大雅，無一毫釵粉氣，自是北宋風格。（《蓼園詞選》）

△梁啓超云：此絕似蘇辛派，不類《漱玉集》中語。（《藝蘅館詞選》引）

△龍沐勛云：其氣象瀟灑，尤近蘇辛一派者。（〈漱玉詞敘論〉）

△繆鉞云：有姑射仙人飲露吸風之致。（〈論李易安詞〉）

△廣棪案：本詞小題「記夢」，措辭豪邁，氣勢壯闊，極富浪漫色彩，其精神面貌則雅近屈原〈九章·惜誦〉。　又案：清照之詞，以婉約爲宗，若此篇之作，甚不經見，然吉光片羽，彌覺其珍貴也。　又案：清照詞，意境超邁，迥異凡響。其最傳誦者厥爲上舉之〈漁家傲〉。（《李清照研究》）

【考證】

此闋見《唐宋諸賢絕妙詞選》卷十，乃清照詞。梁啓超云：「此絕似蘇辛派，不類《漱玉集》中語。」所疑似乏據。

又

雪里〔一〕已知〔二〕春信至，寒梅點綴瓊枝膩。香臉半開嬌旖旎，當庭際，玉人浴出新粧洗。　　造化可能偏有意，故教明月玲瓏地。共賞金尊沉綠蟻，莫辭醉，此花不與羣花比。

【校記】

〔一〕「里」，《山左人詞》作「裏」。

〔二〕「知」，冷雪盦本作「和」。

【考證】

此首見《梅苑》卷九，乃清照詞，前人從無置疑者。

行香子〔一〕

草際鳴蛩〔二〕，驚落梧桐，正人間天上愁濃。雲階月地〔三〕，關鎖千重〔四〕。縱浮槎來，浮槎去，不相逢。　星橋鵲〔五〕駕，經年纔見，想離情別恨難窮。牽牛織女，莫是離中。甚霎兒〔六〕晴，霎兒〔七〕雨，霎兒〔八〕風。

【校記】

〔一〕《歷代詩餘》題作「七夕」。

〔二〕「蛩」，《山左人詞》作「蛬」

〔三〕「地」，《樂府雅詞》、《花草粹編》均作「色」。

〔四〕「重」，《花草粹編》作「里」。

〔五〕「鵲」，《樂府雅詞》、《花草粹編》均作「鶴」。

〔六〕〔七〕〔八〕「霎兒」，《花草粹編》、《詞譜》均作「一霎兒」。

【評箋】

△《問蘧廬隨筆》云：辛稼軒〈三山作〉：「放霎時陰，霎時雨，霎時晴」，脫胎易安語也。（況周頤《漱玉詞箋》引）

【考證】

此闋見《樂府雅詞》卷六，乃清照詞，前人從無置疑者。

孤雁兒〔一〕並序

世人作梅詞，下筆便俗；予試作一篇，乃知前言不妄耳〔二〕。

藤牀紙帳朝眠起，說不盡無佳思。沈香斷續〔三〕玉鑪寒，伴我情懷如水。笛裏〔四〕三弄，梅心驚破，多少春恨〔五〕意。　小風疏雨蕭蕭〔六〕地，又〔七〕催下千行淚。吹簫人去玉樓空，腸斷與誰同倚。一枝折得，人間天上，沒箇人堪寄。

【校記】

〔一〕《山左人詞》、四印齋本、冷雪盦本題作〈御街行〉。按《詞律》云：

〈孤雁兒〉即〈御街行〉。

〔二〕《花草粹編》、《歷代詩餘》、《山左人詞》、四印齋本無序文。

〔三〕「斷續」，《花草粹編》、《歷代詩餘》、《山左人詞》、四印齋本、冷雪盦本均作「烟斷」。

〔四〕「裏」，《花草粹編》、《歷代詩餘》、四印齋本、冷雪盦本均作「聲」。

〔五〕「恨」，《梅苑》、《花草粹編》、《歷代詩餘》、《山左人詞》、四印齋本、冷雪盦本均作「情」。

〔六〕「蕭蕭」，《花草粹編》、《歷代詩餘》、《山左人詞》、四印齋本、冷雪盦本均作「瀟瀟」。

〔七〕「又」，《歷代詩餘》作「人」，誤。

【考證】

此首見《梅苑》卷一，乃清照詞，前人從無置疑者。

滿庭芳〔一〕

小閣藏春，閒窗鎖晝，畫堂無限深幽。篆香燒盡，日影下簾鉤。手種江梅更〔二〕好，又〔三〕何必臨水登樓？無人到，寂寥渾〔四〕似，何遜在揚州。　　從來知韻勝，難堪〔五〕雨藉，不耐風柔〔六〕。更誰家橫笛，吹動濃愁？莫恨香消雪〔七〕減，須信道掃跡〔八〕難〔九〕留。難言處，良宵淡月，疏影尚風流。

【校記】

〔一〕《全宋詞》本作〈滿庭霜〉。《花草粹編》、《歷代詩餘》、《山左人詞》、四印齋本、冷雪盦本題作「殘梅」。

〔二〕「更」，《花草粹編》、《歷代詩餘》、《山左人詞》、四印齋本、冷雪盦本均作「漸」。

〔三〕冷雪盦本無「又」字。

〔四〕「渾」，《花草粹編》、《歷代詩餘》、《山左人詞》、四印齋本、冷雪盦本均作「恰」。

〔五〕「堪」，《歷代詩餘》、《山左人詞》、四印齋本、冷雪盦本均作「禁」。

〔六〕「柔」，《花草粹編》、《歷代詩餘》、《山左人詞》、四印齋本、冷雪盦本均作「揉」。

〔七〕「雪」,《歷代詩餘》、《山左人詞》、四印齋本、冷雪盦本均作「玉」。

〔八〕《山左人詞》、四印齋本均注云:別本作「跡掃」。

〔九〕「難」,《梅苑》、《花草粹編》、《歷代詩餘》、《山左人詞》、四印齋本、冷雪盦本、《全宋詞》本均作「情」。

【考證】

此闋見《梅苑》卷三,乃清照詞,前人從無置疑者。

又〔一〕

芳草池塘,綠陰庭院,晚晴寒透窗紗。□□〔二〕金鎖〔三〕,管是客來唦。寂寞尊前席上,惟□〔四〕□海角天涯。能留否?酴醿落盡,猶賴有□□〔五〕。　　年曾勝賞,生香熏袖,活火分茶。□□龍〔六〕嬌馬,流水輕車。不怕風狂雨驟,恰才稱煮酒殘〔七〕花。如今也,不成懷抱,得似舊時那。

【校記】

〔一〕《樂府雅詞》、《山左人詞》、四印齋本、冷雪盦本、《全宋詞》本題作〈轉調滿庭芳〉。

〔二〕「□□」,《四庫全書》本《樂府雅詞》、冷雪盦本均作「玉鉤」。

〔三〕「鎖」,《樂府雅詞》作「鏁」。

〔四〕「□」,《四庫全書》本《樂府雅詞》作「愁」。冷雪盦本同,惟無「愁」下「□」。

〔五〕「□□」,《四庫全書》本《樂府雅詞》、冷雪盦本均作「梨花」。

〔六〕「□□龍」,《四庫全書》本《樂府雅詞》作「極目猶龍」,與律不合,蓋出館臣臆改。冷雪盦本與《四庫全書》本同。

〔七〕《山左人詞》、四印齋本均注云:別作「賤」。

【繫年】

此詞亦追懷京洛舊事之作,觀下闋,其爲清照南渡後作甚明。

【考證】

此首見《樂府雅詞》卷六,乃清照詞,前人從無置疑者。

鳳凰臺上憶吹簫〔一〕

香冷金猊〔二〕，被翻紅浪。起來人未〔三〕梳頭，任寶奩〔四〕閒掩〔五〕，日上簾鉤。生怕閒愁暗恨〔六〕，多少事欲說還休。今年〔七〕瘦，非干〔八〕病酒〔九〕，不是悲秋。　明朝〔一〇〕，這〔一一〕回去也，千萬遍〔一二〕陽關，也即〔一三〕難留。念〔一四〕武陵春晚〔一五〕，雲鎖重樓〔一六〕。記取〔一七〕樓前綠〔一八〕水，應念我終日凝眸。凝眸處〔一九〕，從今〔二〇〕更數〔二一〕，幾段〔二二〕新愁。

【校記】

〔一〕《草堂詩餘》、《彤管遺編》、《古今女史》、《古今詞選》、冷雪盦本題作「離別」，《古今詞統》、《詩詞雜俎》本題作「閨情」。

〔二〕「猊」，《白香詞譜》、《詞選校讀》均作「貌」，誤。

〔三〕「人未」，《花庵詞選》、《花草粹編》、《彤管遺編》、《草堂詩餘》、《歷代詩餘》、《詩餘圖譜》、《古今女史》、《古今詞統》、《古今詞選》、《白香詞譜》、《詩詞雜俎》本、《詞綜》、《詞律》、《詞選》、《宋詞賞心錄》、《宋詞三百首》、冷雪盦本均作「慵自」。《樂府雅詞》、《山左人詞》均注：別本作「慵自」。

〔四〕「奩」，《宋詞賞心錄》作「籢」。

〔五〕「閒掩」，《花庵詞選》、《花草粹編》、《草堂詩餘》、《歷代詩餘》、《古今詞選》、《白香詞譜》、《詩詞雜俎》本、《詞綜》、《詞律》、《女子絕妙好詞》、《宋詞賞心錄》、冷雪盦本均作「塵滿」。《山左人詞》注：別作「塵滿」。

〔六〕「閒愁暗恨」，《花庵詞選》、《花草粹編》、《草堂詩餘》、《歷代詩餘》、《古今詞選》、《白香詞譜》、《詩詞雜俎》本、《詞綜》、《詞律》、《詞選》、《女子絕妙好詞》、《宋詞賞心錄》、《宋詞三百首》、冷雪盦本均作「離懷別苦」。《山左人詞》注：別作「離懷別苦」。

〔七〕「今年」，《花庵詞選》、《花草粹編》、《草堂詩餘》、《歷代詩餘》、《古今詞選》、《白香詞譜》、《詩詞雜俎》本、《詞綜》、《詞律》、《詞選》、《女子絕妙好詞》、《宋詞賞心錄》、《宋詞三百首》、冷雪盦本均作「新來」。《山左人詞》注：別作「新來」。

〔八〕「干」，《宋詞賞心錄》、《詞選校讀》均作「關」。

〔九〕「病酒」,《歷代詩餘》無「酒」字。冷雪盦本作「酒病」。

〔一〇〕「明朝」,《花庵詞選》、《花草粹編》、《草堂詩餘》、《歷代詩餘》、《白香詞譜》、《詩詞雜俎》本、《詞綜》、《詞律》、《詞選》、《女子絕妙好詞》、《宋詞賞心錄》、《宋詞三百首》、冷雪盦本均作「休休」。《樂府雅詞》、《山左人詞》均注:別本作「休休」。《古今詞選》作「悠悠」。

〔一一〕「這」,《宋詞三百詞》作「者」。

〔一二〕「遍」,《宋詞賞心錄》作「徧」。

〔一三〕「即」,《花庵詞選》、《花草粹編》、《草堂詩餘》、《歷代詩餘》、《古今詞選》、《白香詞譜》、《詩詞雜俎》本、《詞綜》、《詞律》、冷雪盦本均作「則」。《山左人詞》注:別作「則」。《詞選》、《女子絕妙好詞》、《宋詞賞心錄》均作「只」。

〔一四〕「念」,《宋詞賞心錄》作「憶」。

〔一五〕「春晚」,《花庵詞選》、《花草粹編》、《草堂詩餘》、《歷代詩餘》、《古今詞選》、《白香詞譜》、《詩詞雜俎》本、《詞綜》、《詞律》、《詞選》、《女子絕妙好詞》、《宋詞賞心錄》、《宋詞三百首》、冷雪盦本均作「人遠」。《山左人詞》注:別作「人遠」。

〔一六〕「雲鎖重樓」,《花庵詞選》、《花草粹編》、《草堂詩餘》、《歷代詩餘》、《古今詞選》、《白香詞譜》、詩詞俎雜本、《詞綜》、《詞律》、《詞選》、《女子絕妙好詞》、《宋詞賞心錄》、《宋詞三百首》、冷雪盦本均作「煙鎖秦樓」。《山左人詞》注:別作「煙鎖秦樓」。

〔一七〕「記取」,《花庵詞選》、《花草粹編》、《草堂詩餘》、《歷代詩餘》、《古今詞選》、《白香詞譜》、《詩詞雜俎》本、《詞綜》、《詞律》、《詞選》、《女子絕妙好詞》、《宋詞賞心錄》、《宋詞三百首》、冷雪盦本均作「惟有」。《山左人詞》注:別作「惟有」。

〔一八〕「綠」,《花庵詞選》、《花草粹編》、《草堂詩餘》、《歷代詩餘》、《古今詞選》、《白香詞譜》、《詩詞雜俎》本、《詞綜》、《詞律》、《詞選》、《女子絕妙好詞》、《宋詞賞心錄》、《宋詞三百首》、冷雪盦本均作「流」。《山左人詞》注:別作「流」。

〔一九〕《古今詞統》無「凝眸處」句。

〔二〇〕「從今」,《古今詞統》注:衍「從」字。

〔二一〕「更數」，《花庵詞選》、《花草粹編》、《草堂詩餘》、《歷代詩餘》、《古今詞選》、《白香詞譜》、《詩詞雜俎》本、《詞綜》、《詞律》、《詞選》、《女子絕妙好詞》、《宋詞賞心錄》、《宋詞三百首》均作「又添」。《樂府雅詞》、《山左人詞》均注：別本作「更添」。

〔二二〕「幾段」，《花庵詞選》、《花草粹編》、《草堂詩餘》、《歷代詩餘》、《古今詞選》、《白香詞譜》、《詩詞雜俎》本、《詞綜》、《詞律》、《詞選》、《女子絕妙好詞》、《宋詞賞心錄》、《宋詞三百首》、冷雪盦本均作「一段」。《山左人詞》注：別作「一段」。《樂府雅詞》作「幾片」。

【評箋】

△李攀龍云：寫其一腔臨別心神，新瘦新愁，眞如秦女樓頭，聲聲有和鳴之奏。（《草堂詩餘雋》）

△楊愼云：「欲說還休」與「怕傷郎又還休道」同意。（《詞品》）

△沈際飛云：懶說出，妙；瘦，爲甚的？千萬遍，痛甚。　又云：清風朗月，陡化爲楚雨巫雲；阿閣洞房，立變爲離亭別墅；至文也。　又云：轉轉折折，忤合萬狀。（《草堂詩餘・正集》）

△張祖望云：「惟有樓前流水，應念我，終日凝眸」，癡語也。如巧匠運斤，毫無痕迹。（《古今詞論》引）

△陳廷焯云：「新來瘦」三語，婉轉曲折，煞是妙絕。（《白雨齋詞話》）

△鍾應梅云：此詞《草堂詩餘》、《古今詞選》題作「離別」，《古今詞統》、《詩詞雜俎》題作「閨情」，皆後人揣詞意所製，非易安自題也。「香冷金猊」至「日上簾鉤」，寫因將別而無意緒。「生怕」二句，細意體貼。柳永〈雨霖鈴〉「執手相看淚眼，竟無語凝噎」。寫離情萬種，欲說偏難，用意終遜李詞之深婉。「今年瘦」，不言傷別，而傷別之意彌深。神思妙筆，非冰雪聰明者不能有此。後半「明朝」至「也即難留」，明寫離別。惟下文「念武陵春晚」，宋武陵即今湖南常德。而易安夫婦行跡所經，與湖湘無涉。意者，「春晚」二字，宜從《草堂詩餘》、《花庵詞選》、《詞綜》、《詞律》諸本，作「武陵人遠」而「武陵人」即以喻明誠耶？「記取樓前綠水」至「從今更數，幾段新愁」，從臨別慇懃之意著筆，此情此意，江海不足以喻其深矣。且別離常事耳，將別則惜別，別後則懷人，亦常情耳。而易安能於常處見不常，此其所以爲

大手筆也。易安慣用「瘦」字。此詞「今年瘦」之外，尚有〈如夢令〉「知否，知否，應是綠肥紅瘦。」〈醉花陰〉「簾捲西風，人比黃花瘦。」〈臨江仙〉「玉瘦檀輕無限恨，南樓羌管休吹。」〈殢人嬌〉「玉瘦香濃，檀深雪散。」皆妙。(《蘗園説詞》)

△廣棪案：此離懷之詞也，其作年在高宗建炎己酉（1129）明誠移知湖州之後乎？〈金石錄後序〉云：「建炎戊申（1128）秋九月，侯起復，知建康府。己酉春三月罷，具舟上蕪湖，入姑孰，將卜居贛水上。夏五月至池陽，被旨知湖州，過闕上殿。遂駐家池陽，獨赴召。六月十三日，始負擔捨舟，坐岸上，葛衣岸巾，精神如虎，目光爛爛射人，望舟中告別。余意甚惡，呼曰：『如傳聞城中緩急，奈何？』戟手遙應曰：『從眾。必不得已，先去輜重，次衣被，次書冊卷軸，次古器，獨所謂宗器者，可自負抱，與身俱存亡，勿忘也！』遂馳馬去。」是載足爲本詞注脚。蓋前此有靖康之難，清照夫婦倉猝南渡，未幾明誠起知江寧，又獨被旨知湖州，過闕上殿。生計未遑寧處，更遭離別之苦。清照憂思疚疚，無由道達。「多少事，欲說還休」，故於分手之際，僅得「緩急」一語也。明誠此行，棄舟取道，清照本依依。「休休，者回去也，千萬徧〈陽關〉，也只難留」，敘惜別之情。「新來瘦，非關病酒，不是悲秋」，狀別後之痛。時清照仍羈留贛上，闋末「惟有樓前流水，應念我，終日凝眸」，所云流水，即指贛水也。全詞婉轉曲折，妙語天成。李于鱗云：「眞如秦女樓頭，聲聲有和鳴之奏。」允爲篤論。(〈宋詞賞心錄校評〉)　又案：余謂清照此詞眞能曲盡思婦之情。上片直抒胸臆，婉轉曲折，煞是妙絕。下片寫惜別依依，「千萬遍〈陽關〉，也即難留」，哀痛欲絕。「惟有樓前流水，應念我終日凝眸」，癡語也，述相思之苦，如巧匠運斤，毫無痕迹。如斯筆墨，恐非清照不能爲也。(《李清照研究》)

【繫年】

〈金石錄後序〉云：「建炎戊申秋九月，侯起復知建康府。己酉春三月罷，具舟上蕪湖，入姑孰，將卜居贛水上。夏五月，至池陽，被旨知湖州，過闕上殿。遂駐家池陽，獨赴召。六月十三日，始負擔捨舟，坐岸上，葛衣岸巾，精神如虎，目光爛爛射人，望舟中告別。余意甚惡，呼曰：『如傳聞城中緩急，奈何？』戟手遙應曰：『從眾，必不得已，先棄輜重，次衣被，次書冊卷軸，次古器，獨所謂宋器者，可自負抱，與身俱存亡，勿忘也。』遂馳馬去。」蓋建炎三年己酉（1129）夏，明誠被旨知湖州，駐家池陽，獨赴召，清照意甚惡，徬徨不忍別，故本詞云：「多少事欲說還休。今年瘦，非干病酒，不是悲秋。」又云：「這回去也，千萬遍〈陽關〉，也即難留。」時清照卜居贛水上，故詞云：「記取樓前綠水，應念我終日凝眸。」皆寫實也。本詞與〈後序〉所載之事吻合，是則詞必建炎三年夏、秋間作。

【考證】

本首見《樂府雅詞》卷六，乃清照詞，前人從無置疑者。

聲聲慢〔一〕

尋尋覓覓，冷冷清清，悽悽慘慘戚戚〔二〕。乍暖〔三〕還寒時候，正〔四〕難將息。三杯兩盞〔五〕淡酒，怎敵他晚〔六〕來風急。雁過也，正〔七〕傷心，卻是舊時相識。　滿地黃花堆積，憔悴損，如〔八〕今有誰堪〔九〕摘？守着〔一〇〕窗兒，獨自怎生得黑。梧桐更兼細雨，到黃昏點點滴滴。這〔一一〕次第，怎〔一二〕一箇愁字了得。

【校記】

〔一〕《草堂詩餘・別集》、《古今女史》、《詩詞雜俎》本題作「秋情」，《古今詞統》題作「秋閨」。

〔二〕「戚戚」，《詞選》、《詞選校讀》均作「切切」。〈易安居士事輯〉作「寂寂」。

〔三〕「暖」，《花草粹編》作「煖」。

〔四〕「正」，《堯山堂外紀》、《詞品》、《草堂詩餘・別集》、《歷代詩餘》、《古今詞統》、《古今詞選》、《白香詞譜》、《詞綜》、《詞選》、《女子絕妙好詞》、《詞林紀事》、《詩詞雜俎》本、四印齋本、《宋詞三百首》、冷雪盦本、《校輯宋金元人詞》本、《全宋詞》本均作「最」。

〔五〕「盞」，《花草粹編》作「盃」。

〔六〕「晚」，《草堂詩餘・別集》、《古今女史》、《詞綜》、《詞選》、《詩詞雜俎》本均作「曉」。

〔七〕「正」，《花草粹編》作「縱」。《宋詞三百首》作「最」。

〔八〕「如」,《白香詞譜》作「而」。

〔九〕「堪」,《花草粹編》、《堯山堂外紀》、《詞譜》、《詞林紀事》、《全宋詞》本均作「忺」。

〔一〇〕「守着」,《貴耳集》作「守定」。

〔一一〕「這」,《宋詞三百首》作「者」。

〔一二〕「怎」,《白香詞譜》作「只」。

【評箋】

△羅大經云:近時李易安詞云:「尋尋覓覓,冷冷清清,悽悽慘慘戚戚。」起頭連疊七字,以一婦人,乃能創意出奇如此。(《鶴林玉露》)

△張端義云:此乃公孫大娘舞劍手,本朝非無能詞之士,未曾有一下十四疊字者,用《文選》諸賦格。後疊又云:「梧桐更兼細雨,到黃昏點點滴滴。」又使疊字,俱無斧鑿痕。更有一奇字云:「守定窗兒,獨自怎生得黑。」『黑』字不許第二人押。婦人中有此文筆,殆間氣也。(《貴耳集》)

△沈際飛云:首下十四箇疊字,乃公孫大娘舞劍手,宋朝能詞之士,秦七、黃九輩未曾有下十四箇疊字者,蓋用《文選》諸賦格。「黑」字更不許第二人押。「點點滴滴」,四疊字又無斧迹,易安間氣所生,不獨雄于閨閣也。(《草堂詩餘・別集》)

△楊愼云:〈聲聲慢〉一詞,最爲婉妙。其詞云云。荃翁張端義《貴耳集》云:「此詞首下十四箇疊字,乃公孫大娘舞劍手,本朝非無能詞之士,未曾有下十四箇疊字者,乃用《文選》諸賦格。『守着窗兒,獨自怎生得黑』,此黑字不許第二人押。又『梧桐更兼細雨,到黃昏,點點滴滴』四疊字,又無斧痕。婦人中有此,殆間氣也。」(《詞品》)

△沈雄云:「守着窗兒,獨自怎生得黑?」又「梧桐更兼細雨,到黃昏點點滴滴。」正詞家所謂以易爲險,以故爲新者,易安先得之矣。(《古今詞話》)

△陳廷焯云:「尋尋覓覓,冷冷清清,悽悽慘慘戚戚」,易安雋句也,並非高調。　又云:易安〈聲聲慢〉詞,張正夫云云,此論甚陋,十四疊字,不過造語奇雋耳,詞境深淺,殊不在此。執是以論詞,未免魔障。　又云:易安〈聲聲慢〉一闋,連下十四疊字,張正夫稱爲公孫大娘舞劍手,且謂本朝非無能詞之士,未曾有一下十四疊字者。然此

不過奇筆耳，並非高調，張氏賞之，所見亦淺。　又云：後幅一片神行，愈唱愈妙。(《白雨齋詞話》)

△萬樹云：從來此體，皆收易安所作，蓋其遒逸之氣，如生龍活虎，非描塑可擬。其用字奇橫而不妨音律，故卓絕千古，人若不學其才而故學其筆，則未免類狗矣。觀其用上聲、入聲，如慘字、戚字、盞字、點字、滴字等，原可作平，故能諧協，非可泛用仄字，而以去聲塡入也。其前結「正傷心，卻是舊時相識」，於心字逗句，然於上五下四者原不拗，所謂此九字一氣貫下也。後段第二三句「憔悴損，如今有誰忺摘」。句法亦然。(《詞律》)

△彭孫遹云：首句連下十四個疊字，眞似大珠小珠落玉盤也。　又云：才一斛，愁千斛，雖六斛明珠，何以易之？(《詞藻》)

△吳灝云：易安以詞擅長，揮灑俊逸，亦能琢煉；最愛其「草綠堦前，暮天雁斷」，極似唐人。其〈聲聲慢〉一闋，張正夫稱爲公孫大娘舞劍手，以其連下十四疊字也。此卻不是難處，因調名〈聲聲慢〉，而刻意播弄之耳；其佳處在後又下「點點滴滴」四字，與前照應有法，不是草草落句。玩其筆力，本自矯拔，詞家少有，庶幾蘇、辛之亞。(《歷朝名媛詩詞》)

△周濟云：雙聲疊韻字，要着意布置，有宜雙不宜疊、宜疊不宜雙處；重字則既雙且疊，尤宜斟酌，如李易安之「悽悽慘慘戚戚」，三疊韻、六雙聲，是鍛鍊出來，非偶然拈得也。(〈介存齋詞選序論〉)

△劉體仁云：周美成不止不能作情語，其體雅正，無旁見側出之妙。柳七最尖穎，時有俳狎，故子瞻以是呵少游，若山谷亦不免，如「我不合太擱就」類，下此則蒜酪體也；惟易安居士「最難將息」、「怎一個愁字了得」，深妙穩雅，不落蒜酪，亦不落絕句，眞此道本色當行第一人也。(《七頌堂詞繹》)

△梁紹壬云：詩有一句疊三字者，吳融〈秋樹詩〉:「槭槭淒淒葉葉同」是也；有一句連三字者，劉駕詩:「樹樹樹梢啼曉鶯，夜夜夜深聞子規」是也；有兩句連三字者，白樂天詩:「新詩三十軸，軸軸金玉聲」是也；有一句疊四字者，古詩:「行行重行行」，木蘭詩:「唧唧復唧唧」是也；有兩句互疊字者，王胄詩:「年年歲歲花常發，歲歲年年人不同」是也；有三聯疊字者，古詩:「青青河畔草」是也；有七聯疊字者，昌黎〈南

山詩〉:「延延離又屬」十四句是也；至李易安詞，「尋尋覓覓，冷冷清清，悽悽慘慘戚戚」，連上十四疊字，則出奇制勝，眞匪夷所思矣。(《兩般秋雨盦隨筆》)

△王又華云：晚唐詩人，好用疊字語，義山尤甚，殊不見佳。如「廻腸九疊後，猶有剩廻腸」、「地寬樓已迴，人更迴於樓」、「行到巴西覓譙秀，巴西唯是有寒蕪」。至於三疊者，「望喜樓中憶閬州，若到閬州還赴海；閬州應更有高樓」之類。又如〈菊詩〉「暗暗淡淡紫，融融冶冶黃」，亦不佳。李清照〈聲聲慢〉〈秋情〉詞，起法似本於此，乃有出藍之奇。蓋此等語，自宜於塡詞家。　又云：〈秦樓月〉，仄韻調也，孫夫人以平聲作之；〈聲聲慢〉，平韻調也，李易安以仄聲作之。豈二調原皆可平可仄，抑二婦故欲見別逞奇，實非法邪？然此二詞，乃更俱稱絕唱者，又何也？(《古今詞論》)

△許昂霄云：易安此詞，頗帶傖氣，而昔人極口稱之，殆不可解。(《詞綜偶評》)

△陸鎣云：疊字之法最古，義山尤喜用之，然如〈菊詩〉「暗暗淡淡紫，融融冶冶黃」，轉成笑柄。宋人中易安居士善用此法，其〈聲聲慢〉一詞，頓挫淒絕。二闋共十餘個疊字，而氣機流動，前無古人，後無來者，可爲詞家疊字之法。(《問花樓詞話》)

△陸以湉云：李易安詞「尋尋覓覓，冷冷清清，悽悽慘慘戚戚」。喬夢符效之作〈天淨沙〉詞云：「鶯鶯燕燕春春，花花柳柳眞眞，事事風風韻韻，嬌嬌嫩嫩，停停當當人人。」疊字又增其半，然不若李之自然妥帖。大抵前人傑出之作，後人學之，鮮有能並美者。(《冷廬雜識》)

△俞正燮云：其秋詞〈聲聲慢〉云：「守着窗兒，獨自怎生得黑。」黑字眞不許第二人押也。詞云：「尋尋覓覓，冷冷清清，悽悽慘慘戚戚。」一下十四疊字。後又云：「梧桐更兼細雨，到黃昏點點滴滴。」《貴耳集》云是晚年作，非也。(《易安居士事輯》)

△沈謙云：予少時和唐宋詞三百闋，獨不敢次「尋尋覓覓」一篇，恐爲婦人所笑。(《塡詞雜說》)

△張祖望云：「這次第怎一個愁字了得」，沒要緊語也。(《詞學集成》引)

△吳梅云：此詞收二語，頗有傖氣，非易安集中最勝者。(《詞學通論》)

△梁啓超云：此條最得咽字訣，清眞不及也。(《藝蘅館詞選》引)

△孫原湘云：易安居士千古絕調，當是德夫亡後，無聊淒怨之作。（張壽林校輯本《漱玉詞》引）

△任中敏云：此詞乃北宋女詞人中特異之作，運用白話，而未反詞之體性，斯為難得。（《詞曲通義》）

△梁乙眞云：此詞精工巧麗，備極才情，讀之眞如「大珠小珠落玉盤」，其運辭之技巧，描寫之眞切，可謂極藝術之能事。（《中國婦女文學史綱》）

△龍沐勛云：端義，南宋人，所言如此，足見易安晚年詞境之超絕。（〈漱玉詞敘論〉）

△詹安泰云：易安工於言情，其〈聲聲慢〉、〈鳳凰臺上憶吹簫〉、〈一翦梅〉、〈武陵春〉諸闋，均纏綿悱惻，足以蕩氣迴腸。（《讀詞偶記》）

△傅庚生云：此十四字妙，妙在疊字，一也；妙在有層次，二也；妙在曲盡思婦之情，三也。良人既行矣，而心似有未信其既去者，用以「尋尋」；尋尋之未見也，而心似仍未信其即去者，又用「覓覓」；覓者，尋而又細察之也；覓覓之終未有得，是良人眞個去矣，閨闥之內，漸以「冷冷」；冷冷外也，非內也，繼而「清清」；清清內也，非復外矣，又繼以「悽悽」；冷清漸蹙而凝於心，又繼以「慘慘」；凝於心而心不堪任，故終之以「戚戚」也；則腸痛心碎，伏枕而泣矣。似此步步寫來，自疑而信，由淺入深，何等層次，幾多細膩；不然將來疊字之巧，必貽堆砌之譏；一涉堆砌，則疊字不足云巧矣。故覓覓不可改在尋尋之上，冷冷不可移植清清之下，而戚戚又必居最末也。且也，此等心情，惟女兒能有之；此等筆墨，惟女兒能出之；設使其征人為女，居者為男，吾知其破題兒便已確信伊人之不在邇也，當無尋尋覓覓之事，男兒之心粗故也。能詞之士多昂藏丈夫，勉學鶯鶯燕燕者，故不能下如此之十四疊字耳。（《中國文學欣賞舉隅》）

△鍾應梅云：此詞寫秋日閨情，舊本或題作「秋情」（《草堂詩餘・別集》），或題作「秋閨」（《古今詞統》）。一起連用七疊字，寂寞之情景畢見。自「乍暖還寒」句起，一意到底，全用節物襯託內心情緒。「三杯兩盞」、「晚來風急」、「雁過」、「黃花」、「梧桐」、「細雨」、「黃昏」等等，皆為結句「這次第，怎一個愁字了得」蓄勢耳。　又云：詞因傷感而作，而筆力矯健，情不傷其氣也。昔人多論其疊字之難，余謂疊字固難，

而所疊之字，與上下文描寫之事物，俱能貼切貫串，尤難。若元喬吉〈天淨沙〉:「鶯鶯燕燕春春，花花柳柳眞眞，事事風風韻韻，嬌嬌嫩嫩，停停當當人人。」則才人之小技，似難而實易也。　又云：溫庭筠〈更漏子〉「玉鑪香」一首，後半云:「梧桐樹，三更雨，不道離情正苦，一葉葉，一聲聲，空階滴到明。」與李詞之「梧桐更兼細雨，到黃昏點點滴滴。這次第，怎一個愁字了得」，用意相似。溫詞歸結於一「苦」字，而李詞則直逼出一「愁」字，相師之處，其迹可尋，然千百年來鮮有論及此者，蓋因易安能於模擬之中別深歌意，獨鑄新辭。如「點點滴滴」四字，即取自「一葉葉，一聲聲」二句；然淅瀝之聲可聞，淒苦之情如見，較諸溫句，別具生動含蓄之妙；此則李詞能不囿於溫作，而獨蔚爲絕唱之故也。(《蘂園說詞》)

△李栖云:〈聲聲慢〉起首連疊十四字，「尋尋覓覓，冷冷清清，悽悽慘慘戚戚」以啓之；末又以「梧桐更兼細雨，到黃昏點點滴滴」四疊字收之，頓挫淒絕，出奇制勝，眞不作第二人想矣。(《漱玉詞研究》)

△廣棪案：余謂：清照詞自有其面目，大抵於芬馨之中有神駿之致，其蹊徑獨闢之處，實足以表現創闢之才者。茲舉〈聲聲慢〉一闋爲證。

又案：羅大經《鶴林玉露》卷十二云:「尋尋覓覓，冷冷清清，悽悽慘慘戚戚。起頭連疊七字，以一婦人，乃能創意出奇如此。」張端義《貴耳集》卷上云:「秋詞〈聲聲慢〉『尋尋覓覓，冷冷清清，悽悽慘慘戚戚』，此乃公孫大娘舞劍手，本朝非無能詞之士，未曾有一下十四疊字者，用《文選》諸賦格。後疊又云:『梧桐更兼細雨，到黃昏點點滴滴』，又使疊字，俱無斧鑿痕。更有一奇字云:『守著窗兒，獨自怎生得黑』，『黑』字不許第二人押。婦人中有此文筆，殆間氣也。」觀羅、張之論，謂清照富創闢之力，固無疑焉。(《李清照研究》)

【繫年】

此詞張端義《貴耳集》卷上以爲清照南渡後晚年作，是也。然俞正燮〈易安居士事輯〉云:「《貴耳集》以爲晚年作，非也。」未知何據？王仲聞〈李清照事迹作品雜考〉云:「案此詞依其內容所表達之思想感情推之，必晚年所作，《貴耳集》所云，當得其實。俞氏以不誤爲誤，殊非。」王說是。

【考證】

此闋羅大經《鶴林玉露》卷十二、張端義《貴耳集》卷上均引作清照詞。羅、張二人與清照同時，所言可信。惟沈際飛《草堂詩餘・別集》卷二載此闋，注：「明代有誤作康與之詞。」

慶清朝慢

禁幄低張，彤〔一〕闌巧護，就中獨占殘春。容華淡竚〔二〕，綽約俱見天真。待得羣花過後，一番風露曉粧新。妖嬈豔〔三〕態〔四〕，妒風笑月，長殢東君。　東城邊，南陌上，正日烘池館，竟〔五〕走香輪。綺筵散日〔六〕，誰人可繼芳塵？更好明光宮殿〔七〕，幾枝先近〔八〕日邊勻。金尊倒，拼了盡〔九〕燭，不管〔一〇〕黃昏。

【校記】

〔一〕「彤」，《歷代詩餘》、《山左人詞》、四印齋本、冷雪盦本均作「雕」。

〔二〕「竚」，《山左人詞》、四印齋本、冷雪盦本均作「佇」。

〔三〕《歷代詩餘》、《詞譜》、四印齋本、冷雪盦本均無「豔」字。

〔四〕「態」，冷雪盦本作「能」，當係誤排。

〔五〕「竟」，《歷代詩餘》、《山左人詞》、四印齋本、冷雪盦本均作「競」。

〔六〕「日」，《歷代詩餘》、四印齋本、冷雪盦本均作「目」。

〔七〕「殿」，《歷代詩餘》、《山左人詞》、四印齋本、冷雪盦本均作「裏」。

〔八〕「近」，《歷代詩餘》、四印齋本、冷雪盦本均作「向」。

〔九〕「盡」，《歷代詩餘》、四印齋本、冷雪盦本均作「畫」。《校輯宋金元人詞》本注：案「了盡」當作「盡了」。

〔一〇〕「管」，《詞譜》作「愛」。

【考證】

此闋見《花草粹編》卷十，乃清照詞，前人從無置疑者。

念奴嬌〔一〕〔二〕

蕭條庭院，又〔三〕斜風細雨，重門須〔四〕閉。寵柳嬌花〔五〕寒食近〔六〕，種種惱人天氣。險韻詩成，扶頭酒醒，別是閒滋味。征〔七〕鴻過盡，萬千心事難〔八〕寄。　樓上幾日春寒〔九〕，簾垂四〔一〇〕

面，玉闌干慵〔一一〕倚。被冷香消新〔一二〕夢覺〔一三〕，不許愁人不起。清露晨流〔一四〕，新〔一五〕桐初引，多少遊春意。日〔一六〕高煙斂，更看今〔一七〕日晴未？

【校記】

〔一〕《詩詞雜俎》本、《詞林紀事》、《詞綜》作〈壺中天慢〉，即〈念奴嬌〉。

〔二〕《花庵詞選》、《花草粹編》、《草堂詩餘》、《古今詞統》、《詩詞雜俎》本、《全宋詞》本題作「春情」，《彤管遺編》、《古今女史》、冷雪盦本題作「春日閨情」。

〔三〕「又」，《花草粹編》、《草堂詩餘》、《古今詞統》均作「有」。

〔四〕「須」，《歷代詩餘》、冷雪盦本均作「深」。

〔五〕「花」，《陽春白雪》作「鶯」。

〔六〕《彤管遺編》無「近」字。

〔七〕「征」，《陽春白雪》作「飛」。

〔八〕「難」，《陽春白雪》作「誰」。

〔九〕「春寒」，《陽春白雪》作「寒濃」。

〔一〇〕「四」，《陽春白雪》作「三」。

〔一一〕「玉闌干慵」，《陽春白雪》作「閑拍闌干」。

〔一二〕「新」，《陽春白雪》作「清」。

〔一三〕「夢覺」，《陽春白雪》作「夢斷」，《彤管遺編》作「覺夢」。

〔一四〕「流」，《山左人詞》、四印齋本均作「梳」。

〔一五〕「新」，《陽春白雪》作「疏」。

〔一六〕「日」，《陽春白雪》作「雲」。

〔一七〕「今」，《陽春白雪》作「明」。

【評箋】

△黃昇云：前輩嘗稱易安「綠肥紅瘦」爲佳句，余謂此篇「寵柳嬌花」之語，亦甚奇俊，前此未有能道之者。（《花庵詞選》）

△沈際飛云：「寵柳嬌花」又是易安奇句，後人竊其影似，猶驚目直聲也。不效顰於漢魏，不學步於盛唐，應情而發，能通於人，有首尾。（《草堂詩餘・正集》）

△楊慎云：詞於文章爲末藝，非自選詩、樂府來，必不能入妙。易安云：「清露晨流，新桐初引」，全用《世說》。女流有此，在男子亦秦、周之流也。（《詞品》）

△王世貞：「寵柳嬌花」，新麗之甚。（《弇州山人詞評》）

△李攀龍云：上是心事，難以言傳；下是新夢，可以意會。（《草堂詩餘雋》）

△彭孫遹云：李易安「被冷香消新夢覺，不許愁人不起」、「守着窗兒，獨自怎生得黑」，皆用淺俗之語，發清新之思，詞意並工，閨情絕調。（《金粟詞話》）

△沈雄云：李易安「被冷香消新夢覺，不許愁人不起」。又「於今憔悴，風鬟霜鬢，怕見夜間出去」。楊用修以其尋常言語，度入音律，殊爲自然。（《古今詞話》）

△陳廷焯云：「寵柳嬌花」之句，黃叔暘歎謂前此未有能道之者。此語殊病纖巧，黃氏賞之亦謬。宋人論詞，且多左道，何怪後世紛紛哉？（《白雨齋詞話》）

△毛先舒云：詞家刻意、俊語、濃色，此三者皆作者神明，然須有淺深處，平處忽着一二乃佳。如美成〈秋思〉，平敘景物已足，乃出「醉頭扶起寒怯」，便動人工妙。李易安〈春情〉：「清露晨流，新桐初引」，用《世說》全句渾妙。嘗論詞貴開宕，不欲沾滯，忽悲忽喜，乍遠乍近，斯爲妙耳。如遊樂詞須微着愁思，方不癡肥；李〈春情〉詞本閨怨，結云：「多少遊春意，更看今日晴未。」忽爾開拓，不但不爲題束，並不爲本意所苦，直如行雲舒卷自如，人不覺耳。（《詞苑叢談》引《詩辯坻》）

△許昂霄云：此詞造語固爲奇俊，然未免有句無章。舊人不加評駁，殆以其婦人而恕之耶？（《詞綜偶評》）

△黃了翁云：只寫心緒落寞，近寒食更難遣耳，陡然而起，便爾深邃；至前段云「重門須閉」，後段云「不許起」，一開一合，情各戛戛生新。起處雨，結句晴，局法渾成。（《蓼園詞選》）

△徐珂方：宋李清照〈壺中天慢〉云：「清露晨流，新桐初引。」（用《世說》語。《遠志齋詞衷》）。（《詞講義》）

△繆鉞云：「被冷香消新夢覺，不許愁人不起。清露晨流，新桐初引，多

少遊春意，日高煙斂，更看今日晴未。」以尋常言語，度入音律，極自然，極雋永，在易安行所無事，而後人鮮能學步，蓋活色生香，決非翦采爲花者所可企及也。(〈論李易安詞〉)

△鍾應梅云：又其造句，如「綠肥紅瘦」、「寵柳嬌花」(〈念奴嬌〉)、「染柳煙濃，吹梅笛怨」(〈永遇樂〉)、「花影壓重門，疏簾鋪淡月，好黃昏」(〈小重山〉)、「未成沉醉意先融」(〈浣溪沙〉)、「淡雲來往月疎疎」(〈浣溪沙〉)、「枕上詩書閒處好，門前風景雨來佳」(〈攤破浣溪沙〉)，或以用字勝，或以體物勝，信足以抗軼周、柳，爲詞家之一大宗矣。(《蘗園說詞》)

△李栖云：其修辭之奇，如〈如夢令〉「綠肥紅瘦」、〈念奴嬌〉「寵柳嬌花」、〈醉花陰〉「莫道不消魂，簾捲西風，人比黃花瘦」、〈好事近〉「風定落花深，簾外擁紅堆雪」、〈鳳凰臺上憶吹簫〉「今年瘦，非干病酒，不是悲秋」，皆不拾古人牙慧，而語中自藏無限曲折。既偶一用典，如《念奴嬌》「清露晨流，新桐初引」，借句《世說新語》，而自然渾妙。

又云：其鍊字之奇，如：〈浣溪沙〉「淡雲來往月疎疎」、〈念奴嬌〉「被冷香消新夢覺，不許愁人不起」、〈聲聲慢〉「守着窗兒，獨自怎生得黑」、又「這次第，怎一個愁字了得」，及〈永遇樂〉下片數句，皆是以尋常語句，度入聲律，望似平易，實乃經千捶百鍊，字字珠玉也。(〈漱玉詞研究〉)

【繫年】

本闋俞正燮《易安居士事輯》謂爲早期作品，王仲聞〈李清照事迹作品雜考〉亦以爲「此首作於北宋」。而余則謂此必清照晚年之作，蓋其風格與〈聲聲慢〉〈秋情〉、〈永遇樂〉〈元宵〉諸詞甚相類也。

【考證】

此闋見黃昇《唐宋諸賢絕妙詞選》卷十，乃清照詞，前人從無置疑者。

永遇樂

落日鎔金，暮雲合璧〔一〕。人在何處？染柳煙濃〔二〕，吹梅笛怨，春意知幾許。元宵佳節，融和天氣，次第豈無風雨。來相召，香車寶馬，謝他〔三〕酒朋詩侶。　　中州盛日，閨門多暇，記得偏重三五。鋪翠冠兒，撚金雪柳，簇帶爭濟楚。如〔四〕今憔悴，風鬟霜〔五〕鬢，怕見夜間出去〔六〕。不如向簾兒底下，聽人笑語。

【校記】

〔一〕「壁」，《陽春白雪》、〈易安居士事輯〉、《山左人詞》、《宋詞三百首》均作「璧」。

〔二〕「濃」，《貴耳集》、《詞品》、〈易安居士事輯〉均作「輕」。

〔三〕「他」，《山左人詞》作「它」。

〔四〕「如」，《貴耳集》、《詞品》、〈易安居士事輯〉均作「於」。《詩詞雜俎》本作「于」。

〔五〕「霜」，《山左人詞》、四印齋本、《宋詞三百首》、《校輯宋金元人詞》本均作「霧」。

〔六〕《山左人詞》、四印齋本均注云：「見，別作向。又作『怕向花間重去』。」

【評箋】

△劉辰翁云：余自乙亥上元，誦李易安〈永遇樂〉，爲之涕下，今三年矣。每聞此詞，輒不自堪，遂依其聲，又託之易安自喻，雖辭不及，而悲苦過之。(〈永遇樂小序〉)

△張端義云：易安居士李氏，趙明誠之妻，《金石錄》亦筆削其間。南渡以來，常懷京洛舊事。晚年賦〈元宵・永遇樂〉詞云：「落日鎔金，暮雲合璧」，已自工緻。至於「染柳煙輕，吹梅笛怨，春意知幾許」，氣象更好。後疊云：「於今憔悴，風鬟霜鬢，怕見夜間出去」，皆以尋常語言度入音律，鍊句精巧則易，平淡入妙者難。山谷謂以故爲新、以俗爲雅者，易安先得之矣。(《貴耳集》)

△張炎云：昔人詠節序，付之歌喉者，不過爲應時帖括之作，所謂清明「柝桐花爛熳」，端午「梅霖乍歇」，七夕「炎光謝」，若律以詞家風度，則俱未然。豈如周美成〈解語花〉詠元夕，史邦卿〈東風第一枝〉詠立春，不獨措辭精粹，且見時序風物之感。若易安〈永遇樂〉詠元夕云：「不如向簾兒底下，聽人笑語。」亦自不惡，如以俚詞歌於坐花醉月之下，爲眞可惜。(《詞源》)

△楊慎云：辛稼軒詞「泛菊杯深，吹梅角暖」，蓋用易安「染柳煙輕，吹

梅笛怨」也；然稼軒改數字更工，不妨襲用，不然，豈盜狐白裘手耶？

又云：晚年自南渡後，懷京洛舊事，賦〈元宵・永遇樂〉詞云：「落日鎔金，暮雲合璧。」已自工緻。至於「染柳煙輕，吹梅笛怨，春意知幾許」，氣象更好。後疊云：「於今憔悴，風鬟霜鬢，怕見夜間出去。」皆以尋常言語。鍊句精巧則易，平淡入妙者難。山谷所謂「以故爲新，以俗爲雅」者，易安先得之矣。(《詞品》)

△胡應麟云：辛、李皆南渡時人，相去不遠；又二人皆詞手，安得謂辛剽李語耶？(《少室山房筆叢》)

△俞正燮云：建炎二年，明誠起復，知江寧府。易安自南渡以後，常懷京洛舊事，元宵賦〈永遇樂〉詞曰：「落日鎔金，暮雲合璧。」又曰：「染柳煙輕，吹梅笛怨，春意知幾許。」後疊曰：「於今憔悴，風鬟霜鬢，怕向花間重去。」(〈易安居士事輯〉)

△伍崇曜云：序稱撰於紹興四年，固《貴耳集》所稱南渡以來常懷京洛舊事，晚年賦詞有「於今憔悴，風鬟霜鬢」時也。(〈打馬圖跋〉)

△吳梅云：〈永遇樂〉元宵詞，人咸謂佳絕。此事感懷京洛，須有沉痛語方佳。詞中如「於今憔悴，風鬟霜鬢，怕向花間重去」，固是佳語，而上下文皆不稱。上文「鋪翠冠兒，撚金雪柳，簇帶爭濟楚」，下云「不如向簾兒底下，聽人笑語」，皆太質率，明者自能辨之。(《詞學通論》)

△黃濬云：若純特狀落日者，余頗以李易安之「落日鎔金，暮雲合璧，人在何處」爲佳，「鎔金」句易，「合璧」思奇，接以人在何處，便有悠然惘然之意，宜劉須溪、張叔夏輩之折服此詞也。(《花隨人聖盦摭憶》)

△龍沐勛云：以矯拔之筆出之。(〈漱玉詞敘論〉)

△繆鉞云：沈健。(〈論李易安詞〉)

△佘雪曼云：本詞爲清照晚年南渡後，懷京洛舊事詠元宵之作。(《李清照詞校注》)

△王仲聞云：此乃晚年作品，非南渡初作，俞氏以爲在江寧所作，不知何據？(〈李清照事迹作品雜考〉)

△廣棪案：〈永遇樂・元宵詞〉更是思鄉之佳構，劉辰翁誦之，爲之涕下。其文辭沉痛可知。　又案：本闋確是易安居士緬懷京洛舊事之作，讀此等詞，清照晚境之頹唐，清晰可覩。(《李清照研究》)

【繫年】

張端義《貴耳集》卷上云：「易安居士李氏，趙明誠之妻，南渡以來，常懷京洛舊事，晚年賦〈元宵·永遇樂〉詞。」案：端義，南宋人，所言足信。然俞正燮〈易安居士事輯〉繫此闋於建炎二年（1128）清照在江寧時，失據。

【考證】

此闋見趙聞禮《陽春白雪》卷二，乃清照詞，前人從無置疑者。

多麗 詠白菊〔一〕

小樓寒，夜長簾幕低垂。恨瀟瀟〔二〕無情風雨，夜來揉損瓊肌。也不似貴妃醉臉，也不似孫壽愁〔三〕眉。韓令偷香，徐娘傅粉。莫將比擬未新奇，細看取，屈平陶令，風韻正相宜。微風起，清芬醞藉，不減酴醾。　　漸秋闌，雪清玉瘦，向人無限依依，似愁凝漢皐解佩，似淚灑紈扇題詩。朗〔四〕月清風，濃煙暗雨，天教憔悴度〔五〕芳姿。縱愛惜，不知從此，留得幾多時？人情好，何須更憶，澤畔東籬。

【校記】

〔一〕《花草粹編》無題。《歷代詩餘》題作「蘭菊」。

〔二〕「瀟瀟」，《樂府雅詞》、《花草粹編》、《歷代詩餘》、冷雪盦本、《全宋詞》本均作「蕭蕭」。

〔三〕「愁」，《歷代詩餘》、冷雪盦本均作「低」。

〔四〕「朗」，《花草粹編》、《歷代詩餘》、冷雪盦本均作「明」。

〔五〕「度」，《歷代詩餘》、冷雪盦本均作「瘦」。

【評箋】

△況周頤云：李易安〈多麗〉詠白菊，前段用貴妃、孫壽、韓掾、徐娘、屈平、陶令若干人物，後段雪清玉瘦、漢皐紈扇、朗月清風、濃煙暗雨許多字面，卻不嫌堆垜，賴有清氣流行耳。「縱愛惜，不知從此，留得幾多時」三句最佳，所謂傳神阿堵，一筆凌空，通篇俱活。歇拍不妨更用「澤畔東籬」字，昔人評《花間》鏤金錯繡而無痕迹，余於此

闋亦云。(《珠花簃詞話》)

△李栖云：用典多如〈多麗〉詠白菊，用楊貴妃醉臉、孫壽愁眉、韓掾偷香、徐娘傅粉、屈平餐英、陶令採菊、漢臯解佩、紈扇題詩若干典故，而不嫌堆垛，若非有清氣流行，何以至此耶？(〈漱玉詞研究〉)

△廣校案：清照於其〈詞論〉中，又特標鋪敘、典重、情致、故實四目，以爲修辭之鵠的。倚聲者須神明變化於四者之中，方是斲輪老手，否則則若良玉有瑕，價自減半矣。清照嘗作〈多麗〉詠白菊，是一詞而修辭四目畢備者。　又案：準況氏之評，則清照於歌詞一道，誠不愧斲輪老手矣。(《李清照研究》)

【考證】

此首見《樂府雅詞》卷六，乃清照詞，前人從無置疑之者。

詩

感懷 並序

宣和辛丑八月十日到萊，獨坐一室，平生所見，皆不在目前。几上有《禮韻》，因信手開之，約以所開為韻作詩，偶得「子」字，因以為韻，作〈感懷詩〉。

寒窗敗几無書史，公路可憐合至此。青州從事孔方君，終日紛紛喜生事。作詩謝絕聊閉門，燕寢凝香有佳思。靜中我乃見一作「得」。**至交，烏有先生子虛子。**（《彤管遺編》、《彤管新編》、《歷朝名媛詩詞》、《女騷》、《名媛詩歸》）

【評箋】

△俞正燮云：此詩上、去兩押，所謂詩止分平、側。（〈易安居士事輯〉）

△李栖云：至萊，撰〈感懷詩〉以敘情。　又云：前任離職乃盡攜去家具，若明誠先至萊，俟清照至時，官府必不至蕭條如許，此亦是明誠夫婦同時到任之推證也。（〈漱玉詞研究〉）

△廣棪案：清照有〈感懷〉詩，亦七古之體。詩乃宣和三年辛丑（1121）八月十日所作者。俞正燮〈易安居士事輯〉謂：「此詩上去兩押，所謂詩止平側。」所見甚是。又此篇用典不着痕迹，詩體省淨，深得陶公雅淡之遺。末句出司馬相如〈子虛賦〉，蓋點出一「無」字，《老子》云：「無名天地之始。」《莊子》曰：「泰初有無，無有無名。」斯乃全詩主旨所在。（《李清照研究》）

【繫年】

據詩序，此首必宣和三年辛丑（1121）八月十日到萊後作。俞正燮〈易安居士事輯〉繫於紹興三年，誤，或未留意詩序也。

【考證】

此詩見酈琥《彤管遺編》卷十七、田藝蘅《詩女史》卷十一〈宋〉之二，乃清照作，前人從無置疑者。

春　殘

春殘何事苦思鄉，病裏梳頭眼一作「恨」**最**一作「髮」。**長。梁燕語多終日在**《歷朝名媛詩詞》作「伴」，**薔薇風細一簾香。**(《彤管遺編》、《彤管新編》、《歷朝閨雅》、《御選四朝詩》、《歷朝名媛詩詞》、《名媛詩歸》)

【評箋】

△陸昶云：清照詩不甚佳，而善於詞，雋雅可誦。即如〈春殘〉絕句「薔薇風細一簾香」，甚工緻，卻是詞語也。(《歷朝名媛詩詞》)

△廣棪案：清照之七絕有〈春殘〉、〈偶成〉、〈夜發嚴灘〉、〈題八詠樓〉諸章。其〈春殘〉一章乃建炎二年（1128）暮春所作。　又案：陸昶《歷朝名媛詩詞》卷七云：「清照詩不甚佳，而善於詞，雋雅可誦。即如〈春殘〉絕句『薔薇風細一簾香』，甚工緻，卻是詞語也。」所見甚是。然「清照詩不甚佳」一語，則是臆測之辭也。(《李清照研究》)

【繫年】

此詩見《彤管遺編》卷十七。詩中所謂病者，乃思鄉病也。蓋建炎二年暮春清照南渡後之作乎？

【考證】

此詩見《彤管遺編》卷十七，乃清照作，前人從無置疑者。

偶　成

十五年前花月底，相從曾賦賞花詩；今看花月渾相似，安得情懷似往時。(《永樂大典》卷八九九)

【評箋】

△黃盛璋云：十二卷之《李易安集》明時猶完好，焦竑《國史經籍志》別集著錄《李易安集》十二卷。明初修《永樂大典》時曾採此集，今

《大典》八八九冊一八頁錄有《李易安集》〈偶成〉一首，此《李易安集》包括詩文之證，若爲詞集，自只限於詞體一種。「十五年前」今雖不能定爲何年，但據詩意實追懷明誠，爲哀悼死者之作，當寫於建炎三年後。(〈趙明誠李清照夫婦年譜〉)

△廣棪案：此詩爲黃盛璋所發現，乃采自《永樂大典》第八百八十九冊、第十八頁者。黃氏〈趙明誠李清照夫婦年譜〉云：「十五年前今雖不能定爲何年，但據詩意實追懷明誠，爲哀悼死者之作，當寫於建炎三年後。」盛璋之言可信。(《李清照研究》)

【繫年】

此詩據黃盛璋考證，謂爲哀悼明誠之作，當寫成於建炎三年後。其說可信。

【考證】

此詩見《永樂大典》第八百八十九冊第十八頁，乃清照作，前人從無置疑者。

〈浯溪中興頌〉詩和張文潛

五十年功如電掃，華清花柳咸陽草。五坊供奉鬬鷄兒，酒肉堆中不知老。胡兵忽自天上來，逆胡亦是姦雄才。勤政樓前走胡馬，珠翠踏盡香塵埃。何為出戰輒披靡？傳置荔枝多馬死。堯功舜德本如天，安用區區紀文字。著碑銘德真陋哉，迺令神鬼磨山崖。子儀、光弼不自猜，天心悔禍人心開。夏、商有鑒當深戒，簡策汗青今具在。君不見，當時張說最多機，雖生已被姚崇賣。

君不見，驚人廢興傳天寶，中興碑上今生草。不知負國有姦雄，但說成功尊國老。誰令妃子天上來，虢、秦、韓國皆天才，花桑羯鼓玉方響，春風不敢生塵埃。姓名誰復知安史，健兒猛將安眠死。去天尺五抱甕峯，峯頭鑿出開元字。時移勢去真可哀，姦人心醜深如崖。西蜀萬里尚能反，南內一閉何時開？可憐孝德如天大，反使將軍稱好在。嗚呼！奴輩乃不能道輔國用事張后尊，乃能念春薺長安作斤賣。(《清波雜志》)

【評箋】

△周煇云：〈浯溪中興頌〉碑，自唐至今，題詠實繁。零陵近雖刊行，止會粹已入石者，曾未暇廣搜而博訪也。趙明誠待制妻易安李夫人，嘗和張文潛長篇二，以婦人而廁眾作，非深有思致者能之乎？（《清波雜志》）

△曾敏行云：秦少游所賦〈浯溪中興詩〉，過崖下時，蓋未曾題石也。既行次永州，因縱步入市中，見一士人家，門戶稍修潔，遂直造焉。謂其主人曰：「我秦少游也，子以紙筆借我，當寫詩以贈。」主人倉卒未能具，時廊廡間有一木機瑩然，少游即筆書於其上，題曰：張耒文潛作，而以其名書之。宣和間其木機尚存，今此詩亦勒崖下矣。（《獨醒雜志》）

△〈讀中興頌〉詩，前後非一，惟黃魯直、潘大臨皆可爲世主規鑑。若張文潛之作，雖無之可也。陳去非篇末云：「小儒五載憂國淚，杖藜今日溪水側。欲搜奇句謝兩公，風作浪湧空心惻。」蓋當建炎亂離奔走之際，猶庶幾少陵不忘君之意耳。張安國篇末云：「北望神皐雙淚落，只今何人老文學。」語亦頓挫含蓄。然首句云：「錦綳兒啼思塞酥。」雖曰紀事，其淫褻亦甚矣。首以淫褻犯分之語，似非臣子所宜言。至於末句乃若愛君憂國者，則吾未敢信也。（《吳氏詩話》）

△樊增祥云：易安才高學贍，好詆訶人，遂爲忌者誣謗，幸得盧雅雨、俞理初輩爲之昭雪。其所爲古詩，放翁遺詩且猶不逮，誠齋、石湖以下勿論矣。（〈題李易安遺像序〉）

△黃盛璋云：《清波雜志》卷八：「趙明誠待制妻易安李夫人，嘗和張文潛長篇二，以婦人而廁眾作，非深有思致者能之乎？」據此，當時和者非一人。張耒原作見《張右史集》卷八，曾傳誦一時，定爲名作。張詩有以爲少游作者，《復齋漫錄》：「韓子蒼云：張文潛集中載〈中興頌〉，疑秦少游作，不惟浯溪有少游字刻，兼詳味詩意，亦似少游語也。」《庶齋老學叢談》〈題浯溪中興頌〉：「『玉環妖血無人掃』詩，世以爲張文潛作，實少游筆也，時被責憂畏，又持喪，乃托名文潛以名書耳。」《苕溪漁隱叢話·後集》：「余游浯溪，觀磨崖碑之側，有此詩刻石，前云：『讀中興頌，張耒文潛』後云：『秦觀少游書』，當以石刻爲正，不知子蒼亦何所據而言耶？」胡仔親見是碑，當可信據。子蒼說實出

臆測，盛爲擇遂據以坐實，實非。據《能改齋漫錄》謂：「少游以元符庚辰（三年）歲卒於藤州光華亭。」是張耒原作不得遲於是年。耒與格非爲通家之誼，故清照得和其詩。《碧鷄漫志》：「易安居士，京東提刑李格非文叔之女，建康守趙明誠之妻，自少便有詩名，才力華贍，逼近前輩。」或即指此詩而言。此時清照才十六、七，其詩已才氣橫溢，不可一世，自幼便有詩名，信不虛矣。（〈趙明誠李清照夫婦年譜〉）

△李栖云：李清照，自號易安居士，宋濟南歷城人，神宗元豐七年甲子（1084）生。父格非，出韓忠彥門下，有聲名。官至京東路提點刑獄，頗有著作。母王氏，狀元拱辰孫女，亦善文。文采風流，淵源有自。故清照自少才力華贍，即有詩名。年十六、七，嘗和張文潛〈浯溪中興頌〉詩二首，才氣橫溢，不可一世。　又云：少游以元符二年（1099）卒，是張文潛〈中興頌〉不得遲於是年也，此時清照方年十六七。（〈漱玉詞研究〉）

△廣棪案：清照以宋神宗元豐七年（1084）甲子歲生於鄉，既承父母兩系之遺傳，秀氣靈襟，超越恆流，故自少即善屬文，尤工於詩，晁無咎屢對士大夫稱之。嘗和張文潛〈浯溪中興頌〉詩二首，才力華贍，逼近前輩，非深於思致者莫能之。　又案：清照七言古體有四章，其所作〈浯溪中興頌詩和張文潛〉二首，蓋成於元符三年（1100）前後，時清照年約十六、七也。案：北宋末年，外患頻仍，國家危亡迫於眉睫；然宋室君臣猶多縱情聲色，罔顧朝政；而一部分士大夫則惟黨爭是務，爾虞我詐，互相傾軋。故清照此二詩乃借唐代開元、天寶遺事以喻當時政事之黑暗、危難之深重，其愛君憂國之思，沛乎楮墨之間，足爲世主規鑑。據《吳氏詩話》卷上載，當時和文潛詩者有黃魯直、潘大臨、陳去非、張安國諸人；而清照此篇固不在諸家之下也。（《李清照研究》）

【繫年】

張耒，字文潛，其所著《張右史集》有〈讀中興頌碑〉詩。詩或傳爲秦觀作，其實誤也。胡仔《苕溪漁隱叢話・後集》卷卅一云：「余遊浯溪，觀磨崖，碑之側有此詩刻石，前云：『〈讀中興頌〉，張耒文潛。』後云：『秦觀少游書。』」胡仔親見其碑，當可依據。考浯溪，在今湖南省祁陽縣西南五里。《宋史・秦觀傳》云：「紹聖初，坐黨籍，出，通判杭州。

以御史劉拯論其增損實錄，貶監處州酒稅，使者承風望旨，候伺過失。既而無所得，則以謁告寫佛書爲罪，稍秩，徙郴州。」案：郴州，屬今湖南境。秦觀後世孫秦瀛〈重編淮海先生年譜〉，謂少游治郴，始於紹聖三年丙子（1096）歲暮，終於元符元年戊寅（1098）初春，後此編管橫州，又徙雷州矣。故竊以爲少游手書〈讀中興頌〉於浯溪摩崖碑，當在是數年間，而文潛作詩必在其前也。清照詩乃和唱，黃盛璋、李栖以爲作於十六、七歲時，即元符三年（1100）前後，是也。王汝弼〈論李清照〉謂作於崇寧三年（1104），然上距張耒作詩之期過遙，恐非。

【考證】

此詩見周煇《清波雜志》卷八，乃清照作，前人從無置疑者。

上樞密韓公、工部尚書胡公 並序

紹興癸丑五月，樞密韓公、工部尚書胡公使虜，通兩宮也。有易安室者，父祖皆出韓公門下，今家世淪替，子姓寒微，不敢望公之車塵。又貧病，但神明未衰落，見此大號令，不能忘言，作古、律詩各一章，以寄區區之意，以待採詩者云。

三年夏六月，天子視朝久。凝旒望南雲，垂衣思北狩，如聞帝若曰：「岳牧與羣后。賢寧無半千，運已過陽九。勿勒〈燕然銘〉，勿種金城柳。豈無純孝臣，識此霜露悲？何必羹捨肉，便可車載脂。土地非所惜，玉帛如塵泥。誰當可將命，幣厚詞益卑。」四岳僉曰：「俞，臣下帝所知。中朝第一人，春官有昌黎。身為百夫特，行足萬人師。嘉祐與建中，為政有皐、夔。匈奴畏王商，吐蕃尊子儀。夷狄已破膽，將命公所宜。」公拜手稽首，受命白玉墀，曰：「臣敢辭難，此亦何等時！家人安足謀，妻子不必辭。願奉天地靈，願奉宗廟威。徑持紫泥詔，直入黃龍城。單于定稽顙，侍子當來迎。仁君方恃信，狂生休請纓。或取犬馬血，與結天地盟。」

胡公清德人所難，謀同德協心志安。脫衣已被漢恩暖，離歌不道易水寒。皇天久陰后土濕，雨勢未回風勢急。車聲轔轔馬蕭蕭，壯士懦夫俱感泣。閭閻嫠婦亦何知？瀝血投書干記室。夷虜從來性虎狼，不虞預備庸何傷。衷甲昔時聞楚幕，乘城前日記平涼。葵丘踐土非荒城，勿輕談士棄儒生。露布詞成馬猶倚，崤函關出鷄未鳴。巧匠何曾棄櫻櫟？蒭蕘之言或有益。不乞隋珠與和璧，只乞鄉關新信息。靈光雖在應蕭蕭，草中翁仲今何若？遺氓豈尚種桑麻？殘虜如聞保城郭。嫠家父祖生齊魯，位下名高人比數。當時稷下縱談時，猶記人揮汗成雨。子孫南渡今幾年，漂流遂與流人伍。欲將血淚寄山河，去灑東山一抔土。想見皇華過二京，壺漿夾道萬人迎。連昌宮裏桃應在，華萼樓頭鵲定驚。但說帝心憐赤子，須知天意念蒼生。聖君大信明如日，長亂何須在屢盟！（《雲麓漫鈔》）

【評箋】

△劉時舉云：紹興三年（1133）五月，命僉書樞密院事韓肖胄、工部尚書胡松年，充奉表通問使、副使使金，通兩宮也。（《續通鑑》）

△俞正燮云：（紹興三年）五月，命簽應作僉，押也。諸書皆從竹。書樞密院事韓肖胄、字似夫。工部尚書胡松年，字茂老，海州懷仁人。二人以七月行。充奉表通問使、副使使金，通兩宮也。劉時舉《續通鑑》。又案《宋朝事實》其事在七月。其後八年十二月，韓又使金。易安上韓詩曰：「三年夏六月，天子視朝久；凝旒望南雲，垂衣思北狩。如聞帝若曰：『岳牧與羣后，賢寧無半千，運已過陽九。勿勒〈燕然銘〉，勿種金城柳。豈無純孝臣，識此霜雪悲。何必舍羹肉，便可載車脂。土地非所惜，玉帛亦塵泥。誰可當將命，幣重詞益卑。』四岳僉曰：『俞，臣下帝所知。中朝第一人，春官有昌黎。身爲百夫特，行爲萬人師。嘉祐與建中，爲政有臯、夔。漢家貴王商，唐室重子儀。見時應破膽，將命公所宜。』肖胄，韓琦曾孫。公拜手稽首，受命白玉墀，曰：『臣敢辭難，此亦何等時。』家人安足謀，妻子不復辭。願奉宗廟靈，願奉天地威。徑持紫泥詔，直入黃龍城。北人懷舊德，侍子當來迎；聖孝定能達，勿復言請纓。倘持白馬血，與結天日盟。』」上胡詩曰：「胡公清德人所難，謀同德協置器安。解衣已道漢恩煖，離詩不怯關山寒。皇天久陰后土濕，雨勢未迴風勢急。車聲轔轔馬蕭蕭，壯士懦夫俱感泣。閭閻嫠婦亦何知，瀝血投詩干記室。葵邱莒父非荒城，勿輕談士棄儒生。憤王墓下馬猶倚，史言：項羽葬魯，在今穀城。寒號城邊鷄未鳴。《水經注》：韓侯城，在金地。巧匠亦曾顧櫻櫟，蒭蕘之詢或有益。不乞隨珠與和璧，但乞鄉關新信息。靈光雖在應蕭條，草中翁仲今何若？遺民定尚種桑

痡，敗將如聞保城郭。嫠家父祖生齊魯，位下名高人比數。當年稷下縱談時，猶記人揮汗如雨。子孫南渡今幾年，漂零遂與流人伍。願將血淚寄河山，去灑青州一坏土。」其序云：「以上二公，亦欲以俟採詩者。」《雲麓漫鈔》。(《易安居士事輯》)

△樊增祥云：松年、肖胄兩篇詩，南宋以來無此筆。(〈題李易安遺像〉)

△陳鍾凡云：建炎南渡還，中原頓鼎沸，易安傷流離，悲憤文姬配。師說：「南渡後，趙明誠先卒，李清照年五十餘矣，避亂東西奔走，詩多譏刺時事，故恨之者造言誣衊。」　又曰：「易安〈上樞密韓公工部尚書胡公詩〉，雄渾悲壯，雖起杜、韓爲之，無以過也。古今婦女，文姬外無第二人。」(〈清暉說詩〉)

△王仲聞云：《建炎以來繫年要錄》卷六十五載：「紹興三年五月丁卯，尚書吏部侍郎韓肖胄爲端明殿學士，同簽書樞密院事，充大金軍前奉表通問使，給事中胡松年試工部尚書充副使。」清照二詩當作於其時。

又云：作於紹興三年，俞氏所考未誤。惟俞氏以下半首爲〈上胡松年詩〉，蓋誤從厲鶚《宋詩紀事》所載。　又云：《宋詩紀事》卷八十七以古詩一首分爲兩首，一首上韓肖胄，一首上胡松年，而刪去其七律一首。俞正燮〈易安居士事輯〉及《繡水詩鈔》俱從之，皆非。(〈李清照事迹作品雜考〉)

△廣棪案：紹興三年癸丑（1133），夏六月，清照作〈上樞密韓公〉、〈工部尚書胡公〉二詩。其中〈上樞密韓公〉乃五古長律。樊增祥〈題李易安遺像〉云：「松年、肖胄兩篇詩，南宋以來無此筆。」陳鍾凡〈清暉說詩〉五〈讀宋詩〉亦云：「建炎南渡還，中原頓鼎沸，易安傷流離，悲憤文姬配。」鍾凡並引其師陳衍之說曰：「易安〈上樞密韓公〉、〈工部尚書胡公〉詩，雄渾悲壯，雖起杜、韓爲之，無以過也。古今婦女，文姬外無第二人。」案：二陳、增祥之論，對清照此詩極爲褒賞。然以余觀之，本詩若就其內容而論，僅敘錄紹興三年六月朝廷命韓肖胄充奉表通問使時，高宗之委任、諸臣之舉薦、肖胄之答辭耳。且詩中如「勿勒〈燕然銘〉，勿種金城柳」；「土地非所惜，玉帛如塵泥。誰當可將命，幣厚詞益卑」；「仁君方恃信，狂生休請纓」諸語，殊乏「雄渾悲壯」之音。至謂肖胄爲「百夫特」，爲「萬人師」，以臯、夔、王商、子儀、昌黎比況，更屬擬非其倫。故據此以判，本篇恐難列於上

品之林也，而二陳、增祥之評，不無偏私之嫌，非精鑿無疑者。　又案：此首（〈上工部尚書胡公〉詩）與〈上樞密韓公〉詩作於同時，全章既感傷亂離，又自悼淪落，追懷憂憤，風格略近於蔡琰〈悲憤詩〉。陳鍾凡〈清暉說詩〉評曰：「建炎南渡還，中原頓鼎沸，易安傷流離，悲憤文姬配。」其庶幾矣。（《李清照研究》）

【繫年】

此詩載《雲麓漫鈔》卷十四。觀其序及首句，則詩不得早於紹興三年癸丑六月作。

【考證】

此詩見趙彥衛《雲麓漫鈔》卷十四，乃清照作，前人從無置疑者。

夏日絕句《歷朝名媛詩詞》僅題〈絕句〉，《詩女史》題作〈烏江絕句〉

生當作《歷朝名媛詩詞》作「為」**人傑，死亦為**《歷朝名媛詩詞》作「作」**鬼雄，至今思項羽，不肯過江東。**（《彤管遺編》、《彤管新編》、《詩女史》、《歷朝名媛詩詞》、《名媛詩歸》）

【評箋】

△梁乙眞云：嶺崎歷落，出人意想之外，殊不屑爲女兒語也。（《中國婦女文學史綱》）

△廣棪案：〈夏日絕句〉一首，田藝蘅《詩女史》卷十一題作〈烏江絕句〉。是詩亦是借古諷今之作，蓋清照於建炎二年（1128）對高宗君臣之偷安南渡，殊致不滿，故發爲歌詞，以刺當世。梁乙眞《中國婦女文學史綱》評此章：「嶺崎歷落，出人意想之外，殊不屑爲女兒語也。」眞深中肯綮。（《李清照研究》）

【繫年】

此首借古諷今，其風格與清照南來諸詩殊無二致，詩題爲〈夏日絕句〉，其作於建炎二年夏間乎？

【考證】

此首並見《彤管遺編》卷十七，及《詩女史》卷十一，乃清照作，前人從無置疑者。

分得知字韻

學詩三十年，緘口不求知。誰遣好奇士，相逢說項斯。（《彤管遺編》、《彤管新編》、《名媛詩歸》）

【評箋】

△吳坰云：項斯未聞達時，因以卷謁江西楊敬之。楊苦愛之，贈詩曰：「幾度見詩詩盡好，及觀標格過於詩。平生不解藏人善，到處逢人說項斯。」陳无己見曾子開詩云：「今朝有客傳何尹，到處逢人說項斯。」雖全用古人詩句，而屬辭切當，上下意混成，眞脫胎法也。（《五總志》）

△余少時嘗與文潛在館中，因看《隋唐嘉話》，見楊祭酒贈項斯詩云：「度度見詩詩總好，今觀標格勝於詩。平生不解藏人善，到處逢人說項斯。」因問諸公：「唐時未聞項斯有詩名也。」文潛曰：「必不足觀。楊君詩律已如此，想其所好者皆此類也。」（《道山清話》）

△唐蘭云：道山不知何人，末有建炎四年（1130）其孫名暐者跋，時高宗初即位，則道山者必北宋人也。由書中所記，知其人爲蘇、黃之徒。此條云「與文潛在館中」，則當在元祐元年張文潛入史館以後，而紹聖初請郡以前也（1086～1094）。其所舉楊祭酒詩，亦在今本《嘉話錄》，而云《隋唐嘉話》者，兩書同名，又同爲劉姓，易致淆混，追述其事，因誤記耳。（〈劉賓客《嘉話錄》的校輯與辨僞〉）

△廣棪案：清照近體詩，亦傳五、七言絕各數章。其〈分得知字韻〉一篇，據余考證不得遲於宣和五年（1123）作。　又案：清照此詩用古人語句，而屬辭切當，上下意混成，眞脫胎法也。（《李清照研究》）

【繫年】

清照十一歲前即善吟咏，其少作「詩情如夜鵲，三繞未能安」、「少陵也是可憐人，更待明年試春草」逸句，並載朱弁《風月堂詩話》卷上。此詩首句謂「學詩三十年」，若由十一歲下推，至清照四十歲，時正宣和五年（1123）。竊謂此詩不得遲於是時作。

【考證】

此詩見《彤管遺編》卷十七，乃清照作，前人從無置疑者。

詠　史

兩漢本繼紹，新室如贅疣，所以嵇中散，至死薄殷、周。（《彤管遺編》、《宋詩紀事》引朱熹〈游藝論〉）

【評箋】

△朱熹云：本朝婦人能文，只有李易安與魏夫人，李有詩，大略云：（中略）中散非湯、武得國，引之以比王莽。如此等語，豈女子所能。（〈游藝論〉）

△王世貞云：「所以嵇中散，至死薄殷、周。」易安此語，雖涉議論，是佳境出宋人表。用修故峻其掊擊，不無矯枉之過。（《藝苑卮言》）

△廣校案：清照五言古詩，僅傳三首。其〈詠史〉一章，據余考證乃作於靖康二年（1127）間。全篇借古喻今，以兩漢比兩宋，以新室喻僞楚，又以贅疣諷張邦昌也。朱熹〈游藝論〉評此首，謂：「如此等語，豈女子所能。」王世貞《藝苑卮言》亦謂：「『所以嵇中散，至死薄殷、周。』易安此語，雖涉議論，是佳境出宋人表。」是詩之成就可覘矣。（《李清照研究》）

【繫年】

此首借古喻今，以兩漢喻兩宋，新室喻僞楚。史載靖康二年（1127）三月初七，金人冊立張邦昌於汴，僭號楚。是則此詩必其時作。

【考證】

此詩見朱熹〈游藝論〉（厲鶚《宋詩紀事》卷八十七引），乃清照作，前人從無置疑者。

題八詠樓

千古風流八詠樓，江山留與後人愁。水通南國三千里，氣壓江城十四州。（《彤管遺編》、《名媛詩歸》）

【評箋】

△梁乙眞云：藏氣深渾，含意雅正，感慨中直有一段不平之氣。（《中國婦女文學史綱》）

△黃盛璋云：在金華又作〈八詠樓〉詩（詩見《方輿勝覽》婺州下）。八詠樓與雙溪皆爲金華名勝，唐嚴維詩：「明月雙溪水，清風八詠樓。」（〈趙明誠李清照夫婦年譜〉）

△黃盛璋云：《方輿勝覽》又載清照〈題八詠樓〉詩，年月雖不可考，但八詠樓與雙溪同爲金華著名之名勝，亦必此次避亂金華所作。（〈李清照事跡考辨〉）

△王仲聞云：此詩當作於紹興五年清照避地金華時，八詠樓在金華。（〈李清照事迹作品雜考〉）

△李栖云：八詠樓在浙江省金華縣舊府之西。齊隆昌初，太守沈約建元暢樓，題〈八詠詩〉於其上。至宋至道中郡守馮伉改稱八詠樓。易安〈題八詠樓〉詩亦當作於避亂過金華時也。（〈漱玉詞研究〉）

△廣棪案：八詠樓在浙江金華縣舊府學西，本名元暢樓，齊隆昌初太守沈約建，宋至道間知州馮伉乃更今名。此詩乃紹興四年（1134）十月清照抵金華後作。梁乙眞《中國婦女文學史綱》云：「藏氣深渾，含意雅正，感慨中直有一段不平之氣。」允是的評。（《李清照研究》）

【繫年】

此詩乃題八詠樓之作。八詠樓本金華名勝，清照於紹興四年十月自臨安，經嚴灘而抵金華，詩必作成於抵金華後。

【考證】

此詩見《彤管遺編》卷十七，乃清照作，前人從無置疑者。

夜發嚴灘

巨艦只緣因利往，扁舟亦是為名來。往來有媿先生德，特地通宵過釣臺。（《釣臺集》）

【評箋】

△俞正燮云：四年，避亂西上，過嚴子陵釣臺，有「巨艦因利、扁舟爲名」之歎。《打馬圖》、《釣臺集》。或以其二十字韻語爲惡詩，蓋口占聊成之，非詩也，不復錄。（〈易安居士事輯〉）

△談孺木云：尉氏縣東二十里蔡堡有嚴子陵墓。（《棗林雜俎》）

△王仲聞云：〈釣臺詩〉殆紹興四年十月，清照自臨安赴金華，路過釣臺所作。但亦有下一年清照自金華還臨安途中作可能。　又云：此詩當作於紹興四年自杭州赴金華途中，或其後自金華回杭州途中。（〈李清照事迹作品雜考〉）

△李栖云：紹興四年甲寅（1134），九月金兵再犯，清照避亂金華，過嚴灘，賦〈夜發嚴灘〉、〈題八詠樓〉等詩以寄懷。　又云：清照由杭州避亂金華，過嚴子陵釣臺，此詩當賦於此時。（〈漱玉詞研究〉）

△廣棪案：清照是詩，哀而不傷，怨而不怒，含蓄醞藉，深得〈小雅〉之遺，玩味其意，殊非泛泛之作，必有所感而云然者。（《李清照研究》）

【繫年】

清照〈打馬圖經自序〉云：「今年（紹興四年）十月朔，聞淮上警報，江浙之人，自東走西，自南走北，居山林者謀入城市，居城市者謀入山林，旁午絡繹，莫知所之。易安居士亦自臨安泝流，涉嚴灘之險，抵金華，卜居陳氏第。」此詩必涉嚴灘時作。

【考證】

此詩見吳希孟《釣臺集》，乃清照作。王仲聞（〈李清照事迹作品雜考〉）云：「李清照詩文可疑者少，僅〈過釣臺詩〉及〈賀攣生啓〉或有問題。」未知何據？而同篇又云：「〈釣臺詩〉殆紹興四年十月，清照自臨安赴金華路過釣臺所作；但亦有下一年清照自金華還臨安途中作可能。」是又肯定詩爲李作。王氏行文前後矛盾若此，不足信。

曉　夢

曉夢隨疎鐘，飄然躡雲霞。因緣安期生，邂逅萼綠華。秋風正無賴，吹盡玉井花。共看藕如船，同食棗如瓜。翩翩坐上客，意妙語亦佳。嘲辭鬬詭辨，活火分新茶。雖非助帝功，其樂何莫一作「莫可」涯。人生能如此，何必歸故家。起來斂衣坐，掩耳厭喧嘩。心知不可見，念念猶咨嗟。（《彤管遺編》、《歷朝名媛詩詞》）

【評箋】

△俞正燮云：詩秀朗有仙骨也。（〈易安居士事輯〉）

△梁乙眞云：此詩筆力至高，飄然有仙骨。蓋易安襟懷灑落，非拘拘於形骸者也。(《中國婦女文學史綱》)

△王仲聞云：此首不知作於何時，俞氏以爲紹興四年作於金華，未知何據？(〈李清照事迹作品雜考〉)

△廣棪案：清照另有五古〈曉夢〉一篇，據詩意頗疑爲清照紹興八年(1138)後之作。俞正燮〈易安居士事輯〉評此篇云：「詩秀朗有仙骨也。」梁乙眞《中國婦女文學史綱》亦曰：「此詩筆力至高，飄然有仙骨。蓋易安襟懷灑落，非拘拘於形骸者也。」信然。(《李清照研究》)

【繫年】

此首俞氏以爲紹興四年作於金華，似無確證。然觀詩意，大抵南渡以後，自紹興八年通好於金，君臣耽樂，不思北返，故清照作詩諷之。

【考證】

此詩見《彤管遺編》卷十七，乃清照作，前人從無置疑者。

立春帖子詞 二首

皇帝閣

莫進黃金簟，新除玉局牀。春風送庭燎，不復用沉香。(《彤管遺編》、《歷朝名媛詩詞》)

貴妃閣

金環半后體《歷朝名媛詩詞》作「禮」**，鉤弋比昭陽。春生柏子帳，喜入萬年觴。**(《彤管遺編》、《歷朝閨雅》、《歷朝名媛詩詞》、《名媛詩歸》)

【評箋】

△王仲聞云：《建炎以來繫年要錄》卷一百四十八載：紹興十三年辛丑立春節，學士院始進帖子詞，百官賜春旛勝，自建炎以來久廢，至是始復之。紹興十三年春，有吳貴妃自十三年閏四月立爲皇后後，貴妃閣即久虛。春帖子二首，必紹興十三年立春前作。《浩然齋雅談》卷上明載〈端午帖子詞〉三首，乃紹興十三年所作。(〈李清照事迹作品雜考〉)

△廣棪案：〈立春帖子詞〉二首，王仲聞謂是清照紹興十三年(1143)立春前作。甚是。(《李清照研究》)

【繫年】

〈立春帖子詞〉二首，依王仲聞考證，乃紹興十三年立春前作，甚洽。

【考證】

二首見《彤管遺編》卷十七，乃清照詩，前人從無置疑者。

端午帖子詞三首

皇帝閣

日月堯天《彤管新編》作「仁」**大，璿璣舜歷長。或**《浩然齋雅談》作『側』**聞行殿帳，多是**《浩然齋雅談》作「集」**上書囊。**(《浩然齋雅談》)。

皇后閣

意帖初宜夏，金駒已過一作「過」**蠶。至尊千萬壽，行見百斯男。**(《浩然齋雅談》)

夫人閣

三宮催解糉，妝罷未天明。便面天題字，歌頭御賜名。(《浩然齋雅談》)

【評箋】

△周密云：李易安，紹興癸亥（1143）在行都，有親聯爲內命婦者，因端午進帖子。……時秦楚材在翰苑，止賜金帛而罷。意帖，用上官昭容事。(《浩然齋雅談》)

△俞正燮云：(紹興）三年，行都端午，易安親聯有爲內夫人者，代進帖子，〈皇帝閣〉曰:「日月堯天大，璇璣舜歷長。側聞行殿帳，多集上書囊。」〈皇后閣〉曰:「意帖初宜夏，金駒已過蠶。至尊千萬壽，行見百斯男。」意帖用上官昭容事。〈夫人閣〉曰:「三宮催解糉，團箭綵絲縈。便面天題字，歌頭御賜名。」團箭用唐開元內宮小角弓射糉事。於是翰林止金帛之賜，《浩然齋雅談》。咸以爲由易安也。時直翰林者秦楚材忌之。(〈易安居士事輯〉)

△梁乙眞云：〈皇帝閣〉諸詩，多歌功頌德之節，不足以盡易安之才也。(《中國婦女文學史綱》)

△黃盛璋云：宋時故事，立春及端午，學士院前一月撰皇帝、皇后、夫

人閤門帖子（陳元靚《歲時廣記》引《皇朝歲時雜記》），南渡以後，此事久廢，至紹興十三年立夏，學士始進帖子詞。《翰苑題名》:「秦梓，紹興十二年九月以敷文閣直學士兼權直院。十月，除兼直院。十三年閏四月除翰林學士，六月除龍圖閣學士知宣州。」十三年五月清照進帖子詞，秦梓正爲翰林學士。俞正燮〈易安居士事輯〉繫此事於紹興三年，是年癸丑與十三年之癸亥，字跡相近，理初或由誤推。紹興三年進帖子詞故事尚未恢復，此時秦梓亦不在翰苑，故知清照進帖子詞必在是年。紹興三年說非是。（〈趙明誠李清照夫婦年譜〉）

△王仲聞云：依《浩然齋雅談》卷上，此三首作於紹興十三年（1143）者，俞氏以爲作於紹興三年（1133），李文裿以爲作於紹興十一年（1141），殊誤。據《建炎以來繫年要錄》卷一百四十八：紹興十三年春正月辛丑立春節，學士院始進帖子詞，百官賜春旛勝，自建炎以來久廢，至是始復之。俞氏未考。（〈李清照事迹作品雜考〉）

△廣棪案：是詩亦紹興十三年癸亥端午前作。　又案：上述五首，皆清照代親聯爲命婦者而作，詩中多歌功頌德之節誠不足以盡易安居士之才也。（《李清照研究》）

【繫年】

此三首依周密《浩然齋雅談》卷上所載，當紹興十三年癸亥端午前作。俞正燮謂作於紹興三年，李文裿謂作於紹興十一年，均誤。

【考證】

此三首見周密《浩然齋雅談》卷上，乃清照作，前人從無置疑者。

文

金石錄後序

右《金石錄》三十卷者何？趙侯德父所著書也。取上自三代，下迄五季，鐘、鼎、甗、鬲、盤、匜、尊、敦之款識，豐碑大碣、顯人晦士之事蹟，凡見於金石刻者二千卷，皆是正譌謬，去取褒貶，上足以合聖人之道，下足以訂史氏之失者皆載之，可謂多矣。嗚呼！自王播、元載之禍，書畫與胡椒無異；長輿、元凱之病，錢癖與傳癖何殊。名雖不同，其惑一也。

余建中辛巳，始歸趙氏。時先君作禮部員外郎，丞相時作吏部侍郎，侯年二十一，在太學作學生。趙、李族寒，素貧儉，每朔望謁告出，質衣取半千錢，步入相國寺，市碑文果實歸，相對展玩咀嚼，自謂葛天氏之民也。後二年，出仕宦，便有飯蔬衣練，窮遐方絕域，盡天下古文奇字之志。日就月將，漸益堆積。丞相居政府，親舊或在館閣，多有亡詩逸史、魯壁汲冢所未見之書，遂一本下有「盡」字。力傳寫，浸覺有味，不能自已。後或見古今名人書畫，一一本作「三」。代奇器，亦復脫衣市易。嘗記崇寧間，有人持徐熙〈牡丹圖〉，求錢二十萬。當時雖貴家子弟，求二十萬錢，豈易得耶？留信宿，計無所出而還之，夫婦相向惋悵者數日。後屏居鄉里十年，仰取俯給，衣食有餘。連守兩郡，竭其俸入以事鉛槧。每獲一書，即同共勘校，一本作「校勘」。整集籤題，得書畫、彝鼎，亦摩玩舒卷，指摘疵病，夜盡一燭為率。故能紙札精緻，字畫完整，冠諸收書家。

余性偶強記，每飯罷，坐歸來堂烹茶，指堆積書史，言某事在某書某卷第幾頁第幾行，以中否角勝負，為飲茶先後。中即舉杯大笑，至茶傾覆懷中，反不得飲而起，甘心老是鄉矣。故雖處憂患困窮而志不屈。收書既成，歸來堂起書庫大櫥，簿甲乙，置書冊。如要講讀，即請鑰上簿關出卷帙，或少損污，必懲責揩完塗改，不復向時之坦夷也。是欲求適意而反取憀慄。余性不耐，始謀食去重肉，衣去重采。首無明珠翡翠之飾，室無塗金刺繡之具。遇書史百家，字不刓闕、本不訛一本作「譌」。謬者輒市之，儲作副本。自來家傳《周易》、《左氏傳》，故兩家者流，文字最備。於是几案羅列枕明鈔本有「席枕」二字。籍，意會心謀，目往神授，樂在聲色狗馬之上。

至靖康丙午歲，侯守淄川，聞金人犯京師，四顧茫然，盈箱溢篋，且戀戀，且悵悵，知其必不為已物矣。建炎丁未春三月，奔太夫人喪南來，既長物不能盡載，廼先去書之重大印本者，又去畫之多幅者，又去古器之無款識者，後又去書之監本者，畫之平常者，器之重大者。凡屢減去，尚載「第」。尚鎖書冊什物用屋十餘間，期明年再具舟載之。十二月，金人陷青州，凡所謂十餘屋者，已皆為煨燼矣。建炎戊申秋九月，侯起復知建康府。己酉春三月罷，具舟上蕪湖，入姑孰，一本作「熟」。將卜居贛水上。夏五月，至池陽，被旨知湖州，過闕上殿。遂駐家池陽，獨赴召。六月十三日，始負擔捨舟，坐岸上，葛衣岸巾，精神如虎，目光爛爛射人，望舟中告別。余意甚惡，呼曰：「如傳聞城中緩急，奈何？」戟手遙應曰：「從眾，必不得已，先棄一本作「去」。輜重。次衣被，次書冊卷軸，次古器，獨所謂宗器者，可自負抱，與身俱存亡，勿忘之。」一本作「也」。遂馳馬去，塗中奔馳，冒大暑，感疾，至行在，病痁。七月末，書報臥病。余驚怛，念侯性素急，奈何病痁，或熱，必服寒藥，疾可憂，遂解舟下，一日夜行三百里。比至，果大服柴一本作「茈」。胡、黃芩藥，瘧且痢，病危在膏肓。余悲泣倉皇，不忍問後事。八月十八日，遂不起，取筆作詩，絕筆而終，殊無分香賣屨一本作「履」。之意。葬畢，余無所之。

朝廷已分遣六宮，又傳江當禁渡，時猶有書二萬卷，金石刻二千卷，器皿茵褥可符明鈔本作「待」。百客，他長物稱是。余又大病，僅存喘息，時勢日迫，念侯有妹婿，任兵部侍郎，從衛在洪州，遂遣二故吏，先部送行李往投之。冬十二月，金人陷洪州，遂盡委棄，所謂連艫渡江之書，又散為雲烟矣。獨餘少輕小卷軸書帖，寫本李、杜、韓、柳集，《世說》、《鹽鐵論》，漢、唐石刻副本數十軸，三代鼎鼐十數事，南唐寫本書數篋，偶病中把玩，搬在臥內者，巋然獨存。上江既不可往，又虜勢叵測。有弟迒，任勅局刪定官，遂往依之。到臺，臺守已遁，之剡，出睦，《四部叢刊》影印明呂無黨手抄本作「陸」，疑誤。又棄衣被，走黃巖，雇舟入海，奔行朝。時駐蹕章安，從御舟海道之溫，又之越。庚戌十二月，放散百官，遂之衢。紹興辛亥春三月，復赴越。壬子，又赴杭。先侯疾亟時，有張飛卿學士，攜玉壺過視侯，便攜去，其實珉也。不知何人傳道，遂妄言有頒金之語，或傳亦有密論列者。余大惶怖，不敢言，亦不敢遂已，盡將家中所有銅器等物，欲赴外庭一本作「廷」。投進。到越，已移幸四明，不敢留家中，並寫本書寄剡。後官軍收叛卒，取去，聞盡入故李將軍家。所謂巋然獨存者，無慮十去五六矣。惟有書畫硯墨可五七簏，更不忍置他所，常在臥榻下，手自開闔。在會稽，卜居土民鍾氏舍，忽一夕穴壁負五簏去，余悲慟不得活，「得活」二字，明鈔本作「已」。重立賞收贖。後二日，鄰人鍾復皓出十八軸求賞，故知其盜不遠矣，萬計求之，共餘遂一本下有「牢」字。不可出，今知盡為吳說運使賤價得之。所謂巋然獨存者，乃十去其七八。所有一二殘零不成部帙書冊，三數種平平書帖，猶復愛惜，如護頭目，何愚也邪。

今日忽開明鈔本作「閱」。此書，如見故人。因憶侯在東萊靜治堂，裝卷初就，芸籤縹帶，束十卷作一帙，每日晚更一本作「吏」。散，輒校勘二卷，跋題一卷。此二千卷，有題跋者五百二卷耳。今手澤如新，而墓木已拱。悲夫！昔蕭繹江陵陷沒，不惜國亡，而毀裂書畫；楊廣江都傾覆，不悲身死，而復取圖書。豈人性之所著，死生一本作「生死」。不能忘之一本無「之」字。歟？或者天意以余菲薄，不足以享此尤物耶？抑亦死者有知，猶斤斤愛惜，不肯留在人間邪？何得之艱而失之易也。嗚呼！余自少陸機作賦之二年，至過蘧瑗知非之兩歲，三十四年之間，憂患得失，何其多也！然有有

必有無，有聚必有散，乃理之常。人亡弓，人得之，又胡足道。所以區區記其終始者，亦欲為後世好古博雅者之戒云。紹興二年玄黓歲壯月朔甲寅易安室題。（雅雨堂刊本《金石錄》，據明鈔本校）

【評箋】

△洪邁云：東武趙明誠德甫，清憲丞相中子也。著《金石錄》三十篇，上自三代，下迄五季，鼎、鐘、甗、鬲、槃、匜、尊、爵之款識，豐碑大碣、顯人晦士之事蹟，見於石刻者，皆是正譌謬，去取褒貶，凡爲卷二千。其妻易安居士平生與之同志，趙歿後，愍悼舊物之不存，乃作〈後序〉，極道遭罹變故本末。今龍舒郡庫刻其書，而此〈序〉不見取。比獲見元稿於王順伯，因爲撮述大槩云。（中略）時紹興四年也，易安年五十二矣，自敘如此。予讀其文而悲之，爲識於是書。（《容齋四筆》）

△樂史云：右按《唐書》，王播自鹽鐵使拜相；弟起，自右僕射兼使相；姪鐸，自鹽鐵使拜相；鐸，炎之子；炎，播之弟，起之兄。文宗待起如師友，目之曰當代仲尼。（《廣卓異記》）

△陸友云：王順伯博雅好古，蓄石刻千計，單騎賦歸，行李亦數簏，家藏可知也。評論字法，旁求篆隸，上下數千載，衮衮不能自休，而一語不輕發。（《硯北雜志》）

△陸游云：易安居士能書能畫又能詞，而尤長於文藻。迄今學士每讀〈金石錄序〉，頓令人心神開爽。何物老媼，生此寧馨，大奇大奇。（《老學庵筆記》引《才婦錄》）

△馬端臨云：《金石錄》三十卷。陳氏曰：東武趙明誠德甫撰。（中略）其妻易安居士李氏爲作〈後序〉，頗可觀。（《文獻通考》）

△胡應麟云：李易安〈金石錄後序〉云：（中略）右李氏夫婦雅尚，具見篇中。始余以明誠所癖，金石而已，讀此，乃知其於書無弗聚，而亦無弗讀也。亡軼之餘，尚存萬卷，則當其盛時，又何如耶？李於文稍愧雅馴，第其好而能專，專而能博，博而能讀，殆有過於歐、蘇兩公所謂者。因頗采摭其語，著於篇。（《少室山房筆叢》）

△曹安云：李易安，趙丞相挺之之子趙德夫之內也。序德夫《金石錄》，謂王播、元載之禍，書畫與胡椒無異，長輿、元凱之病，錢癖與傳癖何殊？名雖不同，其惑一也。又謂：蕭繹江陵陷沒，不惜國亡，而毀

裂書畫；楊廣江都傾覆，不悲身死，而復取圖書。豈人性之所嗜，生死不能忘之歟？又謂：有有必有無，有聚必有散，乃理之常。人亡弓，人得之，又胡足道？夫女子微也，有識如此，丈夫獨無所見哉！（《讕言長語》）

△顧炎武云：讀李易安題《金石錄》，引王播、元載之事，以爲有聚有散，乃理之常，人亡人得，又胡足道，未嘗不歎其言之達。　又云：山東人刻《金石錄》，有李易安〈後序〉，紹興二年玄黓歲壯月朔，不知壯月之出於《爾雅》，而改爲牡丹。凡萬曆以來所刻之書，多牡丹之類也。（《日知錄》）

△毛晉云：易安居士文妙，非止雄於一代才媛，直洗南渡後諸儒腐氣，上返魏晉矣。（〈汲古閣本漱玉詞跋〉）

△錢謙益云：李易安〈後序〉，（中略）其文淋漓曲折，筆力不減乃翁。（《絳雲樓書目》）

△王士祿云：班、馬作史，往往於瑣屑處極意摹寫，故文字有精神色態。易安〈金石錄後序〉，中間數處，頗得此意。至蕭繹江陵陷沒一段，文人癖好圖書，過於家國性命，尤極濃至。洪容齋《夷堅》所載，乃悉爲節去，遂覺減色，粗具始末而已。　又云：誦〈金石錄序〉，令人心花怒開，肺腸如滌。（《宮閨氏籍藝文考略》）

△俞正燮云：（紹興）二年，之杭，年五十有一。作〈金石錄後序〉曰：「右《金石錄》三十卷，趙侯德甫所著書也。取上自三代，下迄五季，鐘、鼎、甗、鬲、盤、匜、尊、敦之款識，豐碑大碣、顯人晦士之事跡，凡見於金石刻者二千卷，皆是正譌謬，去取褒貶，上足以合聖人之道，下足以訂史氏之失者，皆載之，可謂多矣。嗚呼！自王播、元載之禍，書畫與胡椒無異；長輿、元凱之病，錢癖與傳癖何殊。名雖不同，其爲惑則一也。」本書。又自序遭離變故本末甚悉。《容齋四筆》。曰：靖康丙午歲，侯守淄川，聞金人犯京師，四顧茫然，書畫溢箱篋，且戀戀，且悵悵，知必不爲己物矣。建炎丁未春三月，五月始為建炎，此追溯之號。奔太夫人喪南來，謂江寧。既長物不能盡載，乃先去書之重大印本者，又去畫之多幅者，又去古器之無款識者；後又去書之有監板者，畫之平常者，器之重大者。凡屢減去，尚載書十五車，至東海，連艫渡淮，至建康。亦追稱。時青州故第尚鎖書冊什物用屋十餘間，

期明年春具舟載之。十二月，金人陷青州，遂爲灰燼。戊申九月，侯起復，知建康。己酉三月罷。具舟上蕪湖，入姑孰，將卜居於贛水上。五月，至池陽，被旨知湖州，過闕上殿；建康為行在。遂住家池陽，獨赴召。六月十三日，負擔舍舟坐岸上，葛衣岸巾，精神如虎，目光爛爛射人，望舟中告別。余意甚惡，呼曰：「忽傳聞城中緩急奈何？」戟手遙應曰：「從眾。必不得已，先去輜重，次衣服，次書冊卷軸，次古器；獨所謂宗器者，自抱負與身存亡，忽忘也。」遂馳馬去。途中奔馳，冒大暑，感疾，至行在，病痁。七月末，書報臥病，余驚怛，念侯性素急，奈何病痁！或熱，必服寒藥，疾可憂。遂解舟下，一日夜行三百里。比至，果大服茈胡、黃芩、瘧且痢，病危在膏肓。余悲泣，倉皇不忍問後事。八月十八日，遂不起，取筆作詩，絕筆而逝，殊無分香賣履之態。葬畢，余無所之。時朝廷已分遣六宮，《宋史》言：七月，隆祐太后如洪州，宮人從之。又傳江當禁渡，《宋史》言：閏八月，杜充守建康，韓世忠守鎮江，劉光世守池州。後光世移屯江州。猶有書二萬餘卷，金石刻二千卷，器皿裀褥，可符百客，他長物稱是。余又大病，僅存喘息，事勢日迫。念侯有妹壻任兵部侍郎，從衛在洪州，遂遣二故吏，先部送行李往投之。十二月，金人陷洪州，遂盡委棄。獨餘少輕小卷軸書帖，寫本李、杜、韓、柳集，《世說》、《鹽鐵論》，漢、唐石刻副本數十軸，三代鼎彝十數事，又唐寫本書十數冊，偶病中把玩在臥內者獨存。上江既不可往，又虜勢叵測，有弟迒，任敕局刪定官，遂往依之。到臺，臺守已遁。此建炎四年事。之剡，出睦。棄衣被，走黃巖，雇舟入海，奔行朝，時駐蹕章安，臺州府治西南章安市。舟次於此，自此之溫。謂從御舟之溫，又之越。庚戌四年十二月，放散百官。百官自便，不扈從。謂自郎官以下。遂之衢。以上建炎四年以前事。紹興辛亥元年。三月，復赴越。壬子，二年。又赴杭。以上紹興二年事，作〈後序〉年也。此下復記建炎三年事。先，侯病亟時，建炎三年八月。有張飛卿學士，攜玉壺過示侯，復攜去，其實珉也。不知何人傳道，妄言有頒金之語，或言有密論列者。余大惶怖，不敢言，亦不敢遂已，盡將家中所有銅器等物，欲赴外廷投進。到越，已幸四明。建炎三年十一月。不敢留家中，並寫本書寄剡。此建炎四年事。後官軍收叛卒取去，聞盡入李將軍家。惟有書畫硯墨六七簏，常在臥榻下，手自開合。在會稽，卜居土民鍾氏宅，忽一夕穿壁負五簏去。此紹興元年事。余悲痛不欲活，立重賞收贖。後二日，鄰人鍾復皓出十八軸求賞，故知其盜不遠，萬計求之，其餘遂牢不可出。今盡爲吳說運使賤價得之。所餘一二殘零不成部帙書冊，三數種平平書帖，猶復愛惜，如護頭目，何愚也耶！今開此書，如見故人。因憶侯在東萊靜治堂，裝卷初就，芸籤縹帶，束十卷作一帙，每日晚吏散，輒校勘二卷、題跋一卷。此二千卷，有題跋者五百二卷耳。今手澤如新，而墓木已拱，悲夫！昔蕭繹江陵陷沒，不惜國亡，而毀裂書畫；楊廣江都傾覆，不悲身死，而復取圖書；豈以性之所著，生死不能忘歟？或者天意以其菲薄，不足以享此尤物耶？抑死者有知，猶斤斤愛惜，不宜留人間耶？何得之難而失之易也！噫！余自少陸機作賦之二年，至過蘧瑗知非之兩歲，三十四年之間，憂患得失，何其多也！然有有必有無，有得必有失，乃理之常，人亡弓，人得之，又何足道，所以區區記此者，亦欲爲後世博雅好古者之戒云爾。紹興二年玄黓歲壯月甲寅朔，易安室題。本書。(〈易安居士事輯〉)

△薛紹徽云：戊申春正月，喘疾差愈，繹如言琉璃廠書肆多舊本，因同車至火神廟，見骨董雜陳，書畫叢集，眞贋莫辨，書攤無多，殊鮮秘籍。嗣於書肆覓見元本《古今源流至論》，原本《西清詞譜》，索價過高，必不可得，歸途口占告繹如：「紙墨乾枯卷帙殘，幾番我亦笑酸寒。歸來堂上徐熙畫，懊喪方知李易安。」(《黛韻樓詩集》)

△錢曾云：《金石錄》，清照序之極詳，其搜訪可謂不遺餘力。(《讀書敏求記》)

△文石山人云：易安居士李氏，趙丞相挺之之子諱明誠字德夫之內子也。才高學博，近代鮮倫，其詩詞行於世甚多。今觀爲其夫作〈金石錄後序〉，使人歎息不已，以見世間萬事眞如夢幻泡影，而終歸於一空也。丙辰秋，偶得古書數帙，中有《金石錄》四冊，然止十卷。後二十卷亡之矣。因勒烏絲，命侍兒錄此〈序〉於後，以存當時故事。易安此〈序〉，委曲有情致，殊不似婦女口中語，文固可愛，余夙有好古之癖，且亦因以識戒云。(《滂喜齋藏書記》引)

△阮元云：山左趙德甫題名凡五種：一在泰山開元摩崖之東側，致和三年與王貽同遊；一在臨朐仰天山水簾洞，與趙仁約、謝克明同遊，無

年月；其三在臨朐沂山，政和元年與同人遊，自書題名一；宣和三年與仁甫、能甫、廬格之、謝叔子五人同遊，題名二。德甫事蹟不載於《宋史》。案李易安〈金石錄後序〉云：「余建中辛巳始歸趙氏，侯年二十一，在太學作學生。後二年，出仕宦。後屏居鄉里十年，復連守兩郡。至靖康丙午，侯守淄川。建炎丁未奔太夫人喪南來。明年十二月，金人陷青州，故第皆爲煨燼。戊申九月起復，知建康。己酉三月罷，五月知湖州，駐家池陽，獨赴召；八月以病痁而卒。」計其享年當四十九歲。則是政和元年爲三十一歲，其遊沂山、泰山，正屏居鄉里十年時也。宣和三年，再遊沂山爲四十一歲，似連守兩郡之日。其守淄川，則年四十五矣。出處之可考者大略如此。(《小滄浪筆談》)

△劉文如云：易安此序，言德甫夫婦之事甚詳，《宋史・趙挺之傳》傳後無明誠之事。若非此序，則德甫一生事蹟年月，今無可考。按〈後序〉作於紹興四年，易安自言余自少陸機作賦之二年，至過蘧伯玉知非之兩歲，三十四年之間，憂患得失，何其多也！是作序之年，五十二矣。序言十九歲歸趙氏時，先君作禮部員外郎，侯年二十一。按德甫卒於建炎三年，是德甫卒年四十九歲也。易安十九歲爲建中靖國元年。是年挺之爲禮部侍郎。是趙、李同官禮部時聯姻也。序言建炎丁未。按丁未三月，猶是靖康，五月始有建炎之號，戊申方是建炎之元也。又《文選》注引〈陸機傳〉云：年二十而吳滅，退臨舊里，與弟雲勤學，積十一年。是士衡二十歲時乃歸里之年，不能定爲作賦年。或是易安別有所據，或是離亂之時，偶然忘記耳。(《滂喜齋藏書記》引)

△李慈銘云：閱趙明誠《金石錄》，其首有李易安〈後序〉一篇，敘致錯綜，筆墨疎秀，蕭然出町畦之外。予向愛誦之，謂宋以後閨閣之文，此爲觀止。(《越縵堂讀書記》)

△俞樾云：〈蘧伯玉軼事〉：晉王嘉《拾遺記》云：師涓出於衛靈公之世，造新曲以代古樂。蘧伯玉諫曰：「此雖以發揚氣律，終爲沈湎淫漫之音，無合於風雅，非下臣宜薦於君也。」靈公乃去其聲而親政務，師涓退而隱迹，蘧伯玉焚其樂器於九達之衢。(《茶香室叢鈔》)

△樊增祥云：一篇〈後序〉二千言，霧鬢風鬟五十二。序文詳密媲歐、蘇，語語靡蕪念故夫。(〈題李易安遺像〉)

△蕭漢冲云：敘次詳曲，光景可覩，存亡之感，更淒然言外。(《歷代女

子文集》引）

△朱素衣云：聚散無常，盈虛有數，達見者於富貴福澤，亦當作如是觀。（《歷代女子文集》引）

△梁乙眞云：存亡之感，悽然於語言之外。（《中國婦女文學史綱》）

△夏承燾云：洪邁爲《容齋四筆》，僅後易安作序六十餘年，嘗親見〈後序〉原稿於王厚之處，謂「時紹興四年也，易安年五十二矣。」見《容齋四筆》卷五。其云「紹興四年」，與今本〈後序〉不同，而文中「辛巳歸趙」一語，亦未嘗異。又《日知錄》載章邱刻本〈金石錄後序〉，「壯月朔」誤爲「牡丹朔」，知署年字譌，他本有然。以此四者互證，已約略可定誤在署年矣。又檢《宋史・高宗紀》，紹興二年之八月（壯月）朔，實戊子而非甲寅；此尤文尾署年不可據之顯證。蕫客亦知署年有誤，而謂「是日戊子朔，〈後序〉題甲寅朔，蓋筆誤；甲寅是二十七日；或是戊子朔甲寅，脫戊子二字，又朔甲寅誤倒云云。」則殊牽強。今既定辛巳歸趙爲較可信，則依其自述之文以推辛巳十八爲始婚之年，五十二爲作〈後序〉之歲，是易安實生於元豐七年甲子，〈後序〉當作於紹興五年乙卯也。據《宋史》本紀，紹興五年之八月，實壬寅朔，乃悟署年原文，當作「紹興五年壯（八）月玄黓（壬）朔甲寅。」玄黓（壬）所以紀朔，甲寅則以紀日。蓋漢晉人紀時率於年月下稱朔，日下又繫干支，如魯相瑛〈孔子廟碑〉云：「元嘉三年三月丙子朔，廿七日壬寅。」又云：「永興元年六月甲辰朔，十八日辛酉。」史晨〈孔子廟碑〉云：「建寧二年，三月癸卯朔，七日己酉。」見《日知錄》二十「年月朔日子」條。其見於《金石錄》者，如〈西嶽石闕銘〉云：「永和元年五月癸丑朔，六日戊午。」〈漢禹廟碑〉云：「光和二年十二月丙子朔，十九日甲子。」〈晉鴻臚成公重墓刻〉云：「永寧二年四月辛巳朔，十五日乙未。」易安正用此例，特省其日數耳。若《後漢書》隗囂檄文稱：「漢後元年，七月己酉朔己巳。」見《日知錄》自注。則與易安文尤近。用此例者，朔上必繫甲子，〈後序〉作「壯月朔甲寅」者定非。其以歲陽之玄黓紀朔日，雖似前未經見，然吳後主〈國山封禪文〉曰：「旃蒙協洽之歲，月次陬訾之舍，日維重光大淵獻。」見《日知錄》「古人不以甲子名歲」條自注。不曰辛亥，而用歲陽歲名紀日，亦得爲易安文之先例。淺人傳寫，但知後世歲陽紀歲之慣例，遂妄倒紀朔之玄黓以

紀歲，又改五年爲二年，以合紹興二年之壬子。或先誤五為二，後倒玄黓合之。蕁客不察，又改爲戊子朔甲寅，去之益遠矣。予爲此說，猶有一事足爲旁證者，王半塘刊〈漱玉詞〉，載諸城舊藏易安三十一歲小象，明誠題辭，署「政和甲午。」甲午，政和四年，逆數三十一年，易安正生元豐七年甲子。是五十二歲作〈後序〉，其確爲紹興五年之乙卯，更無疑義。《容齋隨筆》作「紹興四年」，必筆誤也。或「五」、「四」兩字，草書誤寫。（〈易安居士事輯後語〉）

△徐益藩云：謹按：俞氏〈事輯〉誤推元符二年適趙，不察〈後序〉文中自云建中辛巳，誠是偶疏。至其云嫁年年十八，作序之年年五十一，則固據陸機、蘧瑗諸語，蘧瑗知非似可以爲四十九，四十九過二年爲五十一，首尾遙數之，亦正爲三十四年也，依夏先生所考定，五十一歲當爲紹興四年，年五十二；夏先生謂四年爲五年之譌，竊謂五十一尤易譌爲五十二也。紹興四年太歲又適在甲寅，甲寅二字或本以紀歲者（〈後序〉文中紀年皆用甲子，可爲內證），後人見文中述事止於壬子，輒改四年爲二年，且增玄黓二字，而倒甲寅於壯月朔之下耳。敢獻其疑，以俟論定。（〈跋夏承燾易安居士事輯後語〉）

△吳庠云：易安改嫁之誣，諸家辨之詳矣。惟〈金石錄後序〉結尾「紹興二年玄黓歲壯月朔甲寅易安室題」云云，尚無疑及之者。吾友夏君瞿禪，攜示〈俞氏理初「易安居士事輯」後語〉一篇，謂紹興二年當是五年之誤。爰取〈後序〉及〈後語〉細讀之，竊以爲衹宜據〈後序〉之語以疑署年，不宜據署年以疑〈後序〉之語。按〈後序〉云：余建中辛巳始歸趙氏。婦人自敘嫁年，固當無誤，而此序原稿洪氏容齋獲見於王順伯家，撮述大要入《隨筆》，亦云建中辛巳，此無可疑者。俞氏謂易安元符二年，年十八適趙明誠（自注云見《宋史》。檢《宋史·李格非傳》云：「女清照，詩文尤有稱於時，嫁趙挺之之子明誠。」並無元符二年年十八之語。不知俞氏何所據而云然。且何以置〈後序〉建中辛巳一語不顧），亦不可解。〈後序〉又云：「余自少陸機作賦之二年，至過蘧瑗知非之兩歲。三十四年之間，憂患得失，何其多也。」觀此可知嫁年十八，作序五十二。再證以洪氏《隨筆》，首言建中辛巳，末言時年五十二，此亦無可疑者。瞿禪從辛巳年十八推算，至作序之年五十二，當爲紹興五年乙卯，是也。並疑《隨筆》紹興四年爲五年

之訛，亦是也。盧氏抱經於乾隆丙午重刻《金石錄》，撰序有云：相傳以爲德甫之歿，易安更嫁，至有「桑榆晚景，駔儈下材」之言，貽世譏笑。余以是書所作跋語考之，而知其決無是也。德甫歿時，易安年四十六矣，正是從建中辛巳年十八推算而得；又六年作跋，正是紹興五年乙卯，與瞿禪之言適合；特〈後序〉署年之訛，盧氏未置議耳。俞氏先言嫁年爲元符二年，遂謂紹興二年作序，時年五十一，於〈後序〉及洪氏《隨筆》兩皆不合，非也。王氏半塘曾見諸城舊藏易安三十一歲小象，爲刻置《漱玉詞》前，上有明誠題辭，署年「政和甲子」，瞿禪據以推算紹興五年乙卯，正當易安五十二歲作序之年，事雖旁證，要極堅碻。蓋小象署年，必非爲後人疑及〈後序〉之署年取以作證而設，可斷言也。至序尾署年一行，疑竇滋多，殊難索解；諸家《金石錄》刻本序尾皆作紹興二年，而洪氏《隨筆》則云四年，顯然不同。可疑者一。古人紀歲連用歲陽歲名者，如《史記·曆書》太初元年年名焉逢攝提格是；《通鑑》記歲皆如此。僅用歲名者，如《呂氏春秋·序意篇》維秦八年歲在涒灘；賈誼〈鵩鳥賦〉，單閼之歲兮；許氏〈說文後序〉，粵在永元困頓之年是。若僅用歲陽，如所謂玄黓歲者，徧考未得其例，可疑者二。「壯月朔甲寅」俞氏引作「甲寅朔」，殊不知紹興二年八月朔非甲寅也。李氏蓴客謂朔上當脫「戊子」二字，然顧氏亭林所見明刻本誤「壯月朔」爲「牡丹朔」，可見「壯月朔」三字連文，由來已久，亦不必加「戊子」以強合之。緣紹興二年於〈後序〉之語，先不合也。瞿禪以紹興五年八月爲壬寅朔，謂「玄黓」二字當移置「壯月」下，用以紀朔。然紀朔僅用歲陽，而紀日又用干支之甲寅，於例太創，於理似覺難安，可疑者三。古人臨文率稱名，不稱字。婦人對其夫，自稱爲室，固屬罕見，而又置室字於易安下，甚不安，可疑者四。初，《金石錄》刻於龍舒郡庫，本無〈後序〉，至開禧乙丑，趙氏師厚爲補刻之。意或易安原稿，洪氏獲見時，其署年尚存，後經傳錄遺脫，好事者以序中述事止於壬子，遂意造此署年一行，而不知與序中之語不符，又乖謬迭出也。倘果出易安手，何至若此。予故合眾說，略記所疑。(〈李易安金石錄後序署年記疑〉)

△黃盛璋云：據洪邁《容齋四筆》及趙師厚〈重刊金石錄跋〉，趙明誠《金石錄》最初刻於龍舒，〈後序〉則未見取。迨至開禧元年（1205）師厚

重刻其書，始刊〈後序〉殿之。上距作序之歲，七十年矣。然「是書宋刻，世間僅存十卷，即跋尾之卷十一至卷二十，今藏滂喜齋潘氏。」（見商務《四部叢刊》本張元濟〈呂無黨手抄本金石錄跋〉）則茲篇宋刻，今已不在人間（〈後序〉在卷三十後），今所通見諸本，〈後序〉文末有「紹興二年玄黓歲壯月朔甲寅易安室題」（即紹興二年壬子八月一日）等十六字。近人考訂易安生年，幾全據此推求。理初年月排比，雖依〈後序〉，然年歲則較〈後序〉提前一年，則不譎其何據。案此書自明以來，轉相鈔寫，各以意更移，沿訛踵謬，竄易已不可究詰，《四庫提要》言之甚晰：

> 《金石錄》三十卷，宋趙明誠撰。……紹興中，其妻李清照表上於朝。張端義《貴耳集》謂：清照亦筆削其間，理或然也。有明誠自序並清照後序。……初版鋟於龍舒，開禧元年，浚儀趙不譾又重刊之，其本今已罕傳，故歸有光、朱彝尊所見均傳抄之本，或遂指爲未完之書。……清照跋，據洪邁《容齋四筆》，原爲龍舒刻本所不載，邁於王順伯家見原藁，乃爲撮述大要，此本所列，乃與邁所撮述者同，則後人補入，非清照原文矣。自明以來，轉相鈔錄，各以意更移，或刪除其目内之次，又或竄其目之年月，第十卷以下，或併削每卷細目，或竟佚卷末之〈後序〉，沿訛踵謬，彌失其眞，顧炎武《日知錄》載章邱刻本以〈後序〉壯月朔爲牡丹，其書之舛謬，可以概見。……（以下歷敘此書版本，今略不錄）

此書歷經竄易，觀此已瞭若觀火，今本〈後序〉後署年月之非本眞，則有下列諸證：

（一）洪邁《容齋四筆》作於慶元三年（1197），〈後序〉尚未見取，最初見附，則始於開禧元年（1205），此六七十年間，當亦輾轉傳寫，原稿面目，有否變易，已不敢言，歷經元、明，傳鈔者以意更移，甚至壯月誤爲牡丹，舛譌乃至於是！今所及見諸本，〈後序〉文亦繁簡各別，可知已有變易，不能盡屬本眞矣。

（二）今本〈後序〉後署年月，與史籍乖異。據李心傳《建炎以來繫年要錄》，紹興二年八月一日應爲戊子朔，今署爲甲寅朔，可知非易安原文，其爲後人竄改，跡甚彰明。《越縵堂乙集》「書陸剛甫觀察《儀顧堂題跋》」引《繫年要錄》下注云：「是月戊子朔，〈後序〉

題甲寅朔，蓋筆誤，甲寅是二十七日。或是戊子朔甲寅，脫戊子二字，又朔甲寅誤倒。古人題月日多有此例。易安好古，觀其以歲陽紀歲，月名紀月可知。」越縵明知其誤，而又曲爲解說，則過信今本〈後序〉作年，未加深究所知。雖其立說近理，要屬臆測，乏佐據也。且易安所撰〈打馬圖經序〉，文末直署紹興四年十有二月二十四日，未用「閼逢歲」、「涂月」諸名，以此例之，則謂「易安好古」之說，亦屬未確也。

（三）洪邁《容齋四筆》云：獲見〈後序〉原稿於王順伯處，因爲撮述大要，據所撮述，乃爲紹興四年，易安五十有二。則在宋時，不作紹興二年，可知「紹興二年」非〈後序〉本來面目，不知越縵老人又將何所辨乎？

（四）〈後序〉自紀生平，歷敘半生遭遇，始於建中辛巳（1101）歸趙之歲，迄於五十二歲作序之年，而云：「三十四年間，憂患得失，何其多也！」若〈後序〉作於紹興二年（1132），則上距建中辛巳不符三十四年之數，此與史實舛異。〈後序〉爲易安親撰，豈應牴牾若是？

據此數證，則今本〈後序〉所署作年月日，決非本眞，蓋經後人變易，其證甚彰彰也。

理初〈易安居士事輯〉謂：「元符二年，年十八，適趙明誠。……壬子（紹興二年）之杭，年五十一矣，作〈金石錄後序〉。其間事蹟之年月排比，與〈後序〉符，惟歸趙之年在建中辛巳，作序之歲，年五十有二，序有明言。理初於嫁年則提前二年，於作序之歲，則減少一歲，跡近武斷。理初蓋亦見不符三十四年之數，然又深信今本〈後序〉作年不疑，爲欲適符此數（由元符二年（1099）以至紹興二年（1132），實年爲三十三年，若將元符二年亦算列入，則爲三十四年），遂以己意更移，致類削足適履。」（中略）

洪邁《容齋四筆》五「趙德甫《金石錄》」條云：「趙（明誠）歿後，（易安）愍舊物之不存，乃作〈後序〉，極道遭離本末，今龍舒郡刻其書，而此序不見取，比獲見原稿於王順伯，因爲撮述大要……時紹興四年也，易安年五十二矣。自序如此，余讀而悲之，爲識於是書。」洪邁生於宋宣和五年（1123），且云獲見原稿，則所撮述之紹興四年，遠較紹興二年可靠，似可據以爲定，後持此與〈後序〉所述相較，又與事實舛違，則洪邁所撮述之作年，亦不能視爲定論。何以明之？按〈後序〉有云：「余建中辛巳，始歸趙氏」，下即歷述歸趙以後憂患得失，直至作序時止，復爲總結云：「嗚呼，余自少陸機作賦之二年（十八歲），至過蘧瑗知非之兩歲（五十二歲），三十四年之間，憂患得失，何其多也！」歸趙之歲在建中辛巳，作序之年爲五十二歲，持此與容齋所撮述者相較，一一脗合（邁所撮述，亦有建中辛巳歸趙氏語），則今本〈後序〉文字雖經竄易，而此首尾所記，尚未變改，知爲本來面目，當可據信。〈後序〉歷紀遭遇，始於初婚，以迄作序時止，所云三十四年間憂患得失，係始於「少陸機作賦之二年（十八歲）以迄過蘧瑗知非之兩歲（五十二歲）」。五十二歲爲作序之年，則十八歲當爲歸趙之歲，史實昭昭，無可疑議。建中辛巳爲歸趙之歲，易安時年十八，據此下推，歷三十四年，五十二歲時，則爲紹興五年，非紹興四年也。容齋所云「原稿」，疑亦鈔稿，不則撮述有誤也。

任何史料，皆不若本人自敘之近眞，他人所述，終嫌隔一層也。容齋所述〈後序〉作年，所以不能據以爲定，其理亦即在此。〈後序〉雖有竄易，然歸趙年代及作序年歲，與容齋所撮述者兩兩脗合，則不得謂有變易，此史料既可信據，則世間有關易安之史料，其眞確孰能有逾於此耶？據〈後序〉以推，則建中辛巳初婚時年十有八，作〈後序〉之年爲紹興五年，年五十二，而〈後序〉所述之憂患得失，亦即在此三十四年中。即此一節，已可成爲不易之論。

據易安〈打馬圖經序〉，作〈後序〉前一年（即紹興四年）十月，曾避亂金華，然今本〈後序〉自述遭離本末，僅及壬子（紹興二年），「壬子又赴杭」以下突接敘玉壺頒金事，玩其上下文詞，語意似屬未畢，其下或有脫文，在宋時或即爲傳鈔者所漏，未可知也。且「壬子又赴杭」，玩其語意，似亦追述，可知〈後序〉之不作於是年也。今本〈後序〉後署之年月日，疑即據序文敘述僅及壬子，因爲變易如此，然誤人已非淺矣。清儒爲易安辨誣，溯其遠源，當推本盧見曾氏，「雅雨堂重刻《金石錄》序」謂，以情度易安，不當有此事，則已開理初之先聲矣。其序又謂：「余以是書所作跋書考之……德甫歿時，易安年四十六矣，……又六年，始爲是書作跋，是時已五十有二。」德甫歿於建炎三年（1129），見於〈後序〉，又六年即爲紹興五年，則謂〈後序〉作於是年，雅雨已早鑒及，然盧氏於此，既乏論證，又鮮明斷，無徵不足以垂信，無斷不足以斥非，而乃依違於兩歧之間，未加判正，所列〈後序〉作年月日，一仍舊刻，雖云盧氏治學守禮有以致然，然亦足見創始者之不易也。

〈後序〉作於紹興五年，年五十有二，嫁年則在建中辛巳，年十有八，再據此上推，則易安當生於神宗元豐七年（1084），生年迎刃而解，無須多辯。然邇年學者考訂易安行年，多依今本〈後序〉作年加以推求，今本〈後序〉作年固非本眞，安得與史實符合？當其與史實違異時，則又以己意更移，曲爲解說，異說紛紜，將無底止，則不能不爲辭而辯之。（中略）

上文付郵後又得數事，以文已排印，不便修改，特補記於此。

（一）《金石錄》鋟版龍舒，始於何歲？洪邁《容齋四筆》及趙不讜題跋，均未言及。近人岑仲勉謂：據《容齋四筆》，在慶元三年前（《歷史語言研究所集刊》第十二本「《四庫提要》《古器物銘》非《金石錄》辨」）。今按洪适（邁之兄）《隸釋》，已載此書，跋辭並謂「其書行於世，而碑亡矣」。《隸釋》之序，作於乾道三年（1167）正月，是此書版行，早在乾道三年以前（據其所考，《古器物銘》別行於《金石錄》之前，後乃合爲一書，故紹興中薛尚功著《歷代鐘鼎彝器款識》，每引《古器物銘》，然不能爲《金石錄》行世之證）。

（二）〈後序〉有云：「今手澤如新，而墓木已拱。」德甫歿於建炎三年八月，下距紹興壬子，首尾不過三載，若〈後序〉作於是年，似不應有如此語，是亦可證今本〈後序〉後署年月之非本眞也。

（三）此條引陸游《渭南文集》卷三十五〈夫人孫氏墓志銘〉以證清照紹興二十一年尚在，已見〈年譜〉及作者〈李清照事跡考辨〉，此處從略。

（四）孫綜，觀文殿學士沔之曾孫，家世山陰（今浙江紹興），以宣義郎致仕，其生平失考，所知者僅此。孫氏幼時隨父所在，紹興二十一年，綜倘不致仕歸紹興，必在臨安供職，而易安卒地，以與孫氏關係推之，亦不外是兩地，決不能在金華也。陸游〈孫氏墓志銘〉又云：「余與宣義外兄弟，少時交好甚篤。」則綜之年固與放翁相若，紹興二十一年，綜不過三十許（時放翁二十七歲），致仕似不應如是之早。晁氏《讀書志》謂：易安晚節流落江湖間以卒。所指地爲杭州（錢塘江與西湖間）而不合於紹興，亦甚明顯。合此二事觀之，則謂易安終老杭州，雖不能執爲定論，然尚無其他有力之證發現，足以駁倒此說，其卒地自應以杭州爲近是也。（〈李清照金石錄後序作年考辨〉）

△黃盛璋云：近人論證〈金石錄後序〉實作於紹興四年，紹興二年及紹興五年說皆誤，其說可信，證據如下：（一）《容齋四筆》卷五，曾於王復齋處獲見〈金石錄後序〉原稿，並爲撮述，最後稱「時爲紹興四年也」。（二）《瑞桂堂暇錄》載有〈後序〉全文，最後亦署紹興四年。此外，殘宋十卷本《金石錄》後附有明人抄〈金石錄後序〉全文，亦爲紹興四年，皆與洪邁所見同。（三）古人計年包括首尾在內數，不用足歲，如宋仁宗在位實只四十一年，而宋人每言「仁宗四十二年太平」，可以爲證。〈金石錄後序〉自敘半生憂患，起於建中辛巳歸趙之歲，迄於作序之年，其所云「三十四年之間」，依宋人計數，應在紹興四年。（〈趙明誠李清照夫婦年譜〉）

△王仲聞云：各本《金石錄》所附〈後序〉俱署「紹興二年玄黓歲壯月朔甲寅易安室題」。據宋刊本洪邁《容齋四筆》卷五及明抄《說郛》本《瑞桂堂暇錄》，〈後序〉實作於紹興四年八月。或以爲作於紹興五年，理由不甚充分，蓋亦非。　又云：俞氏以爲作於紹興二年，蓋據傳本《金石錄》，非。依宋刊本《容齋四筆》卷五、明抄《說郛》本《瑞桂堂暇錄》，此首應是作於紹興四年（1134）。（〈李清照事迹作品雜考〉）

△李栖云：〈後序〉：「紹興二年玄黓歲壯月朔甲寅易安室題」。此年代之記載甚是可疑，蓋洪邁《容齋隨筆》云：「今龍舒郡刻其書，而此序不見取，比獲見原稿於王順伯，因爲撮述大要，……時紹興四年也，易安年五十二矣。」「時紹興四年」與〈後序〉「紹興二年」不符，可疑者一也。壯月者八月也，紹興二月八年一日應爲戊子朔，非甲寅朔，可疑者二也。建中辛巳嫁時年十八，至五十有二，應是紹興五年，可疑者三也。今人多有考據，咸謂作於紹興四年，或謂紹興五年。前者蓋據容齋立說也。然〈後序〉云：「余建中辛巳始歸趙氏」。又曰：「余自少陸機作賦之二年，至過蘧瑗知非之兩歲，三十四年之間，憂患得失，何其多也。」嫁在十八，作序在五十二，此與容齋所撮述者脗合。

據此以推，五十二歲當在紹興五年（1135），故容齋所見仍疑爲誤鈔稿，否則即撮述有誤。盧氏雅雨堂於乾隆丙午重刻《金石錄》，序云：「德甫歿時，易安四十六歲。」正是從建中辛巳年十八推算而得。「又六年作跋，時已五十有二矣。」明誠歿於建炎三年，又六年正紹興五年也。由此上推，清照生於元豐七年亦不誤。（〈漱玉詞研究〉）

△廣棪案：〈金石錄後序〉，余據洪邁《容齋四筆》卷五「趙德甫《金石錄》」條，因悉乃作於紹興四年者；今本〈後序〉署年作「紹興二年玄黓歲壯月朔甲寅」，其實誤也。顧亭林《日知錄》卷十八〈別字〉云：「山東人刻《金石錄》，於李易安〈後序〉『紹興二年玄黓歲壯月朔』，不知壯月之出於《爾雅》八月爲壯，而改爲牡丹。凡萬曆以來所刻之書，多牡丹之類也。」是知〈後序〉署年，其舛譌由來已久，固不足怪也。　又案：清照此篇，追敘其夫婦一生辛勤積聚圖書古器，及此等尤物於大變亂中漸次散失之經過；而清照生平志趣及其不幸遭遇，讀此篇乃可概見。故洪邁《容齋四筆》卷五「趙德甫《金石錄》」云：「東武趙明誠德甫，清憲丞相中子也。著《金石錄》三十篇，上自三代，下訖五季，鼎、鐘、甗、鬲、槃、匜、尊、爵之款識，豐碑大碣、顯人晦士之事蹟，見於石刻者，皆是正譌謬，去取褒貶，凡爲卷二千。其妻易安居士平生與之同志，趙歿後，愍悼舊物之不存，乃作〈後序〉，極道遭罹變故本末。」又此序寫來情辭懇切，極富感染力。陸游《老學庵筆記》引《才婦錄》云：「易安居士能書能畫又能詞，而尤長於文藻。迄今學士每讀〈金石錄序〉，頓令人心神開爽。何物老嫗，生此寧馨，大奇大奇。」是也。而其用典渾成，敘致錯綜，筆墨疎秀，蕭然出町畦之外。胡應麟《少室山房筆叢》以爲「殆有過於歐、蘇兩公」者；李慈銘《越縵堂讀書記》亦謂：「宋以後閨閣之文，此爲觀止。」信然。　又案：紹興四年（1134）甲寅八月，清照撰〈金石錄後序〉。〈後序〉所載，始自建中靖國辛巳（1101）清照年十八下嫁明誠，而迄於紹興四年清照避亂杭州，都卅四年間事。全篇行文筆墨淋漓，極盡錯綜曲折，雖瑣屑細碎之事，亦不輕忽。文中提及之人物，除清照夫婦外，尚有挺之夫婦、格非、明誠妹婿、張飛卿、李將軍、土民鍾氏、鍾復皓、吳說等；然獨未見一及兒息。是清照確無子嗣，是又一證。（《李清照研究》）

【繫年】

〈金石錄後序〉之作年，各本《金石錄》所附〈後序〉俱署「紹興二年玄黓歲壯月朔甲寅」，俞正燮〈易安居士事輯〉據之，其實誤也。〈後序〉應作於紹興四年甲寅八月，黃盛璋〈趙明誠李清照夫婦年譜〉曾列三證，皆可信。今人夏承燾〈易安居士事輯後語〉謂〈後序〉成於紹興五年，理由不甚充分，蓋亦非。

【考證】

此文洪邁曾從王復齋處得覩原稿，且於《容齋四筆》卷五中撮述其大意，此篇殆清照作，前人亦從無置疑者。

投內翰綦公崇禮啓

清照啟：素習義方，粗明詩禮。近因疾病，欲至膏肓；牛蟻不分，灰釘已具。嘗藥雖存弱弟，應門惟有老兵。既爾倉皇，因成造次。信彼如簧之說，惑茲似錦之言。弟既可欺，持官文書來輒信；身幾欲死，非玉鏡架亦安知？僶俛難言，優柔莫決；呻吟未定，強以同歸；視聽才分，實難共處。忍以桑榆之晚景，配茲駔儈之下才。身既懷臭之可嫌，惟求脫去；彼素抱璧之將往，決欲殺之。遂肆侵凌，日加毆擊。可念劉伶之肋，難勝石勒之拳。局地扣天，敢效談娘之善訴；升堂入室，素非李赤之甘心。外援難求，自陳何害？豈期末事，乃得上聞。取自宸衷，付之廷尉。被桎梏而置對，同凶醜以陳詞。豈惟賈生羞絳灌為儕，何啻老子與韓非同傳？但祈脫死，莫望償金。友凶橫者十旬，蓋非天降；居囹圄者九日，豈是人為？抵雀捐金，利當安往？將頭碎壁，失固可知。實自繆愚，分知獄市。此蓋伏遇內翰承旨，搢紳望族，冠蓋清流；日下無雙，人間第一。奉天克復，本緣陸贄之詞；淮蔡底平，實以會昌之詔。哀憐無告，雖未解驂；感戴鴻恩，如真出己。故茲白首，得免丹書。清照敢不省過知慚，捫心識媿。責全責智，已難逃萬世之譏；敗德敗名，何以見中朝之士。雖南山之竹，豈能窮多口之談？惟智者之言，可以止無根之謗。高鵬尺鷃，本異升沉；火鼠冰蠶，難同嗜好。達者共悉，童子皆知，願賜品題，與加湔洗。

誓當布衣蔬食，溫故知新。再見江山，依舊一瓶一鉢；重歸畎畝，更須三沐三薰。忝在葭莩，敢茲塵瀆。(《雲麓漫鈔》)

【評箋】

△胡仔云：易安再適張汝舟，未幾反目，有啓事與綦處厚云：「猥以桑榆之晚景，配茲駔儈之下材」，傳者無不笑之。(《苕溪漁隱叢話》)

△徐𤊹云：李易安，趙明誠之妻也。《漁隱叢話》云：「趙無嗣，李又更嫁非類。」且曰：「其啓曰：猥以桑榆之晚景，配茲駔儈之下才。」殊謬妄不足信。蓋易安自撰〈金石錄後序〉，言明誠兩爲郡守，建炎己酉八月十八日疾卒。且曰：余自少陸機作賦之二年，至過蘧瑗知非之兩歲，三十四年之間，憂患得失，何其多也！作序在紹興二年，李五十有二，老矣。清獻公之婦、郡守之妻，必無更嫁之理。今各書所載〈金石錄序〉皆非全文，惟余家所藏舊本序語全載。更嫁之說，不知起於何人，太誣賢媛也。《容齋隨筆》及《筆叢》、《古文品外錄》，俱非全文。(《徐氏筆精》)

△黃溥云：茲觀瞿宗吉所著《香臺集》，有易安樂府之目，引《漁隱叢話》云：「趙明誠，清獻公之子，妻李氏，能文詞，號易安居士，有樂府詞二卷，名《漱玉集》。明誠卒，易安再適非類，既而反目，有啓與綦處厚學士：『猥以桑榆之晚景，配茲駔儈之下才。』見者笑之。」此宗吉所以有「清獻名家阨運乖，羞將晚景對非才」之句。予歎易安，翁則清獻，爲時名臣；夫則明誠，官至郡守，亦景薄桑榆，何爲而再適耶？(《閒中今古錄》)

△謝章鋌云：興公徐𤊹字。謂：易安未嘗改嫁，以爲易安作〈金石錄後序〉在紹興二年，年五十有二，老矣。清獻公清獻應為清憲。之婦、郡守之妻，必無更嫁之理。持論精審，足爲賢媛洗冤。(《賭棋山莊詞話》)

△褚人穫云：《漁隱叢話》：趙明誠，清獻公閱道抃子。妻清照，號易安居士，濟南李格非之女，工詩詞，有《漱玉集》三卷行世。明誠卒，再適張汝舟，未幾反目。易安〈與綦處厚啓〉有「猥以桑榆之晚景，配茲駔儈之下材」，傳者笑之。按《氏族大全》亦以明誠爲清獻子，觀東坡〈清獻公神道碑〉載二子：曰岏，曰屺。並無明誠。葉文莊盛《水東日記》：明誠，趙挺之子。曹以寧安《讕言長語》：易安，趙挺之子德夫之內。《堯山堂》：抃諡清獻，挺之亦諡清憲，故有此誤傳。挺之

附媚蔡京，致位權要，或有此失節之婦。若為清獻子婦，豈宜以桑榆晚景，再適非類，為天下笑邪？（《堅瓠七集》）

△王士禎云：《閒中今古錄》論李易安晚節改適云：翁則清獻，為時名臣。又引瞿佑詩話（應作《香臺集》，非《歸田詩話》）：「清獻名家阨運乖，羞將晚景對非才」云云。以挺之為抃，謬矣。蓋以閱道謚清獻，而挺之謚清憲，故致此舛訛耳。（《分甘餘話》）

△盧見曾云：德夫之室李清照，字易安，婦人之能文者。相傳以為德夫之歿，易安更嫁，至有「桑榆晚景，駔儈下材」之言，貽世譏笑。余以是書所作跋語考之，而知其決無是也。德夫歿時，易安年四十六矣，遭時多難，流離往來，具有蹤跡。又六年始為是書作跋，是時年已五十有二，匪夏姬之三少，等季隗之就木，以如是之年而猶嫁，嫁而猶望其才地之美、和好之情，亦如德夫昔日，至大失所望而後悔之，又不肯飲恨自悼，輒諜諜然形諸簡牘，此常人所不肯為，而謂易安之明達為之乎？觀其洊經喪亂，猶復愛惜一二不全卷軸，如護頭目，如見故人，其惓惓德夫不忘若是，安有一旦忍相背負之理？此子輿氏所謂好事者為之，或造謗如《碧雲騢》之類，又可信乎？易安父李文叔，即撰〈洛陽名園記〉者。文叔之妻，王拱辰孫女，亦善文。其家世若此，尤不應爾。余因刊是書而並為正之，毋令千載下易安猶蒙惡聲也。（〈重刊金石錄序〉）

△陸以湉云：德州盧雅雨鹺使見曾，作〈金石錄序〉，力辨李易安再適之誣。謂：「德父歿時易安年四十六矣，又六年始為是書作跋，是時年已五十有二。匪夏姬之三少，等季隗之就木，以如是之年而猶嫁，嫁而猶望其才地之美，和好之情亦如德父昔日，至大失所望而後悔之，又不肯飲恨自悼，輒諜諜然形諸簡牘，此常人所不肯為，而謂易安之明達為之乎？觀其洊經喪亂，猶復愛惜一二不全卷軸，如護頭目，如見故人。其惓惓德父不忘若是，安有一旦忍相背負之理。此子輿氏所謂好事者為之，或造謗如《碧雲騢》之類，其又可信乎？」陳雲伯大令亦云：「宋人小說往往污衊賢者，如《四朝聞見錄》之於朱子，《東軒筆錄》之於歐陽公，比比皆是。」又謂：「〈去年元夜〉一詞，本歐陽公作，後人誤編入《斷腸集》，漁洋山人亦嘗辨之。遂疑朱淑眞為佚女，皆不可不辨。」按〈去年元夜〉詞非朱淑眞作，信矣。李易安再適張

汝舟事，詳趙彥衛《雲麓漫鈔》，諸家皆沿其說，盧氏獨力爲辨雪，其意良厚，特錄之，以俟論世者取裁焉。(《冷廬雜識》)

△黃友琴云：李易安作〈金石錄跋〉，時年已五十有二。國朝雅雨盧公重梓是書，序中決其必無更嫁事，謂是好事者爲之，殆造謗爲《碧雲騢》之類。數百年覆盆，遂得昭雪，自是易安可免被惡聲矣。(〈書雅雨堂重刊金石錄序後〉)

△胡薇元云：南北宋之際，有趙明誠妻李清照，所作《漱玉詞》，抗軼周、柳。張端義《貴耳集》元宵詞〈永遇樂〉、〈聲聲慢〉，以爲閨閣有此文筆，良非虛語。明誠宋宗室，父爲宰輔。易安自記在汴京與夫共撰《金石錄》，典釵釧，得一碑版，互相搜校。家藏舊書畫極夥，亂離買舟南下，擇其精本携之，在西湖尤相樂。夫死，戚友謀奪不得者，李心傳、趙彥衛造爲蜚謗，誣其再適駔儈。《雲麓漫鈔》、《建炎以來繫年要錄》，即彥衛、心傳之筆。小人不樂成人之美如此。況明誠守湖州已中年，夫卒，年六旬，安有再適之理，矧在駔儈耶？(《歲寒居詞話》)

△俞正燮云：讀《雲麓漫鈔》所載〈謝綦崇禮啓〉，文筆劣下，中雜有佳語，定是竄改本。又夫婦訐訟，必自證之，啓何以云無根之謗。余素惡易安改嫁張汝舟之說，雅雨堂刻〈金石錄序〉，以情度易安不當有此事。及見李心傳《建炎以來繫年要錄》，采鄙惡小說，比其事爲文案，尤惡之。後讀《齊東野語》論韓忠繆事云：「李心傳在蜀，去天萬里，輕信記載，疎舛固宜。」又《謝枋得集》亦言：「《繫年要錄》爲辛棄疾造韓侂胄壽詞。」則所言易安文案、謝啓事可知。是非天下之公，非望易安以不嫁也。不甘小人言語，使才人下配駔儈，故以年分考之，凡詩文見類部小說詩話者，考合排次，至紹興四年，易安年五十三，又紹興十一年五月十三日，綦崇禮壻陽夏謝伋，寓家臺州，自序《四六談麈》，時易安年已六十，伋稱爲趙令人李，若崇禮爲處張汝舟婚事，伋其親壻，不容不知。又下至淳祐元年，時及百年，張端義作《貴耳集》，亦稱易安居士，趙明誠妻。易安爲嫠，行跡章章可據。趙彥衛、胡仔、李心傳等，不明是非，至後人貌爲正論。《碧雞漫志》謂易安詞於婦人中爲最無顧藉，《水東日記》謂易安詞爲不祥之具，此何異謂直不疑盜嫂亂倫，狄仁傑謀反當誅滅也？且啓言：「牛蟻不分，灰釘已具。弟既可欺，持官文書來輒信；身幾欲死，非玉鏡架亦安知。呻吟未定，

強以同歸。猥以桑榆之末景，配茲駔儈之下才。」易安，老命婦也，何以改嫁復與官告？又言：「視聽才分，實難共處，惟求脫去，決欲殺之，遂肆欺凌，日加毆擊。豈期末事，乃得上聞，取自宸衷，付之廷尉。」是又閨房鄙論，竟達闕廷，帝察隱私，詔之離異。夫南渡倉皇，海山奔竄，乃舟車戎馬相接之時，爲一駔儈之婦，從容再降玉音，宋之不君，未應若此。審視〈金石錄後序〉，始知頒金事白，綦有湔洗之力，小人改易安謝啓，以飛卿玉壺爲汝舟玉臺，用輕薄之詞，作善謔之報，而不悟牽連君父，誣衊廟堂，則小人之不善於立言也。劉時舉《續通鑑》云：「紹興四年八月，趙鼎疏言：草澤行伍，求張浚不遂者，人人投牒，醜詆及其母妻。」《四朝聞見錄》有劾朱文公閨閫中穢事疏及朱謝罪表，蓋其時風氣如此。《齊東野語》又云：「黃尚書由妻胡夫人惠齋居士，時人比之易安。嘗指摘趙師羼〈放生池文〉誤。惠齋已卒，趙爲臨安府，誘其逃婢證惠齋前與棋客鄭日新通，遂黥配日新，而尚書以帷薄不修罷。」按《白獺髓》云：「師羼初居吳郡及尹天府日，延喬木爲門客，喬教師羼子希蒼制古禮器，於家釋菜，黃尚書欲發遣之，師羼乃毀器而逐喬。」是師羼與由以黥配門客相報，又値惠齋有摘文之事，乃並誣惠齋，其事與易安同。夫小人何足深責，吾獨惜易安與惠齋以美秀之才，好論文以中人忌也。易安《打馬圖》言：「使兒輩圖之。」合之〈上胡尚書詩〉，蓋易安無所出，兒輩乃格非子孫，故其事散落。今於詞之經批隙及好事傳述者亦輯之，於事實有益，可備好古明理者觀覽。其僅見《漱玉集》者，此不載也。（〈易安居士事輯〉）

△陸心源云：李易安改嫁，千古厚誣，歙人俞理初爲〈易安事輯〉以辨之，詳矣備矣。惟張汝舟崇寧五年進士，毘陵人，見《咸淳毘陵志》。欽宗時，知紹興府，見《會稽志》。建炎三年，以朝奉郎直秘閣，知明州。十二月，召爲中書門下檢正諸房文字。四年，兼管安撫使。復以直顯謨閣知明州，見《四明圖經》。五月，上過明州，歷奉儉簡遷一官。六月乞祠，主管江州太平觀。紹興元年三月，往池州措置軍務，尋爲監諸軍審計司。二年九月，以妻李氏訟其妄增舉數入官，有司當汝舟私罪，徒，詔除名，柳州編管，見《建炎以來要錄》。則汝舟既確有其人，以李氏訟編管，亦確有其事。理初僅以怨家改啓，證易安無改嫁事，幾若汝舟亦屬子虛，不足以釋千古之疑，而折服李心傳之心。愚

按：汝舟即飛卿之名，妻字上當奪「趙明誠」三字耳。高宗性好古玩，與徽宗同，汝舟必以進奉得官，因進奉而徵及玉壺，因玉壺之失而有獻璧北朝之誣，因獻璧北朝之誣，而易安有妄增舉數之報。復不然，妄增舉數，與妻何害？既不應興訟，朝廷亦豈為準理耶？惟李氏被獻璧北朝之誣，人人代抱不平，故李氏一控，而汝舟即奪職編管。汝舟無可洩憤，改其謝啓，誣為改嫁，認為伊妻。其啓即汝舟所改，非別有怨家也。請列五證以明之：汝舟先官秘閣直學士，復官顯謨直學士，故曰飛卿學士。其證一也。頌金之謗，崇禮為左右得解，事在建炎三年，是時崇禮官中書舍人，故曰內翰承旨。汝舟之貶，事在紹興二年，則崇禮已為侍郎，翰林學士當曰學士侍郎，不得曰內翰承旨矣。其證二也。若《要錄》原本無趙明誠三字，注文既敘明李格非女矣，何不敘趙明誠妻改嫁汝舟乎？其證三也。男女婚嫁，世間常事，朝廷不須問，官吏豈有文書。啓云：「弟既可欺，持官文書來即信。」當指蜚語上聞，置獄而言。改嫁不必由官，有何官文書之有？其證四也。獻璧北朝，可稱不根之言，若改嫁碻有其事，何得云不根之言？其證五也。心傳誤據傳聞之辭，未免疏謬，若謂採鄙惡小說，比附文案，豈張汝舟亦無其人乎？必不然矣。（《癸巳類稿・易安事輯書後》）

△梁紹壬云：《漱玉》、《斷腸》二詞，獨有千古；而一以「桑榆晚景」一書致誚，一以「柳梢月上」一詞貽譏。後人力辨易安無此事，淑眞無此詞，此不過為才人開脫，其實改嫁，本非聖賢所禁。（《兩般秋雨盦隨筆》）

△李慈銘云：陸氏心源《儀顧堂題跋》十六卷，其中可取者甚多，其書《癸巳類稿・易安事輯書後》，謂張汝舟，毘陵人，崇寧五年進士，見《咸淳毘陵志》。又引《建炎以來繫年要錄》，紹興二年九月，張汝舟為監諸軍審計司，以妻李氏訟其妄增舉數入官，詔除名，柳州編管。則汝舟既確有其人，以李氏訟編管，亦確有其事。汝舟即飛卿之名，妻字上當脫「趙明誠」三字。高宗性好古玩，汝舟必以進奉得官，因進奉而徵及玉壺，因玉壺失而有獻璧北朝之誣，因獻璧之誣而易安有妄增舉數之報。蓋獻璧之誣，人人代抱不平，故李氏一控，而汝舟即奪職編管；汝舟無可洩憤，改其謝啓，誣為改嫁，認為伊妻，其啓即汝舟所改，非別有怨家也。則殊臆決不近理。案《嘉泰會稽志》載：「宣

和五年，張汝舟以降授宣教郎直秘閣，知越州。」越爲望郡，是汝舟在徽宗時已通顯。《乾道四明圖經》載：「建炎四年，張汝舟以直顯謨閣知明州，兼管內安撫使，數月即罷。」《圖經》載：是年汝舟之前，已有劉洪道、向子忞二人。汝舟之後，為吳懋，以建炎四年八月到任。是汝舟在州不過一、二月。《繫年要錄》載：「紹興二年九月，汝舟除名。」時官止右承奉郎，則仕宦頗極沈滯，安見其以進奉得官？高宗頗好書畫，未聞其好器玩。易安〈金石錄後序〉言：聞張飛卿玉壺事發，在建炎三年九、十月間，時明誠甫於八月卒，高宗方爲金人所迫，流離奔竄，即甚荒闇之主，尙安得留心玩好，令人以進奉博官。汝舟之名，與飛卿之字，亦不相配合。且序言：飛卿所示玉壺，實珉也，旋復携去，則壺並不在德甫所，安得妄告朝廷，徵之趙氏？且《要錄》言：時建康置防秋安撫使，擾攘之際，或疑其饋璧北朝，言者列以上聞。或言：趙、張皆當置獄。是明謂言官所發，飛卿方有對獄之懼，豈有自發而自誣之理？易安〈後序〉亦謂：「何人傳道，妄言頌金。」是並無怨飛卿之事，安得謂人人代抱不平，易安故訟其妄增舉數以爲報復。至謂其啓即汝舟所改，尤非情理。汝舟以進士歷官已顯，豈肯自謂駔儈下才，及「視聽才分，實難共處」。且人即無良，豈有冒認嫠婦以爲己妻。趙、李皆名人貴家，易安婦人之傑，海內眾著，又將誰欺？雖喪心下愚，亦不至此。《要錄》大書：「右承奉郎監諸軍審計司張汝舟屬吏，以汝舟妻李氏訟其妄增舉數入官也。」其文甚明，安得謂妻上脫「趙明誠」三字？陸氏謂：「妄增舉數，何與妻事，朝廷亦豈爲準理？」則閨房之內，事有難言；增舉入官，欺罔朝廷，安得置之不理？此等事惟家人得知之，故發即得實。若它人之婦，何從知之。惟易安必無再嫁之事，理初排比歲月，證之甚明。今即《要錄》所載此一節，覈其年月，更可瞭然。易安〈金石錄後序〉，自題「紹興二年玄黓歲壯月甲寅朔，易安室題」。《要錄》繫訟增舉事於紹興二年九月戊午朔，相去一月，豈有三十日內，忽在趙氏爲嫠婦，忽在張氏訟其夫，此不待辨者也。又易安於紹興三年五月上使金工部尚書胡松年詩，有「嫠家祖父生齊魯」之句，則易安以老寡婦終，已無疑義。《要錄》又載：「紹興二年八月丙辰，是二十九日，是月戊子朔。」〈後序〉題甲寅朔，蓋筆誤。甲寅是二十七日，或是戊子朔甲寅，脫「戊子」二字，又朔甲寅誤倒。古人題月日，多有此例。易安好古，觀其用歲陽紀歲，月名紀月可知。直秘閣、主管江州太平觀趙思誠守起居郎。思誠，明誠兄也，則是時趙氏尚盛，尤不容有此事。《要錄》又載：「建炎三年閏八月，和安大夫開州團練使致仕王繼先嘗以黃金三百兩，從故秘閣修撰趙明誠家市古器，兵部尚書謝克家言：恐疏遠聞之，有累盛德，欲望寢罷。上批令三省取問繼先。」則所云徵及玉壺，傳聞置獄，當在此時。王繼先本姦黠小人，時方得幸，必有恫喝趙氏之事。而綦崇禮爲左右之，得白，故易安作啓以謝。至張汝舟妻李氏，或本易安一家，與夫不咸，訟訐離異，當時忌易安之才如學士秦楚材者，秦檜之兄名梓。及被易安誚刺如張九成等者，因將此事移之易安。張九成為紹興二年進士第一人，其對策有「桂子飄香」之語，易安因有「桂子飄香張九成」之謔，亦足證其嫠居無事。若方與後夫爭訟仳離，豈尚有此暇力弄狡獪乎？或汝舟之妻，亦嫻文字，作文自述被夫欺凌毆擊之事，其訟妄增舉數時，亦必牽及閨門乖忤，自求離絕。及置獄根勘得實，並遂其請，後人因其適皆李姓，遂牽合之，李微之亦不察而誤采之。俗語不實，流爲丹青，遂以漱玉之清才，古今罕儷，且爲文叔之女、德甫之妻，橫被惡名，致爲千載宵人口實。余故申而辨之，補俞氏之闕，正陸氏之誤，可爲不易之定論矣。（〈書陸剛甫觀察《儀顧堂題跋》後〉）

△葉廷琯云：《頤道堂詩外集》有〈題查伯葵撰李易安論後〉絕句，序云：「李清照再適之說，向竊疑之。宋人雖不諱再嫁，然考易安作〈金石錄後序〉時，年已五十餘，《雲麓漫鈔》所載〈投綦處厚啓〉，殆好事者爲之。嘗欲製一文以雪其誣，今讀伯葵所作，可謂先得我心矣。詩云：『談娘善訴語何誣，卓女琴心事本無。賴有琵琶查八十，清商一曲慰羅敷。』但今所傳查梅史揆《篔谷集》，並無〈李易安論〉，詩中亦無一字辨及易安者，不知何故？考乾隆中盧雅雨都轉嘗作〈金石錄序〉，已爲易安辨冤；查君殆慮以蹈襲見譏，因此自刪所作。近見皖中俞理初孝廉正燮《癸巳類稿》有〈易安居士事輯〉一篇，亦力辨其再嫁之事，徵引詳博，似過盧序，微嫌文太繁冗，茲節采其大略附此云。」（下略）此段旁推曲證，尤見明暢，一篇名論，足洗漱玉沉冤。雖使查君出手，應亦不過如是；即雲翁亦不爲虛賦題詞矣。（《鷗波漁話》）

△薛紹徽云：嗟夫！息嬀有同穴之稱，乃謂桃花不語；遼后著回心之什，

竟蒙片月奇冤。謠諑興則蛾眉見嫉，譸張幻而蠅壁易污。長舌厲階，實文人之好事；塈讒殄行，致淑媛以厚誣。黑白既淆，貞淫莫辨。竟使深閨扼腕，抱讀遺編；願教彤管揚輝，昭爲信史。趙宋詞女，李、朱名家，《漱玉》則居臨柳絮，《斷腸》則家在桃邨。市古寺之殘碑，品茶對酌；賀東軒之移學，舉案同心。蹔船逐逐，隨宦青萊；絲管紛紛，勝遊吳楚。迨及殘山半壁，薄衾五更。阿婆白髮，已過大衍之年；怨女歸寧，莫寄傷心之淚。奚至桑榆晚景，更易初心；花市元宵，徘徊密約乎？大抵玉壺頒金之案，已肇妬才；花枝連理之詩，難言幽恨。露華桂子，招眾口以爍金；細雨斜風，憶前歡而入夢。負盛名以致謗，因清怨而生疑。於是妄改綦崇禮之謝啓，雜竄《廬陵集》之豔詞；李心傳《要錄》，病在疏訛；楊升庵品詞，失於稽考。西蜀去浙數千里，傳聞不免異辭；有明後宋三百年，持論未曾檢點。且也張汝舟歷官清要，奚言駔儈下才；王唐佐傳述始終，誤作市井民婦。當君臣播越之時，安事文書催再醮；彼夫婦乖離而後，何心詞賦約幽期。實際可徵，疑團自破。所惜者，妄增舉數，姓氏偶同；爲主東君；爵里俱逸。胡元任《叢話》，變俗諺爲丹青；魏仲恭〈序言〉，仗耳食爲口實。好惡支離，是非顛倒耳。然原心定論，據事探幽，編集雖零落不完，詩詞尚昭彰若揭。贈韓、胡二使者，嫠婦猶稱；宴謝、魏兩夫人，貴遊可數。寒窗敗几，已醒曉夢疏鐘；鷗鷺鴛鴦，似嘆小星奪月。願過淮水，猶存愛國之忱；仰望白雲，時起思親之念。忠孝已根其天性，綱常必熟於懷來。安敢別抱琵琶，倫貽芍藥，花殊旌節，樹異女貞哉？推原其故，或出有因。衣冠王導，斥將杭作汴之非；早晚平津，有稱夫爲人之異。姦黠者轉羞成怒，輕薄者蜚短流長。胡惠齋摘文之忌，不知道高毀來；〈生查子〉大曲所傳，遂致移花接木。磽磽易缺，哆哆能張，毒生蠆尾，影射蜮沙。謗孀閨於身後，語涉無根；疑靜女於生前，冤幾不白。豈弗悖歟？吁可怪已！（〈李清照朱淑真論〉）

△吳衡照云：妃子沼吳，重歸少伯；美人亡息，再醮荊王。簡帙工訛，殊難理造。世傳易安居士再適張汝舟，卒至對簿，有〈與綦處厚啓〉云云，爲時訕笑。今以〈金石錄後序〉考之，易安之歸德甫，在建中辛巳，時年一十有八。後二年癸未，德甫出仕宦。越二十三年靖康丙午，德甫守淄川。其明年建炎丁未，奔母喪。又明年戊申，德甫起復

知建康府。又明年己酉春罷職，夏被旨知湖州，秋德甫遂病不起，時易安年四十有六矣。越五年紹興甲寅，作〈金石錄後序〉，時年五十有一。其明年乙卯有〈上韓、胡二公詩〉，猶自稱閭閻嫠婦，時年五十有二。豈有就木之齡已過，墮城之淚方深，顧爲此不得已之爲，如漢文姬故事，意必當時嫉元祐君子者攻之不已而及其後，而文叔之女多才，尤適供謠諑之喙。致使世家帷薄，百世而下，蒙詬抱誣，可慨也已！又云：易安居士再適張汝舟，卒至對簿，有〈與綦處厚啓〉云云，宋人說部多載其事，大抵彼此衍襲，未可盡信。《宋史・李文叔傳》附見易安居士，不著此語；而容齋去德甫未遠，其載於《四筆》中無微辭也。且失節之婦，子朱子又何以稱乎？反覆推之，易安當不其然。（《蓮子居詞話》）

△陳廷焯云：易安〈武陵春〉後半闋云：「聞道雙溪春尚好，也擬泛輕舟，只恐雙溪舴艋舟，載不動，許多愁。」又淒婉又勁直，觀此益信易安無再適張汝舟事，即風人「豈不爾思，畏人之多言」意也。投綦公一啓，後人僞撰以誣易安耳！（《白雨齋詞話》）

△丁丙云：世謂清照於明誠故後，再適張汝舟，未幾反目，其事見《雲麓漫鈔》及《繫年要錄》。近俞理初有〈事輯〉，凡七千言，辨誣析疑，洵足爲易安吐氣也。（《善本書室藏書志》）

△劉聲木云：婦人再醮，自古亦不禁。後以宋五子尚從一而終之義，稍知自愛，皆以再醮爲恥。程子言餓死事小，失節事大；天下後世，翕然宗之，無異辭。保全名節之功，百萬世而不可沒也。吾獨怪李清照，號易安居士，生于宋南渡後，當理學大明之時，而又素工詩古文詞，詞尤傑出，可與周、柳抗行，儼然爲一時冠冕，夫死竟再嫁張汝舟，殊不可解，卒致與後夫搆訟離異。胡仔《苕溪漁隱叢話》中、趙彥衛《雲麓漫鈔》中、李心傳《建炎以來繫年要錄》中均詳載其事，無少隱諱，其當時不洽于眾口可知，決非駕空虛僞尤可知。我朝俞正燮《癸巳類稿》中力爲之辨白，究之皆事後之強詞，所謂欲蓋彌彰，非如胡、趙、李諸人當時所目擊記載翔實爲可據也。清照原爲禮部郎提點京東刑獄李格非之女、湖州守趙明誠之妻，毋夫兩家皆雅好文學，而竟爲此寡廉鮮恥之事。其〈上綦內翰崇禮啓〉中尚自稱「素習義方，麤明詩禮」，可謂不知人間有羞恥事矣。（《萇楚齋三筆》）

△端木埰云：蛾眉見疾，謠諑謂以善淫；驥足籋雲，駑駘誣其覂駕。有宋以降，無稽競鳴。燈籠織錦，潞國蒙讒；屏角簸錢，歐公受謗。青蠅玷璧，赤舌燒天；越在偏安，益煽騰說。禮法如朱子，而有帷薄穢污之聞；忠勇如岳王，而有受詔逗遛之譖。矧茲閨闥，詎免讏言。易安以筆飛鸞聳之才，際紫色蛙聲之會，將杭作汴，賸水殘山。公卿容頭而過身，世事跋胡而疐尾。而乃鏘洋文史，跌宕詞華。頌舜曆之靈長，仰堯天之巍蕩。思渡淮水，志殲佛貍。風塵懷京洛之思，已增時忌；金帛止翰林之賜，益怒朝紳。宜乎蜚短流長，變白爲黑。誣義方之閨彥，爲潦倒之夫娘。壺可爲臺，有類鹿馬之指；啓將作訟，何殊薏珠之冤。此義士之所拊心，貞媛之所扼腕者也。聖朝章志貞教，發潛闡幽。掃撼樹之蚍蜉，蕩含沙之虺蜮。凡在呫嗶濡毫之彥，咸以彰善闡惡爲心。是以黟山俞理初先生著《癸巳類稿》，既爲昭雪於前；吾鄉金偉軍先生戊申詞壇，復用參稽於後。皆援志乘，尙論古人；事有據依，語殊鑿空。吾友幼霞閣讀，家擅學林，人游藝圃，汲華劉井，擢秀謝庭。偶繙《漱玉》之詞，深惘爍金之謬。將刊專集，藉雪厚誣。以僕同心，屬爲弁首。嗚呼！察詞於差，論古貴識。三至讒亟，終啓投杼之疑；十香詞淫，竟種焚椒之禍。所期哲士，力掃妄言。如吾子之用心，恨古人之不見。若華琢玉，允光淑女之名；漆室鉅幽，齊下貞姬之拜。（〈四印齋重刊漱玉詞序〉）

△蕭道管云：昔人有云：「自遜、抗、機、雲之死，天地清靈之氣，不鍾於男而鍾於女。」此讏言也。其實自牝雞無晨之說起，雄飛雌伏，本有偏重之勢。故即文章一事，婦女者流，寥寥天壤，一有其人，譽之者遂爲過情之言，詬之者反爲負俗之累；譽與詬，皆由於少見而多所詫而已。易安再適之說，根於恃才凌物，忌者造言。爲之辨者，若盧雅雨之〈金石錄序〉，俞理初之《癸巳類稿》，吳子律之《蓮子居詞話》，亦詳且盡矣。然實有不煩言解者。世傳再適事，據所竄〈上綦崇禮啓〉耳。而中有內翰承旨之稱，按沈該《翰苑題名壁記》，建炎四年，崇禮除徽猷閣直學士，且出知漳州。而〈金石錄後序〉乃作於紹興二年，又明年〈上胡韓二公詩〉猶稱嫠婦，則其他尙何足與辨。夫易安五十三歲以前所作詩文，俱有年月事蹟可考，忌之者何不即其後之無可考者而誣之耶？殆所謂天奪之魄耶？（〈彙集易安居士詩文詞敘〉）

△況周頤云：易安如有改嫁之事，當在建炎三年明誠卒後，紹興二年汝舟編管以前。今據俞、陸二家所引，建炎三年七月，易安至建康，八月，明誠卒。四年，易安往臺州，之越州；十二月，至衢州。紹興元年，復之越。二年，之杭。汝舟，建炎三年知明州。四年復知明州；六月，主管江州太平觀。紹興元年，往池州措置軍務，尋爲監諸軍審計司。二年九月，以增舉入官，除名編管。此四年中，兩人蹤跡判然，何得有嫁娶之事？舊說冤謬，不辨而明矣。因校越縵跋尾，書此以廣所未備。(《越縵堂乙集、書陸剛甫觀察儀顧堂題跋後校》)

△樊增祥云：易安才高學贍，好詆訶人，遂爲忌者誣謗，幸得盧雅雨、俞理初輩爲之昭雪。　又云：隻雁何心隨駔儈，求凰誰見用官書？才高眾忌人情薄，蛾眉從古多謠諑。歐陽且有盜甥疑，第五猶蒙笰翁惡。眼波電閃無餘子，謗議由來亦由己。積怨龍頭張九成，僞投魚素綦崇禮。知命衰年宰相家，肯同商婦抱琵琶。憔悴已同金線柳，荒唐誰信《碧雲騢》。(〈題李易安遺像〉)

△王念曾云：舍人左右事得解，啓事偶弄生花筆；親舊作謝亦尋常，桑榆蒙謗何由釋。大抵才人易招忌，倒影飄香近訐直；謠諑蛾眉競射沙，多口無根胡所恤。(〈冷衷先生所輯《易安居士全集》，授讀一過，有感於懷，走筆作長謠題於卷端，時癸亥端陽前一日也〉)

△夏承燾云：盧雅雨、俞理初先後辨易安居士遺事，陸存齋、李蓴客又從而推證之，改嫁之誣，瞭然非實矣。去年衡山李佩秋先生洣，示予〈易安居士事輯書後〉一文；於俞、李諸家之外，重有發明。其考除名編管柳州之張汝舟，與以進士知越州、明州之張汝舟實非一人，尤足匡存齋之臆說，補李蓴客、況蕙風之偶疏。頃予詳繹〈金石錄後序〉，以爲其結尾署年之誤，諸家皆未是正，則此案猶有漏義，蓋諸家雪易安之誣，皆據其年歲推定，而因〈後序〉署年數字之譌，致於易安行年，推算多誤，並失其足爲雪誣之一左證，此非僅魯魚亥豕之細故也。爰書所見，以報佩秋。

案〈後序〉云：「余建中辛巳，始歸趙氏，時侯年二十一。」又云：「余自少陸機作賦之二年，至過蘧瑗知非之兩歲，三十四年之間，憂患得失，何其多也。」以蘧瑗句推之，〈後序〉作於五十二歲無疑；五十二歲減三十四歲，爲十八歲，與陸機作賦之語合。是建中辛巳歸趙年十八，亦屬無疑。然〈後序〉署作年為「紹興二年玄黓歲壯月朔甲寅」，紹興二年易安若五十二歲，當生元豐四年辛酉，與趙明誠同歲，辛巳歸趙之年，則為二十一，與陸機句不合，是其「建中辛巳」與「紹興二年」兩語必有一誤。俞理初、吳子律諸家於此各執枝詞，迄無定說（吳說見其《蓮子居詞話》卷二）。以常情推測，婦人自記婚嫁，當不致誤，且文尾署年如果無舛，則趙李為同歲，〈後序〉當云：「建中辛巳，始歸趙氏，與侯同年二十一」，不應僅記趙年。……今既定辛巳歸趙為較可信，則依其自述之文以載辛巳十八為始婚之年，五十二為作〈後序〉之歲，是易安實生於元豐七年甲子，〈後序〉當作於紹興五年乙卯也。（下略）

存齋據《繫年要錄》，張汝舟實有其人，為妻李氏所訟，亦確有其事。蕺客既據《要錄》駁之，以證成理初之說曰：「易安〈金石錄後序〉自題『紹興二年玄黓壯月甲寅朔易安室題』，《要錄》繫訟增舉事於紹興二年九月朔，相去一月，豈有三十日內，忽在趙氏為嫠婦，忽在張氏訟其夫，此不待辨云云。」今既知〈後序〉作於紹興五年，其時猶在張汝舟除名之後三年，即汝舟紹興二年與其妻李氏涉訟之時，易安確猶為趙家之一嫠。有此以為雪誣之一證，何待引其紹興三年上胡松年「閭閻嫠婦」之詩哉。予文雖細，使蕺客而知此，存齋臆說，不煩一吷矣。

易安年十八嫁趙明誠，〈金石錄後序〉明云：「建中辛巳」。俞氏〈事輯〉誤云在元符二年，遂誤推其全文行年兩載，予曩為「〈事輯〉後語」，嘗略辨之。〈事輯〉謂易安紹興四年為〈打馬賦〉時年五十有三（當云五十一），紹興十一年謝伋為《四六談麈》稱易安為趙令人，時易安年六十（當云五十八），俞氏敘易安行實蓋止於此。案陸游《渭南文集》卷三十五〈夫人孫氏墓誌銘〉（孫氏，蘇泂母）謂：「夫人幼有淑質。故趙建康明誠之配李氏，以文辭名家，欲以其學傳夫人，時夫人始十餘歲，謝不可，曰：『才藻非女子事也。』宣義（夫人父宣義郎綜）奇之，乃手書列女事數十授夫人。」誌稱孫氏卒於紹熙四年，年五十有三，依此上推，實生於紹興十一年；誌謂其遇易安時「始十餘歲。」以十五計，則為紹興二十六年，時易安已七十有三。此殆易安遺事最後之紀年矣（陸游稱易安為故趙建康明誠之配，猶在謝伋為《四六談塵》自序之後十餘年，亦可助證俞氏未改嫁之說。又孫氏山陰人，誌稱其父綜銜爲宣義郎，似未嘗出仕；孫氏少遇易安，若在鄉里，則易安晚節或終老越土。〈事輯〉謂「依弟迒，老於金華。」亦臆度之辭也）。

況周頤謂易安如嘗改嫁，當在建炎三年明誠卒後，紹興二年汝舟編管以前，因歷舉易安汝舟此四年間行實，決其無嫁娶之事。李佩秋先生考定建炎間知明州之張汝舟，乃毘陵進士，與編管柳州之張汝舟實非一人，然則況氏所舉皆毘陵進士之事，蓋與易安無涉矣。予細案易安此四年間事，建炎三年十二月，依弟迒於臺州；建炎四年十二月，又偕迒至衢州，此兩年姊弟相依，當無改嫁之事。次年（紹興元年）三月赴越，卜居土民鍾氏宅，若改嫁當在此時至明年（紹興二年）九月間（汝舟九月除名，十月行遣）。考《宋史》張九成舉進士即在紹興二年三月，易安爲詩誚之，所謂「桂子飄香張九成」也。設易安於此時改嫁，是以四十八、九歲之名門老嫠，爲駔儈下才而墮節，方且匿恥掩羞之不暇，其敢爲諧笑刻薄之辭誚科第新貴，以自取詬侮哉！以情理度之，必不致有此，此亦雪誣之一旁證，爰拈出之。李越縵〈書陸剛甫《儀顧堂題跋》後〉論易安事，亦引「桂子飄香」之語，謂「足證其嫠居無事，若方與後夫爭訟仳離，豈尚有此暇力弄狡獪乎？」然誚九成詩作於三月，汝舟涉訟則在九月，予謂即在涉訟之前，亦不致爲此，卻非因爲無暇。此與越縵之說，義可相補也。（〈易安居士事輯後語〉）

△黃盛璋云：明徐𤊹《筆精》首先提出清照改嫁說的不可信，其理由是：易安紹興二年作〈金石錄後序〉，年五十二，老矣，以清獻公之婦、郡守之妻，必無更嫁之理。徐氏以後不斷有人爲清照改嫁辨誣，例如黃溥《閒中今古錄》、瞿佑《香臺集》、朱彝尊《明詩綜》、王士禎《分甘餘話》、盧見曾〈重刊金石錄序〉……都提出類似的主張，但都沒有超出徐氏提出那兩點範圍（一、年老，二、宦家名門）。直到俞氏〈事輯〉才用猛虎搏獅之力爲清照辯護，〈事輯〉撰寫目的可以說就是爲證明這一件事出於小人虛造：「余素惡易安改嫁張汝舟之說」，「是非天下之公，非望易安以不嫁也，不甘小人言語，使才人下配駔儈，故以年分考之，且詩文見類部小說詩話者，考合排次，至紹興四年，易安年五十三」，他用史家的編年法，先排比清照行實，在這個基礎上加以分析

判斷，其所費的氣力實在不小。由於此篇爲一很有分量的考證文字，頗具權威，影響非小，加上後來陸心源、李慈銘等把俞氏沒有見到或理由不充分的又加以補充修正，好像就格外充分，經過三百年來十多人的不斷討論，於是這事就似乎成爲定論。

說清照改嫁的是出於宋人的記載，宋代並沒有人懷疑這件事的眞實性，懷疑它並予以全部否定的乃是其後數百年明、清時代的人，他們爲什麼要起懷疑並用了很大的氣力爲她辯護呢？其原因不外兩點：一是愛才，二是傳統觀點。俞氏所說的「不甘小人言語，使才人下配駔儈」，就是屬於第一；俞氏所謂「余素惡易安改嫁張汝舟之說」，並同意「雅雨堂刻〈金石錄序〉」以情理度易安不當有此事的說法，就是屬於第二。認爲改嫁就是失節，傳統的觀念由來已久，明、清封建社會特別是上層對婦女守節要求異常嚴格，婦女改嫁輿論上總是予以歧視認爲不道德與不體面的事，雖然俞正燮在〈節婦說〉中並不主張男權至上，以爲夫婦應該平等，不能對於婦女要求獨刻，守節固可敬，改嫁亦不爲非。但他爲所處的社會環境所限，並不能夠全然超脫，他的〈節婦說〉中仍然有傳統思想的因素，如以守節爲可敬，就是思想中仍把守節看成比改嫁好，加上他愛惜清照之才，所以一遇到這個具體問題，自然就感到可惡，而發憤爲她大力辯護了。

改嫁不改嫁本不關緊要，但這裏牽涉到史料的眞僞與事實的是非兩個問題。學術討論首先應該求是，全部案件材料經過詳細的檢查，我們認爲經明、清三百年來討論已無異議的這件學術公案實有重新考慮的必要。

改嫁與否先不作任何假定，第一步應該看看事實，宋代記載清照改嫁明確無疑的共有七家，茲全部抄錄，並把每書作者有關事跡，成書年代、地點一併考證附後，以便參考。

一、胡仔《苕溪漁隱叢話》前集卷六十（《海山仙館叢書》本）：

易安再適張汝舟，未幾反目，有啓事與綦處厚云：「猥以桑榆之晚景，配茲駔儈之下材」，傳者無不笑之。

——胡仔，績溪人。做過常州晉陵縣的縣官。後來居住湖州（浙江吳興）。這部書據其前面的自序，就是作於湖州，時在紹興十八年（1148）。

二、王灼《碧雞漫志》卷二（知不足齋本）：

易安居士，京東路提刑李格非文叔之女，建康守趙明誠之妻。……趙死後，再嫁某氏，訟而離之。晚節流蕩無依。

——王灼，遂寧人。曾經做過幕官，這部書據其自序：紹興十九年（1149）寫於成都。

三、晁公武《昭德先生郡齋讀書志》卷四下（《續古逸叢書》本）：

《李易安集》十二卷：右皇朝李氏，格非之女，先嫁趙誠之。……然無檢操，晚節流落江湖間以卒。

——晁公武，鉅野人，做過臨安少尹、敷文閣直學士。這部書據其自序，成於守榮州（四川榮縣）日，時紹興二十一年（1151）（序年頗可疑，姑依衢本如此作）。

四、洪适《隸釋》卷二十四〈跋趙明誠金石錄〉（晦木齋刻樓松書屋本）：

（《金石錄》）紹興中其妻易安居士表上於朝。趙君無嗣，李又更嫁。

——洪适（1117～1184），饒州鄱陽人。紹興十二年博學鴻詞科，十三年在臨安官秘書省正字。官至尙書右僕射，《宋史》有傳。是書據其自序，成於乾道二年，時方罷尙書右僕射，以觀文殿學士知紹興府，安撫浙東，到了第二年（1167）才「序而刻之」。

五、趙彥衛《雲麓漫鈔》卷十四（涉聞梓舊本）：

投內翰綦公崇禮啓：「清照啓：素習義方，粗明詩禮。近因疾病，欲至膏肓；牛蟻不分，灰釘已具。嘗藥雖存弱弟，應門惟有老兵。既爾倉皇，因成造次。信彼如簧之說，惑茲似錦之言。弟既可欺，持官文書來輒信；身幾欲死，非玉鏡架亦安知。僶俛難言，優柔莫決；呻吟未定，強以同歸。視聽才分，實難共處。忍以桑榆之晚景，配茲駔儈之下材。身既懷臭之可嫌，惟求脫去；彼素抱壁之將往，決欲殺之。遂肆侵凌，日加毆擊；可念劉伶之肋，難勝石勒之拳。局地扣天，敢效談娘之善訴？升堂入室，素非李赤之甘心。外援難求，自陳何害？豈期末事，乃得上聞，取自宸衷，付之廷尉。被桎梏而置對，同凶醜以陳詞。豈惟賈生羞絳灌爲儕，何啻老子與韓非同傳？但祈脫死，莫望償金。友凶橫者十旬，蓋非天降；居囹圄者九日，豈是人爲？抵雀捐金，利當安往？將頭碎壁，失固可知。實自繆愚，分知獄市。此蓋伏遇內翰承旨，搢紳望族，冠蓋清流；日下無雙，人間第一。奉天克復，本緣陸贄之詞；淮蔡底平，實以會昌之詔。哀憐無告，雖未解驂；感戴鴻恩，如眞出己。故茲白首，得免丹書。清照敢不省過知慚，捫心識媿？責全責智，已難逃萬世之譏；敗德敗名，何以見中朝之士？雖南山之竹，豈能窮多口之談？惟智者之言，可以止無根之謗。高鵬尺鷃，本異升沈；火鼠冰蠶，難同嗜好。達者共悉，童子皆知；願賜品題，與加湔洗。誓當布衣蔬食，溫故知新。再見江山，依舊一瓶一鉢；重歸畎畝，更須三沐三薰。忝在葭莩，敢茲塵瀆。」

——趙彥衛，宋宗室。書首有開禧二年（1206）序，時署新安郡（江西婺源）守。

六、李心傳《建炎以來繫年要錄》卷五十八（《叢書集成》本）：

（紹興二年九月戊子朔）右承奉郎監諸軍審計司張汝舟屬吏。以汝舟妻李氏訟其妄增舉數入官也。其後有司當汝舟私罪，徒，詔除名，柳州編管（自注：十月己酉行遣）。李氏，格非女，能爲歌詞，自號易安居士。

——李心傳（1166～1243），隆州井研人，官至工部侍郎。幼年隨父官杭州，喜歡從長老前輩訪問故事，「曾竊窺玉牒所藏金匱之副」，回四川後就撰述是書。嘉定三年（1209）曾曖等奏請宜取其書。

七、陳振孫《直齋書錄解題》卷二十一（江蘇書局本）：

《漱玉集》一卷：易安居士李氏清照撰。名士李格非文叔之女，嫁東武趙明誠德甫。晚歲頗失節。

書因爲沒有序，確切年代不可知。

除此七家外，胡仔《苕溪漁隱叢話》引了「《詩說雋永》」一條：

今代婦人能詩者，前有曾夫人，後有易安李。李在趙氏時，建炎初，從秘閣守建康，作詩云：「南來尚怯吳江冷，北狩應知易水寒。」

似乎此書作者俞正己也認爲清照改過嫁，否則不能有「李在趙氏時」一語。《詩說雋永》成書年代雖不可知，但一定比胡仔《苕溪漁隱叢話》爲早，亦即在清照生前。

宋人記載清照改嫁可信與否，我們不妨從幾方面加以分析：

上述七條改嫁材料中，就時間論，胡仔、王灼、晁公武、洪适都是清照同時人；就地域論，胡仔、洪适之書，一成於湖州，一成於越州，並不是「去天萬里」，而胡仔、王灼成書時，清照仍然健在，要是說在清照生前，他們就敢明目張膽造她的謠言，僞造謝啓，這很不近情理，南渡後明誠的哥哥存誠、思誠都曾做到不小的官，趙家那時並不是沒有權勢。根據書的性質考察：李心傳《建炎以來繫年要錄》是倣司馬光《資治通鑑》，這種按照年、月、日排比的編年體需要足夠可以依據的材料。據他的〈朝野雜記序〉自稱十四、五歲隨父在杭州就喜歡從故老長輩訪問故事，又「曾竊窺玉牒所藏金匱之副」，撰《要錄》時，大抵以國史《日曆》爲主，又參考家乘志狀，案牘奏報，百官題名，倘有異同，常自注於下，我們根據他自注的材料來源看，他的話並沒有誇大，這部書基本上是南宋的一部可靠史料。《要錄》記清照訟張汝舟，不但年、月、日明確，汝舟定罪以及在那一天行遣，都有記載，要是說他「比附文案」，全無事實根據，那是很難叫人信服的，何況在他以前已有四、五個人都留有相同的記載。

晁公武的《郡齋讀書志》是一部講目錄版本之書，跟小說筆記性質不同。書雖成於四川，但公武不久就到杭州供職。晁氏隨宋室南渡，很有幾個人在南方供職，〈金石錄後序〉裏所謂「到臺，臺守已遁」，這個人就跟他是堂兄弟，晁補之之子晁公爲。據我們考證，晁氏、趙氏間接還有親戚關係，〔註3〕而晁補之跟李格非都出自蘇軾之門，甚贊清照的詩，〔註4〕公武更不可能要造她的謠言。

尤其不可解釋的是洪适《隸釋》，《隸釋》是一部研究碑石文字之書，跟《金石錄》性質一樣，無緣要破壞清照聲名，洪适又是非常推崇趙明誠的人，《隸釋》曾把《金石錄》有關漢隸的題跋，錄爲三卷，後附一跋說：「趙君之書，證據見謂精博。」而在這篇跋的最後，就說「趙君無嗣，李又更嫁，其書行於世，而碑亡矣」，言外很有惋惜之意，絕不是說人壞話的口吻。紹興十三年洪适在臨安中博學鴻詞科，十三年任秘書省正字，這一年清照也正在臨安，《金石錄》清照「表上於朝」就是洪适說的，很可能就在這一年，這時他供職秘書省，職掌圖籍，當然知道得清楚。《隸釋》是在他尚書右僕射任內寫成，書雖刻於越，實寫於杭，憑他這時的地位、名望，也沒有理由要造一個婦女的謠言。

〔註 3〕據《揮塵後錄》謝伋爲晁說之（公武從叔）之甥，謝伋的《四六談塵》也有「外家晁氏」之語，而謝家跟趙氏有兩重親戚關係，詳後。

〔註 4〕《風月堂詩話》：「趙明誠妻，李格非女也。善屬文，於詩尤工，晁無咎多對士大夫稱之。」

記載清照改嫁既有這麼多人，有的寫書時還在清照生前，有的還是趙、李兩家親戚或世交，書的性質又是史部、目錄、金石都有，不僅都是小說筆記，連洪适這樣有資格清楚她晚年事跡的人，《隸釋》這樣一部純粹學術著作也都說她改嫁，那麼材料的眞實性就不能不令人鄭重考慮了。要說這些材料還不可信，那麼我們不能不迷惑，究竟什麼材料才能使人相信呢？

爲改嫁辨誣的理由雖多，但歸納不外三項：第一，論證宋代有關改嫁的記載都是僞造；第二，列舉若干反證說明，改嫁的不可能；第三，從情理上認爲改嫁不會發生。茲先討論第一項，他們攻擊最烈的即爲李心傳《繫年要錄》，因爲《要錄》此條記載月、日，最爲確鑿，這是「擒賊先擒王」的辦法。《要錄》此條如何不可信呢？俞氏的理由是：

> 余素惡易安改嫁張汝舟之說……及見李心傳《建炎以來繫年要錄》，采鄙惡小說，比其事爲文案，尤惡之。後讀《齊東野語》論韓忠繆事云：「李心傳在蜀，去天萬里，輕信記載，疏舛固宜。」又《謝枋得集》亦言：「《繫年要錄》爲辛棄疾造韓侂冑壽詞。」則所言易安文案、謝啓事可知。

我們仔細檢查一下，此說非特不公，而且違反實事求是的論證方法，《齊東野語》云云指的是李心傳另一部著作《建炎以來朝野雜記》，與《要錄》無涉。〔註1〕謝枋得《疊山集》提到辛棄疾事只有卷七「宋辛稼軒先生墓記」，那裏只說「誣公者非腐儒即詞臣」，沒有說李心傳僞造壽詞，更沒有涉及《繫年要錄》，《要錄》只記高宗一代事，止於紹興三十一年，而韓侂冑做壽在寧宗開禧間，不可能記載，又《要錄》並沒有說清照謝綦崇禮的啓，李心傳無論那一部著作也都沒有提到，俞氏想藉此把謝啓也歸之於李心傳僞造，如此就可連帶予以推翻，實違反討論的邏輯。很可能俞氏是把《建炎以來朝野雜記》與《建炎以來繫年要錄》混爲一談，但不論無意或有意，這種任意把莫須有的事牽連別人都是不應當的，倘據此斷定文案、謝啓全出心傳虛造，當然絲毫站不住脚。

除《要錄》外，謝綦崇禮的啓也是改嫁很重要的材料，所以俞、陸、李三氏都集中這一點。俞氏〈事輯〉說：

〔註1〕見周密《齊東野語》卷三「誅韓始末」，《四庫全書提要》也提到這一點，可參看。

〈謝綦崇禮啓〉文筆劣下，中雜有佳語，定是竄改之本。

文筆劣下，標準難定，應該舉出具體事實，何況其中雜有佳語？而最沒有根據的是俞、陸諸人一方面肯定這封信不可信，另一方面又承認原啓確爲清照所作，謝綦是因爲頒金事白，〔註 2〕綦有湔洗之力，後來小人竄改易安謝啓以飛卿玉壺爲汝舟玉臺。玉壺頒金事的謠言在建炎三年明誠死後不久，具見〈後序〉，〈事輯〉也把此事列在建炎三年，這是對的，但謝綦之啓一定不在是年，因爲：一、啓中恭維崇禮有云：「奉天克復，本緣陸贄之詞；淮蔡底平，實以會昌之詔」，這幾句〈事輯〉也認爲出於清照之手，金兵自建炎三年進兵，直到建炎四年五月才稍稍渡江北去，是年十二月胡騎猶在江淮間，所以高宗始終只敢「駐蹕」越州，紹興元年高宗才由越州回到杭州。當建炎三、四年間，正是南宋的小朝廷倉皇避亂，奔竄海上的時侯，那裏還能談到「克復」、「底平」？要是相信清照「用事明當」，那就知道謝啓一定是在紹興元年以後的事了。二、綦崇禮在建炎三年止官中書舍人，但啓稱他「內翰承旨」，《雲麓漫鈔》載此啓之題爲「投內翰綦公崇禮啓」，這該是當時傳寫的標題如此，「內翰」是翰林的稱號，不能加到中書舍人的頭上去。

謝綦啓究竟那些經過竄改，俞氏舉不出證據，陸心源曾爲補充一條，《儀顧堂題跋》：「《癸巳類稿．易安事輯》書後」：

> 頒金之謗，崇禮爲之左右，得解，事在建炎三年，是時崇禮官中書舍人，故曰：「內翰承旨」。汝舟之貶，事在紹興二年，則崇禮已爲侍郎、翰林學士當曰學士侍郎，不得曰「內翰承旨」。此啓無論眞僞，都不能寫於建炎三、四年間（作僞也要人相信），中書舍人雖也管制誥，但怎麼也不能尊稱爲「翰林承旨」，紹興二年九月崇禮由兵部侍郎除爲翰林學士，已經不兼侍郎，這時正是清照投啓的時候，如何能稱爲「學士侍郎」？陸氏未仔細檢查《繫年要錄》，致有此失。

這封謝啓據我們研究很難說它是假的，不合事實的可說是沒有，而合乎

〔註 2〕〈後序〉：「先侯病亟時，有張飛卿學士携玉壺過示侯，復携去，其實珉也，不知何人傳道，妄言有頒金之語」，「頒」依呂無黨手抄本，他本多作「頒」，俞正燮、陸心源、李慈銘等據此序撮述亦作「頒」，於是此語遂難索解。按「頒」實「頒」字之誤，「頒金」謂以財物頒賜金人，意即通敵。

事實的倒很有幾處，現在舉出顯著的幾點：(一) 啓最後兩句：「忝在葭莩，敢茲塵瀆。」意思是說她跟綦崇禮有親戚關係，我們恰恰在宋人的記載裏把他們這點關係找了出來，可以解釋綦崇禮爲什麼要營教她。綦崇禮「有女嫁謝克家之孫，伋之子」，〔註 5〕他跟謝伋是親家，而謝克家跟趙明誠是表兄弟，同是郭槩的外孫，〔註6〕母親是姊妹，謝伋的弟弟謝傑字景英又是趙氏的外孫，〔註7〕這關係當然是密切的，南渡以後，他們並沒失去聯繫，仍然有來往，明誠做建康守時，曾經把謝伋藏的唐閻立本書蘭亭一軸借去沒有還，這幅字畫後來還留存下來。〔註8〕而在建炎三年明誠死後不久（一個月），爲高宗所寵幸的醫生王繼先曾趕這機會以黃金三百兩到趙家買古物，謝克家時做兵部尙書，曾經向高宗幫趙家說過話。〔註9〕紹興二年九月克家時已罷參知政事，以前執政領京祠，不像從前有機會說話，崇禮跟他兒子謝伋是兒女親家，正爲高宗所信任，那麼崇禮爲什麼要幫清照解說，清照又爲什麼要寫信謝他，從這裏似乎可以找出線索。(二) 據《繫年要錄》：張汝舟事件告發是在紹興二年九月，十月定罪行遣，綦崇禮就在這年九月乙亥由兵部侍郎兼權直學士院，御筆除爲翰林學士，三年二月兼侍讀。清照謝綦之啓當在紹興二年十月事定以後，啓稱綦爲「內翰承旨」，「內翰」就是翰林，陸心源以爲稱謂不合，我們以爲正跟他這時官職相符。宋翰林承旨不常除官，有時候以學士官久次者給他這個頭銜。崇禮數爲翰林學士，「承旨」雖未見記載，也許當時曾經給他這個頭銜，要不然就是書翰的尊稱。這時候正是崇禮得意的時候，他的敵對派秦檜也恰恰在這年九月罷相，罷免令跟褫職的詔書就是出於崇禮之手。〔註 10〕崇禮跟高宗是有一段患難關係的，當建炎三年冬天金兵在後頭窮追，高宗被迫入海的時候，好多人都不願意跟他

〔註 5〕《宋宰輔編年錄》卷十六：〈秦檜上高宗劄子〉。

〔註 6〕王明清《揮麈後錄》卷七：「元祐中有郭槩者，東平人，法家者流，遍歷諸路提點刑獄，善於擇婿，趙清憲、陳無己、高昌庸、謝良弼，名位皆優，而謝獨不甚顯，其子逌任伯，後爲知政事。」任伯就是克家的字。

〔註 7〕《止齋題跋》〈跋邢氏廣國夫人手書〉：「余與天臺謝傑景英爲忘年之交，謝，趙出也，爲余言外氏丞相家法甚悉。今見邢氏趙夫人手書……」案刑氏趙夫人係趙挺之的姊妹嫁邢恕者，丞相即挺之。

〔註 8〕《雲自在龕筆記》〈閻立本書蘭亭〉條。

〔註 9〕見《繫年要錄》卷二十七，建炎三年閏八月壬辰條。

〔註10〕見王明清《揮麈後錄》卷七，《宋宰輔編年錄》卷十六。

入海受苦，丟官不幹，隨高宗入海的沒有幾個人，只有崇禮等幾個人還忠心耿耿地隨着他，〔註 11〕掌管他的公文詔令，同他共渡過這段患難，高宗心裏是清楚的，所以回來以後，對崇禮是相當信任。那麼這時崇禮也確是有力量幫她說話。（三）啓又說：「嘗藥雖存弱弟，應門唯有老兵。」從〈後序〉裏我們知道清照確有一弟名李迒，任勅局刪定官，建炎三年清照追御舟入海避亂，就是往依此人，四年十二月放散百官，李迒自亦在解散之列，所以清照才自越赴衢，姊弟相依，事有明證，清照確無子息（詳後），嘗藥弱弟之語，實與事實相符。（四）《苕溪漁隱叢話》與《雲麓漫鈔》都載有「忍以桑榆之晚景，配茲駔儈之下材」，相差只有一「猥」字，紹興二年她已經四十九歲快五十歲的人了，「桑榆晚景」與「故茲白首」之語並沒有說錯，啓文若非眞實，造謠總要人相信，無端造出此語，該對事實如何不利？此啓傳出早在清照生前（詳後），她敢於向官告發張汝舟，胡仔、王灼並非不知（兩書都記其爭訟事），何況這時趙家、謝家、綦家都相當有權勢？更何況「忝在葭莩」與「嘗藥弱弟」這是人家私事，別人如何調查這麼清楚？（五）啓文記事如「奉天克復」「淮蔡底平」云云及稱綦崇禮爲「內翰承旨」等時間也都非常切合，並無矛盾。啓文說：「哀憐無告，雖未解驂，感戴鴻恩，如眞出己，故茲白首，得免丹書。」大概她求綦崇禮而綦幫助了她，使她在白頭的時侯，免受刑法；這就是她所以要作啓謝綦的原因所在。她的「感戴鴻恩」和綦的幫助最主要的就在於「白首得免丹書」這一點，清照訟張汝舟妄增舉數入官，既然屬實，後來有司以汝舟屬吏，徒，柳州編管，就是明證，那麼主告者爲什麼還要受刑法？這好像是一個謎，近人從宋《刑統》中查到宋代有這麼一條刑法，即妻告夫者雖屬實，仍須徒二年，給這個謎初步揭開了底，同時也使啓文有好幾處都有了着落；啓文提到：「實自繆愚，分知獄市。」這是說她告發了張汝舟自己是知道要受刑法處置，而她告發之後，確是坐了牢房，啓文「處囹圄者九日」就是證據，這些都和《刑統》記載情形符合，可是她畢竟只坐了九天牢房，並沒有受二年的徒刑，這是出於

〔註 11〕《繫年要錄》卷三十：「建炎三年十二月庚寅，從官以次行，吏部侍郎鄭望之，以疾辭不至；給事中兼權直學院汪藻以不便海舶，請陸行以從。於是扈從泛海者，宰執外惟御史中丞趙鼎、右諫議大夫富柔，直權戶部侍郎葉份、中書舍人李正民、綦崇禮、太常少卿陳戩六人而已。」

綦崇禮的幫助，「故茲白首，得免丹書」，所指就是免受二年徒刑，她所以要「感戴鴻恩」，也就完全有着落。解決了這個問題，這封謝啓的眞實性又多了一層保證。

第二，俞氏及其後辨誣者舉出幾種反證說明改嫁說的不可信，我們公正地加以考查，大多都不能成立，茲逐一辨明如次：

一、俞氏〈事輯〉舉紹興十一年謝伋《四六談塵》稱「趙令人李」，及淳祐元年張端義作《貴耳集》稱「易安居士，趙明誠妻」，以爲清照爲嫠行跡章章可據之證。按洪适跋《金石錄》云：「其妻李清照表上於朝」，而适亦謂清照更嫁，舉此一條，即足證俞說之無效。

二、況周頤據建炎三年以後清照與張汝舟蹤跡，判斷兩人不能有嫁娶之事，其說似能動人，照錄如後：

> 易安如有改嫁之事，當在建炎三年明誠卒後，紹興二年汝舟編管以前，今據俞、陸二家所引，建炎三年七月易安至建康，八月明誠卒，四年易安往臺州，之越州，十二月至衢，紹興元年復之越，二年之杭。汝舟建炎三年知臺州，四年復知明州，六月主管江州太平觀，紹興元年往池州措置軍務，尋爲監諸軍審計司，二年九月以增舉入官，除名編管。此四年中兩人蹤跡判然，何得有嫁娶之事？舊說冤謬不辨而明矣。因校越縵跋，書此以廣所未備。

據《繫年要錄》，汝舟往池州措置軍務在紹興元年三月，而改嫁發生，據謝綦崇禮的信推算，應該在紹興二年五、六月間，中間相隔已經一年多，池州去杭州又是並不怎麼遠，從宣城，廣德經吳興有一條「獨松嶺道」，是唐宋時江南通杭州的大道，建炎四年金完顏宗弼就從這裏打到杭州，爲時只有一個多月，我們沒有證據或方法證明在池州措置軍務的張汝舟就不可能到杭州去。至於知明州的張汝舟據近人李洣的考證，他跟往池州措置軍務的並不是一個人，〔註 12〕況氏所舉這個反證顯然又落了空。

三、俞氏〈事輯〉：

> 且啓言：「牛蟻不分，灰釘已具。弟既可欺，持官文書來輒信；身幾欲死，非玉鏡架亦安知。呻吟未定，強以同歸。猥以桑榆之末景，配茲駔儈之下材。」易安，老命婦也，何以改嫁復與官告？又言：「視聽才分，實難共處，惟求脱去，決欲殺之，遂肆侵凌，

〔註 12〕 李文未見，此承夏瞿禪師見告者。

> 日加毆擊；豈期末事，乃得上聞，取自宸衷，付之廷尉。」是又閨房鄙論，竟達闕庭，帝察隱私，詔之離異。夫南渡倉皇，海山奔竄；乃舟車戎馬相接之時，爲一駔儈之婦，從容再降玉音，宋之不君，未應若此？

按此詰仍然不能成立，（一）據《繫年要錄》，清照所告發的是「妄增舉數入官」，汝舟職掌諸軍審計，而欺騙上級，貪污虛報，直接影響執政者本身利益，何況此時軍務最重，既經揭發，朝廷豈能置之不問。（二）「海山奔竄」云云，乃建炎三、四年間事，改嫁發生在紹興二年，東南靜謐已有兩年，自非戎馬倉皇時期可比。（三）啓文云：「弟既可欺，持官文書來輒信。」「持官文書」乃用韓愈《昌黎先生集》卷二十八〈試大理評事王君墓誌銘〉中故事，俞氏不知此一典故來源，所以才有「易安，老命婦也，何以改嫁復與官告？」的誤詰，如果要搞清楚這一故事的意義，那麼這一反詰也就沒有着落，茲將墓誌銘中有關官文書故事部分錄後，以證官文書實與官告無關：

> 初，處士將嫁其女，懲曰：「吾以齟齬窮，一女憐之，必嫁官人，不以與凡子。」君曰：「吾求婦氏久矣，唯此翁可人意，且聞其女賢，不可以失。」即謾謂媒嫗：「吾明經及第，且選即官人，侯翁女幸嫁，若能令翁許我，請進百金爲嫗謝。」諾許白翁，翁曰：「誠官人耶，取文書來。」君計窮，吐實，嫗曰：「無苦，翁丈人，不疑人欺，我得一卷書，粗若告身者，我袖以往，翁見未必取視，幸而聽我行其謀。」翁望見文書銜袖，果信不疑，曰：「足矣。」以女與王氏。

據此用官文書事，意在說明張汝舟央媒嫗欺騙，與給官告無涉。啓文下文又云：「身幾欲死，非玉鏡架亦安知。」亦用《世說新語》溫嶠下玉鏡臺聘其姑女事，亦與欺蒙有關，可以互證。

張汝舟何以要用欺騙手段迎娶一個年近半百的寡婦，看來好像不近情理，可是仔細玩索謝啓，其中也有蛛絲馬跡可尋，啓敘張汝舟對她的虐待時說：「彼素抱璧之將往，決欲殺之。」這是用《左傳》「殺汝璧將焉往」的故事，意思是說張汝舟爲了錢財能到手，所以存心虐待。汝舟所以要用欺騙的手段，所以要迎娶年近半百的寡婦爲妻，大概主要是貪圖清照的財物，所以娶回以後，財物到手，即加虐待，毫無夫妻誠意，明誠死後，王繼先曾以黃金三百兩市趙家古器，而清照至晚年仍然保存一些値錢的名字畫（詳後），翟耆年《籀史》〈跋趙明誠古器物銘〉也說「又無子能保其遺留」，可證明誠死後雖屢經焚失、盜竊，遺留的東西畢竟多少還有些，張汝舟「妄增舉數入官」，證明他是貪財好利，既敢貪污枉法，那麼未嘗不可以不擇手段，騙取錢財。這種事究竟眞象如何，現在已很難考明，上面所說，也只是一種推測，但是我們也無法否定這種可能存在。

最後，爲改嫁辨誣的還從事理上根據名門命婦與年老兩點，認爲此事絕不會發生，這也是不足爲據。婦女守節直到明、清兩代才愈趨嚴格，尤其是清代帝王特別加以鼓勵提倡，清代所謂「旌節」之典的記載，多至不可勝計，其名義皆由清帝直接管理頒發，所以如此，目的實在轉移人民反清的視線。儒家所主張的「節操」觀念對異族統治很是不利，因此就設法想把「節操」重點轉爲婦女守節問題。封建社會雖也認爲改嫁是失節，當然不怎樣好，但在明、清以前，並沒有把此事看成十分不道德，《宋史・禮樂志》記治平、熙寧都有詔許宗女、宗婦再嫁。《續資治通鑑長編》也載元符二年八月丁酉詔宗女夫亡服闋，歸宮、改嫁者聽。范仲淹義田規制，曾立族女再嫁給錢三十千一條。葉水心是南宋的「理學名家」，但他爲人撰墓志，於改嫁皆直書不諱。范仲淹、賈似道、宋度宗的母親都曾改嫁過。雖然清照改嫁也曾受到若干人的譏議，但從以上事實可以看出宋代的情形畢竟與明、清時代相差很遠。當建炎三年秋季以後，也就是明誠死後的幾個年頭，江南一帶人民完全過著水深火熱的災難生活，兇猛殘酷的金兵瘋狂地向東南追趕高宗，鐵蹄所及就遍遭焚擄屠殺，亂離時代的人民生活痛苦當然用不着說。清照以前四十多年太平日子完全生長深閨，過著養尊處優的生活，正當此時丈夫剛一死去接隨而來的就是這樣長期亂離的生活，「葬畢，余無所之」，說明她當時的心境怎樣空虛、徬徨。六宮早已往上江疏散，皇帝也離開建康，而謠言四起，長江又傳要禁渡，自己絲毫沒有主意，最後想不出辦法，好像只有跟皇帝逃難是比較安全的辦法。此後一連串的倉皇逃命，狀況很是悲慘，迄今我們讀〈後序〉，對於她在明誠死後一段遭遇仍不能不寄予深切的同情。封建社會丈夫死了婦女就失去依靠，而恰恰不幸又遭遇這樣災難時代。過去幾年逃難的生活是够慘痛的，紹興二年時局雖然粗定，但強大的金兵仍時時有蠢動的可能，宋朝的江山雖早已被佔去大半，敵人的野心顯然並不以此爲足，長江並非天險，高宗又一貫採取逃跑主義，一個舊社會婦女那裏有應付災難的經驗？兵荒馬亂所最需要的就是照顧與依託，若就情理論，這樣的考慮未始不合乎情理？王灼說她「晚節流蕩無依」，晁公武說她「晚節流落江湖間以卒」，足證她晚年生活也很悲慘，流蕩江湖，至無依靠，實與夫死有關，年老而猶考慮改嫁，正說明出於不得已，謝綦啓中自述其改嫁時猶豫不決心情，與情理也無違返之處，很難認爲出於別人捏造。過去有的人對她改嫁加以詬責，有的人又爲她辯護，由於看問題的角度，多少都不免帶有偏見，今天要是拋除傳統道德的觀點來考察這個問題，我們認爲她之改嫁並不是不能理解。(〈李清照事迹考辨〉)

△王仲聞云：李清照事迹，昔人注意者不少；其注意力多集中在改嫁張汝舟一事，考證文字最多。致力最勤者，首爲俞正燮。俞氏所舉理由，大多難以成立，黃盛璋先生〈李清照事迹考辨〉中已詳加指出。茲就黃氏所未收，或稍可補充其說者，另行考證如下：(一) 俞氏引：「謝枋得《疊山集》亦言：《繫年要錄》爲辛棄疾造韓侂胄壽詞」，說明李心傳所載不可恃，以之證明《建炎以來繫年要錄》所載李清照告張汝舟一事之僞。黃氏云：「謝枋得《疊山集》無此記載。」案謝枋得《疊山集》原有六十四卷，久已不傳。今傳明黃溥輯本袛十六卷，俞氏不可能見其足本，所引或出自元吳師道《吳禮部詩話》。吳師道所見《疊山集》，當爲足本，惟詩話原文云：「近讀謝疊山文論李氏《繫年錄》、《朝野雜記》之非。」俞氏略去「朝野雜記」四字，以實《繫年要錄》之非，殊非實事求是之道。《吳禮部詩話》原袛引〈清平樂〉一首、〈西江月〉一首，云：「世傳辛幼安壽韓侂胄詞也。」並未言：「《繫年要錄》爲辛棄疾造韓侂胄壽詞。」俞氏所引謝枋得《疊山集》，既實無所引之言，俞氏不免厚誣古人。且《繫年要錄》編年，止於紹興三十二年 (1162)，並不下及開禧 (1205～1207)，不可能載有辛棄疾壽韓侂胄詞；俞氏不應不知。傳本《建炎以來朝野雜記》亦無辛棄疾壽詞。(二) 俞氏引 (1) 謝伋《四六談麈》稱清照爲「趙令人李」，(2) 張端義《貴耳集》稱「易安居士，趙明誠妻」，證明清照未曾再嫁。黃氏已引洪适《隸釋》〈跋趙明誠金石錄〉謂其妻李清照表上於朝，而同時亦言清照

更嫁以駁之。案陳振孫《直齋書錄解題》卷二十一「《漱玉集》」條明言：李清照「晚歲頗失節」，而在卷八「《金石錄》」解題亦云：「其妻易安居士爲作〈後序〉，頗可觀。」蓋李清照雖改嫁張汝舟，而旋即離異。改嫁之後，與趙明誠生前之夫婦關係，並不因改嫁而消滅；與張汝舟離異之後，李與張之夫婦關係，自不再存在。各家稱李清照爲趙明誠妻，自是情理之常，不足爲未嫁之證。夏承燾先生〈易安居士事輯後語〉以爲：陸游稱李清照爲故建康守趙明誠之配，時在謝伋稱趙令人李之後十餘年，亦可助證俞正燮氏易安未改嫁之說。按陸游之言出自所作〈夫人孫氏墓誌銘〉（蘇泂之母），作於紹熙四年或稍後，在謝伋作《四六談麈》之後約五十年，夏先生以爲十餘年，或推算有問題。陳振孫更後于陸游，而仍稱「其妻」。夏先生之說實亦與俞氏說同，難以成立。（三）俞氏云：「易安，老命婦也，何以改嫁復與官告？」俞氏以李清照謝啓中之官文書爲與李清照之官告，未有所據。據宋竇儀等《新詳定刑統》中不同地方之解釋，官告不在官文書之列。且此「官文書」三字，原不指宋代任何文書，乃借用韓愈〈試大理評事王君墓誌銘〉中語，未必張汝舟眞以文書僞爲告身往也。如謂此爲官告，治李清照者，則在未嫁張汝舟以前，不可能得有張氏方面之官告。俞氏以清照啓中所云官文書爲官告，乃與清照者，實毫無根據。據《續資治通鑑長編》卷二十二載太平興國六年十二月壬辰詔，告身亦官文書之一，與《刑統》解釋不同。（四）俞氏又云：「閨房鄙論，竟達闕廷，帝察隱私，詔之離異。」「南渡倉皇，海山奔竄，乃舟車戎馬相接之時，爲一駔儈之婦，從容再降玉音，宋之不君，未應若此。」案：據宋《刑統》規定：妻告夫者，縱使所告屬實，亦以違反容隱律，仍須徒二年；被告之人則以自首論。宋代處刑，多據敕令格式，常較《刑統》爲重。清照告張汝舟妄增舉數入官，以妻告夫，乃僅被拘九日，雖有翰林學士綦崇禮從中援手，似非通過皇帝不可，無所謂「宋之不君」。（五）俞氏云：《四朝聞見錄》有劾朱文公閨閫中穢事疏及朱謝罪表，蓋其時風氣如此。案朱熹被劾疏及謝罪表，並非出自捏造。所劾各事自出諸誣搆，而疏及表實見於李心傳《道命錄》卷七，至朱之謝表亦另見《朱文公文集》卷八十五，即〈落祕閣修撰依前官謝表〉。俞氏蓋未深考。其後繼俞正燮之後爲清照改嫁辯誣者，有陸心源、李慈銘以至夏承燾先生，其說亦多與俞正燮所舉理由情形相類似，難以成立。陸氏曾列五證：（一）汝舟先官秘閣直學士，後官顯謨閣直學士，故曰飛卿學士。陸氏蓋以爲張汝舟即〈金石錄後序〉中之張飛卿學士，與俞正燮意見相同，惟俞氏未舉出任何佐證。案宋代館職始稱學士，其後學士之稱極濫，至渡江後，苟有一官，未有不稱學者，據吳曾《能改齋漫錄》卷二所載，當時曾有旨禁之，不能據學士之稱以推知其官爵。宋代爲學士者並不稱爲學士，如觀文殿大學士稱大觀文，資政殿大學士稱大資、端明殿學士稱端明、龍圖閣學士稱老龍、龍圖閣直學士稱龍學、樞密直學士稱密學、翰林學士稱內翰等等。至秘閣直學士，則宋代貼職並無此稱。張汝舟之貼職乃直秘閣與直顯謨閣，陸氏竟以爲祕閣直學士，所考全誤。張飛卿確另有其人，據王詵畫〈夢遊瀛山圖〉田亘跋，乃陽翟人；曾授直祕閣之張汝舟乃毘陵人。此二人決非同一人（清照所訟之張汝舟則又爲另一人）。（二）綦崇禮官中書舍人，故曰內翰：案宋代只有翰林學士方能稱內翰；中書舍人例稱舍人或紫微。李清照告張汝舟時，綦正爲翰林學士，非中書舍人。（三）《要錄》無趙明誠三字：案《建炎以來繫年要錄》卷五十八明云：汝舟妻李氏，「格非女，能爲歌詞，自號易安居士。」此易安居士非李清照而誰？雖未言其爲趙明誠之妻，決不能移之他人。（四）啓云：「弟既可欺，持官文書來輒信。」當指蜚語上聞置獄而言：案「持官文書來輒信」一語，乃用韓愈文中語，當爲未改嫁張汝舟以前之事，與其後置獄無涉。（五）若改嫁確有其事，何得云不根之言：案「不根之言」四字，出李清照〈謝綦崇禮啓〉中，係指張、李二人訟事言，蓋當時二人對獄，必有蜚短流長之語，傳說紛紛，故云不根之言，與改嫁事亦無涉。李慈銘引〈金石錄後序〉所署「紹興二年玄黓歲壯月甲寅朔易安室題」及紹興三年〈上韓肖胄詩〉自稱爲「嫠」兩點，用以證明在紹興二、三年間，清照確未改嫁。夏承燾先生亦以「易安室」三字爲清照未改嫁之證。惟吳庠先生云：「婦人對其夫自稱爲室，固屬罕見，而又置室字於易安下，甚不妥。」蓋已疑之而未得其說。案易安室之「室」，並不指「妻室」，而係指一般房屋中之室。「易安室」實與「雪浪齋」、「龜堂」、「芳蘭軒」等相同，爲一室名，岳珂《寶眞齋法書贊》卷十九米元章〈靈峯行記帖〉之岳珂贊可證。如果易安室三字確爲「妻室某某」

之意，則〈金石錄後序〉或可勉強言其乃李清照對趙明誠之自稱；但李清照在〈上韓肖胄詩〉序中，在《打馬圖經》序中，亦俱稱「易安室」，將如何解釋？豈對他人亦自稱爲妻室某某乎？至清照自稱爲嫠，則其時趙明誠已死，與張汝舟亦已離異，又何以不能稱「嫠」？稱「嫠」又何以能證明其未改嫁？李慈銘又以爲清照改嫁一事，乃秦楚材或張九成等以他人之事移之易安。此與俞正燮論點相同，惟俞氏未指何人所移？案張九成秉性正直，似決不至因誚而出此；且易安「露花倒影柳三變，桂子飄香張九成」一聯，與見於葉夢得《避暑錄話》卷三之蘇軾「山抹微雲秦學士，露花倒影柳屯田」一聯相似，出於遊戲，原無譏誚之意。秦楚材即秦梓，乃秦檜之兄，雖未必爲正人君子；但進帖子詞事小，未必因此結怨；而清照與秦檜之妻王氏乃中表，投鼠忌器，秦楚材亦未必出此。李氏之假設，毫無佐證。宋人視改嫁一事，本極尋常，並不以爲恥辱，與明、清人觀點大不相同。黃盛璋先生已指出：葉適《水心文集》中各墓誌銘，於改嫁皆直書不諱。葉適屬永嘉學派，尚有異於程朱之理學派。朱熹爲理學派最主要人物，乃所撰〈榮國夫人管氏墓誌銘〉，亦載其有五女，次適承直郎沈程，再適奉議郎章駒，足見當時並不諱言改嫁。朱熹尚且如此，其他可知矣。無怪魏了翁之女夫死再嫁，人爭欲娶之，劉震孫竟因之結怨於人，乃見于周密《癸辛雜識》別集卷上之記載。當時人如有憾於清照，流言誣衊，必不出諸揑造改嫁事實之一途。改嫁一事，從當時社會觀點而論，並無損於李清照之人格；在今日更不應成爲問題。自俞正燮以來有不少學人竭力爲李清照辨誣，似亦不足以爲李清照增重。黃盛璋先生云：「這裏牽涉到史料之眞僞與事實的是非兩個問題」，列舉宋人胡仔、王灼、晁公武、洪适、陳振孫等人之說，證明其確曾改嫁。各家辨誣之說，殆全已落空。深恐尚有人紛紛爲改嫁一事翻案，故不憚費辭，就黃先生所未及，或已及而未周者，稍加補充，供研究李清照事迹者參考。(〈李清照事迹作品雜考〉)

△謝康云：有宋荊釵詞人李易安居士，中年絲竹，哀樂侵人，《漱玉詞》中，時有女性本能之流露。〈聲聲慢〉云：「守著窗兒，獨自怎生得黑？」「怎一個愁字了得！」即此種表現。又〈壺中天慢〉一詞云：「寵柳嬌花寒食近，種種惱人天氣……被冷香銷新夢覺，不許愁人不起。清露

晨流，新桐初引，多少遊春意。」〈蝶戀花〉詞云：「暖雨晴風初破凍，柳眼梅腮，已覺春心動。酒意詩情誰與共？淚融殘粉花鈿重。　乍試夾衫金縷縫，山枕斜欹，枕損釵頭鳳。獨抱濃愁無好夢，夜闌猶剪燈花弄。」如所週知，易安居士蓋中年過後失愛侶趙明誠之才媛，此數詞把寡居生活之苦懷，一絲絲從血淚中牽引出之，而情思溫馨動人，再婚之謗，見《苕溪漁隱叢話》及《雲麓漫鈔》，疑即從此類詞意附會成之也。清俞正燮《癸巳類稿》，曾根據可靠資料，爲易安辨誣，蓋宋人小說往往污蔑賢者，易安好批評宋代詞人，其受人誣蔑，更有可能。查伯葵〈李易安論〉，與陳文述《碧城仙館詩鈔》卷十〈題漱玉集〉詩，俱認爲易安晚年不當改嫁張汝舟者。文述詩云：「談娘善訴語何誣？卓女琴心事本無。賴有琵琶查十八，清商一曲慰羅敷。」即此意耳。陳氏生平提倡婦女文學，有女弟子甚多，與隨園詩宗，後先媲美，宜其同情易安之處境也。（《詩聯新話》）

△葉樂云：宋代女詞人李清照，明清學者多爲其辨誣，幾乎成爲文學史上一段公案。近年來經過國內文史學者的考證，大致已成爲定論，即李清照確有改嫁的事實，因爲在宋人的七種著作中，都記載著清照曾經改嫁過。最近讀明初人宋濂的〈題李易安所書琵琶行後〉一詩，中有云：「佳人薄命紛無數，豈獨潯陽老商婦。青衫司馬太多情，一曲琵琶淚如雨。此身已失將怨誰？世間哀樂常相隨。易安寫此別有意，字字似訴中心悲。……千年穢跡吾欲洗，安得潯陽半江水。」這實際也是在承認清照之改嫁。一直到萬曆間閩縣人徐𤊹，才在《筆精》裏對改嫁說加以否定，以後清人不信改嫁說的就更多了。但我們從資料價值出發，自然應當相信宋人之說。根據宋人的記載，李清照改嫁後夫張汝舟後，因不堪張的虐待，相處數月後，兩人又仳離了。記述他們分離經過的，一爲宋王灼《碧鷄漫志》卷二：「趙死後，再嫁某氏，訟而離之。」但這說得太簡單，比較具體的是李心傳《建炎以來繫年要錄》卷五十八：「右承奉郎監諸軍審計司張汝舟屬吏，以汝舟妻李氏訟其妄增舉數入官也。其後有司當汝舟私罪，徒，詔除名。柳州編管。李氏，格非女，能爲歌詞，自號易安居士。」這裏使我們知道，張汝舟曾因李清照的控告而受到處分，不過他的具體罪狀是什麼，卻還須略爲闡釋。張汝舟所任職的審計司是掌管錢穀的，李清照因而便告發

他「妄增舉數入官」，也即是控他弄假作虛，故意增添所檢舉的財物數目向上司謊報，因此上司便委派官吏來處理此案。但這裏有值得我們玩味的，從上引《繫年要錄》中「其後有司當汝舟私罪」一語看來，似乎張汝舟本來不是被當作「私罪」辦理，而是上司故意將他判成「私罪」的。因此，還要說明一下什麼叫「私罪」？原來古代法制，分爲「公罪」與「私罪」，公罪指官吏因公而犯過失，允許用罰金來抵贖；私罪指詐欺、受賄、枉法，那就必須坐罪。如宋明道年間曾下旨地方官不得向民間「擅有科率」，違者處以私罪，也是公罪可變私罪之證。由於張汝舟被當作詐欺的私罪處理，所以於除名（封建社會中官吏受賄的要除名爲民）之外，還謫往今廣西柳州，給地方官管束。所謂「編管」，就是將他編置在所流放的地方，也是宋代對官吏的一種處分。推想起來，李清照以近五十之年，兵荒馬亂中避難之身而改嫁張汝舟，本非出於得已，加上改嫁後又受不住汝舟的虐待，所以不久又想分離了。但因既有了夫妻名分，也不能任意離異，最後則下了決心，甚至不惜自己去受刑法處分（宋代法制，妻告夫者，雖屬實，仍須處刑二年）。而這時李氏的故舊中，還有一些很有權勢的人，如曾任兵部侍郎、翰林學士的綦崇禮，就是李氏的親戚，清照因控汝舟而入獄時，綦崇禮即營救過她。因此，清照也許通過綦崇禮之類的有力者，用「訟而離之」的辦法，將汝舟謫往遠方，使她得以脫離這種苦痛的生活。反過來說，張汝舟如果不遇到李清照，他也不至於遭到這種處分了。（〈李清照改嫁問題〉）

△李栖云：清照改嫁問題從來爭論甚劇，持易安改嫁之說者，略如左列：

1. 宋人之編年史如李心傳《建炎以來繫年要錄》卷五十八。目錄書如晁公武《昭德先生郡齋讀書志》卷四。陳振孫《直齋書錄解題》卷二十一。金石書如洪适《隸釋》卷三十四〈跋趙明誠金石錄〉。詩話如胡仔《苕溪漁隱叢話・前集》卷六十。小說如王灼《碧雞漫志》卷二、趙彥衛《雲麓漫鈔》卷十四皆明言其改嫁，而俞正己《詩說雋永》亦有此意（《詩說雋永》：「今代婦人能詩者，……後有易安李。李在趙時，……」）。此八人或與清照同時，或去之不遠，所見所聞應較他人爲確切耳。且洪适〈跋金石錄〉猶云：「其妻李清照表上於朝。」陳振孫於《漱玉集》云：「李清照晚歲頗失節」；於《金石錄》

則云:「其妻易安居士爲作〈後序〉,頗可觀」。固不因改嫁後離異,而絕其爲趙氏嫠。且宋時不諱改嫁:《宋史》載治平、熙寧有詔許宗女、宗婦再嫁。而范仲淹、賈似道、宋度宗母亦皆改嫁,時人不以爲失節。

2. 池州由宣城、廣德經吳興有獨松嶺道,爲唐、宋江南通杭要道。紹興元年,汝舟在池州任監諸軍審計司,清照二年二月赴杭,張氏除名在九月。由清照〈投內翰綦公崇禮啓〉「友凶橫者十旬」推之,改嫁約在四、五月,是四、五閱月間雖不可證張氏往杭州,亦無由證其未往也。

3. 〈投內翰綦公崇禮啓〉云:「信彼如簧之說,惑茲似錦之言。弟既可欺,持官文書來輒信;身幾欲死,非玉鏡架亦安知?黽勉難言,優柔莫決;呻吟未定,強以同歸;視聽才分,實難共處。忍以桑榆之晚景,配茲駔儈之下才。」「持官文書」典出《昌黎先生集》卷二十八〈試大理評事王君墓誌銘〉,意在說明央媒騙婚。「非玉鏡架亦安知」,出《世說新語》溫嶠下玉鏡臺聘其姑女事,亦是欺蒙也。由是知清照爲張氏所欺,強以同歸也。　又云:宋翰林學士稱內翰,據《建炎以來繫年要錄》,崇禮於紹興二年九月乙亥御筆除爲翰林學士。謝啓之作當在十月汝舟定罪行遣之後,故稱彼爲內翰承旨正合。且「桑榆晚景」、「故茲白首」、「嘗藥雖存弱弟」、「奉天克復」、「淮蔡底平」諸事,皆與事實相符。時崇禮追隨行在,頗爲高宗所重。又崇禮與謝伋爲親家,伋父克家爲明誠表兄弟,故啓中云:「忝在葭莩,敢茲塵瀆。」據《宋刑統》:「妻告夫,雖屬實。亦以違反容隱律,乃須徒二年。」知崇禮以親族關係救之,乃僅囹圄九日也。　又云:明、清兩朝爲之辯誣者多矣,俞正燮、李慈銘、況周頤等,持論尤精。其主易安改嫁之事不可信者亦具舉如次:

1. 張端義《貴耳集》云:「易安居士,趙明誠妻。」並不言其改適。提倡婦節最力之朱熹對清照亦無貶語。《容齋隨筆》、《宋史》俱不見載此事。紹興十一年五月十三日,陽夏謝伋自序《四六談麈》尚稱「趙令人李」,時清照已六十矣。伋爲崇禮婿,清照果改適,伋不容不知。陸游《渭南文集》〈夫人孫氏墓誌銘〉云:「故趙明誠之配李氏,……時夫人年十餘歲。」孫夫人生於紹興十一年,推之,十餘歲時清照已七十餘矣。陸游尙稱「明誠之配」。由以上諸書之記載，知清照終寡越土也。

2. 紹興三年五月〈上工部尙書胡松年詩〉有「閭閻嫠婦亦何知」、「嫠家祖父生齊魯」之句。其〈金石錄後序〉中亦不見載改嫁。由其詩文知清照以老寡婦終也。
3. 如改嫁當在建炎三年八月明誠歿後，至紹興二年九月張汝舟增舉入官除官之前。建炎四年清照以玉壺頒金之謠，追隨行朝往臺州，之越州，十二月至衢州；紹興元年返越，二年赴杭。汝舟建炎三年知明州；四年復知明州，六月管江州太平觀；紹興元年往池州措置軍務，尋爲監諸軍審計司；二年九月以增舉入官，除名，編管。四年中兩人蹤跡判然。又按明誠去世，清照守喪如以二十七月計，應止於紹興元年十一月十八日。至明年九月，前後不及十月，即倉皇奔走，追隨行在；又聽汝舟如簧似錦之言，再以桑榆之晚景，配茲駔儈之下才，復遭其侵凌毆擊，更興訟事，達闕廷，置對陳詞，判決編管。十月之間，何眾事之紛冗也。況時與弟相依，生活並無困難也。此由時間、地理推其不得改嫁也。
4. 《宋刑統》:「諸夫喪服除而欲守志，非女之祖父母、父母而強嫁之者，徒一年；周親嫁者減二等。各離之，女追歸前家，娶者不坐。」由法律知清照如欲守志，他人強不得也。
5. 改嫁爲閨房鄙論，豈能官告達於上聽？且是時南渡倉皇，朝廷自顧猶不暇，何暇顧及小民改嫁耶？此由時勢推之也。
6. 清照身出名門，復爲清獻公之婦、郡守之妻，與明誠恩愛三十四年，豈待德夫墓木之未拱，以五十二之老婦更適他人耶？由情理觀之，清照亦不可能改嫁。

以上諸家異議，或摭拾口實，渲染易安垂老失節，或本諸禮教觀念爲易安辨誣，要皆因易安係一女詞家，文采照人，故不免引爲詞壇話柄。若就詞論詞，是又無關乎改嫁與否矣。(〈漱玉詞研究〉)

△廣棪案：據宋人記載，清照晚年嘗改嫁。胡仔《苕溪漁隱叢話・前集》卷六十、王灼《碧鷄漫志》卷二、晁公武《郡齋讀書志》卷四下、洪适《隸釋》卷廿四〈跋趙明誠金石錄〉、趙彥衛《雲麓漫鈔》卷十四、陳振孫《直齋書錄解題》卷廿一均記其事。李心傳《建炎以來繫年要

錄》卷五十八更詳載清照訟張汝舟事始末云：「（紹興二年九月戊子朔）右承奉郎監諸軍審計司張汝舟屬吏。以汝舟妻李氏訟其妄增舉數入官也。其後有司當汝舟私罪，徒，詔除名，柳州編管（自注：十月己酉行遣）。李氏，格非女，能爲歌詞，自號易安居士。」是清照再適張汝舟，固無可諱言者。然自明以降，有爲清照改嫁辨誣者，徐𤊹《筆精》啓其端，繼後如盧見曾〈重刊金石錄序〉、俞正燮〈易安居士事輯〉、陸心源《癸巳類稿・易安事輯書後》、李慈銘〈書陸剛甫觀察儀顧堂跋後〉、況周頤《越縵堂乙集・書陸剛甫觀察儀顧堂題跋後校》，以至夏承燾之〈易安居士事輯後語〉，皆附和徐說，惟所舉理由，大都難以成立。清照更嫁不更嫁，其事本無關宏旨，更嫁固無損乎清照之人格；而竭力爲之辨誣，亦不足以爲清照增重。然改嫁不改嫁，其間牽涉及史料之眞僞與事實之是非，是故對此一學術公案誠不能不明辨之以求其是也。今人黃盛璋先生撰〈李清照事迹考辨〉，其第八〈改嫁新考〉，條分縷析，力駁徐、俞諸人之非；又排比宋人記載，證明清照確曾改嫁。王仲聞撰〈李清照事迹作品雜考〉，其（壹）〈關於李清照之改嫁〉，更就黃氏所未及，或已及而未周者，稍加補充。至是，各家辨誣之說，殆全落空矣。（《李清照研究》）

【繫年】

此啓黃盛璋〈趙明誠李清照夫婦年譜〉繫諸紹興二年九、十月間，曰：「據《建炎以來繫年要錄》，此年九月乙亥，綦崇禮由兵部侍郎兼權直學士院，御筆除翰林學士。啓稱綦爲「內翰承旨」，而汝舟行遣又在十月己酉，清照謝綦之啓應在九、十月間。」王仲聞〈李清照事迹作品雜考〉亦曰：「《雲麓漫鈔》卷十四載〈謝啓〉，稱綦崇禮爲內翰。高承《事物紀原》卷四云：『今亦呼翰林學士爲內相，亦曰內翰。』洪遵《翰苑群書》下〈翰苑題名〉載：『綦崇禮於紹興二年九月除翰林學士，四年七月，出知越州。』清照訟張汝舟，在二年九月；汝舟除名編管，十月行遣。清照作啓當在紹興二年九、十月間或稍後。」案：黃、王二氏推論甚當。俞正燮〈易安居士事輯〉以爲作於建炎三年十一月，殊誤。

【考證】

此啓見趙彥衛《雲麓漫鈔》卷十四，乃清照作。彥衛，宋人。其書初名《擁鑪閒話》，後於寧宗開禧二年丙寅（1206）重刊，時距清照卒年不遠，當可依憑。惟俞正燮疑之，〈易安居士事輯〉云：「文筆劣下，中雜有佳語，定是竄改本。」陸心源繼之，〈癸巳類稿・易安事輯書後〉云：「是啓乃張汝舟所改。」李慈銘〈書陸剛甫觀察儀顧堂題跋後〉亦有「汝舟妻李氏作啓，李氏非易安」之說，然皆證據欠周，難以置信。

詞　論

樂府聲詩並著，最盛于唐。開元、天寶間，有李八郎者，能歌擅天下。時新及第進士，開宴曲江。榜中一名士，先召李，使易服隱姓名，衣冠故敝，精神慘沮，與同之宴所。曰：「表弟願與坐末。」眾皆不顧。既酒行樂作，歌者進，時曹元謙〈念奴〉《詞苑叢談》下有「嬌」字。為冠，歌罷，眾皆咨嗟稱賞。名士忽指李曰：「請表弟歌。」眾皆哂，或有怒者。及轉喉發聲，歌一曲，眾皆泣下。羅拜曰：「此李八郎也。」自後鄭、衛之聲日熾，流靡之變日煩，《詞苑叢談》作「繁」。已有〈菩薩蠻〉、〈春光好〉、〈莎雞子〉、〈更漏子〉、〈浣溪沙〉、〈夢江南〉、〈漁父〉等詞，不可徧舉。五代干戈，四海瓜分豆剖，斯文道熄。獨江南李氏君臣尚文雅，故有「小樓吹徹玉笙寒」，「吹皺一池春水」之詞。語雖奇甚，所謂「亡國之音哀以思」也。逮至本朝，禮樂文武大備。又涵養百餘年，始有柳屯田永者，變舊聲作新聲，出《樂章集》，大得聲稱於世；雖協音律，而詞語塵下。又有張子野、宋子京兄弟、沈唐、元絳、晁次膺輩繼出，雖時時有妙語，而破碎何足名家。至晏元獻、歐陽永叔、蘇子瞻，學際天人，作為小歌詞，直如酌蠡水於大海，然皆句讀不葺之詩爾；又往往不協音律者，何邪？蓋詩文分平側，而歌詞分五音，又分五聲，又分六《詞苑叢談》作「音」。律，又分清濁輕重，且如近世所謂〈聲聲慢〉、〈雨中花〉、〈喜遷鶯〉，既押平聲韻，又押入聲韻；〈玉樓春〉本押平聲韻，又押上、去聲，又押入聲。本押仄聲韻，如押上聲則協；如押入聲，則不可歌矣。王介甫、曾子固，文章似西漢，若作一小歌詞，則人必絕倒，不可讀也。乃知詞別是一家，知之者少。後晏叔原、賀方回、秦少游、黃魯直出，始能知之。又晏苦無鋪敘；賀苦少典重；秦即專主情

致，而少故實，譬如貧家美女，雖極妍麗豐逸，而終乏富貴態；黃即尚故實，而多疵病，譬如良玉有瑕，價自減半矣。（《苕溪漁隱叢話》、《詞苑叢談》）

【評箋】

△李肇云：李袞善歌，初于江外而名動京師，崔昭入朝，密載而至，乃邀賓客，請第一部樂及京邑之名倡，以爲盛會。紿言表弟，請登末坐，令袞弊衣以出，合坐嗤笑。頃命酒，昭曰：「欲請表弟歌。」坐中又笑。及囀喉一發，樂人皆大驚曰：「此必李八郎也。」遂羅拜階下。（《國史補》）

△趙升云：在京則賜及第進士，宴于瓊林苑，中興以後，就于貢院。（《朝野類要》）

△胡仔云：易安歷評諸公歌詞，皆摘其短，無一免者。此論未公，吾不憑也。其意蓋自謂能擅其長，以樂府名家者。退之詩云：「不知羣兒愚，那用故謗傷，蚍蜉撼大樹，可笑不自量。」正爲此輩發也。（《苕溪漁隱叢話》）

△張綖云：曾南豐有〈錢塘上元夜祥符寺燕席〉詩云：「月明如晝露華濃，錦帳名郎笑語同。金地夜寒消美酒，玉人春困倚東風。紅雲燈火浮滄海，碧水樓臺浸遠空。白髮蹉跎歡意少，強顏猶入少年叢。」昔人謂曾子固不能詩，學者不察，隨聲附和，謬矣。（《千百年眼》）

△裴暢云：易安自恃其才，藐視一切，本不足存。第以一婦人能開此大口，其妄不待言，其狂亦不可及也。（《詞苑叢談》引）

△方成培云：段安節言：「商、角同用，是押上聲者，入聲亦可押也。」與易安說不同。余嘗取柳永《樂章集》按之，其用韻與段說合者半，不合者半，乃知宋詞協韻，比唐人較寬。宋大樂以平入配重濁，以上去配清輕，亦與段圖不同，大抵宋詞工者，惟取韻之抑揚高下與協律者押之，而不拘於四聲，其不知律者，則惟求工於詞句，併置此而不論矣。（《香研廛詞麈》）

△江順詒云：後之塡詞，韻有上去通押者，而無平仄同押者，雖與曲有別，究與律無關也。（《詞學集成》）

△俞正燮云：易安之論曰：唐開元、天寶間，李八郎者，能歌擅天下。時新及第進士開宴曲江，榜中一名士先召李，使易服隱姓名，衣冠故

敝，精神慘沮，與之宴所。曰：「表弟願與坐末。」眾皆不顧。既酒行樂作，歌者進，時曹元謙〈念奴〉爲冠，歌罷，眾皆嗟咨稱賞。名士忽指李曰：「請表弟歌。」眾皆哂，或有怒者。及轉喉發聲，歌一曲，眾皆泣下。起曰：「此必李八郎也。」自後鄭、衛聲熾，流靡煩變，有〈菩薩蠻〉、〈春光好〉、〈莎雞子〉、〈更漏子〉、〈浣溪沙〉、〈夢江南〉、〈漁父〉等詞，不可徧舉。五代時，江南李氏獨尚文雅，有「小樓吹徹玉笙寒」之句，及「吹皺一池春水」，語雖甚奇，所謂亡國之音哀以思也。本朝柳屯田永，變舊聲作新聲，出《樂章集》，大得聲稱於世；雖協音律，而詞語塵下。又有張子野、宋子京兄弟、沈唐、元絳、晁次膺輩繼出，雖時時有妙語，而破碎何足名家。至晏丞相、歐陽永叔、蘇子瞻，學際天人，作爲小歌詞，直如酌蠡水於大海，然皆句讀不葺之詩耳，又往往不協音律。蓋詩文分平側，而歌詞分五音，又分六律，又分清濁輕重。且如近世所謂〈聲聲慢〉、〈雨中花〉、〈喜遷鶯〉，既押平聲，又押入聲；〈玉樓春〉平聲，又押上、去聲，又押入聲。其本押側韻者，如押上聲協，押入聲則不可通矣。謂本平，可通側，不拘上去入；若本側，則上去入不可相通。王介甫、曾子固，文章似西漢，若作小歌詞，則人必絕倒，不可讀也。乃知詞別是一家，知之者少。後晏叔原、賀方回、黃魯直出，始能知之。而晏苦無鋪敘；賀苦少典重；秦少游專主情致，而少故實，譬如貧家美女，雖極妍麗豐逸，而終乏富貴態；黃即尚故實，而多疵病，譬如良玉有瑕，價自減半矣。以上皆《漁隱叢話》易安譏彈前輩，既中其病，《老學庵筆記》而詞日益工。(〈易安居士事輯〉)

△王贈芳等云：清照爲詞家大宗，嘗謂詞自唐、五代無合格者，宋柳永雖協音律，而語塵下，張子野、宋子京兄弟、沈唐、元絳、晁次膺有妙語而頗碎，晏元獻、歐陽永叔、蘇子瞻所作，似詩之句讀不葺者。蓋詞別是一家，知之者少。晏叔原、賀方回、秦少游、黃魯直能知之。晏苦無鋪敘，賀少典重，秦專主情致而少故實，黃尚故實而多疵病。世以爲名論。(《道光濟南府志・列女傳》)

△繆鉞云：凡第一流之詩人，多有理想，能超脫，用情而不溺情，賞物而不滯於物，沈摯之中，有輕靈之思，纏綿之內，具超曠之致，言情寫景，皆從高一層著筆，使讀之者如游山水於千巖競秀、萬壑爭流之

中，常見秋雲數片，縹緲天際。宋代詞人，如柳永，筆力非不健拔，寫景非不工巧，言情非不深婉，惟無高超之境界，故李易安譏其「詞語塵下」。　又云：李易安生於北宋末年，其前名詞家甚眾，而易安開徑獨行，無所依傍。其評隲諸家，持論甚高，此非好為大言以自矜重。蓋易安孤秀奇芬，卓有見地，故掎摭利病，不稍假借，雖生諸人之後，而不肯摹擬任何一家。(〈論李易安詞〉)

△王仲聞云：此篇作於北宋，時代當頗早，或在大晟府未成立以前。(〈李清照事迹作品雜考〉)

△李栖云：易安一婦人，以散佚之殘詞數十首，而能抗衡秦七、黃九，自成標格，為四庫許為詞家大宗。今取其詞而誦之，知四庫館臣不我欺也。吾人欲研究其詞，不得不先知其對詞之主張；欲知其詞之主張，不得不先讀其〈詞論〉，其〈詞論〉見於《苕溪漁隱叢話》及《詞苑叢談》，今但節其要如下：「詩文分平側，而歌詞分五音，又分五聲，又分六律，又分清濁輕重，且如近世所謂〈聲聲慢〉、〈雨中花〉、〈喜遷鶯〉，本押平聲韻，又押入聲韻；〈玉樓春〉本押平聲韻，又押上去聲，又押入聲。本押仄聲韻，如押上聲則協；如押入聲，則不可歌矣。」由此可知易安極倡樂府詞，以為聲不依永，律不和聲者，皆非詞也。合聲律，能入樂者始可稱為詞。強調「詞別是一家」之說，詞之所以不同於其他文學作品者，即在須嚴格遵守音律條件。故評晏同叔、蘇子瞻，則曰：「皆句讀不葺之詩爾，又往往不協音律。」評王介甫、曾子固，則曰：「文章似西漢，若作一小歌詞，則人必絕倒，不可讀也。」然於能變舊聲作新聲之柳屯田又評之曰：「雖協音律，而詞語塵下。」於張子野、宋子京輩則曰：「雖時時有妙語，而破碎何足名家。」對晏叔原則譏之曰：「苦無鋪敘。」對賀方回則曰：「苦少典重。」對秦少游則曰：「即專主情致，而少故實。」對黃魯直則曰：「即尚故實，而多疵病。」因之主張詞於協律之外，尚須詞語高雅，詞意完整，能鋪敘，多典重，主情致，尚故實。詞與詩文絕對分立：詩者思想抱負之所託，詞則抒發個人感情之小道也。故觀其詩與詞則內容氣象迥異。據此理論，參以其作品，知其要求極嚴格，而其態度極認眞，為當時詞家之正統而保守一派也。唯易安於美成則未及評，其故安在？胡仔《苕溪漁隱叢話》曰：「易安歷評論諸公歌詞，皆指擿其短，無一免者。」

諸子之詞若有短處，則不免其評。而周邦彥詞風正是嚴守詞調聲律，渾厚和雅，善於鋪敘，崇尚故實，凡斯種種皆與易安主張合，故能獨免於譏評也。(〈漱玉詞研究〉)

△廣棪案：〈詞論〉一文，清照作於宣和二、三年（1120、1121）間。劉勰《文心雕龍・論說》篇云：「論也者，彌綸羣言，而研精一理者也。」又云：「原夫論之爲體，所以辨正然否，窮于有數，追于無形，迹堅求通，鉤深取極，乃百慮之筌蹄，萬事之權衡也。」案：清照此篇，歷評諸家歌詞，多能辨正然否，鉤深取極；而其敷陳倚聲作法，亦是彌綸羣言，研精一理者。故陸游極推譽之，《老學庵筆記》曰：「易安譏彈前輩，既中其病，而詞日益工。」今人繆鉞於其所撰〈論李易安詞〉中亦曰：「李易安生於北宋末年，其前名詞家甚眾，而易安開徑獨行，無所依傍。其評騭諸家，持論甚高，此非好爲大言，以自矜重。蓋易安孤秀奇芬，卓有見地，故掎摭利病，不稍假借，雖生諸人之後，而不肯摹擬任何一家。」游揚清照，未踰其實，洵爲知言。(《李清照研究》)

【繫年】

此篇首見胡仔《苕溪漁隱叢話・後集》卷卅三。夏承燾〈李清照詞的藝術特色〉一文考訂其作年曰：「這篇文章批評北宋詞家止於賀鑄、晏幾道，沒有提到徽宗時大晟樂府裏一派作家，沒有提到靖康亂後的詞壇情況，在批評秦觀時，還要求詞須有富貴態，看來這該是她早期的作品。」王仲聞〈李清照事迹作品雜考〉亦謂：「此篇作於北宋，時代當頗早，或在大晟府未成立以前。」考大晟樂府崇寧四年乙酉（1105）八月置，政和初始頒行天下。依夏、王二家之說，則〈詞論〉之作年當在置大晟樂府前後未久。然拙著《李清照研究》第四章〈李清照之詞論〉嘗考得〈詞論〉作成於宣和二、三年間，與夏、王之說不同，可參閱。

打馬圖經自序

慧《夷門廣牘》本、《麗樓叢書》本均作「惠」。**則通，通則**《粵雅堂叢書》本作「即」。**無所不達；專則**《麗樓叢書》本作「即」。**精，精則**《麗樓叢書》、《粵雅堂叢書》本均作「即」。**無所不妙。故庖丁之**《癸巳類稿》、觀自得齋本均無「之」字。**解牛，郢人之**《癸巳類稿》、觀自得齋本均無「之」字。**運斤，師曠之聽，離婁**

之視，《癸巳類稿》、觀自得齋本均作「察」字。大至於《癸巳類稿》、觀自得齋本均無「於」字。堯舜之仁，桀紂之惡；小至於《癸巳類稿》、觀自得齋本均無「於」字。擲豆起蠅，巾角拂棊，皆臻至理者何？《癸巳類稿》、觀自得齋本均作「皆臻其極者」。妙而已。後世之人，不惟學聖人之道，不到聖處，雖嬉戲之事，亦不《夷門廣牘》本、《麗樓叢書》本均無「不」字。得其依稀彷彿而遂止者多矣。夫博者《癸巳類稿》、《粵雅堂叢書》本均無「者」字。無他，爭先術耳，故專者能之。《癸巳類稿》、觀自得齋本「能之」二字作「勝」。予性喜《夷門廣牘》本作「善」，《麗樓叢書》本、《癸巳類稿》、觀自得齋本均作「專」。博，凡所謂博者皆耽之，晝夜每忘寢食。《夷門廣牘》本、《麗樓叢書》本均作「食事」。且《夷門廣牘》本、《麗樓叢書》本均作「但」字。平生隨《粵雅堂叢書》本無「隨」字。多寡未嘗不進者何？精而已。以上三句《癸巳類稿》、觀自得齋本均無。自南渡來，流離遷徙，此二句《癸巳類稿》、觀自得齋本均作「南渡流離」。盡散博具，故罕為之，然實未嘗忘於胸中也。以上二句《癸巳類稿》、觀自得齋本均無。今年《夷門廣牘》本、《麗樓叢書》本、《癸巳類稿》、觀自得齋本下均有「冬」字。十月朔，聞淮上警報，江浙之人，自東走西，自南走北，居山林者謀入城市，居城市者謀入山林，旁午絡繹，莫知所之。《粵雅堂叢書》本作「莫不失所」。易安居士《癸巳類稿》、觀自得齋本均作「余」。亦《麗樓叢書》本無「亦」字。自臨安泝流，涉嚴灘之險，《癸巳類稿》、觀自得齋本均作「過殿灘」。抵金華，卜居陳氏第。乍釋舟楫而見軒窗，意頗適然。更長燭明，奈《癸巳類稿》、觀自得齋本均作「如」。此良夜何？於是乎《粵雅堂叢書》本無「乎」字。博奕之事講矣。且長行葉子、博簺《粵雅堂叢書》本、《癸巳類稿》、觀自得齋本均作「塞」。彈棊，世無傳者。《粵雅堂叢書》本作「近世無傳」。打褐、《粵雅堂叢書》本「打」上有「若」字。大小豬窩、族《夷門廣牘》本下註「一作挨」。鬼、胡畫、數倉、賭快之類，皆鄙俚不經見。藏酒、樗蒱、雙蹙《夷門廣牘》本下註「一作蹇」。融，《夷門廣牘》本作「蝸」。近漸廢絕。選仙、《夷門廣牘》本下註「一作山」。加減、插關火、《夷門廣牘》本作「大」。質魯任命，無所施人《癸巳類稿》、觀自得齋本均無「人」字，《麗樓叢書》本「人」作「其」。智巧。大小象戲奕棊，又惟可容《癸巳類稿》、觀自得齋本均作「又止容」。二人。獨采選、打馬，特為閨房雅《麗樓叢書》本作「雜」。戲。嘗恨采選叢繁，勞於檢閱，故《夷門廣牘》本、《麗樓叢書》本均作「彼」。能通者少，難遇勁敵；打馬簡要，而苦無文采。按打馬世有二種：一種一將十馬者，《粤雅堂叢書》本無「者」字。謂之關西馬；一種無將二十《粤雅堂叢書》本下有「四」字。馬者，謂之依經馬，流傳《夷門廣牘》本、《麗樓叢書》本均作「行」。既久，各有圖經、凡例可考，行移賞罰，互有同異。《粤雅堂叢書》本作「異同」。又《癸巳類稿》、觀自得齋本均無「又」字。宣和間人取二種馬，參雜加減，大約交加僥倖，古意盡矣，所謂宣和馬者是也。《夷門廣牘》本、《麗樓叢書》本均作「矣」。予獨愛依經馬，因取其賞罰互度，每事作數語，隨事附見，使兒輩圖之，不獨施之博徒，實《癸巳類稿》、觀自得齋本均作「亦」。足貽諸好事。使千萬《癸巳類稿》、觀自得齋本均作「百」。世後，知命辭打馬始自易安居士也。時《粤雅堂叢書》本無「時」字。紹興四年十一月《癸巳類稿》、觀自得齋本均作「十有二月」。二十有《癸巳類稿》、觀自得齋本、《粤雅堂叢書》本均無「有」字。四日，易安居士《粤雅堂叢書》作「易安室」，《麗樓叢書》本下有「李清照」三字。序。《癸巳類稿》、觀自得齋本均無「易安居士序」字樣。

打馬賦

歲令云《癸巳類稿》、觀自得齋本均作「聿」。徂，盧或可呼，千金一擲，百萬十都。尊俎具《癸巳類稿》、觀自得齋本均作「列」。陳，已行揖讓之禮；主賓既醉，《癸巳類稿》、觀自得齋本均作「言洽」。不有博奕者乎？打馬爰興，樗蒱遂廢，《癸巳類稿》、觀自得齋本均作「者退」。實小道之上流，乃《癸巳類稿》、觀自得齋本均作「競」。深閨《麗樓叢書》本作「閨房」。之雅戲。齊驅驥騄，疑穆王萬里之行；間列《癸巳類稿》、觀自得齋本均作「別起」。玄黃，類楊氏五家之隊。珊珊佩《夷門廣牘》本、《粤雅堂叢書》本均作「珮」。響，方驚玉蹬之敲；落落星羅，忽見《癸巳類稿》、觀自得齋本均作「訝」。連錢之碎。若乃吳江楓落，《粤雅堂叢書》本作「冷」。胡《粤雅堂叢書》本、《癸巳類稿》、觀自得齋本均作「燕」。山葉飛，玉門關閉，沙苑草肥，臨波不渡，似惜障泥。或出入用奇，《癸巳類稿》、觀自得齋本均作「騰驤」。有類《癸巳類稿》、觀自得齋本均作「猛比」。昆陽之戰；或優游仗義，《癸巳類稿》、觀自得齋本均作「從容磬控」。正如涿鹿之師。或聞《夷門廣牘》本、《麗樓叢書》本均作「問」。望久高，脫復庾郎之失；或聲名素昧，便同《癸巳類稿》、觀自得齋本均作「倏驚」。癡叔之奇。亦有緩緩而歸，昂昂而立，《癸巳類稿》、觀自得齋本均作「駐」，《粵雅堂叢書》本作「去」，《夷門廣牘》本下註「一作出」。鳥道驚馳，螘《癸巳類稿》、觀自得齋本均作「蟻」。封安步。崎嶇峻坂，未遇《癸巳類稿》、觀自得齋本均作「慨想」。王良；跼促鹽車，難《癸巳類稿》、觀自得齋本均作「忽」。逢造父。且夫邱陵云遠，白雲在天，心存《癸巳類稿》、觀自得齋本均作「無」。戀豆，志在著鞭。止《癸巳類稿》、觀自得齋本均作「蹴」。蹄黃葉，何異《癸巳類稿》、觀自得齋本均作「畫道」。金錢。用五十六采之間，行九十一路之內。明以賞罰，覈其殿最。運指揮《粵雅堂叢書》本作「麾」。於方寸之中，決勝負於《癸巳類稿》、觀自得齋本均作「以」。幾微之外。《癸巳類稿》、觀自得齋本均作「介」。且好勝者。《癸巳類稿》、觀自得齋本均作「者」字。人之常情，游《麗樓叢書》本作「小」。藝《癸巳類稿》、觀自得齋本均作「爭籌」。者，士《癸巳類稿》、觀自得齋本均作「道」。之。末技。說梅止渴，稍蘇奔競之心；畫餅充饑，少謝騰驤《癸巳類稿》、觀自得齋本均作「亦寓踔騰」。之志。將圖實《癸巳類稿》、觀自得齋本均作「將求遠」。效，故臨難而不迴；欲《癸巳類稿》、觀自得齋本均作「留」。報厚恩，故知幾《癸巳類稿》、觀自得齋本均作「或相機」。而先《癸巳類稿》、觀自得齋本均作「豫」。退，或《癸巳類稿》、觀自得齋本均作「亦有」。銜枚緩進，已踰關塞之艱；或《癸巳類稿》、觀自得齋本均作「豈致」。奮《粵雅堂叢書》本作「賈」。勇《癸巳類稿》、觀自得齋本均作「足」。爭先，莫悟穽壍之墜。皆因《麗樓叢書》本、《粵雅堂叢書》本均作「由」。不知止足，此句《癸巳類稿》、觀自得齋本均作「至於不習軍行」。自貽《癸巳類稿》、觀自得齋本均作「必致」。尤悔。《癸巳類稿》、觀自得齋本下均有「當知範我之馳驅。勿忘君子之箴佩」。二句。況《癸巳類稿》、觀自得齋本下均有「乃」字。為之不《癸巳類稿》、觀自得齋本均作「賢」。已，事實見於正經；用之以經，《粵雅堂叢書》本、《麗樓叢書》本均作「誠」，此句《癸巳類稿》、觀自得齋本均作「行以無疆」。義必合於《癸巳類稿》、觀自得齋本均作「乎」。天德。《癸巳類稿》、觀自得齋本下均有「牝乃叶地類之貞，反亦記魯姬之式。鑒髻墮於梁家，溯滸循於岐國」四句。故《癸巳類稿》、觀自得齋本下均有「宜」字。繞牀大叫，五木皆盧；瀝《粵雅堂叢書》本作「釃」。酒一呼，六子盡赤。平生不負，遂成劍閣之師；《癸巳類稿》、觀自得齋本均作「動」。別墅未輸，已《癸巳類稿》、觀自得齋本均作「決」。破淮淝之賊。今日豈無元子，明時不乏安石。又何必陶長沙博局之投，正當師袁彥《粵雅堂叢書》本作「宏」。道布帽之擲也。

辭《癸巳類稿》、觀自得齋本均作「亂」。**曰：佛貍定**《粵雅堂叢書》本作「之」，誤**見酉**《癸巳類稿》、觀自得齋本、《粵雅堂叢書》本均作「卯」。**年死，**《癸巳類稿》、觀自得齋本下均有註云「是歲甲寅」。**貴賤紛紛尚流徙，滿眼驊騮雜**《癸巳類稿》、觀自得齋本均作「及」，《粵雅堂叢書》本作「兼」。**騄駬，**《癸巳類稿》、觀自得齋本均作「耳」，《粵雅堂叢書》本「騄駬」作「綠耳」。**時危安得真致此？**《癸巳類稿》、觀自得齋本下均有「木蘭橫戈好女子」一句。**老矣誰能**《癸巳類稿》、觀自得齋本均作「不復」。**志千里，但願相將過淮水。**

色樣圖

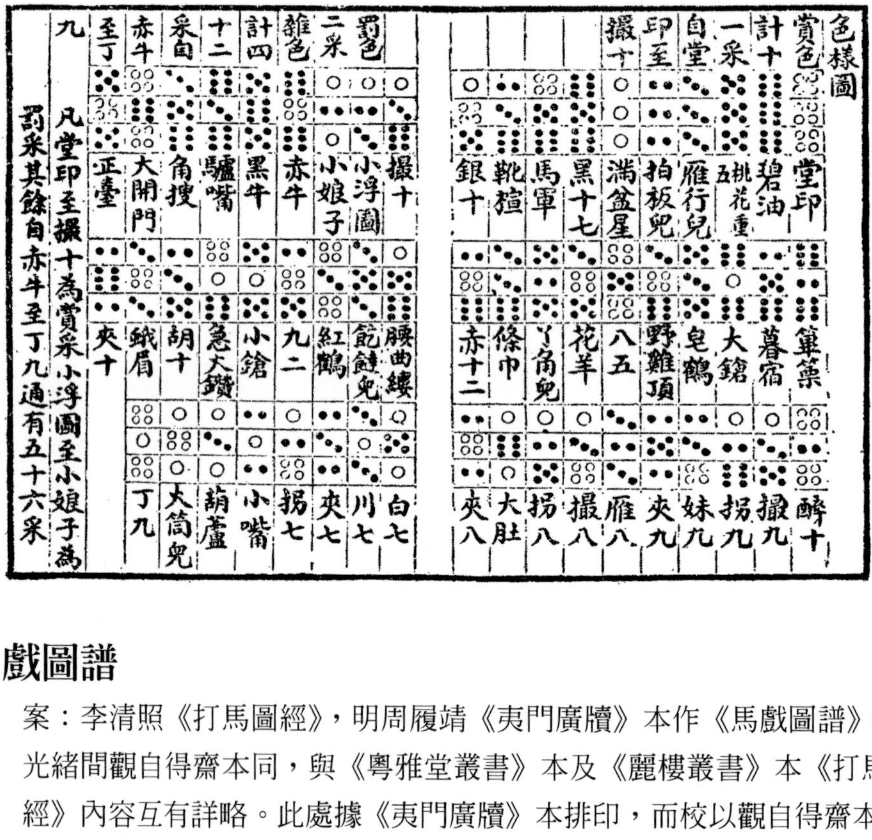

色樣圖

賞色計十一采自堂印至撮十

堂印　碧油　桃花重五　雁行兒　拍板兒　滿盆星　黑十七　馬軍　靴楦　銀十

篳篥　暮宿　大鎗　皂鶴　野雞頂　八五　花羊　丫角兒　條巾　赤十二

醉十　撮九　揚九　妹九　夾九　雁八　撮八　揚八　大肚　夾八

罰色二采雜色計四十二采自赤牛至丁九

撮十　小浮圖　小娘子　赤牛　黑牛　驢嘴　角搜　大開門　正臺

腰曲縷　飽鎚兒　紅鶴　九二　小鎗　急火鑽　胡十　蛾眉　夾十

白七　川七　夾七　揚七　小嘴　葫蘆　大筒兒　丁九

凡堂印至撮十為賞采小浮圖至小娘子為罰采其餘自赤牛至丁九通有五十六采

馬戲圖譜

案：李清照《打馬圖經》，明周履靖《夷門廣牘》本作《馬戲圖譜》，清光緒間觀自得齋本同，與《粵雅堂叢書》本及《麗樓叢書》本《打馬圖經》內容互有詳略。此處據《夷門廣牘》本排印，而校以觀自得齋本。

采色圖（采色請參看書前所附插圖，此處不列）

賞色計十一采

堂印　　碧油

桃花重五　　雁行兒

拍板兒
滿盆星
黑十七
馬軍
靴楦
銀十
撮十

罰色 計二采

小浮圖
小娘子

餘散采 計四十三采

五點 計二采

小嘴觀自得齋本作『觜』。
葫蘆

六點 計一采

火筒兒

七點 計四采

白七
川七
夾七
拐七

八點 計五采

雁八
撮八
拐八
大肚
夾八

九點 計五采

撮九
拐九
妹九
夾九
丁九

十點 計四采

胡十
蛾眉
夾十
醉十

十一點 計五采

飣餖兒
紅鶴
九二
小鎗
急火鑽

十二點 計五采

花羊　　　　丫角兒
條巾　　　　赤十二
腰曲縷

十三點 計五采

暮宿　　　　大鎗
皂鶴　　　　野雞頂
八五

十四點 計四采

角搜　　　　大開門
正臺　　　　篳篥

十五點 計一采

驢嘴觀自得齋本作『觜』。

十六點 計二采

赤牛　　　　黑牛

鋪盆例

凡置局，二人至五人，均聚錢置盆中，以待倒盆，以充賞帖。臨時商量，多寡隨眾，用盡均添。然不可過四五人之數，多則本采交錯，多致喧鬧。凡不從眾議喧鬧者，罰十帖入盆。

既先設席，豈憚攫金，便請着鞭，謹令編埒。罪而必罰，已從約法之三章；賞必有功，勿效遶牀之大叫。

采色例用骰子三隻

凡第一擲，初下馬之色，謂之本采。如擲賞、罰色，即不得認作本采。如皂鶴是眞本采，十三大鎗之類，皆傍本采也。

傍本采

凡點數與本采同，而色樣不同，謂之傍本采。

承人真撞

謂下次人隨手擲同上次人采色爲眞撞，賞、罰色不論。

傍撞

凡點數與上次人同而色樣不同謂之傍撞，賞、罰色不論。

賞色

凡堂印、碧油之類，凡十一采，謂之賞色。擲得賞色，不算別人傍本采，自己仍算。

罰色

小浮圖、小娘子二采，謂之罰色。擲得罰色，不算自己傍本采，別人仍算。

餘散采

自眞傍本采、眞傍撞及賞罰色之外，餘散采凡四十三采。

公車射策之初，記其甲乙；神武掛冠之日，定彼去留。汝其有始有終，我則無偏無黨。

下馬例

每人馬二十匹，用犀象刻，或鑄銅為之，如大錢樣，刻其文為馬文，各以名馬別之。如驊騮之類。

或只用錢，各以錢文為別，仍雜采染其文。

須用當二、當三錢，以絕盜下之事。

自赤岸驛照采色下馬。

如三點下駑駘起，十八點下九逸止，餘倣此。多寡有差。

真本采

初擲下一匹以後，再擲此色，下三匹，仍賞三帖，官盆內供。別人犯此色，不許下馬。本采人下三匹，仍賞三帖，犯色人供。

傍本采

自擲傍本采，下二匹，仍賞二帖，官盆內供。別人犯此色，不許下馬。本采人下二匹，仍賞二帖，犯色人供。

真撞

自擲眞撞，不許下馬，上次人下三匹，仍罰三帖，入官盆。連三撞者倍罰，仍許初次人下馬。

傍撞

自擲傍撞，不許下馬，上次人下二匹，仍罰二帖，入官盆。連三撞者同上。

堂印

下八匹，賞八帖。如係自己本采，仍下二匹。下倣此。

碧油

下六匹，賞六帖。

桃花重五

下五匹，賞五帖。

雁行兒　拍板兒　滿盆星

俱下四匹，賞四帖。

黑十七　馬軍　靴楦　銀十　撮十

俱下二匹，賞二帖。以上賞帖，俱官盆內供。

小浮圖　小娘子

自擲罰色，不許下馬，下次人下二匹，仍罰二帖入官盆。

餘散采

各下一匹，凡下次人未有本采，上次人雖擲賞采不行。

下馬時遇別人真本采，不得打，遇別人多馬，不許打。其餘遇少馬，或馬數相同者，俱打去自下。

被打人每馬一匹，罰一帖，與打馬之人取贖，俟後擲再下。

夫勞多者賞必厚，施重者報必深。或再見而取十官，或一門而列三戟。又昔人君每有賜臣下，必先以乘馬焉。秦穆公悔赦孟明，解左驂而贈之是也。豐功重錫，爾自取之，予何厚薄焉？

行馬例

馬二十觀自得齋本作「廿」。匹俱下完，方照色自隴西監行進玉門關。

自擲真本采

官盆內賞三帖，照色行。

自擲傍本采

官盆內賞二帖，照色行。

自擲賞色

照色行，仍照例官盆內充賞。

自擲罰色

下次人照色行，仍罰二帖入官盆。

自擲真撞

上次人照色行，仍罰三帖入官盆。連三撞者倍罰，仍許初次人行馬。

自擲傍撞

上次人照色行，仍罰二帖入官盆，連三撞者同上。

擲人真本采

本采人照色行，仍罰三帖與本采人。

擲人傍本采

本采人照色行，仍罰二帖與本采人。

餘散采

各自照色行。

凡馬局十一窩。除赤岸驛、飛龍院、尚乘局外。計八窩，遇入窩不打，賞一帖。官盆內供。後來者即多馬不許越，亦不許打。

九陽數也，故數九而立窩。窩險途也，故入窩而必賞。既能據險，一以當千；便可成功，寡能敵眾。請回後騎，以避先登。

全馬過玉關擲人傍本采及眞傍撞，徑行。不論眞本采、賞罰色，照例行。

凡疊成十馬以上，方許過函谷關。十馬先過，然後餘馬隨多少得過。未舊作自。至函谷關，少馬不許越人多馬。如前有多馬，不許行，俟多馬移動，方許行馬自馬不礙不打。數同即許行。

行百里者半九十，汝其知乎？方茲萬勒爭先，千羈競轃。競轃得其中道，止以半塗。如能疊騎先馳，方許後來繼進。既施薄効，觀自得齋本作「効」。須稍旋甄。可倒半盆。

凡疊足二十四馬到飛龍院，散采不得行，直待自擲眞本采，堂印、碧油、桃花重五、雁行兒、拍板兒、滿盆星諸賞采等，及別人擲自家眞本采、傍本采，不論上次人擲罰采，許進院。以次入夾。

萬馬無聲，恐是啣枚之後，千蹄不動，疑乎立仗之時。如能翠幕張油，黃扉啓印，雁歸沙漠，花發武陵。歌筵之小板初齊，天際之流星暫聚。或受彼罰，或旋己勞，或當謝事之時，復遇出身之數。語曰：鄰之薄，家之厚也。以此始者，以此終乎。皆得成功，俱無後悔。

打馬例

凡多馬遇少馬，點數相及，即打去馬。馬數同，俱得打去。任便再下。被打人照數贖馬再下。

眾寡不敵，其誰可當；成敗有時，夫復何恨。或往而旋返，有同虞國之留；或去亦無傷，有類塞翁之失。欲刷孟明五敗之恥，好求曹劌一旦之功。其勉後圖，我不汝棄。

凡打去人全垛馬者，謂二十匹作一垛。倒半盆。被打人出局。

趙幟皆張，楚歌盡起。取功定霸，一舉而成。方西鄰責言，豈可蟻封共處；既南風不競，固難金埒同居。便請回鞭，不須戀廐。右被打全馬出局。觀自得齋本無「右被打全馬出局」七字。

被打去全馬人，願再下者聽。須罰二十帖與打馬之人，贖馬再下。

虧於一簣，敗此垂成。久伏鹽車，方登峻坂；豈期一蹶，遂失長塗。恨群馬之皆空，忿前功之盡棄。但素蒙剪拂，不棄駑駘；願守門闌，再從驅策。遡風驤首，已傷今日之障泥；戀主銜恩，更待明年之春草。右被打全馬再下。觀自得齋本無「右被打全馬再下」七字。

倒行例

凡遇打馬、遇疊馬，疊自己馬。遇入窩，許倒行。但不許行空步，亦不許打人多馬，越人多馬。

唯敵是求，唯險是據。後騎欲來，前馬反顧。既將有爲，退亦何害？語不云乎，日暮途遠，故倒行而逆施之也。

入夾例

凡馬到飛龍院，進三路，謂之夾。散采不許行。遇諸夾采方許行。如么么六爲夾六，行六路徑到尚乘局，么么五爲夾五，行五路落塹之類。渾色亦以夾論。

昔晉襄公以二陵勝，李亞子以夾寨興。禍福倚伏，其何可知？汝其勉之，當取大捷。

落塹例

凡尚乘局下一路謂之塹。如馬在第一夾，擲得夾五，使落塹。餘倣此。馬落塹者，不行不打。後馬落塹，謂之同處患難，直待自擲諸渾花賞采、眞本采、傍本采，上次擲罰采，下次擲眞傍撞，方許依元初下馬之數飛出。飛盡爲倒盆。每飛一匹，賞一帖。官盆内供。

凛凛臨危，正欲騰驤而去；駸駸遇伏，忽驚穽塹之投。項羽之騅，方悲不逝；玄德之騎，已出如飛。既勝以奇，當旌其異。請同凡例，亦倒全盆。

倒盆例

凡十馬先過函谷關，倒半盆。在局人再添。

打去人全垛馬，倒半盆。

全馬先到尚乘局初入夾，以夾六徑到。爲細滿，倒倍盆。在局人再添。

遇尚乘局夾四、夾三等色，陸續行到。爲麤滿，倒全盆。

落塹馬飛盡，同麤滿，倒全盆。以上俱在局人同供。

瑤池宴罷，騏驥皆歸；宛國觀自得齋本作「大宛」凱旋，龍媒並入。已窮長路，安用揮鞭？未賜敝帷，尤宜報主。驥雖伏櫪，萬里之志長存；國正求賢，千金之骨不棄。定收老馬，欲取奇駒。既已解驂，請爲觀自得齋本作「拜」。三年之賜；如圖再戰，願成他日之功。

賞帖例

凡謂之賞帖者，臨時商量，用錢爲一帖。不過三錢，多則重復難供。自擲諸渾花眞傍本采，各隨下馬匹數。謂下十馬賞十帖，下一馬賞一帖。在局皆供。別人擲人眞傍本采，隨手眞傍撞，上次罰采，各隨下馬匹數，犯事人供。

凡打得一馬，賞一帖，被打人供。落塹飛出馬一匹，賞一帖，在局人皆供。

賞擲例

凡自擲諸渾花、諸賞采、眞傍本采、打得馬、疊得馬、飛得馬，皆賞一擲。別人擲自家眞傍本采，上次擲罰采，皆賞一擲。

總論

大抵此局專以本采爲重，故擲自家眞傍本采俱有賞，擲別人眞傍本采俱有罰。以渾色爲奇，故渾花之賞特重。以入窩爲險，故入窩必賞，仍許倒行。後來者馬雖多，不許越亦不許打。以函谷關爲限，故非十四不得過，先過者有賞。以飛龍院爲歸，故非全馬不得進。以尙乘局爲極，故徑到者倒倍盆，陸續到者倒全盆。而塹則設爲不測，以示盈滿之戒云。

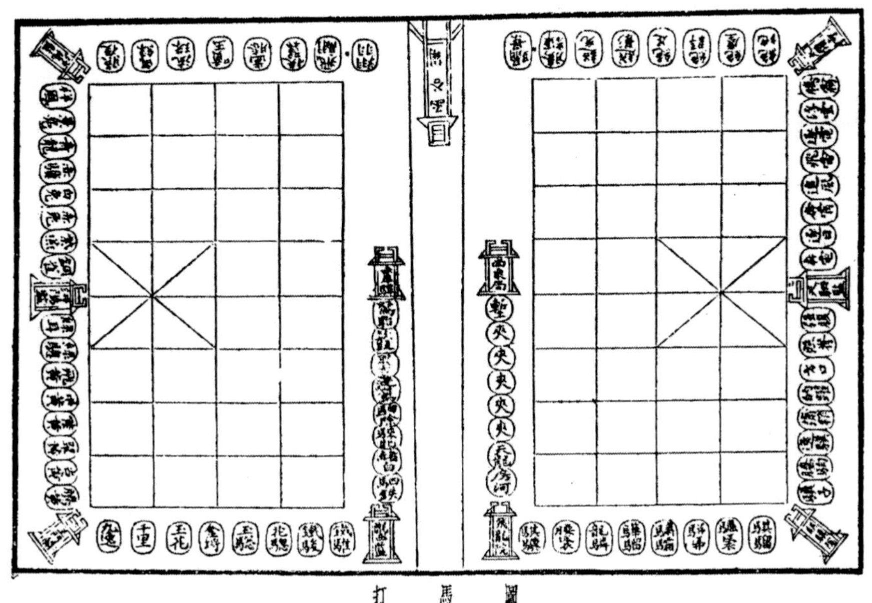

打　馬　圖

打馬圖經

案：《打馬圖經》有明沈津《欣賞編》本，葉德輝《麗樓叢書》本即據《欣賞編》原刻，內容與《夷門廣牘》本詳略不同。此處據《麗樓叢書》本排印，而校以《粵雅堂叢書》本。

鋪盆例 案：《粵雅堂叢書》本前有采色例云：凡碧油至滿盆星有五十六采。下列賞色、罰色、雜色等圖，與《夷門廣牘》本《馬戲圖譜》同。

凡置局，二人至五人，鈞（粵雅堂本作「均」）聚錢置盆中，臨時商量，多寡從眾，然不可過四五人之數，多則本采交錯，多致喧鬧矣。

既先設席，豈憚攫金；便請著鞭，謹令編埒。罪而必罰，已從約法之三章；賞必有功，勿效遶牀之大叫。凡不從眾議喧鬧者，罰十帖入盆。（粵雅堂本下有「中」字）

本采例（粵雅堂本下有「用骰子三隻」五字）

凡第一擲謂之本采，如擲賞罰色，即不得認作本采，到飛龍院，真本采方許過。如皂鶴是真本采，凡十三大鎗之類，皆是傍本采也。（粵雅堂本作「到飛龍院，真本采方許過。如平頭是真本采，十三大鎗之類皆本采。」）

公車射策之初，記其甲乙；神武掛冠之日，定彼去留。汝其有始有終，我則無偏無黨。

下馬例

凡馬每二十匹用犀象刻成，或鑄銅為之，如大錢樣，刻其文為馬文，各以馬名別之。如驊騮、山子之類（粵雅堂本作「如白驊騮之類」）。或只用錢，各以錢文為別，仍雜彩染其文。須用當二當三錢，以絕盜下之事。堂印四渾花，下八匹，賞八帖，如千二本采，更下二匹。碧油，六渾花，下六匹，賞六帖。桃花重五，五渾花，下五匹，賞五帖，如千五本采，更下二匹。雁行兒，三渾花，下四匹，賞四帖，如九本采，更下二匹。拍板兒，二渾花，四匹，賞四帖，如六本采，更下二匹。滿盆星，么渾花，下四匹，賞四帖。真本采，下三匹，賞三帖。傍本采下二匹，賞二帖。承人真撞，謂下次人擲采與上次人本采同，即是真撞。譬如上次人擲出妹色，下次人亦擲出妹九，此謂真撞。下三匹，賞三帖。自擲賞色，靴楦、銀十、黑十七、馬軍、傍本采，各二匹，賞二帖，別人擲撞自家真本采，下三匹，賞三帖。別人擲自家傍本采傍撞，各下二匹，賞一帖。上次擲罰采，小浮圖、小娘子，各下二匹，賞二帖。餘散采。下一匹。

夫勞多者賞必厚，施重者報必深。或再見而取十官，或一門而列三戟。又昔人君每有賜臣下，必先以乘馬焉。秦穆公悔赦孟明，解左驂而贈之是也。豐功重錫，爾自取之，予何厚薄焉。凡下次人未有本采，上次人雖擲賞采，不理賞擲。

行馬例

凡馬局十一窩，遇入窩不打，賞一擲。後來者馬雖多亦不許行。

九陽數也，故數九而立窩；窩險途也，放入窩而必賞。既能據險，一以當千；便可成功，寡能敵眾。請回後騎，以避先登。

凡疊成十馬，方許過函谷關。十馬先過，然後餘馬隨多少得過。自至函谷關，則少馬不許踰別人多馬。如前後有多馬，不許行，俟多馬移動，方許行。馬數同，即許行。自馬不礙。

行百里者半九十，汝其知乎？方茲萬勒爭先，千羈競轃。得其中道，止以半塗。如能疊騎先馳，方許後來繼進。既施薄效，須稍旌甄。可倒半盆。

凡疊足二十馬，到飛龍院，散采不得行，直待自擲真本采，堂印、碧油、雁行兒、拍板兒、滿盆星諸賞采等，及別人擲自家真本采，堂印、碧油、雁行兒、拍板兒、滿盆星諸賞采等，及別人擲自家真本采，(粵雅堂本無「堂印」至「自家真本采」等二十六字)上次擲罰采方許過。

萬馬無聲，恐是銜枚之後；千蹄不動，疑乎立仗之時。如能翠幕張油，黃扉啟印，雁歸沙漠，花發武陵。歌筵之小板初齊，天際之流星暫聚。或受彼罰，或旌己勞，或當謝事之時，復遇出身之數。語曰：鄰之薄，家之厚也。以此始者，以此終乎。皆得成功，俱無後悔。

打馬例

凡多馬遇少馬，點數相及，即打去馬。馬數同，亦許打去。任便再下。

眾寡不敵，其誰可當；成敗有時，夫復何恨。或往而旋返，有同虞國之留；或去亦無傷，有類塞翁之失。欲刷（粵雅堂本作「雪」）孟明五敗之恥，好求曹劌一旦之功。其勉後圖，我不汝棄。

凡打去人全垛馬，謂二十四作一垛者。倒半盆，被打人出局。如願再下者亦許。

趙幟皆張，楚歌盡起，取功定霸，一舉而成。方西鄰責言，豈可蟻封共處；既南風不競，固難金埒同居。便請回鞭，不須戀廐。

被打去全馬人願再下。

虧於一簣，敗此垂成。久伏鹽車，方登峻坂，豈期一蹶，遂失長塗。恨羣馬之皆空，忿前功之盡棄。但素蒙剪拂，不棄駑駘；願守門闌，再從驅策。訴（粵雅堂本作「遡」）風驤首，已傷今日之障泥；戀主銜恩，更待明年之春草。

倒行例

凡遇打馬，遇疊馬，遇入窩，許倒行。

唯敵是求，唯險是據。後騎欲來，前馬反顧。既將有為，退亦何害。語不云乎：日暮途遠，故倒行而逆施之也。

入夾例

凡遇飛龍院下三路謂之夾。散采不許行，遇諸夾采方許行。謂如六六么行一路，么么六行六路之類。雖渾花亦只算夾采，如碧油行六路，滿盆星行一路之類。夾六細滿矣。

昔晉襄公以二陵而勝者，（粵雅堂本無「者」字）李亞子以夾寨而興者，（粵雅堂本無「者」字）禍福倚伏，其何可知？汝其勉之，當取大捷。

落塹例

凡尚乘局下一路謂之塹，不行不打，雖後有馬到亦同。落塹謂之同處患難，直待自擲諸渾花賞采、真本采、傍本采，別人擲自家真本采、傍本采，上次擲罰采、下次擲真傍撞，方許依元初下馬之數飛出。飛盡為倒盆。每飛一匹，賞一帖。

凜凜臨危，正欲騰驤而去；駸駸遇伏，忽驚穽塹之投。項羽之騅，方悲不逝；玄德之騎，已出如飛。既勝以奇，當旌其異，請同凡例，亦倒全盆。

倒盆例

凡十馬先過函谷關，倒半盆。在局人再添。打去人全馬，倒半盆。全馬先到尚乘局為細滿，倒倍盆。在局人再添。遇尚乘局為矗滿，倒一盆。落塹馬飛盡，同矗滿，倒一盆。

瑤池宴罷，騏驥皆歸；大宛凱旋，龍媒並入。已窮長路，安用揮鞭；未賜弊帷，尤宜報主。驥雖伏櫪，萬里之志長存；國正求賢，千金之骨不棄。定收老馬，欲取奇駒。既已解驂，請拜三年之賜；如圖再戰，願成他日之功。

帖例

凡謂之賞帖者，臨時商量，用錢為一帖。不過三錢，多則重復難供。自擲諸渾花賞采、真傍本采，各隨下馬匹數。謂下十馬賞十帖，下一馬賞一帖。在局皆供。別人擲人真傍本采，隨手真傍撞、上次罰采、各隨下馬匹數。謂如兩匹賞二帖之類。犯事人供。

凡打馬，得一馬，賞一帖，被打人供。落塹飛出馬一匹，賞一帖，在局人皆供。

賞擲例

凡自擲諸渾花、諸賞采、真傍本采、打得馬、疊得馬、飛得馬，皆賞一擲。別人擲自家真傍本采，上次擲罰采，皆賞一擲。

【評箋】

△李肇云：今之博戲，有長行最盛。其具有局有子，子有黃黑，各十五，擲采之骰有二。其法生子握槊，變於雙陸。天后夢雙陸而不勝，召狄梁公說之。梁公對曰：「宮中無子之象。」是也。後人新意、各行出焉；又有小雙陸、圍透、大點、小點、遊談、鳳翼之名，然無如長行也。監險易者，喻時事焉。適變通者，方易象焉。王公大人頗或耽玩，至有廢慶弔、忘寢休、輟飲食者。及博徒用之，於是強長爭勝，謂之撩零；假借分畫，謂之囊家；囊家什一而取，謂之乞頭。有通宵而戰者，有破產而輸者。其工者，近有渾鎬、崔師本首出。圍碁，次於長行。其工者，近有韋延祐、楊芃首出。如彈碁之戲，甚古，法雖設，鮮有

爲之，其工者，近有吉逵、高越首出焉。又云：洛陽令崔師本又好爲古之摴蒱，其法三分其子，三百六十，限以二關，人執六馬，其骰五枚，分上爲黑，下爲白，黑者刻二爲犢，白者刻二爲雉。擲之全黑者爲盧，其采十六；二雉三黑爲雉，其采十四；二犢三白爲犢，其采十；全白爲白，其采八。四者貴采也。關爲十二，塞爲十一，塔爲五，禿爲四，撅爲三，梟爲二。六者雜采也。貴采得連擲，得打馬過關，餘采則否。新加進九退六兩采。（《國史補》）

△陶宗儀云：李易安因依經馬，取其賞罰互度，每事作數語；精研工麗，世罕其儔；不僅施之博徒，實足貽諸同好。韻事奇人，兩垂不朽矣。（《說郛・打馬圖序》）

△胡應麟云：葉子彩選之戲，今絕不可考。惟李易安〈打馬序〉云：「長行葉子，博塞彈棋，世無傳者。藏酒、摴蒱、雙蹙融，今漸廢絕。大小象戲弈棋，又止可容二人。獨彩選打馬，特爲閨房雅戲。嘗恨采選叢繁，勞於檢閱，能通者少，難遇勁敵。打馬簡要，又苦無文彩云云。」據此，則葉子與采選，迥然不同。葉子宋世已無能者，采選宋晚尙能爲之。然李稱采選叢繁，難遇勁敵，則此戲政未易言，非若今官制之易。又今紙牌，童孺皆能，李何以有不傳之嘆？楊說之誤，明矣。　又云：李所舉當時戲劇，又有打褐、大小猪窩、族鬼、胡畫、數倉、賭快等，今絕不知何狀。又稱選仙、加減、插關火，質魯任命，無所施人巧智。按〈選仙圖〉見《鄭氏書目》，與彩選連類，而此以爲質魯任命者，詳之正與今〈選官圖〉類。蓋與彩選形製相似，而實不同也。亦猶序中所舉長行、摴蒱、雙陸三戲，相類而實不同。《國史補》云：「今世盛行長行之戲，生於握槊，變於雙陸。」是也。〈打馬圖〉今尙傳，吳中好事習之，邇年頗有能者。（《少室山房筆叢》）

△王士祿云：〈打馬序〉堯、舜、桀、紂擲豆起蠅一段，議論亦極佳，寫得尤歷落警至可喜。女子乃有此妙筆。易安動以千萬世自期，以彼其才，想亦自信必傳耳。昔人謂鷄林宰相以百金購香山詩一篇，眞贋輒能辨。文至易安，到眼自不同如此，語不虛也。　又云：易安落筆即奇工。〈打馬〉一賦，尤神品，不獨下語精麗也。如此人自是天授。（《宮閨氏籍藝文考略》引《神釋堂胜語》）

△張德瀛云：陸放翁〈烏夜啼〉詞：「闌珊打馬心情。」打馬世有二種：

一種一將十馬，謂之關西馬；一種無將二十四馬者，謂之依經馬。宣和間，人取二種馬，參雜加減，又謂之宣和馬。李易安〈打馬賦〉及所著《圖經》，言其情狀甚悉（圖中所列蓋依經馬）。南宋時此風尤盛，至明中葉遂有走馬之戲，其製略與宋異，今俱廢矣。（《詞徵》）

△李調元云：宋李易安〈打馬賦〉云：「邈牀大叫，五木皆盧；瀝酒一呼，六子盡赤。平生不十，遂成劍閣之師；別墅未輸，已破淮淝之賊。」意氣豪蕩，殊不類巾幗中人語。（《賦話》）

△趙濬之云：文入三昧，雖游戲亦具大神通。（《古今女史》）

△周亮工云：予按李易安〈打馬圖序〉云：「長行、葉子、博塞、彈碁，世無傳焉。」若云雙陸即長行，則易安之時已無傳矣。豈雙陸行於當時，易安獨未之見？或不行於當時，反盛於今日耶？則長行非雙陸明矣。　又云：徐君義謂打馬之戲，今不傳。予友虎林陸驤武近刻易安之譜於閩，以犀象蜜蠟為馬，盛行其中。近淮上人頗好此戲，但未傳之北地耳。（《因樹屋書影》）

△周中孚云：《打馬圖》一卷，宋李清照撰。（中略）觀其前有紹興四年易安自序，乃其晚年消遣之作，而文詞工雅可觀，非他人所及也。（《鄭堂讀書記・補遺》）

△吳衡照云：今馬弔戲，或謂唐葉子之遺。按《唐書・同昌公主傳》韋氏諸宗，好為葉子戲。鄭谷、李洞俱有〈打葉子上龍州韋郎中〉詩。焦竑《國史經籍志》：「南唐李後主妃周氏著《擊蒙小葉子格》一卷。」馬端臨《文獻通考》亦載《葉子格戲》一卷，不著撰者姓氏。翟灝《通俗編》據易安〈打馬賦序〉，謂今馬弔，當屬易安所謂打馬。葉子在北宋時已無傳矣。彭羨門〈延露詞〉云：「南朝舊譜翻新思。」想是借用語。（《蓮子居詞話》）

△俞正燮云：又作《打馬圖》曰（中略），時易安年五十三矣。（〈易安居士事輯〉）

△胡玉縉云：《打馬圖經》一卷，宋李清照撰。（中略）是書記打馬之戲，有圖，有例，有論，論皆駢語，頗工雅。（《許廎學林・打馬圖經跋》）

△李漢章云：予幼讀《打馬賦》，愛其文，知易安居士不獨詩餘一道，冠絕千古，且信晦翁之言，非過許也。（中略）然予性暗於博，不解爭先之術，第喜其措辭典雅，立意名雋，洵閨房之雅製，小道之巨觀。（〈題

李易安打馬賦並跋〉)

△朱赤玉云：爲博家作祖，亦不免爲蕩子作阬塹。(《歷代女子文集》引)

△王仲聞云：紹興四年作於金華，俞氏所考不誤。(〈李清照事迹作品雜考〉)

△廣棪案：〈打馬圖經自序〉，紹興四年（1134）十一月廿四日清照在金華作也。全篇精妍工麗，世罕其儔；而中堯、舜、桀、紂擲豆起蠅一段，議論尤佳，寫來歷落警至可喜。婦人有此妙筆，不獨雄於閨閣，直可壓倒鬚眉矣。毛晉於汲古閣本〈漱玉詞跋〉中嘗盛稱清照之文曰：「易安居士文妙，非止雄於一代才媛，直洗南渡後諸儒腐氣，上返魏、晉矣。」良非虛美也。　又案：〈打馬賦〉一篇，論高下當在〈謝綦啓〉之上。李調元《賦話》卷五云：「宋李易安〈打馬賦〉云：『邊牀大叫，五木皆盧；瀝酒一呼，六子盡赤。平生不十，遂成劍閣之師；別墅未輸，已破淮淝之賊。』意氣豪蕩，殊不類巾幗中人語。」王士祿《宮閨氏籍藝文考畧》引《神釋堂脞語》云：「易安落筆即奇工。〈打馬〉一賦尤神品，不獨下語精麗也。如此人自是天授。」趙濬之《古今女史》亦評云：「文入三昧，雖游戲亦具大神通。」案：此篇措辭典雅，立意名雋，余酷愛之，觀此一端，知易安居士不獨詩餘冠絕千古，即四六一道，亦非他人所及也。(《李清照研究》)

【繫年】

觀〈自序〉署年，知〈打馬圖經自序〉、〈打馬賦〉、《馬戲圖譜》均紹興四年十一月二十四日作。

逸　句

條脫閒揎繫五絲。見陳元靚《歲時廣記》卷二十一。

瑞腦烟殘，沈香火冷。見《歲時廣記》卷四十。

猶將歌扇向人遮。見胡偉《宮詞》。

水晶山枕象牙牀。見《宮詞》。

彩雲易散月長虧。見《宮詞》。

幾多深恨斷人腸。見《宮詞》。是句亦見李龏《梅花衲》，作「幾多深意斷人腸」。

羅衣消盡恁時香。見《宮詞》。

閒愁也似月明多。見《宮詞》。

直送淒涼到畫屏。見《宮詞》。

【評箋】

△唐圭璋云：案胡偉所集，有詩句亦有詞句，清照以詞名，且此七句依其格調，似是詞句，故收入於此。（《全宋詞》）

教我甚情懷。見《花草粹編》卷二朱秋娘〈采桑子〉詞集句。

炙手可熱心可寒。見晁公武《郡齋讀書志》卷四。

【評箋】

△晁公武云：《李易安集》十二卷。右皇朝李氏，格非之女，先嫁趙誠之，有才藻名；其舅正夫相徽宗朝。李氏嘗獻詩云：「炙手可熱心可寒。」（《郡齋讀書志》）

△黃盛璋云：崇寧元年九月，詔籍元祐、元符黨人，御書刻石端禮門，

格非時提點京東路刑獄，名在黨籍，罷。清照上詩挺之救父。（〈趙明誠李清照夫婦年譜〉）

△王仲聞云：「炙手可熱心可寒」一句，當作於趙挺之爲尚書右僕射時。「何況人間父子情」，作於上一句之前。（〈李清照事迹作品雜考〉）

△廣棪案：挺之既拜相，清照獻詩云：「炙手可熱心可寒。」以諷挺之。後果如清照所料，趙家卒爲蔡京誣陷。（《李清照研究》）

【繫年】

是句首見晁公武《郡齋讀書志》卷四下，據公武言，當作於挺之爲相之時。然挺之曾二度拜相，首次在崇寧四年乙酉（1105）三月，後以蔡京故，六月罷。崇寧五年丙戌（1106）二月又拜相，蔡京且因是去官，是乃挺之一生最炙手可熱之時。故余以爲清照獻詩必在崇寧五年二月之後，大觀元年（1107）三月之前，蓋大觀元年三月，挺之再罷相。黃盛璋繫此句於崇寧元年（1102）九月後，王仲聞繫於崇寧四年，似均誤。

何況人間父子情。見張琰〈洛陽名園記序〉。

【評箋】

△張琰云：文叔在元祐官太學，建中靖國用邪黨，竄爲黨人。女適趙相挺之子，亦能詩，上趙相救其父云：「何況人間父子情？」識者哀之。（〈洛陽名園記序〉）

△俞樾云：國朝錢謙益《絳雲樓書目·地誌類》有李文叔〈洛陽名園記〉。陳景雲注云：「張琰序，紹興八年也。序中並及文叔女易安上書宰相救父事，蓋文叔亦嘗坐元祐邪黨，遠謫也。宰相即易安之舅趙挺之。」按今人於李易安，但言其改嫁事，不知有此事，亦可謂不成人之美者也。（《茶香室三鈔》）

【繫年】

是句首見張琰〈洛陽名園記序〉，謂清照上詩挺之救父在建中靖國。然楊仲良《皇宋通鑑長編紀事本末》卷一百廿一記崇寧元年（1102）七月乙酉，籍記元祐黨人姓名，不得與在京差遣，共十七人，李格非名在第五。又陳均《九朝編年備要》崇寧元年七月下載：「詔知和州曾肇罷、右丞陸佃、知海州王觀、知常州豐稷、知和州王左、宮觀李格非、知濮州謝文瓘、永州安置鄒浩八人，並依五月乙亥籍記。」另崇寧元年九月末載：「刻御書黨籍碑端禮門，格非名在餘官之列。」是格非以黨籍罷，名列元祐黨籍碑，其事在崇寧元年七月至九月間，清照上詩救父亦必在此時。張琰謂建中靖國，殆誤記也。

南來尚怯吳江冷，北狩應知一作「悲」。**易水寒。**見莊綽《鷄肋編》卷中，亦見胡仔《苕溪漁隱叢話・後集》卷四十引俞正己《詩說雋永》。

【評箋】

△莊季裕云：靖康初，罷舒王王安石配享宣聖，復置《春秋》博士。又禁銷金。時皇弟肅王使敵，爲其拘留未歸，种師道欲擊之。而議和既定，縱其去，遂不講防禦之備。太學輕薄子爲之語曰：「不取肅王廢舒王，不禦大金禁銷金，不議防秋治《春秋》。」其後金人連年以深秋弓勁馬肥入塞，薄暑乃歸。遠至湖湘、二浙，兵戈擾攘，所在未嘗有樂土也。自是越人至秋亦隱山間，逾春乃出，人以〈千字文〉爲戲曰：「彼則寒來暑往，我乃秋收冬藏。」時趙明誠妻李氏清照，亦作詩以詆士大夫云：「南渡衣冠欠王導，北來消息少劉琨。」又云：「南遊尙怯吳江冷，北狩應悲易水寒。」後世皆當爲口實矣。（《鷄肋編》）

△俞正己云：今代婦人能詩者，前有曾夫人，後有易安李。李在趙氏時，建炎初，從秘閣守建康，作詩云：「南來尙怯吳江冷，北狩應知易水寒。」忠憤激發，所刺者深。（《詩說雋永》）

△俞正燮云：易安又有句云：「南來猶怯吳江冷，北狩應知易水寒。」又云：「南渡衣冠欠王導，北來消息少劉琨。」《漁隱叢話》、《詩說雋永》。忠憤激發，意悲語明，所非刺者眾。（〈易安居士事輯〉）

△王仲聞云：據《苕溪漁隱叢話・後集》卷四十引《詩說雋永》，此二詩作於趙明誠守建康時。明誠於建炎元年八月，起復知江寧府。建炎三年二月移知湖州。而清照於建炎二年之春，始抵江寧。此二首蓋作於建炎二年春至三年二月之間。　又云：作於建炎二年間，俞氏以爲作於紹興三年，非。（〈李清照事迹作品雜考〉）

△廣棪案：二句忠憤激發，所刺者深，出婦人手誠大不易也。（《李清照研究》）

南渡衣冠少王導，北來消息欠劉琨。見莊綽《鷄肋編》卷中，亦見胡仔《苕溪漁隱叢話・後集》卷四十引俞正己《詩說雋永》。

【評箋】

△張燧云：王導在江左，爲一時偷安之謀，無十年生聚之計，又陰拱立，以觀王敦之成敗，而胸懷異謀。觀敦與導書：「平京師日，當親割溫嶠之舌。」非素有謀約者，敢爲此言。敦已伏誅，當加戮尸污宮之罪，又請以大將軍禮葬之。敦死後，導與人言，恒稱大將軍；又言大將軍昔日爲桓、文之舉，此謂漏網逆臣無疑。徒以子孫貴盛，史家掩惡以欺萬世，謂之江左夷吾，管氏輿臺亦羞之矣。　又云：劉琨在并州，怒護軍令狐盛切諫，殺之。盛之子泥奔漢，且言虛實。漢王聰大喜，遣劉粲、劉曜將兵寇并州，以泥爲鄉導。琨東收兵於常山，曜等乘虛陷晉陽，琨還救不及，泥遂殺琨父母。嗚呼！令狐所謂子胥之忿也。使琨有備，亦未遽逞其志也，奈何移檄遠近，聲言伐漢，及曜、粲南來，乃更收兵常山哉！母曰：「汝不能駕御豪傑以恢遠略，蓋策之未審矣。」母賢智與孫夫人等，而不能使越石如伯符，死有遺恨也。（《千百年眼》）

【繫年】

是二斷句首載莊綽《鷄肋編》卷中，亦見胡仔《苕溪漁隱叢話·後集》卷四十引俞正己《詩說雋永》。二句之作年應在建炎二年（1128）春。蓋清照是年至建康，時值胡馬長驅，兩宮北狩，清照油然有家國之痛，於宋君臣之偷安南避頗致不滿，乃作此詩以諷。俞正燮繫此二句於紹興三年，無據。

【考證】

此二逸句首見莊綽《鷄肋編》卷中，乃清照作。綽書成於紹興三年癸丑（1133），時清照仍健在，所言當足徵信。惟胡雲翼《李清照漱玉詞》附錄一云：「其詩句有云：『南來猶怯吳江冷，北狩應悲易水寒』，又『南渡衣冠思王導，北來消息少劉琨』，頗具慷慨悲壯之氣。然作風甚不類其詞；且各本傳錄，字句多不相同，疑非清照手筆。」胡氏所疑顯誤。

詩情如夜鵲，三繞未能安。見朱弁《風月堂詩話》卷上。

【評箋】

△陳錫路云：李易安有句云：「詩情如夜鵲，三繞未能安。」晁無咎稱之，見《風月堂詩話》。按二句新色照人，卻能抉出詩人神髓，而得之女子，

尤奇。(《黃嫡餘話》)

△俞正燮云：易安自少年兼有詩名，才力華贍，逼近前輩。《碧鷄漫志》傳誦者「詩情如夜鵲，三繞未能安」、「少陵也是可憐人，更待明年試春草」。《風月堂詩話》。(〈易安居士事輯〉)

△王仲聞云：作於北宋，不知其在何年。(〈李清照事迹作品雜考〉)

△廣棪案：「詩情如夜鵲，三繞未能安」、「少陵也是可憐人，更待明年試春草」；載朱弁《風月堂詩話》卷上，乃少作之僅遺。(《李清照研究》)

少陵也是可憐人，更待明年試春草。見《風月堂詩話》卷上。

【評箋】

△王士禎：宋閨秀李清照，號易安居士，吾郡人，詞家大宗。其集名《漱玉》，而詩不概見。兄西樵昔撰《然脂集》，采摭最博，止得其詩二句云：「少陵也是可憐人，更待明年試春草。」此外了不可得。陳士業《寒夜錄》乃載其〈和張文潛浯溪碑歌詩〉二篇，未言出於何書。予撰〈浯溪考〉，因錄入之。(中略)右二詩未爲佳作，然出婦人手亦不易，矧易安之逸篇乎！故著之。(《香祖筆記》)

【繫年】

上二逸句首載《風月堂詩話》卷上。《風月堂詩話》並云：「趙明誠妻，李格非女也，善屬文，於詩尤工，晁無咎多對士大夫稱之。」案：朱弁與清照同時，遲長於補之不遠，所載當足徵信。《宋史．晁補之傳》謂補之元祐初爲太學正。〈李格非傳〉謂格非元祐元年丙寅（1086）入補太學錄，再轉博士，以文章受知於蘇軾，自是與蘇門諸子游。格非既與補之同官太學，故過從尤密。紹聖元年甲戌（1094），章惇爲相，行新法，李、晁相繼被貶離京，交游以是中絕。是故補之得讀清照此二句，必在元祐元年、紹聖元年間，而其推譽清照，亦當在其時也。紹聖元年，清照十一歲，已能賦詩；故將此二句繫於此時，或不違於事實。

露花倒影柳三變，桂子飄香張九成。見陸游《老學庵筆記》卷二。

【評箋】

△陸游云：張子韶對策有「桂子飄香」之語，趙明誠妻李氏嘲之曰：「露花倒影柳三變，桂子飄香張九成。」應舉者服其工而心忌之。(《老學

庵筆記》）

△吳自牧云：紹興二年壬子，張九成，杭人。（《夢粱錄・狀元表》）

△俞正燮云：又爲詩誚應舉進士曰：「露花倒影柳三變，桂子飄香張九成。」《老學庵筆記》。九成，紹興二年進士。應舉者服其工對，傳誦而惡之。（〈易安居士事輯〉）

△黃盛璋云：《宋名臣言行錄》：「子韶對策曰：澄江瀉練，夜桂飄香，陛下享此樂，必曰：西風凄動，兩宮得無憂乎？」（此據魏堯西先生〈李清照年譜〉轉引）。據《宋史・張九成傳》：九成對策，要旨有三：（一）教高宗中興之術，以剛爲心，去讒、節欲、遠防奸、勿畏懼金人；（二）迎還二帝；（三）宦官勿使干政。此策傳誦一時。楊時遺九成書曰：「廷對自中興以來未之有，非剛大之氣不爲，得喪回屈不能爲也。」張氏立言正直，「夜桂飄香」實與「南來猶怯吳江冷，北狩應知易水寒」同意，不諳清照何故嘲之？（〈趙明誠李清照夫婦年譜〉）

△王仲聞云：《建炎以來繫年要錄》卷五十二：紹興二年三月，策試諸路類試進士於講殿，以張九成爲第一，此聯必作於同年三、四月間。　又云：張九成乃紹興二年進士，廷試第一。此聯當作於其時。俞氏以爲作於紹興三年，非。（〈李清照事迹作品雜考〉）

△廣棪案：「露花倒影柳三變，桂子飄香張九成」，見陸游《老學庵筆記》卷二，蓋九成對策有「桂子飄香」之語，故清照爲此聯以嘲之。（《李清照研究》）

【繫年】

此逸句涉及張子韶對策，據李心傳《建炎以來繫年要錄》卷五十二云：「紹興二年三月，策試諸路類試進士於講殿，以張九成爲第一。」吳自牧《夢粱錄》卷十七〈狀元表〉云：「紹興二年壬子，張九成，杭人。」知此句必成於紹興二年（1132）三月後未久。俞正燮〈易安居士事輯〉以爲作於紹興三年，乏據。

逸　文

無午未二時之分，有伯仲兩楷之似。既繫臂而繫足，實難弟而難兄。玉刻雙璋，錦挑對褓。見伊世珍《嫏嬛記》卷中。

【評箋】

△伊世珍云：李易安〈賀人孿生啓〉，中有云：（中略）注曰：「任文二子孿生，德卿生於午，道卿生於未。張伯楷、仲楷兄弟相似，形狀無二。白伋兄弟，母不能辨，以五彩繩一繫於臂，一繫於足。」（《嫏嬛記》引《文粹補遺》）

△俞正燮云：《嫏嬛記》、《四六談塵》、《宋文粹拾遺》以載易安〈賀孿生啓〉云：「無午未二時之分，有伯仲兩楷之似；既繫臂而繫足，實難弟而難兄。玉刻雙璋，錦挑對褓。」注言：「任文二子孿生，德卿生於午，道卿生於未；張伯楷、仲楷兄弟相似，形狀無二；白伋兄弟，母不能辨，以五色采繩一繫於臂，一繫於足。」其用事明當如此。（〈易安居士事輯〉）

△伍崇曜云：《四六談塵》又記其〈祭趙湖州文〉曰：「白日正中，嘆龐公之機捷；堅城自墮，憐杞婦之悲深云云。《宋稗類鈔》又記其〈賀人孿生啓〉：「玉刻雙璋，錦挑對褓云云。」則又工於儷體文矣。（〈打馬圖跋〉）

△王仲聞云：李清照之詩文可疑者少，僅〈過釣臺詩〉及〈賀孿生啓〉或有問題，尤以〈賀孿生啓〉出自僞書《嫏嬛記》，極不可信。（〈李清照事迹作品雜考〉）

△廣棪案：用事明當，惜未見全篇也。（《李清照研究》）

【考證】

此一逸文出《嫏嬛記》，乃引自《文粹補遺》者，云清照作。清潘永固《宋稗類鈔》亦載之。案：《瑯嬛記》本明桑悅著，而署元伊世珍名；王仲聞因是疑之，以爲此文極不可信。然余觀《瑯嬛記》書中尚載清照〈如夢令〉：「昨夜雨疏風驟」、〈醉花陰〉：「薄霧濃雲秋永晝」、《一翦梅》：「紅藕香殘玉簟秋」諸闋，皆眞確無訛；是故此一逸文亦不必疑其非眞也。

白日正中，嘆龎翁之機捷；堅城自墮，憐杞婦之悲深。見謝伋《四六談塵》。

【評箋】

△崔豹云：〈杞梁妻〉，杞植妻妹朝日之所作也。杞植戰死，妻嘆曰：「上則無父，中則無夫，下則無子，生人之苦，至矣。」乃抗聲長哭，杞都城感之而頹，遂投水而死。其妹悲其姊之貞操，乃爲作歌，名曰〈杞梁妻〉焉。梁，植字也。（《古今注》）

△蔡邕云：〈杞梁妻嘆〉者，齊邑杞梁植之妻所作也。植死，妻嘆曰：「上則無父，中則無夫，下則無子，將何以立吾節，亦死而已。」授琴而鼓之，曲終，遂自投淄水而死。（《琴操》）

△謝伋云：趙令人李，號易安。其〈祭湖州文〉曰：（中略）婦人四六之工者。（《四六談塵》）

△阮閱云：祭文唐人多用四六，韓退之亦然。故李易安〈祭趙湖州文〉云：「白日正中，嘆龎翁之機捷；堅城自墮，憐杞婦之深悲。」（《詩話總龜》）

△孫原湘云：易安居士，千古絕調，當是德父亡後，無聊凄怨之作，玩其〈祭夫文〉云：「白日正中，嘆龎公之機捷；堅城自墮，憐杞婦之悲深。」此正所謂悲深也。（張壽林輯本《漱玉詞》引）

【繫年】

此逸文見謝伋《四六談塵》，伋與趙明誠有葭莩之親，所言當可信。〈金石錄後序〉載明誠卒於建炎三年（1129）八月十八日，祭文亦必其時作。

副　編

詞凡四十二首

逸句凡二句

詞

點絳唇〔一〕

蹴罷秋千，起來慵整纖纖手。露濃花瘦，薄汗輕衣透。　見客入〔二〕來，襪剗金釵溜。和羞走，倚門回首，卻把青梅齅。

【校記】

〔一〕《草堂詩餘》題作「鞦韆」。

〔二〕「客入」，《歷代詩餘》、《山左人詞》、四印齋本、冷雪盦本均作「有人」。

【評箋】

△沈際飛云：片時意態，淫夷萬變，美人嫣然紙上，何人能爾。（《草堂詩餘續集》）

△賀裳云：「見客入來，襪剗金釵溜。和羞走，倚門回首，卻把青梅齅」，直由「見客入來，和笑走，手搓梅子映中門」演出耳，語雖工，終智出人後。（《皺水軒詞筌》）

△趙萬里云：詞意淺薄，不似他作，未知升庵何據？（《校輯宋金元人詞·漱玉詞》）

△繆鉞云：雖無深意，而婉美靈秀之致，非用力者所能及。（〈論李易安詞〉）

△詹安泰云：女兒情態，曲曲繪出，非易安不能為此。求之宋人，未見其匹，耆卿、美成，尚隔一塵。（《讀詞偶得》）

△李栖云：少女天眞，俏麗，嬌羞之態躍然紙上，可見清照幼年即為此行能手也。其個性瀟洒，好勝，富想象，愛自然。婚後與明誠添香調

笑，抽書鬪茶，共覽碑帖，整理古籍。閨幃生活充滿情趣，因之此時之詞皆能撩撥感情，具見情格。佳人風韻，綽約輕俏，嫵媚風流，豈其他代作閨情之詞人所能步塵者哉！（〈漱玉詞研究〉）

【考證】

此闋見楊金本《草堂詩餘・前集》卷下，乃蘇軾詞。《續草堂詩餘》卷上無撰者。茅暎《詞的》卷二題作周邦彥。《詞林萬選》卷四則云清照，惟甚有疑問。故《校輯宋金元人詞》本《漱玉詞》列是闋入存疑類，《全宋詞》本《漱玉詞》列入存目詞，中華書局本《李清照集》置諸附錄，均甚客觀。

又 春暮

紅杏飄香，柳含煙翠拖金縷，水邊朱戶，門掩黃昏雨。　燭影搖紅，一枕傷春緒。歸不去，鳳樓何處，芳草迷歸路。

【考證】

此闋見曾慥《東坡詞拾遺》，乃蘇軾詞。《詞學筌蹄》卷五誤題清照，《全宋詞・訂補附記》辨其僞。又此闋洪武本《草堂詩餘・前集》卷上、陳鍾秀本《草堂詩餘》卷上、楊金本《草堂詩餘・前集》卷上並誤作無名氏。《彙選歷代名賢詞府》卷一、《類編草堂詩餘》卷一又誤作賀鑄詞。

減字木蘭花

賣花擔上，買得一枝春欲放。淚染〔一〕輕勻，猶帶彤霞曉露痕。　怕郎猜道，奴面不如花面好，雲鬢斜簪，徒要教郎比並看。

【校記】

〔一〕「染」，四印齋本作「點」。《山左人詞》亦作「點」，下注云：別作「染」。

【考證】

此闋見《花草粹編》卷二，云清照詞。汲古閣未刻本《漱玉詞》及四印齋本《漱玉詞》均載之。然中華書局本《李清照集》則以詞意淺顯，疑非清照。所疑甚是。

采桑子〔一〕

晚來一陣風兼雨，洗盡炎光。理罷笙簧，卻對菱花淡淡粧。　絳綃縷薄冰肌瑩，雪膩酥香。笑語檀郎，今夜紗幮枕簟涼。

【校記】

〔一〕《女子絕妙好詞》作〈醜奴兒〉。

【考證】

此闋見楊金本《草堂詩餘・前集》卷下，謂無名氏詞。《彙選歷代名賢詞府》卷一、《花草粹編》卷二均題康與之詞。《詞林萬選》卷四云清照作。《古今別腸詞選》則云魏大中。四印齋本《漱玉詞》亦收之，惟王鵬運云：「詞意膚淺，不類易安手筆。」《校輯宋金元人詞》本《漱玉詞》列諸存疑項下。《全宋詞》本《漱玉詞》撥入存目詞。中華書局本《李清照集》亦置之附錄中。

怨王孫〔一〕

夢斷漏悄，愁濃酒惱；寶枕生寒，翠屏向曉。門外誰掃殘紅？夜來風。　玉簫聲斷人何處？春又去，忍把歸〔二〕期負。此情此恨，此際擬託行雲，問東君。

【校記】

〔一〕《花草粹編》詞牌作〈月照梨花〉。《草堂詩餘》、《花草粹編》、《古今詞統》、《詩詞雜俎》本題作「春暮」，《古今女史》題作「暮春」。

〔二〕「歸」，《古今女史》、《古今詞統》均作「佳」。

【評箋】

△沈際飛云：通篇換韻，有兔起鶻落之致。(《草堂詩餘・正集》)

△黃了翁云：兩句三疊「此字，亦復流麗婀娜。東君，司春之神。(《蓼園詞選》)

【考證】

洪武本《草堂詩餘・前集》卷上、楊金本《草堂詩餘・前集》卷下均收此闋，作無名氏詞。《詞學筌蹄》卷三、《類編草堂詩餘》卷一、《詩詞雜俎》本《漱玉詞》均云清照。《全宋詞》本《漱玉詞》則列諸存目詞。中華書局本《李清照集》亦歸諸附錄。

又〔一〕

帝里春晚，重門深院；草綠階前，暮天雁斷。樓上遠信誰傳？恨〔二〕緜緜。　多恨〔二〕自是多沾惹，難拚〔三〕捨，又是寒食也。秋千〔四〕巷陌，人靜皎月初斜，浸梨花。

【校記】

〔一〕《花草粹編》詞牌作〈月照梨花〉。《草堂詩餘》、《詩詞雜俎》本、《詞綜》題作「春暮」。

〔二〕「恨」，《草堂詩餘》、《花草粹編》、《詩詞雜俎》本、《歷代詩餘》、《詞綜》、《山左人詞》、四印齋本、冷雪盦本均作「情」。

〔三〕「拚」，《山左人詞》作「拌」，誤。冷雪盦本作「棄」。

〔四〕「秋千」，《草堂詩餘》、《花草粹編》、《詩詞雜俎》本作「鞦韆」。

【評箋】

△沈際飛云：賀詞多情，猶感少此「難拚捨」三字。元人樂府樂以「也」字押成妙句，殆祖此。（《草堂詩餘・正集》）

△陸昶云：易安以詞擅長，揮灑俊逸，亦能琢練。最愛其「草綠階前，暮天雁斷」，極似唐人。（《歷朝名媛詩詞》）

【考證】

此闋見楊金本《草堂詩餘・前集》卷下，作秦觀詞。《類編草堂詩餘》卷一、《詩詞雜俎》本《漱玉詞》均云清照。四印齋本《漱玉詞》、冷雪盦本《漱玉詞》、《全宋詞》本《漱玉詞》據之。惟中華書局本《李清照集》疑之，列入附錄，較審慎。

浪淘沙〔一〕

簾外五更風，吹夢無蹤。畫樓重上與誰同？記得玉釵斜撥火，寶篆成空。　回首紫金峯，雨潤煙〔二〕濃，一江春浪〔三〕醉醒中。留得羅襟前日淚，彈與征鴻。

【校記】

〔一〕《詞綜》題作〈賣花聲〉。據《詞律》云：「〈雙調浪淘沙〉，一名〈賣花聲〉，乃創自南唐後主也。」

〔二〕「煙」，《歷代詩餘》作「雲」。

〔三〕「浪」，《山左人詞》、四印齋本作「水」。

【評箋】

△陳廷焯云：淒豔不忍卒讀，其爲德父作乎？（《白雨齋詞話》）

△玉梅詞隱云：前〈孤雁兒〉云：「吹簫人去玉樓空，腸斷與誰同倚，一枝折得，人間天上，沒箇人堪寄。」此闋云：「畫樓重上與誰同，記得玉釵斜撥火，寶篆成空。」皆悼亡詞也。其清才也如彼，其深情也如此，玉臺晚節之誣，忍令斯人任受耶？（況周頤《漱玉詞箋》引）

【考證】

此闋見楊金本《草堂詩餘・前集》卷下，作無名氏詞・惟《續草堂詩餘》卷上題作歐陽修。《花草粹編》卷五又作幼卿詞。《詞林萬選》卷四云是清照，又注：「一作六一居士。」《校輯宋金元人詞》本《漱玉詞》、《全宋詞》本《漱玉詞》及中華書局本《李清照集》均疑非清照。

又〔一〕〔二〕

素約小腰身，不耐〔三〕傷春。疏梅影下晚粧新，裊裊婷婷〔四〕何樣似？一縷輕雲。　歌巧動朱脣，字字嬌嗔。桃花深徑一通津，悵望瑤台清夜月，還送〔五〕歸輪。

【校記】

〔一〕文津閣本、《詩詞雜俎》本調作〈雨中花〉，誤。

〔二〕《草堂詩餘・續集》、《詩詞雜俎》本、冷雪盦本題作「閨情」。

〔三〕「耐」，《女子絕妙好詞》、《詩詞雜俎》本均作「奈」。

〔四〕「婷婷」，《花草粹編》引趙子發詞作「娉娉」，《女子絕妙好詞》、《詩詞雜俎》本均作「娉婷」。

〔五〕「送」，《歷代詩餘》、《山左人詞》、四印齋本、冷雪盦本均作「照」。

【評箋】

沈際飛云：不禁嬌嗔，的確描就一個嬌娃。（《草堂詩餘・續集》）

【考證】

此闋見楊偍《古今詞話》，《花草粹編》卷五引之，乃趙君舉詞。《續草堂詩餘》卷上、《歷代詩餘》卷廿六誤題清照。《詩詞雜俎》本《漱玉詞》、四印齋本《漱玉詞》、冷雪盦本《漱玉集》又誤收之。《校輯宋金元人詞》本《漱玉詞》、《全宋詞》本《漱玉詞》、中華書局本《李清照集》辨其僞。

瑞鷓鴣 雙銀杏

風韻雍容未甚都，尊前甘橘可為奴。誰憐流落江湖上，玉骨冰肌未肯枯。　誰教並蒂連枝摘，醉後明皇倚太真。居士擘開真有意，要吟風味兩家新。

【評箋】

△趙萬里云：虞、眞二部，詩餘絕少通叶，極似七言絕句，與〈瑞鷓鴣〉詞體不合。（《校輯宋金元人詞・漱玉詞》）

【考證】

卓人月《古今詞統》卷八此闋作向鎬詞，《花草粹編》卷六誤作清照詞。《全宋詞》本《漱玉詞》亦誤收之。《校輯宋金元人詞》本《漱玉詞》疑之，趙萬里云：「虞、眞二部，詩餘絕少通叶，極似七言絕句，與〈瑞鷓鴣〉詞體不合。」甚諦。中華書局本《李清照集》置此闋於附錄。

青玉案〔一〕

征鞍不見邯鄲路，莫便匆匆歸〔二〕去。秋風〔三〕蕭〔四〕條〔五〕何以

度〔六〕？明窗小酌，暗燈清話，最好留〔七〕連處。　相逢各自傷遲暮，猶〔八〕把新詞〔九〕誦奇句。鹽絮家風人所許，如今憔悴，但餘雙〔一〇〕淚，一似黃梅〔一一〕雨。

【校記】

〔一〕《花草粹編》、《新編事文類聚翰墨大全》題作「送別」。

〔二〕《新編事文類聚翰墨大全》無「歸」字。

〔三〕「風」，《歷代詩餘》、《山左人詞》、四印齋本、冷雪盦本均作「正」。

〔四〕「蕭」，《花草粹編》作「瀟」，誤。

〔五〕「蕭條」，冷雪盦本作「蕭蕭」。

〔六〕「度」，冷雪盦本作「渡」。

〔七〕「留」，《山左人詞》、四印齋本均作「流」。

〔八〕「猶」，《歷代詩餘》、四印齋本、冷雪盦本均作「獨」。

〔九〕「新詞」，《詞譜》、《山左人詞》、四印齋本均作「新詩」，《歷代詩餘》作「詩詞」。

〔一〇〕「雙」，《新編事文類聚翰墨大全》作「衰」。

〔一一〕「梅」，冷雪盦本作「花」。

【考證】

此闋見《新編事文類聚翰墨大全·後丙集》卷四，作無名氏詞。《花草粹編》卷七、四印齋本《漱玉詞》、冷雪盦本《漱玉集》均誤題清照。而《校輯宋金元人詞》本《漱玉詞》、《全宋詞》本《漱玉詞》、中華書局本《李清照集》則疑之。趙萬里云：「《翰墨大全·後集》四引接〈蝶戀花〉「上巳召親族」一詞，不注撰人。《花草粹編》、《歷代詩餘》以為李作，失之。」萬里所言甚是。

又 春暮

凌波不過橫塘路，但目送芳塵〔一〕去。錦瑟年華〔二〕誰與度〔三〕，月台〔四〕花榭〔五〕，綺〔六〕窗朱戶，惟〔七〕有春知處。　碧〔八〕雲冉冉蘅皋暮〔九〕，綵筆新〔一〇〕題斷腸句，試〔一一〕問閒〔一二〕愁都〔一三〕幾許？一川烟草，滿城風絮，梅子黃時雨。

【校記】

〔一〕「芳塵」,《詩人玉屑》作「飛鴻」。

〔二〕「年華」,《樂府雅詞》、《花草粹編》、《彊村叢書》本《東山詞》均作「華年」。

〔三〕「度」,《中吳紀聞》作「主」。

〔四〕「台」,《花草粹編》、《類編草堂詩餘》、《彊村叢書》本《東山詞》均作「樓」。《中吳紀聞》、四印齋本均作「橋」。

〔五〕「花榭」,《草堂詩餘》、《彊村叢書》本《東山詞》均作「花院」。《中吳紀聞》、《花草粹編》均作「仙館」。《詩人玉屑》此句作「小橋幽徑」。

〔六〕「綺」,《樂府雅詞》、四印齋本均作「瑣」。

〔七〕「惟」,《彊村叢書》本《東山詞》注:一作「只」。

〔八〕「碧」,《彊村叢書》本《東山詞》注:一作「飛」。

〔九〕「暮」,《草堂詩餘》注:一作「閉」。

〔一〇〕「新」,《詩人玉屑》作「空」。

〔一一〕「試」,《彊村叢書》本《東山詞》作「苦」。

〔一二〕「閒」,《詩人玉屑》作「離」。

〔一三〕「都」,《中吳紀聞》作「知」。

【評箋】

△羅大經云:詩家有以山喻愁者,杜少陵云:「端愛如山來,澒洞不可綴。」,趙嘏云:「夕陽樓上山重疊,未抵閒愁一倍多。」是也。有以水喻愁者,李頎云:「請量東海水,看取深淺愁。」李後主云:「問君能有幾多愁,恰似一江春水向東流。」秦少游云:「落紅萬點愁如海。」是也。賀方回云:「試問閒愁都幾許,一川烟草,滿城風絮,梅子黃時雨。」蓋以三者比愁之多也,尤爲新奇,兼興中有比,意味更長。(《鶴林玉露》)

△胡仔云:寇萊公詩:「杜鵑啼處血成花,梅子黃時雨如霧。」世推方回所作「梅子黃時雨」爲絕唱,蓋用萊公語也。(《苕溪漁隱叢話》)

△沈際飛云:「知我者其天乎」一般口氣。　又云:疊寫三句閒愁,眞絕唱。山谷嘗稱云:「解道江南斷腸句,世間惟有賀方回。」寇平仲有云:「杜鵑啼處血成花,梅子黃時雨如霧。」潘子眞以爲賀用寇語,抑知

前人久已有之。(《草堂詩餘》)

△龍明之云：方回有臺築在姑蘇盤門之內十餘里，地名橫塘，時往來其間，作此詞。後山谷有詩云：「解道江南斷腸句，只今惟有賀方回。」其為前輩推重如此。(《中吳紀聞》)

△周紫芝云：賀方回嘗作〈青玉案〉，有「梅子黃時雨」之句，人皆服其工，士大夫謂之「賀梅子」。郭功父有〈示耿天騭〉一詩，王荊公嘗為之書其尾云：「廟前古木藏訓狐，豪氣英氣亦何有。」方回晚倅姑孰，與功父遊甚歡。方回寡髮，功父指其髻謂曰：「此真賀梅子也。」方回乃捋其鬚曰：「君可謂郭訓狐。」功父髯而鬍，故有此語。(《竹坡詩話》)

△先著云：方回〈青玉案〉詞，工妙之至，無跡可尋，語句思路亦在目前，而千萬人不能湊拍。(《詞潔》)

△沈雄云：「一川烟草，滿城風絮，梅子黃時雨。」不特善于喻愁，正以瑣碎為妙。(《柳塘詞話》)

△劉熙載云：賀方回《青玉案》收四句云：「試問閒愁都幾許，一川烟草，滿城風絮，梅子黃時雨。」其末句好處全在「試問」句呼起，及與上「一川」二句並用耳。或以方回有「賀梅子」之稱，專賞此句，誤矣。且此句原本寇萊公「梅子黃時雨如霧」句，然則何不目萊公為寇梅子耶？(《藝概》)

△黃了翁云：所居橫塘，斷無宓妃到，然波光清幽，亦常送芳塵，第孤寂自守，無與為歡，惟有春風相慰藉而已。後段言幽居腸斷，不盡窮愁，惟見烟草風絮、梅雨如霧，共此旦晚耳，無非寫其境之鬱勃岑寂耳。(《蓼園詞話》)

【考證】

此闋見《樂府雅詞》卷三、龔明之《中吳紀聞》卷三、魏慶之《詩人玉屑》卷廿一，並作賀鑄詞。《詞學筌蹄》卷五誤作清照。洪武本《草堂詩餘・前集》卷上又誤作無名氏。

又 春日懷舊

一年春事〔一〕都來幾，早過了三之二。綠暗紅嫣渾可事，綠楊庭院，煖風簾幕，有箇人憔悴。　買花載酒長安市，又爭似家山見

桃李。不枉東風吹客淚，相思難表，夢魂無據，惟有歸來是。

【校記】

〔一〕「事」，《類編草堂詩餘》注：一作「是」，誤。

【評箋】

沈際飛云：「有箇人憔悴」，下文都在此句生出。（《草堂詩餘》）

【考證】

此闋見洪武本《草堂詩餘・前集》卷上、楊金本《草堂詩餘・後集》卷下，乃無名氏詞。汲古閣未刻本《漱玉詞》、四印齋本《漱玉詞》均誤收之。《全宋詞》本《漱玉詞》置諸存目詞，疑非清照。陳鍾秀本《草堂詩餘》卷上、《類編草堂詩餘》卷二均誤作歐陽修詞。

如夢令〔一〕

誰伴明窗獨坐？我共〔二〕影兒兩箇。燈盡〔三〕欲眠〔四〕時，影也把人拋躲。無那，無那，好個悽惶的〔五〕我。

【校記】

〔一〕《古今詞統》題作「閨怨」。

〔二〕「我共」，《樂齋詞》作「和我」。《女子絕妙好詞》作「我和」。

〔三〕「盡」，《樂齋詞》作「燼」。

〔四〕「眠」，《山左人詞》、四印齋本均作「瞑」，冷雪盦本作「暝」。

〔五〕「的」，《樂齋詞》作「底」。

【評箋】

△楊慎云：詞似俚而意深，亦佳作也。（《詞品》）

△沈際飛云：陡焉起，颯焉作，全不落朱家人數。（《草堂詩餘・正集》）

【考證】

此闋見《樂府雅詞》卷五，及各本《樂齋詞》，乃向鎬作。《續草堂詩餘》卷上、《古今詞統》卷三、四印齋本《漱玉詞》、冷雪盦本《漱玉詞》均誤題清照。《校輯宋金元人詞》本《漱玉詞》、《全宋詞》本《漱玉詞》、中華書局本《李清照集》均辨其僞。

生查子〔一〕

年年玉鏡臺，梅蕊宮粧困。今歲未〔二〕歸〔三〕家〔四〕，怕見江南信。
酒〔五〕從別後疏，淚向愁中盡。遙想楚雲深，人遠天涯近。

【校記】

〔一〕《古今女史》題作「閨情」。

〔二〕「未」，《歷代詩餘》、《女子絕妙好詞》、《山左人詞》、四印齋本、冷雪盦本均作「不」。

〔三〕「歸」，《詩詞雜俎》本作「還」。

〔四〕「家」，《歷代詩餘》、《女子絕妙好詞》、四印齋本、冷雪盦本均作「來」。

〔五〕「酒」，《樵歌拾遺》作「歡」。

【考證】

此闋見楊朝英《樂府新編陽春白雪》卷一，作朱淑眞詞；唐圭璋《宋詞互見考》從之。《彙選歷代名賢詞府》卷一、楊金本《草堂詩餘·前集》卷下、《古今女史》卷十二、《歷代詩餘》卷四、四印齋本《漱玉詞》、冷雪盦本《漱玉集》均作清照。《詞林萬選》卷四、《校輯宋金元人詞》本《漱玉詞》、中華書局本《李清照集》則並作朱敦儒詞。

又 元宵有感

去年元夜時，花市燈如晝，月上〔一〕柳梢頭，人約黃昏後。　今年元夜時，月與燈依舊，不見去年人，淚滿〔二〕春衫袖。

【校記】

〔一〕「上」，《類編草堂詩餘》注：一作「左」。

〔二〕「滿」，《類編草堂詩餘》注：一作「溼」。

【評箋】

△沈際飛云：調甚佳，非良家婦所宜有。按淑眞又有〈元夕詩〉：「火樹銀花觸目紅，極天歌吹輭春風。新歡入手愁忙裏，舊事經心憶夢中。

但願暫成人繾綣，不妨長住月朦朧。賞燈那得工夫醉，未必明年此會同。」與詞意相合，其行可知矣。(《草堂詩餘・續集》)

△張宗橚云：《池北偶談》：「今世所傳女郎朱淑眞〈生查子〉詞，見《歐陽文忠公集》一百三十一卷。不知何以訛爲朱氏之作，世遂因此詞疑淑眞失婦德，記載不可不愼也。」辨證甚明，但考楊升庵《詞品》所傳朱有「但願暫成人繾綣，不妨長住月朦朧」之句，未知信否，俟便考之。(《詞林紀事》)

【考證】

此闋見《樂府雅詞》卷二、《歐陽文忠公近體樂府》卷一，乃歐陽修詞。方回《瀛奎律髓》卷十、《詞的》卷一並誤作清照。《彙選歷代名賢詞府》卷一、楊金本《草堂詩餘・前集》卷下誤作秦觀。楊愼《詞品》卷二、《詩詞雜俎》本《斷腸詞》又誤作朱淑眞詞。

孤鸞 早梅

天然標格，是小萼堆紅，芳草凝白。淡竚新粧，淺點壽陽宮額。東君想留厚意，借年年與傳消息。昨夜前村雪裏，有一枝先坼〔一〕。　念故人何處水雲隔，縱驛使相逢，難寄春色。試問丹青手，是怎生描得。曉來一番雨過，更那堪數聲羌笛。歸去和羹未晚，勸行人休摘。

【校記】

〔一〕「坼」，《類編草堂詩餘》注：一作「折」。

【評箋】

△沈際飛云：佳處在筆筆蚤梅，前類〈玉燭新〉梅花詞，後類劉方叔「重聞塞管，何害待到和羹，終明底韻句。莫待單于吹老，便須折取，歸來寄驛人，遙和羹心在，誰爲攀折。」順反之殊。(《草堂詩餘》)

【考證】

此闋見洪武本《草堂詩餘・後集》卷下、楊金本《草堂詩餘・後集》卷下，乃無名氏詞。沈際飛本《草堂詩餘・正集》卷三朱希眞此闋注：一作清照。《全宋詞》本《漱玉詞》辨其誤。陳鍾秀本《草堂詩餘》卷下、

《類編草堂詩餘》卷三又誤作朱希眞詞。

浣溪沙〔一〕

樓上晴〔二〕天碧四垂，樓前芳草接天涯，勸君〔三〕莫上最高梯。新筍看〔四〕成堂下竹，落花都上〔五〕燕巢泥，忍聽林表杜鵑啼〔六〕。

【校記】

〔一〕《詩詞雜俎》本《漱玉詞》題作「春暮」。

〔二〕「晴」，《女子絕妙好詞》作「情」。

〔三〕「勸君」，《歷代詩餘》、《山左人詞》、四印齋本均作「傷心」。

〔四〕「看」，《歷代詩餘》、《歷朝名媛詩詞》、《詞綜》、四印齋本、《片玉詞》均作「已」。

〔五〕「上」，《歷代詩餘》、《歷朝名媛詩詞》、《詞綜》、四印齋本均作「入」。

〔六〕「啼」，《西泠詞萃》本《片玉詞》作「嗁」。

【評箋】

△王士禎云：「樓上晴天碧四垂」，本韓侍郎「淚眼倚樓天四垂」，不妨並佳。歐陽文忠「拍隄春水四垂天」，柳員外「目斷四天垂」，皆本韓句而意致少減。（《花草蒙拾》）

△許昂霄云：此詞大旨，只是慨春色已去耳，觀第三句及結句自明。　又云：「新筍已成堂下竹，落花都上燕巢泥」。眼前景物，自成佳聯。（《詞綜偶評》）

△《珠花簃詞話》云：此詞前段與稼軒「休去倚危闌，斜陽正在烟柳斷腸處」約略同意。李極輕清，辛便穠摯，南北宋之判，消息可參。（況周頤《漱玉詞箋》引）

【考證】

此闋見《片玉詞》卷三，乃周邦彥詞。董其昌《便讀草堂詩餘》卷三、沈際飛《草堂詩餘・正集》卷一、《古今詞統》卷四、《歷代詩餘》卷七並誤作清照。而《詩詞雜俎》本《漱玉詞》、四印齋本《漱玉詞》亦誤收之。《校輯宋金元人詞》本《漱玉詞》、《全宋詞》本《漱玉詞》、中華書局本《李清照集》則辨其僞。

菩薩蠻〔一〕

綠雲鬢上飛金雀，愁眉翠斂〔二〕春烟薄。香閣〔三〕掩芙蓉，畫屏山幾重。　窗寒天欲曙，猶結同心苣。啼粉污羅衣，問〔四〕郎何日歸？

【校記】

〔一〕《古今詞統》、《女子絕妙好詞》、《全宋詞》均題作「閨情」。

〔二〕「翠斂」，《花間集》作「斂翠」。

〔三〕「閣」，《花間集》作「閤」。

〔四〕「問」，冷雪盦本作「何」。

【評箋】

△彭孫遹云：低回宛轉，蘭香玉潤，六朝才子恐不能擬。（《詞統》）

【考證】

此闋見《花間集》卷四，乃牛嶠詞。而《續草堂詩餘》卷上、《古今詞統》卷五、冷雪盦本《漱玉集》均題作清照，其誤甚明。《校輯宋金元人詞》本《漱玉詞》、《全宋詞》本《漱玉詞》、中華書局本《李清照集》均辨其僞。

品　令

零落殘紅，似〔一〕臙脂顏〔二〕色〔三〕。一年春事，柳飛輕絮，笋添新竹。寂寞，幽〔四〕對〔五〕小園嫩綠。　登臨未足，悵遊子歸期促。他年清夢〔六〕，千里猶到，城陰溪曲。應是〔七〕淩波，時為故人凝〔八〕目。

【校記】

〔一〕汲古閣未刻本、《山左人詞》、四印齋本「似」字上均有「恰渾」二字。《山左人詞》下注：別無「恰渾」二字。

〔二〕汲古閣未刻本、《山左人詞》、四印齋本均無「顏」字。《山左人詞》

下注云：別本「脂」下有「顏」字。

〔三〕「零落」二句，曾紆詞作「紋漪漲綠，疏靄連孤鶩」。

〔四〕汲古閣未刻本、《山左人詞》、四印齋本「幽」字下均有「閒坐」二字。《山左人詞》下注：別無「閒坐」二字。曾紆詞有「花獨」二字。

〔五〕「對」，曾紆詞作「殿」。

〔六〕「清夢」，《花草粹編》、冷雪盦本作「夢魂」；汲古閣未刻本、《山左人詞》、四印齋本均作「魂夢」。

〔七〕「是」，《花草粹編》、《山左人詞》均作「有」。

〔八〕「凝」，汲古閣未刻本、《山左人詞》、四印齋本均作「留」。

【考證】

此闋見《樂府雅詞》卷五，乃曾紆詞。《京本通俗小說西山一窟鬼》、《花草粹編》卷七均誤題清照。汲古閣未刻本《漱玉詞》、四印齋本《漱玉詞》、冷雪盦本《漱玉集》亦誤收之。《校輯宋金元人詞》本《漱玉詞》、《全宋詞》本《漱玉詞》、中華書局本《李清照集》辨其僞。

又

急雨驚秋曉，今歲較秋風早。一觴一詠，更須莫負，晚風殘照。可惜蓮花已謝，蓮房尚小。　汀蘋岸草，怎稱得人情好。有些言語，也待醉折，荷花向道。道與荷花，人比去年總老。

【考證】

此闋見《花草粹編》卷七，乃無名氏詞。《詞譜》卷九誤題清照。《校輯宋金元人詞》本《漱玉詞》、《全宋詞》本《漱玉詞》、中華書局本《李清照集》辨其僞。

玉燭新〔一〕

溪源新臘後，見幾〔二〕朵江梅，裁剪〔三〕初就。暈酥砌〔四〕玉芳英嫩，故把春心輕漏。前村昨夜，想弄月黃昏時候，孤岸悄〔五〕，疏影橫斜，濃香暗沾襟袖。　尊前賦與多才，問〔六〕嶺外風光，故人知否？壽陽謾鬬，終不似照水一枝清瘦。風嬌雨秀，好亂〔七〕

插繁華盈首。須信羌笛〔八〕無情，看看又奏。

【校記】

〔一〕《片玉詞》題作「早梅」。

〔二〕「幾」，《片玉詞》作「數」。

〔三〕「裁剪」，《片玉詞》作「剪裁」。《山左人詞》注云：別作「剪裁」。

〔四〕「砌」，《山左人詞》、四印齋本均注云：別作「破」。

〔五〕「悄」，《片玉詞》、四印齋本均作「峭」。

〔六〕「問」，《山左人詞》、四印齋本均注云：別作「向」。

〔七〕《梅苑》、《山左人詞》、四印齋本均無「亂」字，據《片玉詞》補。《山左人詞》注云：別本「好」下有「亂」字。

〔八〕「笛」，《片玉詞》作「管」。《山左人詞》、四印齋本均作「篴」。《山左人詞》注云：別作「箎」。

【考證】

此闋見《片玉詞》卷七，乃周邦彥詞。《梅苑》卷三、《詩詞雜俎》本《漱玉詞》、四印齋本《漱玉詞》均誤作清照。《校輯宋金元人詞》本《漱玉詞》、《全宋詞》本《漱玉詞》、中華書局本《李清照集》辨其僞。

二色宮桃

鏤玉香苞〔一〕素〔二〕點萼，正萬木園林蕭索。惟有一枝雪裏開，江南有信〔三〕憑誰託？　前年記嘗〔四〕登高閣，嘆年來舊歡如昨。聽取樂天一句云：「花開處且須行樂。」

【校記】

〔一〕「苞」，《詞譜》作「葩」。

〔二〕「素」，冷雪盦本作「酥」。

〔三〕「有信」，《詞譜》作「信更」。

〔四〕「嘗」，冷雪盦本作「賞」。

【考證】

此闋見《梅苑》卷九及王奕清《詞譜》卷九，均作清照詞。冷雪盦本《漱玉詞》亦收之。惟中華書局本《李清照集》則以詞體不類清照，疑之，置諸附錄。

小桃紅

後園春早，殘臘蒙烟草。數樹寒梅，欲綻香英，小妹無端折盡。釵頭朶滿，把金尊細細傾。　憶得往年同伴，沈吟無限情，只惱東風，莫便吹零落，惜取芳菲眼下明。

【考證】

此闋見《珠玉詞》，乃晏殊作。《梅苑》卷八、冷雪盦本《漱玉詞》均誤作清照。中華書局本《李清照集》置諸附錄。

憶少年

疎疎整整，斜斜淡淡，盈盈脈脈。徒憐暗香句，笑梨花顏色。　羈馬蕭蕭行又急，空回首，水寒沙白。天涯倦牢落，忍一聲羌笛。

【考證】

此闋見《梅苑》卷九，乃無名氏詞。《永樂大典》卷二千八百十〈梅字韻〉誤題清照。《全宋詞》本《漱玉詞》、中華書局本《李清照集》辨其誤。

春光好

看看臘盡春回，消〔一〕息到江南早梅。昨夜前村深雪裏，一朶花〔二〕開。　盈盈玉蘂如裁，更風細清香〔三〕暗來。空使行人腸欲斷，駐馬徘徊。

【校記】

〔一〕「消」，《永樂大典》作「信」。

〔二〕「花」，《永樂大典》作「先」。

〔三〕「風細清香」，《永樂大典》作「風清細香」。

【考證】

此闋見《梅苑》卷九，乃無名氏詞。《永樂大典》卷二千八百八，〈梅字韻〉誤題清照。《全宋詞》本《漱玉詞》、中華書局本《李清照集》辨其僞。

河　傳

香苞素質，天賦予〔一〕傾城標格。應是曉來，暗傳東君消息，把孤芳，回暖律。　壽陽粉面增妝飾，說與高樓，休更吹羌笛。花下醉賞，留取時倚闌干，鬬清香，添酒力。

【校記】

〔一〕「予」，《永樂大典》、冷雪盦本《漱玉詞》均作「與」。

【考證】

此闋見《梅苑》卷九，乃無名氏詞。《永樂大典》卷二千八百十〈梅字韻〉、冷雪盦本《漱玉詞》均誤作清照。《全宋詞》本《漱玉詞》、中華書局本《李清照集》辨其僞。

七娘子

清香浮動到黃昏，向水邊疎影梅開盡〔一〕。溪畔〔二〕清蕊，有如淺杏，一枝〔三〕喜來〔四〕東君信。　風吹只怕霜侵損，更新來〔五〕插向〔六〕多情鬢。壽陽妝鑑〔七〕，雪肌玉瑩。嶺頭別〔八〕微添粉。

【校記】

〔一〕「盡」，《永樂大典》作「粉」。

〔二〕「畔」，《永樂大典》作「伴」。

〔三〕「一枝」，《永樂大典》作「一枝兒」。

〔四〕「來」，《永樂大典》、冷雪盦本均作「得」。

〔五〕「更新來」，《永樂大典》作「更欲折來」。

〔六〕「向」，《永樂大典》作「在」。

〔七〕「鑑」，《永樂大典》作「面」。

〔八〕《永樂大典》「別」下有「後」字。

【考證】

此闋見《梅苑》卷九，乃無名氏詞。《永樂大典》卷二千八百十〈梅字韻〉、冷雪盦本《漱玉集》均誤作清照。《全宋詞》本《漱玉詞》、中華書局本《李清照集》辨其僞。

搗練子

欺萬木，怯寒時，倚欄初認月宮姬。試新妝，披素衣。　孤標韻，暗香奇，冰容玉豔綴瓊枝。惜〔一〕陽和，天付伊。

【校記】

〔一〕「惜」，冷雪盦本作「借」。

【考證】

此闋見《梅苑》卷八，乃無名氏詞。冷雪盦本《漱玉集》誤收之。中華書局本《李清照集》疑之，置諸附錄。

喜團圓

輕殢碎玉，玲瓏外，脫去繁華。殢東君先點破，壓羣花。　瘦影生香，黃昏月館，清淺溪沙。仙標淡泞，偏宜么鳳，肯帶棲鴉。

【考證】

此闋見《梅苑》卷八，乃無名氏詞。冷雪盦本《漱玉集》誤收之。中華書局本《李清照集》疑之，置諸附錄。朱之赤舊藏抱經齋鈔本《小山詞補遺》引《花草粹編》，誤將此闋作晏幾道詞。

清平樂

寒溪過雪，梅蕊春前發。照影弄姿香苒苒，臨水一枝風月。　夢遊髣髴仙鄉，綠窗曾見幽芳。事往無人共說，愁聞玉笛聲長。

【考證】

此闋見《梅苑》卷九，乃無名氏詞。冷雪盦本《漱玉集》誤收之。中華書局本《李清照集》置諸附錄。

玉樓春 臘梅

臘前〔一〕先報東君信，清似龍涎香得潤。黃輕不肯整齊開，比着紅梅仍舊〔二〕韻。　纖枝瘦綠天生嫩，可惜輕寒摧挫損〔三〕。劉郎只解誤桃花，悵恨〔四〕今年春又盡。

【校記】

〔一〕「臘前」，《永樂大典》，作「臘梅」。

〔二〕「舊」，《永樂大典》作「更」。

〔三〕「挫損」，《永樂大典》作「損橫」。

〔四〕「悵恨」，《永樂大典》作「惆悵」。

【考證】

此闋見《梅苑》卷八，乃無名氏詞。《永樂大典》卷二千八百十一〈梅字韻〉誤題清照。《全宋詞》本《漱玉詞》辨其僞。中華書局本《李清照集》置諸附錄。

泛蘭舟

霜月亭亭時節，野溪開冰灼。故人信，付江南，歸也仗誰託？寒影低橫，清香暗渡〔一〕，疎籬幽院何在？秦樓朱閣，稱簾幕。　携酒共看，依依承醉更堪作。雅淡一種，天然如雪綴烟薄。腸斷相逢，手撚嫩枝，追思渾似，那人淺妝梳掠。

【校記】

〔一〕「渡」，冷雪盦本作「度」。

【考證】

此闋見《梅苑》卷一，乃無名氏詞。冷雪盦本《漱玉集》誤收之。中華書局本《李清照集》置諸附錄。

遠朝歸

金谷先春，見乍開江梅，晶明玉膩。珠簾院落，人靜雨疏烟細，橫斜帶月，又別是一般風味。金尊裏，任遺英亂點，殘粉低墜。　惆悵，杜隴當年，念水遠天長，故人難寄。山城倦眼，無緒更看桃李。當時醉魄，算依舊徘徊花底。斜陽外，謾回首，畫樓十二。

【考證】

此闋見《梅苑》卷一，乃無名氏詞。《花草粹編》卷八誤作趙耆孫詞。冷雪盦本《漱玉集》又誤題清照。中華書局本《李清照集》置諸附錄。

又

新律纔交，早舊梢南枝，朱污粉膩。烟籠淡妝，恰值雨膏初細。而今看了，記他日酸甜滋味。多應是，伴玉簪鳳釵，低桠斜墜。　迤邐，對酒當歌，眷戀得芳心，竟日何際？春光付與，尤是見欺桃李。叮嚀寄語，且莫負尊前花底。拚沉醉，儘銅壺，漏傳一二。

【考證】

此闋見《梅苑》卷一，乃無名氏詞。《花草粹編》卷八誤作趙耆孫詞。冷雪盦本《漱玉集》又誤題清照。中華書局本《李清照集》置諸附錄。

十月梅

千林凋盡，一陽未報，已綻南枝。獨對霜天，冒寒先占花期。清香映月浮動，臨淺水疎影斜倚〔一〕。孤標不似，綠李夭桃，取次成蹊。　縱壽陽妝臉偏宜，應未笑，天然雅態冰肌。寄語高樓，憑欄羌管休吹。東君自是為主，調鼎鼐終付他時。從今點綴，百草千花，須待春歸。

【校記】

〔一〕「倚」，冷雪盦本作「欹」。

【考證】

此闋見《梅苑》卷一，乃無名氏詞。冷雪盦本《漱玉集》誤收之。中華書局本《李清照集》置諸附錄。

眞珠髻 紅梅

重重山外，冉冉流光，又是殘冬時節。小園幽徑，池邊樓畔，翠木嫩條春別。纖蘂輕苞，粉萼染猩猩鮮血。乍幾日好景和風，次第一齊催發。　天然香豔殊絕，比雙成皎皎，倍增芳潔。去年因遇東歸使，指遠恨意曾攀折。豈謂浮雲終不放，滿枝明月。但嘆息，時飲金鍾，更繞叢叢繁雪。

【考證】

此闋見《梅苑》卷一，乃無名氏詞。《歷代詩餘》卷八十七誤作晏幾道。冷雪盦本《漱玉集》誤題清照。中華書局本《李清照集》置諸附錄。

擊梧桐

雪葉紅凋，烟林翠減，獨有寒梅難並。瑞雪香肥，碎玉奇姿，迥得佳人風韻。清標暗拆芳心，又是輕洩，江南春信。最好山前水畔，幽閑自有，橫斜疎影。　盡日憑闌，尋思無語，可惜飄瓊飛粉。但悵望，王孫未賞，空使清香成陣。怎得移根帝苑，開時不與眾芳近。免教向，深巖暗谷，結成千萬恨。

【考證】

此闋見《梅苑》卷一，乃無名氏詞。冷雪盦本《漱玉集》誤收之。中華書局本《李清照集》置諸附錄。

沁園春

山驛蕭疎，水亭清楚，仙姿太幽。望一枝穎脫，寒流林外，為傳春信，風定香浮。斷送光陰，還同昨夜，葉落從知天下秋。憑闌處，對冰肌玉骨，姑射來游。　無端品笛悠悠，似怨感長門人淚流。奈微酸已寄，青青杪助。當年太液，調鼎和羹。樵嶺漁橋，依稀精彩，又何藉紛紛俗士求？孤標在，想繁紅鬧紫，應與包羞。

【考證】

此闋見《梅苑》卷一，乃無名氏詞。冷雪盦本《漱玉集》誤收之。中華書局本《李清照集》置諸附錄。

柳梢青〔一〕

子規啼血，可憐又是，春歸時節。滿院東風，海棠鋪繡，梨花飛雪。　丁香露泣〔二〕殘枝，誚〔三〕未比，愁腸寸結。自是休文〔四〕，多情善〔五〕感，不干風月。

【校記】

〔一〕《七修類稿》稱此詞為李易安「晚春詞」。

〔二〕「泣」，《詩詞雜俎》本作「結」。

〔三〕「誚」，《草堂詩餘》、四印齋本均作「悄」。《詞譜》作「算」。

〔四〕「文」，《七修類稿》、冷雪盦本均作「又」，誤。

〔五〕「善」，《七修類稿》作「多」。

【評箋】

郎瑛云：此乃首句四字，第二第三總成八字，又是仄韻也。（《七修類稿》）

【考證】

此闋見《友古居士詞》，乃蔡伸詞。《詞學筌蹄》卷五、郎瑛《七修類稿》卷廿四、冷雪盦本《漱玉集》均誤作清照。《全宋詞》本《漱玉詞》、中華書局本《李清照集》辨其偽。洪武本《草堂詩餘・前集》卷上、楊金本《草堂詩餘・前集》卷下均誤題無名氏。陳鍾秀本《草堂詩餘》卷上、《類編草堂詩餘》卷一、《詞譜》卷七均誤作賀鑄詞。

殢人嬌 後亭梅開有感〔一〕

玉瘦香濃，檀深雪散，今年恨探梅又〔二〕晚。江樓楚館，雲間〔三〕水遠。清晝永，憑闌翠簾低捲〔四〕。　坐上客來，尊前〔五〕酒滿，歌聲共水流雲斷。南枝可插，更〔六〕須頻剪，莫〔七〕待西樓，數聲羌管。

【校記】

〔一〕《歷代詩餘》無題。

〔二〕「又」，《梅苑》作「較」。

〔三〕「間」，《梅苑》、《花草粹編》、《歷代詩餘》均作「閒」。

〔四〕「捲」，《山左人詞》作「卷」。

〔五〕「前」，《梅苑》、《歷代詩餘》、《山左人詞》、四印齋本、冷雪盦本均作「中」。

〔六〕「更」，《梅苑》作「便」。

〔七〕《梅苑》、《花草粹編》、《歷代詩餘》、《山左人詞》、四印齋本、冷雪盦本「莫」字下均有「直」字。

【評箋】

唐圭璋云：近日趙萬里詳加斠正，錄爲定本一卷，都四十三首，自〈殢人嬌〉『玉瘦香濃』一首外，皆精確可信。(《全宋詞・漱玉詞跋》)

【考證】

此闋見《梅苑》卷九，乃無名氏詞。《花草粹編》卷七誤作清照。《校輯宋金元人詞》本《漱玉詞》收之，趙萬里云：「《梅苑》九引上闋不注撰人，《花草粹編》題作李詞者，其所據《梅苑》殆較今本爲善故也。」案：趙說臆斷，不足信。

鷓鴣天 春閨

枝〔一〕上流鶯和淚聞，新啼痕間舊啼痕。一春魚雁〔二〕無消息，千里關山勞夢魂。　無一語，對芳樽，安排腸斷到黃昏。甫能炙得燈兒〔三〕了，雨打梨花深閉門。

【校記】

〔一〕「枝」，《類編草堂詩餘》注：一作「枕」。

〔二〕「雁」，《花草粹編》作「鳥」。

〔三〕「兒」，《類編草堂詩餘》注：一作「光」。

【評箋】

△楊偍云：此詞形容愁怨之意最工，如後疊「甫能炙得燈兒了，雨打梨花深閉門」，頗有言外之意。(《古今詞話》)

△沈際飛云：「安排腸斷」三句，十二時中無間矣，深於閨怨者。末用李詞，古人愛句不嫌相襲。(《草堂詩餘》)

△黃了翁云：「雨打」句含蓄。(《蓼園詞話》)

【考證】

此闋見洪武本《草堂詩餘・前集》卷下、楊金本《草堂詩餘・前集》卷上，乃無名氏詞。四印齋本《漱玉詞》引汲古閣未刻本《漱玉詞》誤收之，《全宋詞》本《漱玉詞》辨其僞。又此闋陳鍾秀本《草堂詩餘》卷一、《類編草堂詩餘》卷一均誤題秦觀。

行香子

天與秋光，轉轉情傷，探金英知近重陽。薄衣初試，綠蟻新嘗。漸一番風，一番雨，一番涼。　黃昏院落，悽悽惶惶，酒醒時往事愁腸。那堪永夜，明月空牀。聞砧聲搗，蛩聲細，漏聲長。

【考證】

此闋見《樂府雅詞・拾遺》卷二，乃無名氏詞。冷雪盦本《漱玉集》、中華書局本《李清照集》均收之，無據。

逸　句

凝眸，兩點春山滿鏡愁。

【考證】

此逸句見《片玉集》卷三，乃周邦彥〈南鄉子〉詞中語；明馬嘉松《花鏡雋聲》所附《花鏡韻語》誤作清照。

幾月不來樓上望，粉紅香白已爭妍。

【評箋】

△徐珂云：宋李清照□□□□云：「幾日不來樓上望，粉紅香白已爭妍。」（用梅堯臣「幾日不來今幾日，滿城多少柳絲黃」意，然卻是詞筆。《餐櫻廡詞話》）。（《詞講義》）

【考證】

此逸句見《眾香詞・禮集》，乃清顧貞立〈浣溪沙〉詞中語；況周頤《蕙風詞話》卷二誤引作清照，《全宋詞》本《漱玉詞》辨其僞。

附　錄

書錄　凡四十四則

序跋　凡四十五篇

題詠　凡詩六十九首、詞十首

前人評論　凡三十三則

書　錄

壹、《李易安集》

【宋晁公武《郡齋讀書志》別集類】

《李易安集》十二卷　右皇朝李氏，格非之女，先嫁趙誠之，有才藻名。其舅正夫，相徽宗朝，李氏嘗獻詩曰：「炙手可熱心可寒。」然無檢操，晚節流落江湖間以卒。

【宋陳振孫《直齋書錄解題》歌詞類】

《漱玉集》一卷　易安居士李氏清照撰。元祐名士格非文叔之女，嫁東武趙明誠德甫，晚歲頗失節。別本分五卷。（案：《文獻通考》所載同，不重錄。）

【元托克托《宋史・藝文志》集類別集】

《易安居士文集》七卷　宋李格非女撰。

【明焦竑《國史經籍志》集類別集】

《李易安集》十二卷。

【明陳第《世善堂藏書目錄》集類閨閣集】

《李易安集》十二卷　李格非女。

【清楊士驤《山東通志・藝文志》】

《李易安集》十二卷　李清照撰。李清照有《打馬圖經》，見子部藝術類。其集〈宋志〉作《易安居士文集》七卷，茲依《讀書志》標題。朱子〈游藝論〉云：「本朝婦人能文，只有李易安與魏夫人。李有詩，大略云：『兩漢本繼紹，新室如贅疣；所以嵇中散，至死薄殷、周。』中散非湯、武得國，引之以比王莽，如此等語，豈女子所能？」《四六談塵》云：「李易安〈祭趙湖州文〉曰：『白日正中，歎龐公之機捷；堅城自墮，憐杞婦之悲深。』

婦人四六之工者。」吳連周《繡水詩鈔》清照小傳云：「其詞超絕古今，詩不多見。其舅挺之相徽宗，清照獻詩，有云：『炙心可熱心可寒。』格非以黨籍罷，清照上詩救格非，有云：『何況人間父子情。識者哀之。』建炎初，從秘閣守建康，作詩云：『南來尙怯吳江冷，北狩應悲易水寒。』王西樵撰《然脂集》，只得其詩二句云：『少陵亦是可憐人，更待明年試春草。』《風月堂詩話》載二句云：『詩情如夜鵲，三繞未能安。』又按語云：『易安多以文字中人忌，如建安詩：南渡衣冠少王導，北來消息欠劉琨。』譏刺甚眾。張子韶對『桂子飄香』之語，易安嘲之曰：『露花倒影柳三變，桂子飄香張九成。』應舉者服其工而心忌之。紹興三年端午，易安親聯有爲內夫人者，代進帖子。於是翰林止金帛之賜，咸以爲由易安也。時直翰林秦楚材尤忌之。嗚呼！此改嫁穢說之所由來也。」（案：清照詩《宋詩紀事》載八首，《繡水詩鈔》較《紀事》多八首，而無《紀事》所採〈釣臺集〉「夜發嚴灘」一首。）

貳、《漱玉詞》

【宋胡仔《苕溪漁隱叢話》】

《漱玉集》三卷　易安有樂府詞三卷，名《漱玉集》。

【宋黃昇《唐宋諸賢絕妙詞選》】

《漱玉集》三卷　李易安，趙明誠之妻，善爲詞，有《漱玉集》三卷。

【元托克托《宋史・藝文志》集類別集】

《易安詞》六卷。

【明陳第《世善堂藏書目錄》集類閨閣集】

《漱玉詞集》詞一卷。李易安。

【清紀昀《四庫全書總目》】

《漱玉詞》一卷。宋李清照撰。清照號易安居士，濟南人，禮部郎提點京東刑獄格非之女、湖州守趙明誠之妻也。清照工詩文，尤以詞擅名。胡仔《苕溪漁隱叢話》稱其再適張汝舟，未幾反目，有啓事上綦處厚云：「猥以桑榆之晚景，配茲駔儈之下才。」傳者無不笑之。今其啓具載趙彥衛《雲麓漫鈔》中。李心傳《建炎以來繫年要錄》載其與後夫搆訟事尤詳。此本爲毛晉汲古閣所刊，卷末備載其軼事、逸文，而不錄此篇，蓋諱之也。案陳振孫《書錄解題》載清照《漱玉詞》一卷。又云：「別本作五卷。」黃昇《花菴詞選》則稱《漱玉詞》三卷。今皆不傳。此本僅詞十七闋，附以〈金石錄後序〉一篇，蓋後人裒輯爲之，已非其舊。其〈金石錄後序〉與刻本所載，詳略迥殊，蓋從《容齋隨筆》中鈔出，亦非完篇也。清照以一婦人，而詞格乃抗軼周、柳。張端義《貴耳集》極推其元宵詞〈永遇樂〉、秋詞〈聲聲慢〉，以爲閨閣有此文筆，殆爲間氣。良非虛美。雖篇帙無多，固不能不保而存之，爲詞家一大宗矣。

【清丁丙《善本書室藏書志》集部詞曲類詞集之屬】

《漱玉詞》一卷，舊抄本。宋李清照撰。清照姓李氏，號易安居士，濟南人。李格非之女，適東武趙挺之仲子明誠，有《漱玉詞》一卷，頗多佳句。末附〈金石錄後序〉，毛晉刻附六十家詞。世謂清照於明誠故後，再適張汝舟，未幾反目，其事見《雲麓漫鈔》及《繫年要錄》。近俞理初有〈事輯〉，凡七千言，辨誣析疑，洵足爲易安吐氣也。

【清永瑢《四庫全書簡明目錄》集部詞曲類】

《漱玉詞》一卷。宋李清照撰。雖女子而詞格高秀，乃與周、柳抗行。此本僅十七闋，附以〈金石錄後序〉一篇，蓋後人掇拾而成，非其完本，然已見大概矣。

【清趙琦美《脈望館書目》】

《李易安詞》一本。

【清邵懿辰《四庫簡明目錄標注》集部詞曲類】

奚虛白鈔本《漱玉詞》二卷　邵章《續錄》:「奚虛白鈔二卷本，與四印本異同甚多。」

【清邵懿辰《四庫簡明目錄標注》集部詞曲類】

《漱玉詞彙鈔》　邵章《續錄》:「道光庚子泉唐女史汪玢刊本。」

【清邵懿辰《四庫簡明目錄標注》集部詞曲類】

《漱玉詞箋》　邵章《續錄》:「石印《漱玉詞箋》本。」

【清陸心源《皕宋樓藏書志》集部詞曲類】

《漱玉詞》一卷勞巽卿手校本。宋李易安撰。

【民國胡玉縉《四庫全書總目提要補正》詞曲類】

《漱玉詞彙鈔》　是集有道光壬午錢塘女子汪玢《漱玉詞彙鈔》本，於毛本外，增輯若干闋，並錄諸家詞話及事輯，視此本爲勝。

【民國唐圭璋《宋詞四考》】

汲古閣未刻本《漱玉詞》一卷。

【民國《國立故宮博物院善本書目》集部詞曲類】

《漱玉詞》一卷，宋李清照撰，與《無住詞》合冊。

【民國齊耀琳《江南圖書館善本書目》集部】

《漱玉詞》一卷，與《斷腸集》合訂，宋濟南李清照，舊鈔本。

【民國吳慰祖《四庫採進書目江蘇省第一次書目》】

《漱玉詞》二卷，宋李清照著。一本。

【民國吳慰祖《四庫採進書目江蘇採輯遺書目錄簡目》】

《漱玉詞》二卷，濟南李清照著。

【民國《叢書子目類編》集部詞曲類】

《漱玉詞》,《文藝小叢書》第一輯。

【民國饒宗頤《詞籍考》宋代詞集解題】

日本花崎貞（采琰）有日文譯《漱玉詞》。

參、《打馬圖經・賦・序》

【宋陳振孫《直齋書錄解題》雜藝題】

《打馬賦》一卷，易安李氏撰。用二十馬。以上三者（案《書錄解題》此條前有無名氏《打馬格局》一卷，又《打馬圖式》一卷，鄭寅子敬撰。用五十馬。故合易安作，並稱以上三者）各不同。今世打馬，大約與古之摴蒲相類。

【明焦竑《國史經籍志》子類藝術家】

李易安《打馬錄》一卷。

【明陳第《世善堂藏書目錄》各家雜藝】

《打馬賦》一卷。李易安《打馬圖經》一卷。

【清錢曾《述古堂藏書目》藝術】

李清照《打馬圖》一卷鈔。

【清王士祿《宮闈氏籍藝文考略》】

李清照號易安居士，濟南李格非女，東武趙明誠妻，再適張汝舟，文筆最高，尤工於詞。《瑞桂堂暇錄》云：「易安才高學博，近代鮮倫。」〈宋志〉有《易安居士文集》七卷，詞六卷。《通考》:「《易安集》十二卷，《漱玉詞》一卷，別本分五卷。」胡仔《苕溪漁隱叢話》云：「易安有樂府詞三卷，名《漱玉集》。黃叔暘《花菴詞選》載易安詞，卷數亦同。又所著《依經打馬圖》一卷，《焦志》作《打馬錄》，又與明誠共輯金石刻，爲《金石錄》十卷」。

【清楊士驤《山東通志・藝文志》】

《打馬圖經》一卷，李清照撰。清照，格非女，自號易安居士，諸城趙明誠妻。是編有清照自序，略云：「按打馬世有二種：一種一將十馬，謂之關西馬；一種無將二十馬者，謂之依經馬。流傳既久，各有圖經、凡例可考。行移賞罰，互有同異。又宣和間人取二種馬參雜加減，大約交加僥倖，古意盡矣！所謂宣和馬者是已。予獨愛依經馬，因取其賞罰互度，每事作數語，隨事附見，使兒輩圖之，不特施之博徒，實是貽諸好事，使千萬世後，知命辭打馬，始自易安居士也。」《歷城志》云：「按清照自序，本名《打馬圖》，而《通考》載《打馬賦》一卷，本一書也。或因圖中有賦而訛耳。圖載今俗刻《說郛》中，然亦非全本。按伍崇曜粵雅堂刊本作《打馬圖經》，今依以標目。」崇曜跋云：「打馬戲今不傳，周櫟園《書影》稱予友虎林陸驤武近刻李易安之《譜》於閩，以犀象蜜蠟爲馬盛行，近淮上人頗好此戲云云。而今實未見，殆失傳矣！此爲亡友黃石溪明經手寫本，序稱撰於紹興四年，固《貴耳錄》所稱南渡來常懷京洛舊事，晚年賦詞，有『於今憔悴，風鬟霧鬢』時也。」

【清周中孚《鄭堂讀書記》補逸】

《打馬圖》一卷，宋李清照撰。清照，字易安，濟南人。李格非之女、趙明誠之妻也。《書錄解題》、《文獻通考》俱作《打馬賦》。陳氏云：「今世打馬，大約與古之摴蒱相類。」則亦知打馬非即摴蒱矣。是編凡爲圖二幅，爲賦一篇，爲例十一篇，考諸家著錄，宋人撰打馬書者非一，惟用五十馬者居多，獨此用二十馬。觀其前有紹興四年易安〈自序〉，乃其晚年消遣之作，而文詞工雅可觀，非他人所及也。《說郛》亦收入之，佚其賦一篇云。

【清周亮工《因樹屋書影》】

《馬戲圖譜》　徐君義謂打馬之戲今不傳。予友虎林陸驤武，近刻易安之《譜》於閩，以犀象蜜蠟爲馬，盛行其中。近淮上人頗好此戲，但未傳之北地耳。

肆、《金石錄》

【元馬端臨《文獻通考》】

《金石錄》三十卷。陳氏曰：「東武趙明誠德甫撰。其所藏二千卷，蓋倣歐陽《集古》，而數則倍之。本朝諸家蓄古器物款識，其考訂詳洽，如劉原父、呂與叔、黃長睿多矣，大抵好附會古人名字：如丁字即以爲祖丁，舉字即以爲伍舉，方鼎即以爲子仲，吉匜即以爲偪姞之類。邃古以來，人之生世夥矣，而僅見於簡冊者幾何？器物之用於人亦夥矣，而僅存於今世者幾何？迺以其姓字名物之偶同而實焉，余嘗竊笑之。惟其傅會之過，併與其詳洽者皆不足取信矣。惟此書跋尾獨不然，好古之通人也。明誠，宰相挺之之子，其妻易安居士李氏爲作〈後序〉，頗可觀。」

【元袁桷《清容居士集》〈跋定武禊帖不損本〉】

趙明誠本。前有李龍眠蜀紙畫右軍象，後明誠親跋。明誠之妻李易安夫人，避難寓吾里之奉化，其書畫散落，往往故家多得之。後有紹勳小印，蓋史中令所用印圖書者，今在燕山張氏家。

王順伯本。第一跋是王龢，順伯名厚之，號復齋，有《金石錄》，家藏石刻鍾鼎篆籀鑑銘泉譜，侔內府，其家兵後不廢。近歲丁未饑，越新昌尤慘，遂悉散落。始歸於龍翔道士黃石翁，黃秘不示人。後有順伯爲浙西提舉時攜入秘省，諸賢題名皆有。其最著者：樓宣獻、劉文節；今亦歸張氏。

【清楊士驤《山東通志・藝文志》史部】

《金石錄》三十卷，趙明誠撰。明誠，字德父，密州諸城人，歷官知湖州軍州事。是書文淵閣著錄，《四庫提要》曰：「是書以所藏三代彝器及漢、唐以來石刻，仿歐陽修《集古錄》例，編排成帙，紹興中，其妻李清照表上於朝。張端義《貴耳集》謂：『清照亦筆削其間。』理或然也。有明〈自序〉並清照〈後序〉，前十卷皆以時代爲次；自第一至二千，咸著於目，每題下注年月撰書人名；後二十卷，爲辨證，凡跋尾五百二篇中，邢義、李澄、義興茶舍、般舟和尚四碑，目錄中不列其名，或編次偶有疏舛，或所續得之本未及補入卷中歟？初鋟版於龍舒，開禧元年浚儀趙不譾又重刻之，其本今已罕傳，故歸有光、朱彝尊所見皆傳鈔之本，或遂指爲未完之書，其實當時有所考證，乃爲題識，故李清照跋稱二千卷中有題跋者五百二卷耳。原非卷卷有跋，未可以殘闕疑也。清照跋據洪邁《容齋四筆》原爲龍舒刻本所不載，邁於王順伯家見原稿，乃撮述大概載之，此本所列乃與邁所撮述者不同，則後人補入，非清照之全文矣。自明以來，轉相鈔錄，各以意爲更移，或刪除其目內之次第，又或竄亂其目之年月，第十一卷以下，或併削每卷之細目，或竟佚卷末之〈後序〉，沿譌踵謬，彌失其眞。顧炎武《日知錄》載章邱刻本，至以〈後序〉『壯月朔』爲『牡丹朔』，其書之舛謬，可以概見。近日所傳，惟焦竑從秘府鈔出本，文嘉從宋刻影鈔本、崑山葉氏本、閩中徐氏本、濟南謝氏重刻本（按謝名啓光，章邱人），又有長州何焯、錢塘丁敬諸校本，差爲完善。今揚州刻本，皆爲採錄，又於註中以《隸釋》、《隸續》諸書增附案語，較爲詳核。別有范氏天一閣、惠氏紅豆山房諸校本，皆稍不及，故今從揚州所刊著於錄焉（按陳振孫〈寶刻叢編序〉云：趙德父《金石錄》，自三代秦、漢而下敘之，而不著所在郡邑）。案《山東通志》，趙明誠又撰《諸道石刻目錄》十卷，見〈宋志〉。陳振孫〈寶刻叢編序〉云：『《諸道石刻錄》，訪碑錄之類，於所在詳矣，而考訂或缺。』」

【清周中孚《鄭堂讀書記》】

《金石錄》三十卷。宋趙明誠撰。明誠，字德父，諸城人，歷官知湖州軍州事。《四庫全書》著錄，《書錄解題》、《通考》、〈宋志〉俱載之。〈宋志〉又小學類別出之。德父以歐陽公《集古錄》尙有漏落，又無歲月先後之次，因廣而成書。上自三代，下訖五季，鐘、鼎、甗、鬲、盤、匜、尊、敦之欵識，豐碑大碣、顯人晦士之事蹟，凡見於金石刻者，略無遺矣。因次其先後，裝成二十卷，編爲目錄十卷。詳其撰書人名氏及時代年月，又撰爲跋尾二十卷，凡五百二篇。蓋德父有所考證，乃爲題識，皆別白牴牾，是正譌謬，凡史傳之失，及歐公《集古》諸跋之誤，亦因是以訂定焉。然世緜千載，卷帙浩繁，千慮之中，不無一失。盧抱經爲之參考《隸釋》、《隸續》、《字原》、《金石略》、《金石文字記》、《隸辨》等書，疏其得失，加案語於下，庶使瑕瑜各不相掩。前有德父原序，并盧雅雨見曾重刊序及凡例；末有政和丁酉河間劉跂〈後序〉，紹興壬子德父之妻李易安清照〈後序〉，開禧乙丑浚儀趙不讜師厚跋，明代癸巳吳郡葉仲盛志，并何焯記三則。

【清錢謙益《絳雲樓書目》金石類】

趙明誠《金石錄》三十卷。李易安〈後序〉，明誠之室、文叔之女也。其文淋漓曲折，筆力不減乃翁。中郎有女堪傳業，文叔之謂耶？

【清錢曾《讀書敏求記》】

《金石錄》，清照序之極詳，其搜訪可謂不遺餘力。而予所藏宋搨〈章仇府君碑〉，爲明誠所未見，信乎碑版之難窮矣。昔者吾友馮硯祥有不全宋槧本，刻一圖記曰：「《金石錄》十卷人家。」長箋短札，帖尾書頭，每每用之，亦藝林中一美談也。

【清黃丕烈《蕘圃藏書題識》】

《金石錄》三十卷校鈔本　《金石錄》三十卷，崑山葉文莊公故物，首尾二紙，則公手所自書。余收得吳文定公寫本書亦皆然。乃知前賢事事必有體源，貴乎多見而識之也。康熙己丑五月，何焯記。闕　在京師，心友書來，則又收得吳文定叢書堂本矣。《金石錄》唯此最善，錢叔寶手鈔者，不能及也。近盧運使曾經刊行，然實無此兩眞本，故大要甚舛。今家兄抱沖，既皆收得，因借以細校，特多是正。惟惜未并得吳文定家本相證。乾隆甲寅六月十一日，廣圻記。

東城騎龍巷顧肇聲家，藏書甚富，及余知蓄書，其家書散逸久矣。惟此《金石錄》及葉石君手鈔《大金國志》尚存。相傳程瘦樵曾欲收之，因索直昂，未之得也。余由其族人取閱之，仍以議價不妥還之，遲之久而知《金石錄》已歸吾友抱沖。所存《大金國志》，余即歸之，儲諸讀未見書齋矣。既抱沖弟澗薲爲余言《金石錄》之妙，無過此本者，有手校本示余，余病其行款尚未細傳，復向小讀書堆借得原本，自爲對勘，中以他事作輟，澗薲爲余補校，悉照原本傳錄。至葉本妙處，俟後之讀者自領之。嘉慶己未中春月，雨窗鐙下，棘人黃丕烈。

右爲蕘圃所校，而予續完之者。葉本妙處亦略擇極精者，著標下方，餘散在行間，皆可領得矣。雅雨堂書尚非惡刻，乃其舛如此，即一易安〈後序〉，已不勝指摘，而全書何論乎！義門雖知用《隸釋》互勘，然所取僅載此跋尾之三卷耳，他如原碑全文，散在《隸續》中者，且未遑細較，又曷怪其多誤改也。重讀益歎葉本之妙。顧廣圻校畢記。

癸酉春二月，從書賈處獲見義門跋，陸敕先以錢罄室手鈔本校勘者，索直十番，囊慳未得。余於古書之緣日深一日，於購書之力年絀一年，遂致交臂失之，是可歎也！《金石錄》向最著名者三本，一葉文莊本，二錢罄室本，三吳文定本，余皆見之，而未及收，又何論此本之居於次者耶？葉、錢本藏在小讀書堆，他日猶可蹤跡，惟吳本不知流轉何所，徒勞夢想。則此陸校何跋者，後之視今，不猶今之視昔耶？附載此一段淒楚之懷於臨校葉本上，俾後之覽者亦有感於斯！三月上巳前一日，連日陰晦，今始放晴，復翁記。既書，友元以四番易去，而貼余家刻，抵直二枚，陸校本仍復歸余，書不舍余，余其敢舍書哉！同日鐙下記。

【清潘祖蔭《滂喜齋藏書記》】

宋刻《金石錄》十卷一函四冊。此即《敏求記》所稱馮硯祥家本也。乾隆間歸儀徵江玉屏。趙晉齋魏得自江氏，又自趙氏轉入芸臺相國家，繼入玉雨堂韓氏。同治十年遂歸滂喜齋。馮氏初得是刻，鐫一印曰：「《金石錄》十卷人家。」其後江氏、阮氏、韓氏遞相祖述，皆有是印。翁覃谿、江鄭堂、洪筠軒、顧澗蘋、姚子章、汪孟慈、沈匏廬皆有題詞。後補政和劉跂跋一篇，則余蓉裳所手錄也。鑒定印記纍纍，異書到處，眞如景星慶雲，先覩爲快。趙氏原本三十卷，此僅十卷。蘇齋老人以爲南宋坊賈刻其有題跋者是也。藏弆源流及與今本異同，詳見諸家跋，並錄於後。

【清況周頤《選巷叢譚》】

文達有宋槧《金石錄》十卷，即《讀書敏求記》所載。自撫浙至入閣，恆攜以自隨，既屢跋之，復爲其如夫人作記。蓋竊比明誠、易安云。

【民國章鈺《讀書敏求記校證》】

案兔床先生云：「《金石錄》十卷，後歸雲間朱太史大韶，其家有侍姬工楷書，因令補錄李易安跋語於後，尤爲精絕。朱歿後，此書浮沈數十年，復爲吾友鮑以文所得，寶之數十年。有江氏子見而欲得之，以文竟脫贈焉。其人又不知愛，質於武林龔氏，僅得數金以適維揚。龔氏既得此書，頗諱其事，人莫得而究詰也，惜哉！」

勞權云：「何春渚處士淇《唐棲志略》卷下，寓公云：『馮文昌硯祥，嘉興人，司成開之夢禎孫也。司成次子褒仲贅於棲里沈氏，遂徙家依之。晚年後居河渚，以守司成之墓，著有《吳越野民集》。硯祥既工詩，兼好古書畫，有宋刻《金石錄》十卷，極寶愛之，手跋其後，又爲刻印文曰：「《金石錄》十卷人家。」其書僅四冊，吾友鮑以文以十金購於湖州書賈，卷尾有朱文石跋，李易安〈金石錄後序〉，其侍兒書也，筆亦秀整有致，惜馮跋不知何人割去，爲何惜耳！是書以文寤寐有年，一旦得之，此歐陽氏所謂「物聚於所好」也。馮本外又有全帙鈔本，盧運使雅雨在揚聞之，借校付刊。』權案：鮑先生亦有此七字長方印，其仿此式耶？全帙鈔本乃丁徵君藏，有龍泓館印，抱經學士手校，即開板時底本所據，刻本今在某所。馮氏故居在唐棲水南，去予家不半里，後宅捨爲尼寺，今尚稱馮菴。予得金刻《潛夫論》，有錢受之及硯祥印，亦其故物也。」

鈺案：兔床語中江氏子，考爲名立，字玉屏，工塡詞，儀徵人，有《小齊雲山館詩鈔詩餘》，見《淮海英靈集》。勞氏引《唐棲志》，褒仲所著《吳越野民集》，《杭郡詩輯》作硯祥撰，不知誰誤。

鈺案：此書後歸潘文勤公，題識數十家，均載《滂喜記》。江玉屏得此書，見於張芑堂跋中。

序　跋

壹、《李易安集》

彙集易安居士詩文詞敍（蕭道管）

昔人有云：自遜、抗、機、雲之死，天地清靈之氣，不鍾於男而鍾於女。此聱言也。其實自牝雞無晨之說起，雄飛雌伏，本有偏重之勢。故即文章一事，婦女者流，寥寥天壤，一有其人，譽之者遂為過情之言，詬之者反為負俗之累；譽與詬，皆由於少所見而多所詫而已。易安再適之說，根於恃才凌物，忌者造言。為之辨者，若盧雅雨之〈金石錄序〉、俞理初之《癸巳類稿》、吳子律之《蓮子居詞話》，亦詳且盡矣。然實有不煩言解者。世傳再適事，據所竄〈上綦崇禮啓〉耳。而中有內翰承旨之稱，按沈該《翰苑題名壁記》，建炎四年，崇禮除徽猷閣直學士，且出知漳州。而〈金石錄後序〉乃作於紹興二年，又明年〈上胡韓二公詩〉猶稱嫠婦，則其他尚何足與辨。夫易安五十三歲以前所作詩文，俱有年月事蹟可考，忌之者何不即其後之無可考者而誣之耶？殆所謂天奪之魄耶？易安所作，非尋常婦人女子批風抹月者所能，歸來堂之鬭茶，建康城上之披蓑戴笠，亦酸寒之樂事也。不幸而寡，又值天下大亂，奔遁靡有寧居，殆為造物所忌使然耶？抑悲與樂之相尋，固消長之理有必然者耶？余向者嘗謂：「人生子嗣，一身憂樂，不係乎是。而怪世之愚婦人，有子則不問賢愚美惡，愛惜有逾生命，無則終身大恨，凡百如意，不足以解憂，直若空生一世者。」今觀易安之被誣，且詩文詞零落殆盡，論者以為皆無子嗣之故，然則向之所謂愚婦人者，固不愚耶？抑子嗣之不肖者，亦雖有不必可恃耶？易安文字雖零落，而散見者猶復有此，故都爲一集，敘而存之。癸未七月，道管書。(《道安室雜文》)

冷雪盦叢書本《漱玉集》序（黃節）

壬戌歲暮，李君以所編易安居士《漱玉集》屬予校訂，乃取半塘老人刻本《漱玉詞》爲籤其同異多寡之數而歸之。閱數月，冷衷蒐集益富，成書五卷，復屬序於予。案四庫著錄《漱玉詞》一卷，即毛氏汲古閣本，得詞僅十七首，附以〈金石錄序〉一篇而已。半塘所刻，爲詞凡五十首，於毛氏本〈鷓鴣天〉「枝上流鶯」一闋、〈青玉案〉「一年春事」一闋，證其爲少游、永叔作，概置弗錄，則已較毛本增三十五首矣。冷衷此編所集，文凡五篇，詩凡十八首，詞凡七十八首。詩文爲半塘刻本所未采者，以詞相校，則復增二十八首矣。半塘所集，據《梅苑》、《樂府雅詞》、《花草粹編》、《全芳備祖》、《詞統》諸書。而冷衷得自《梅苑》、《花草粹編》、《詞統》者，又多爲半塘所未采。意半塘所據諸書，尚非全本也。陳直齋《書錄解題》:「《漱玉詞》別本五卷。」黃叔暘《花菴詞選》亦稱:「《漱玉詞》三卷。」然則以視今所存者，其詞散佚，蓋已多矣。冷衷引據諸書，凡六十餘種，而所得者，僅此七十八首，非不見博而力劬，無如佚者不可復存也。雖然，易安遺事，於詞中可著見者，尚有〈武陵春〉一闋，葉與中《水東日記》云是南渡後易安居金華作，時年已五十三矣，即所云物是人非者也。冷衷異時讀書續有所得，當作補遺，豈其遂已邪？癸亥八月，順德黃節序。

冷雪盦叢書本《漱玉集》跋（薩雪如）

《漱玉集》五卷，宋女史李清照撰，冷衷先生所輯者也。案《漱玉集》原本久佚，陳振孫《直齋書錄解題》:「《漱玉詞》一卷，又云：別本五卷。」黃叔暘《花菴詞選》亦稱「《漱玉詞》三卷。」《宋史・藝文志》:「《易安居士文集》七卷，宋李格非女撰。又《易安詞》六卷。」蓋自宋、元時已不能見其完本矣。逮清乾隆間編纂《四庫全書》，著錄《漱玉詞》一卷，乃采自毛氏汲古閣本，爲詞僅十七首，附以節文〈金石錄序〉一篇。光緒間，半塘老人四印齋本增輯至五十首，與朱淑眞《斷腸詞》合刊，爲近今所流傳者。徒以據書較少，尚覺遺漏。冷衷先生銳意蒐輯，歷時數月，引書至六七十種，易安居士之詩文詞，以及遺聞斷句，靡不備於是編。且根據諸書，詳加校勘，注其異同，用備考覈；

并編〈年譜〉，冠之卷首，釐爲五卷，仍題名爲《漱玉集》。雖不能盡復舊觀，然欲探討易安之詩文詞及遺事者，得此亦可知其梗概矣。癸亥重陽，薩雪如識。

《漱玉集》再版弁言（李文裿）

歲癸亥，余輯易安居士《漱玉集》既成，順德黃晦聞先生校閱而序之。越三年丁卯，始付鉛槧。此三年中，雖日沈緬於舊籍，然易安居士之詩文詞及遺事，竟無所獲。戊辰以還，國立北平圖書館採訪珍籍，罕見之書，踵門求售者，不知凡幾。因得旁搜羣籍，於寫本《全芳備祖》中得〈鷓鴣天〉一首，《歲時廣記》中得逸句若干，均爲前此所未見者。其他遺事及詩詞文評，亦數十則，遂重爲詮次，再付鉛槧，亦片羽足珍之意也。或謂：「易安居士之詩文詞久佚，不可復得，子之所輯，爲數頗富，得勿以他人之作濫入以實篇幅乎？」曰：「凡所徵引，俱已詳其本源，爲是言者，則余弗與之辨，亦不屑與之辨也。」庚午冬十二月，大興李文裿記於北平中海居仁堂。

《李清照集》出版說明（節錄）

李清照的作品，據《宋史·藝文志》著錄，有《易安居士文集》七卷，又《易安詞》六卷；宋晁公武《郡齋讀書志》、明陳第《世善堂藏書目錄》也著錄有《李易安集》十二卷，但這些刻本，今均不傳。乾隆纂修《四庫全書》時，從《永樂大典》中輯錄了許多佚書，但館臣對李清照的作品卻未加輯錄，因此到今天流傳下來的，只有詞七十八首（其中還有三十五首歷來懷疑不是她的作品），詩十五首，文三篇，和《打馬圖經》及賦、序等若干篇，遠不是她作品的全豹，這是很可惜的。

李清照這個歷史人物及其作品，是值得深入研究的。鑒于目前還沒有一本搜集得比較完整的《李清照集》可以滿足研究者的需要，因此我們根據王延梯、丁錫根和胡文楷三先生所輯的兩種來稿，整理成這本《李清照集》。這本集子，除盡量搜羅李清照現存的詩、詞、散文等作品外，還收集了許多有關李清照的歷史以及前人對李清照及其作品的研究、評論、書錄、序跋、題詠等參考資料，並承黃盛璋先生把他歷年研究所得寫成的〈趙明誠李清照夫婦年譜〉及〈李清照事跡考辨〉二文，加入參考資料中，以便讀者更能系統地理解李清照的作品，以及她的身世遭遇和思想風貌。

我們的工作做得還不夠，搜羅的材料也不能說已經完備無缺，因此非常期待讀者的批評和指教。

貳、《漱玉詞》

汲古閣本《漱玉詞》跋（毛晉）

黃叔暘云：「《漱玉集》三卷。」馬端臨云：「別本分三卷，今一卷。」考諸宋元雜記，大率合詩詞雜著爲《漱玉集》，則釐全集爲三卷無疑矣。第國朝博雅如用修先生，尚慨未見其全，湮沒不幾久耶？庚午仲秋，余從選卿覓得宋詞廿餘種，乃洪武三年抄本，訂正已閱數名家，中有《漱玉》、《斷腸》二冊，雖卷帙無多，參諸《花菴》、《草堂》、《彤管》諸書，已浮其半，眞鴻寶也。急合梓之，以公同好。末載〈金石錄後序〉，略見易安居士文妙，非止雄於一代才媛，直洗南渡後諸儒腐氣，上返魏、晉矣。後附遺事幾則，亦罕傳者。湖南毛晉識。

四印齋重刊《漱玉詞》序（端木埰）

蛾眉見疾，謠諑謂以善淫；驥足籋雲，駑駘誣其覂駕。有宋以降，無稽競鳴。燈籠織錦，潞國蒙讒；屛角簸錢，歐公受謗。青蠅玷璧，赤舌燒天，越在偏安，益煽騰說。禮法如朱子，而有帷薄穢污之聞；忠勇如岳王，而有受詔逗遛之譖。矧茲閨闥，詎免讆言。易安以筆飛鸞聳之才，際紫色蛙聲之會。將杭作汴，賸水殘山。公卿容頭而過身，世事跋胡而疐尾。而乃鏘洋文史，跌宕詞華。頌舜曆之靈長，仰堯天之巍蕩。思渡淮水，志殲佛貍。風塵懷京洛之思，已增時忌；金帛止翰林之賜，益怒朝紳。宜乎蜚短流長，變白爲黑，誣義方之閨彥，爲潦倒之夫娘。壺可爲臺，有類鹿馬之指；啓將作訟，何殊薏珠之冤。此義士之所拊心，貞媛之所扼腕者也。聖朝章志貞教，發潛闡幽，掃撼樹之蚍蜉，蕩含沙之鬼蜮，凡在呫嗶濡毫之彥，咸以彰善闡惡爲心。是以黟山俞理初先生著《癸巳類稿》，既爲昭雪於前；吾鄉金偉軍先生主戊申詞壇，復用參稽於後。皆援志乘，尙論古人，事有據依，語殊鑿空。吾友幼霞閣讀，家擅學林，人游藝圃，汲華劉井，擢秀謝庭，偶繙《漱玉》之詞，深惘爍金之謬。將刊專集，藉雪厚誣；以僕同心，屬爲弁首。嗚呼！察詞於差，論古貴識。三至讒亟，終啓投杼之疑；十香詞淫，竟種焚椒之禍。所期哲士，力掃妄言。如吾子之用心，恨古人之不見。茗華琢玉，允光淑女之名；漆室鉅幽，齊下貞姬之拜。光緒七年正月，古黎陽端木埰子疇序。

四印齋本《漱玉詞》跋（王鵬運）

右易安居士《漱玉詞》一卷。按此詞雖見於《宋史・藝文志》、《直齋書錄解題》，世已久無傳本。古虞毛氏刻之《詩詞雜俎》中者，僅詞十七首，四庫所收，即是本也。此刻以宋曾端伯《樂府雅詞》所錄二十三首爲主，復旁搜宋人選本說部，又得二十七首，都爲一集，而以俞理初孝廉〈易安居士事輯〉附焉。易安晚節，世多訾議，甚至目其詞爲不祥。得理初作，發潛闡幽，并是集亦爲增重。獨是聞見無多，搜羅恐尚未備。然即此五十首中，假托汙衊之作，亦已屢見。昔端伯錄六一翁詞，凡屬僞造者，皆從刊削，爲六一存眞。此則金沙雜揉，使人自得於披揀下，固理初之心，亦猶之端伯之心云。光緒辛巳燕九日，臨桂王鵬運誌於都門半截胡同寓齋。

《校輯宋金元人詞》本《漱玉詞》（趙萬里）

《漱玉詞》，舊本分卷多寡頗不一。《直齋書錄解題》作一卷，又云別本五卷；《花菴詞選》作三卷；《宋史・藝文志》作六卷；然元以後無一存者。今所見虞山毛氏《詩詞雜俎》本、臨桂王氏四印齋本，俱非宋世之舊。毛本自云：「據洪武三年鈔本入錄。」然如〈浣溪沙〉「繡面芙蓉一笑開」一闋，雖又引見《古今詞統》、《草堂詩餘・續集》諸書，顧詞意儇薄，不似女子作，與易安他詞尤不類，疑所云非實。其本後錄入《四庫全書》。光緒間臨桂王氏校刻宋元人詞，始以《樂府雅詞》所載二十三首爲主，旁搜宋明選本說部又得二十七首，都爲一集；視毛本加詳，然眞贋雜出，亦與毛本若；且於《古今詞統》、《歷代詩餘》所引亦深信不疑，又不注所出，讀之令人如墜五里霧中。歲在己巳，余草〈兩宋樂府考〉，因繙《漱玉詞》。遇有他書引李詞者，輒條舉所出，校其異同，始稍稍知毛、王二本，俱不足取；而王本所載，亦未爲備也。爰於暇日，詳加斠正，錄爲定本，凡前人誤收誤引諸作，悉入附錄。雖不敢謂爲一無舛誤，然視毛、王二本，似較勝一籌矣。萬里記。

《全宋詞》《漱玉詞》跋（唐圭璋）

《直齋書錄解題》，《漱玉詞》一卷，久已失傳。今所見汲古閣及四印齋兩本，俱有贋作，未爲善本。近日趙萬里詳加斠正，錄爲定本一卷，都四十三首，自〈殢人嬌〉「玉瘦香濃」一首外，皆精確可信。茲用此本，而略其校記。然如〈浣溪沙〉「莫許盃深」一首，「已應」上，當從庫本《雅詞》補「疎鐘」二字。「髻子傷春」一首，「遺犀」，當從《詞綜》改作「通犀」。〈滿庭芳〉「芳草池塘」一首，「金鏁」上，當從庫本《雅詞》補「玉鉤」二字。「尊前席上」，「惟」下，當從庫本《雅詞》補一「愁」字，「猶賴有」下，當從庫本《雅詞》補「梨花」二字。

《清照詞》校勘記小引（張壽林）

易安居士千古詞人，而其所爲《漱玉詞》，元明以來，散失過半。案《宋史·藝文志》著錄《易安詞》六卷；馬端臨《文獻通考》、陳振孫《直齋書錄解題》均著錄《漱玉集》一卷；《解題》又謂別本分五卷；而黃叔暘則謂《漱玉集》三卷。然明時楊用修已慨未見其全，則《漱玉詞》之湮沒於世也久矣。故清時《四庫全書》所錄止《漱玉詞》一卷，即古虞毛氏汲古閣本也。近日坊間所傳，鮮有精者，余所見凡五本：一、汲古閣《詩詞雜俎》本；二、四印齋所刻詞本；三、《漱玉詞》、《斷腸詞》合刻本；四、時中合作書社標點本；五、《冷雪盦叢書》本。但或搜錄未備，如汲古閣本及《漱玉詞》、《斷腸詞》合刻本，僅錄十餘闋；或眞僞莫辨，如四印齋本、標點本、《冷雪盦叢書》本所錄，假托巇汙之作，往往而有。然四印齋本校訂尚精，《冷雪盦叢書》本搜羅略富，固自可用，今茲所刻，即以爲據；更參以諸家選集，用獲兼收並校之益。而於疑爲僞託之詞，則別爲錄出，另以「編者懷疑之作」爲標題，將待後之君子，加以論證。其各本文字有不同者，則姑就肊見之以爲允妥者錄入，而另附校勘記者，將以便讀者之參考也。丁卯仲冬，壽縣張壽林校竟記。

《漱玉詞》小引（胡雲翼）

李清照的《漱玉詞》，在詞學史上雖然是一部極珍貴的作集，但是我們現在很難有欣賞她的詞的全集的機會了。《宋史·藝文志》謂其有詞六卷行於世，馬端臨云別本分五卷，黃叔暘云《漱玉集》三卷，而陳振孫《書錄解題》則載清照《漱玉詞》一卷（又云別本作五卷），可知《漱玉詞》在宋時已非全刊本，不必至明、清始行散佚也。《四庫提要》著錄，僅得一十七闋本。現坊間出售者有《漱玉》、《斷腸》合刊（湖南毛晉刻本），及《漱玉詞箋》（石印本），但這兩種的刊本，也不是很容易購得的。茲據各本裒輯其詞，共得五十餘首，刊爲《漱玉詞》，雖不能還復六卷本之舊觀，而得此數十粒珍貴之遺珠，總算我們愛好《漱玉詞》的人所值得欣慰的吧。

《李清照漱玉詞箋疏》序（陳季）

庚子春，余講授《漱玉詞》於溟社，一小冊，閱月而終篇。儻能發揮盡致，固責無旁貸。聽者孜孜，就中慧貞更目聽神留，顏怡筆迅，知所記錄多，固其所好切也。近見讀書人，味於詞者日增，女子尤愛李作，則《漱玉詞》固應有較適當之箋註，爲之誘導。余以此言於慧貞，慧貞欣然有述作之意，所謂當仁不讓者歟？既諾而退，僅三週而稿成，來何疾也。余檢其全稿，尚能依意成編，允爲善製。詞共五十九闋，數仍有出入。吁！曠世女詞人僅存之碩果矣。《宋史・藝文志》載《易安詞》有六卷；馬端臨稱：別分五卷；至黃叔暘稱《漱玉詞》三卷；至《書錄解題》載《漱玉詞》一卷，又云別作五卷；至《四庫提要》著錄所稱《漱玉詞》僅存一十七闋；則此編所集，已如甲骨重光，後超乎前者矣。南宋詞人，姜堯章最爲傑出，《白石樂府》五卷，今僅存二十餘闋。《樂府指迷》稱：施乘之孫季蕃盛以詞鳴，今求其集，廼不可復覩，詞人之不幸，在昔而然。朱竹垞所以纂《詞綜》，而自慚漏萬，則豈獨易安爲可悲？留此，不愈於竹垞所咨嗟者乎！庚子二月二十五日。

參、《打馬圖經賦序》

《打馬圖》跋《欣賞編》（朱凱）

打馬爲戲，其來久矣！宋易安李氏，以爲閨房雅戲。相傳有《格》一卷，不著作者名氏，復有鄭寅子敬撰《圖式》一卷，用馬三十，李氏《圖經》用馬二十。蓋三者互有不同，大率與古摴蒲相似。今雖不行，而《圖經》間存。李氏乃元祐文人格非之女，有才藝，適趙丞相挺之子明誠。明誠著《金石錄》，乃共相考究而成，繇是名重一時，此特其爲戲耳。吾甥沈潤卿氏得而鋟木行之，以資好事者之多聞，豈欲人爲博奕者乎？弘治乙丑二月之望，長州朱凱跋。

《打馬圖》跋《夷門廣牘》（周履靖）

《打馬圖》始自易安，號稱雅戲，義誠有取，法久無傳。良繇則例未明，遵行罔措，近編《欣賞》，亦復廢弛。日者，客從陪都來，手挾一圖，指授諸法，頗爲詳具，多有紛更，用意牛毛，貽譏蛇足，固宜不終局而令人厭心生也。茲以游息餘閒，特加參訂，凡例則起自易安，見於《欣賞》者，疏其牴牾，補其略闕，付之剞手，藏之齋頭。爰集友朋，以代博奕，閑我逸志，耗彼雄心，固匪徒爲之猶賢，抑微獨貽諸好事已也。

《打馬圖》跋 《粵雅堂叢書》（伍崇曜）

右《打馬圖經》一卷，宋李清照撰。按清照，濟南人，號易安居士，禮部郎格非之女、湖州守趙明誠妻也。《苕溪漁隱叢話》稱其再適張汝舟，反目，有啓上綦處厚，具載《雲麓漫鈔》。李心傳《建炎以來繫年要錄》載其搆訟事尤詳。毛子晉刊其詞集，備載其軼事，而不錄此段，蓋諱之也。易安爲詞家一大宗，張端義《貴耳錄》稱其閨閣有此詞筆，殆爲間氣。然《雲麓漫鈔》又錄其〈上樞密韓公工部尙書胡公兩詩并序〉。《詩說雋永》又稱其從秘閣守建康作詩云：「南來尙怯吳江冷，北狩應悲易水寒。」又云：「南渡衣冠少王導，北來消息欠劉琨。」則固工於詩矣。《四六談麈》又記其〈祭趙湖州文〉曰：「白日正中，嘆龐公之機捷；堅城自墮，憐杞婦之悲深云云。」《宋稗類鈔》又記其〈賀人孿生啓〉：「玉刻雙璋，錦挑對褓云云。」則又工於儷體文矣。又《四朝詩集》：「閨秀韓玉父，秦人，家於杭，李易安教以詩。」又《太平清話》：「莫廷韓云：『向曾置李易安墨竹一幅。』」亦奇女子矣！而《老學菴筆記》又稱：「張子韶對策有『桂子飄香』語，易安以詩嘲之曰：『露花倒影柳三變，桂子飄香張九成。』」《宋稗類鈔》又稱：「明誠在建康日，易安每值天大雪，必戴笠披蓑，循城遠覽，以尋詩爲事。」亦風流放誕人矣！打馬戲今不傳，周櫟園《書影》稱：「予友虎林陸驤武近刻李易安之《譜》於閩，以犀象蜜蠟爲馬，盛行，近淮上人頗好此戲云云。」而今實未見，殆失傳矣！此爲亡友黃石溪明經手寫本，序稱撰於紹興四年，固《貴耳錄》所稱：「南渡來常懷京洛舊事，晚年賦詞有『於今憔悴，風鬟霧鬢』」時也。時咸豐辛亥春盡日，南海伍崇曜跋。

《打馬圖譜》序 觀自得齋本（葉維幹）

易安居士《打馬圖經》，世尠傳本，《四庫全庫》亦未著錄。咸豐辛亥，南海伍氏，始以所得鈔本，刊入《粵雅堂叢書》中。顧譌脫失次，莫可是正，覽者弗善也。歲丙戌，與吾友徐君子靜同客海上，子靜蓄舊槧甚富。一日出所藏《馬戲圖譜》見示。其譜乃明人手輯，前有〈打馬圖〉，則易安所賦之九十一路在焉。後有總論，卷末有跋，備述局戲及作書之大恉。至所圖各采，朗若列眉，尤足勘正粵雅堂本踳駮。執此以求，古人馬戲之制，即未能銖䅗悉合，而當日行移賞罰之意，固已十得八九矣。蓋明人所見，猶是舊本，故可據以推衍成書。惜舊本經作《譜》者竄易，不復可辨。不知所謂疏其牴牾、補其闕略者安在？且中間敘次淩雜，恐尚有如《水經》之經注溷淆者，安得好古之士，更取易安原書，一一訂正之也。適子靜彙刻觀自得齋各書，謀以此《譜》付梓，命爲之序。因摭其書之得失，弁諸簡端，以諗觀者。光緒十二年四月，仁和葉維幹。

重刊宋李易安《打馬圖經》序 《麗樓叢書》（葉德輝）

宋李易安《打馬圖經賦》一卷，《宋史・藝文志》不載，陳振孫《直齋書錄解題》有之。明陶宗儀刻入《說郛》，今尠傳本。南海伍氏崇曜刻《粵雅堂叢書》，內有此書，據其後跋，乃以其友人黃石谿明經手寫本付刊；又引周櫟園《書影》云：「虎林陸驤武近刻之於閩。」今陸刻世未之見，僅此伍刻又在叢書中，未必人人共讀也。余獲明正德中沈津所編《欣賞編》十集，其癸集即此書，因影寫刊成，隨取伍刻校之，乃知此本勝於伍本倍蓰。伍本脫去〈打馬圖〉一葉，此本有之；伍本色樣例分直行，又多錯簡奪誤，此本列作橫表，猶是原書款式。昔吳門黃蕘圃主事丕烈，嘗謂書舊一日，好一日，眞見聞有得之言。即如此書，非伍氏傳刻，世已莫知其存亡，又孰知更有古本流傳人間，俾世之好古者得覩廬山眞面也耶？光緒三十二年丙午八月秋分，長沙葉德輝序。

《打馬圖經》跋 《許廎學林》（胡玉縉）

《打馬圖經》一卷，宋李清照撰。清照號易安居士，有《漱玉詞》，四庫已著錄。是書記打馬之戲，有圖、有例、有論，論皆駢語，頗工雅。前有紹興四年自序，及〈打馬賦〉一篇。序稱：「打馬世有二種，一種一將十馬者，謂之關西馬；一種無將二十四馬者，謂之依經馬。流傳既久，各有圖經、凡例可考。余獨愛依經馬，因取其賞罰互度，每事作數語，隨事附見，使千萬世後，知命辭打馬，始自易安居士也。」據此，則打馬雖舊法，而是書則清照刱新意爲之矣。打馬未詳所昉，其賦但云：「打馬爰興，摴蒲遂廢。」今考《唐書・地理志》：「遂州遂寧郡，土貢摴蒲綾絲布。」必其時摴蒲尚盛行，故有此布。今俗所稱骰子塊布，殆其類。而李翺《五木經》，顧大韶以爲借古摴蒲、廬白、雉犢之名，以行打馬之法，然則其殆始自唐歟？周亮工《書影》稱陸氏有刻本，今未之見。此爲粵雅堂所刊，伍崇曜跋。歷引諸書，謂清照工詩工儷體文，又能畫墨竹，而獨於更嫁事，未知盧見曾刻〈金石錄序〉已辨其誣，謂如《碧雲騢》之類，乃猶襲《四庫提要・漱玉詞》下所說。伍序類皆譚瑩代撰，不解瑩何以疏舛若此也。俞正燮《癸巳類稿》有〈易安事輯〉，視盧詳覈，其後陸心源《儀顧堂題跋》「〈事輯〉書後」，李慈銘《越縵日記》「書《儀顧堂題跋》後」，遞加精密，為伍、譚所不及見。

肆、《金石錄》

《金石錄》序（趙明誠）

余自少小喜從當世學士大夫訪問前代金石刻詞，以廣異聞。後得歐陽文忠公《集古錄》，讀而賢之，以爲是正譌謬，有功於後學甚大；惜其尚有漏落，又無歲月先後之次，思欲廣而成書，以傳學者。於是益訪求藏蓄，凡二十年而後粗備。上自三代，下及隋唐五季，內自京師，達於四方遐邦絕域夷狄，所傳倉、史以來古文奇字，大小二篆，分隸行草之書，鍾鼎簠簋尊敦甗鬲盤杅之銘，詞人墨客詩歌賦頌碑誌敘記之文章，名卿賢士之功烈行治，至於浮屠老子之說，凡古物奇器豐碑巨刻所載，與夫殘章斷畫磨滅而僅存者，略無遺矣。因次其先後爲二千卷，余之致力於斯，可謂勤且久矣！非特區區爲玩好之具而已也。蓋竊嘗以謂詩書以後，君臣行事之跡，悉載於史。雖是非褒貶，出於秉筆者私意，或失其實。然至於善惡大節，有不可誣，而又傳諸既久，理當依據。若歲月地理官爵世次，以金石刻考之，其牴牾十常三四。蓋史牒出於後人之手，不能無失；而刻詞當時所立，可信不疑。則又考其異同，參以他書，爲《金石錄》三十卷。至於文辭之媺惡、字畫之工拙，覽者當自得之，皆不復論。嗚呼！自三代以來，聖賢遺跡，著於金石者多矣！蓋其風雨侵蝕，與夫樵夫牧童毀傷淪棄之餘，幸而存者，止此爾。是金石之固，猶不足恃。然則所謂二千卷者，終歸於磨滅；而余之是書，有時而或傳也。孔子曰：「飽食終日，無所用心也，難矣哉！不有博奕者乎？爲之猶賢乎已。」是書之成，其賢於無所用心，豈特博奕之比乎？輒錄而傳諸後世，好古博雅之士，其必有補焉。東武趙明誠序。

《金石錄》後序（劉跂）

東武趙明誠德父，家多前代金石刻，倣歐陽公《集古》所論，以考書傳諸家同異，訂其得失，著《金石錄》三十卷，別白牴牾，實事求是，其言斤斤，甚可觀也。昔文籍既繁，竹素紙札，轉相謄寫，彌久不能無誤；近世用墨板模印，便於流布，而一有所失，更無別本是正；然則謄寫模印，其爲利害之數略等。又前世載筆之士，所聞所見，與其所傳，不能無同異，亦或意有軒輊，情流事遷，則遁離失實，後學欲窺其罅，搜抉證驗，用力多，見功寡，此讎校之士，抱槧懷鉛，所以汲汲也。昔人欲刊定經典及醫方，或謂經典同異，未有所傷，非若醫方能致壽夭；陶弘景亟稱之，以爲知言。彼哉卑陋，一至於此。或譏邢邵不善讎書，邵曰：「誤書思之，更是一適。」且別本是正，猶未敢曰可，而欲以思得之，其訛有如此者。惟金石刻出於當時所作，身與事接，不容僞妄，皎皎可信。前人勤渠鄭重，以遺來世，惟恐不遠，固非所以爲夸。而好古之士，忘寢廢食而求，常恨不廣，亦豈專以爲玩哉？余登太山，觀秦相斯所刻，退而按史遷所記，大凡百四十有六字，而差失者九字，以此積之，諸書浩博，其失胡可勝言！而信書之人，守其所見，知其違戾，猶勿能深考，猥曰是碑之誤，其殆未之思乎？若乃庸夫野人之所述，其言不雅訓，則望而知之，直差失耳。今德父之藏既甚富，又選擇多善，而探討去取，雅有思致，其書誠有補於學者。亟索余文爲序，竊獲附姓名於篇末，有可喜者，於是乎書。政和七年九月十日，河間劉跂序。

《金石錄》跋（洪适）

右趙氏《金石錄》三卷。趙君名明誠，字德夫，密州諸城人，故相挺之之子也。所藏三代彝器及漢、唐前後石刻，爲目錄十卷，辨證二十卷。其稱漢碑者百七十有七，其陰四十。今出其篆書者十四，非東漢者二。《隸釋》所闕者，蓋未判也，掇其說載之。趙君之書，證據見謂精博，然以「衛彈」易「街彈」，以「繇竹令」爲「縣令」之類，亦時有誤者。紹興中，其妻易安居士李清照表上之。趙君無嗣，李又更嫁，其書行於世，而碑亡矣。（《隸釋》卷二十六）

《金石錄》跋開禧改元上巳日（趙師厚）

趙德甫所著《金石錄》，鋟版於龍舒郡齋久矣，尚多脫落。茲幸假手於邦人張懷祖知縣，既得郡文學山陰王君玉是正。且惜夫易安之跋不附焉，因刻以殿之，用慰德父之望，亦以遂易安之志云。

《金石錄》跋（歸有光）

余少見此書於吳純甫家，至是始從友人周思仁借鈔，復借葉文莊公家藏本校之。觀李易安所稱其一生辛勤之力，頃刻雲散，可以爲後人藏書之戒。然余平生無他好，獨好書，以爲適吾性焉耳，不能爲後日計也。文莊公書無慮萬卷，至今且百年，獨無恙。繙閱之餘，手跡宛然，爲之驚嘆。（《震川集》）

謝刻《金石錄》後序（謝啓光）

《金石錄》，宋趙德父所著。原本於歐陽文忠公《集古錄》，益廣羅而確核之，蓋竭一生之心力而成是書。德父自爲序，沒而其室李易安又序其後。中間敘述購求之殷，收蓄之富，與夫勘校之精勤；即流離患難，猶携以遠行，斤斤愛護不少置，深惋惜於後來之散失。余初得易安序讀之，嘉其夫婦同心，篤於嗜古，訪求其全書未得也。後余季弟季弘於里中舊家市得刻本以遺余，余亟取卒業。考訂精詳，品隲嚴正，往往於殘碑斷簡之中，指摘其生平隱慝，足以誅奸諛於既往，垂炯戒於將來；不特金石之董狐，實文苑之《春秋》也。恨脫落數葉，欲刻之，資考古者之一助，未能也。歲甲申，應召入都，遍語燕市之收藏古書者，最後得一抄本於計曹張主政。會箕兒出倅淮陰，乃授之以去。越兩載，箕兒據以繕梓，寄一帙於京邸。時余已罷官解維潞河矣。携抵里門，見其中多錯誤，有題跋此碑而半入他碑者；甚且有題跋一碑而分載兩處者；爰取舊本參閱改正，寄箕兒另爲補刻。乃殺青甫竣，而箕兒以簿書勞瘁，一疾長逝矣！冬仲，梨棗與其旅櫬同歸，余見輒掩袂而泣，未忍啓篋。旋思箕兒出常俸、罄橐裝以刻是書，人雖亡而書尚存，庶幾藉是書以存姓名於後世，遂拭淚重閱，復更其數訛字，漫書數語以識其始末如此。至《集古錄》，去夏箕兒亦寄二抄本來，求余校正，與此書并刻；余以病未果，且無別本足正魚豕，姑竢異日，以了箕兒生前未竟之志。易安爲余邑人李格非文叔之女云。順治癸巳春仲，陽丘謝啓光題。

重刊《金石錄》（盧見曾）

趙德夫《金石錄》三十卷，匪獨考訂之精覈也；其議論卓越，時有足發人意思者。顧世鮮善本，濟南謝世箕嘗梓以行，今其本亦不可得見。獨見有從謝氏本影鈔者，并何義門手校吳郡葉文莊公本，此二本庶幾稱善。其他鈔本猥多，目錄率被刪削，字句訛脫，不足觀。學者未得見謝、葉二家本，得世俗所傳，猶不惜捐多金購求，繕寫珍弆爲中秘，蓋其書之可貴若此。余患其久而失眞也，因刊此以正之。乾隆壬午，德州盧見曾序。

宋刻《金石錄》跋（阮劉文如）

易安此序，言德甫夫婦之事甚詳，《宋史・趙挺之傳》傳後無明誠之事。若非此序，則德甫一生事蹟年月，今無可考。按〈後序〉作於紹興四年，易安自言「余自少陸機作賦之二年，至過蘧伯玉知非之兩歲，三十四年之間，憂患得失，何其多也！」是作序之年，五十二矣。序言十九歲歸趙氏時，先君作禮部員外郎，侯年二十一。按德甫卒於建炎三年，是德甫卒年四十九也。易安十九歲爲建中靖國元年，是年挺之爲禮部侍郎，是趙、李同官禮部時聯姻也。序言建炎丁未，按丁未三月，猶是靖康，五月始有建炎之號，戊申方是建炎之元也。又《文選》注引〈陸機傳〉云：「年二十而吳滅，退臨舊里，與弟雲勤學，積十一年。」是士衡二十歲時乃歸里之年，不能定爲作賦年。或是易安別有所據，或是離亂之時，偶然忘記耳。嘉慶戊寅，阮劉文如跋。（《滂喜齋藏書記》）

宋刻《金石錄》跋（文石主人）

易安居士李氏，趙丞相挺之之子諱明誠字德夫之內子也。才高學博，近代鮮倫，其詩詞行於世甚多。今觀爲其夫作〈金石錄後序〉，使人歎息不已，以見世間萬事眞如夢幻泡影，而終歸於一空也。

丙辰秋，偶得古書數帙，中有《金石錄》四冊，然止十卷。後二十卷亡之矣。因勒烏絲，命侍兒錄此序於後，以存當時故事。易安此序，委曲有情致，殊不似婦女口中語。文固可愛，余夙有好古之癖，且亦因以識戒云。丙辰七夕後再日，前史官華亭文石主人題於欽天山下學舍味道齋中。（《滂喜齋藏書記》）

宋刻《金石錄》跋（吳應溶）

宋槧《金石錄》十卷，舊藏吾鄉江玉屛先生家，今爲晉齋先生所有。先生博雅好古，所藏金石文字不下數千百種，於是書源流，洞悉已久。既購而

得之，因屬余錄其流傳所自。歐陽文忠云：「物莫不聚於所好。」於斯益信。嘉慶乙亥夏五，甘泉吳應溶識。(《滂喜齋藏書記》)

宋刻《金石錄》跋（江藩）

《金石錄》，宋時刻於龍舒；開禧時，趙不讓又刻之。此本疑是浚儀重刊本也。藩與玉屏先生之長君定甫交三十年，前獲觀此書及謝皐羽像。嘉慶二十年六月五日，晉齋先生出此命題，爰書數語以誌眼福云。書於邗上宵市橋西一草堂，江藩跋子屏。(《滂喜齋藏書記》)

宋刻《金石錄》跋（顧廣圻）

予髮甫燥即獲交鮑丈以文，每與縱談古書淵源，知宋槧《金石錄》十卷曾被收得，惜未及一校，即爲歸安丁杰持去，售之揚州也。嗣後，予在里門，凡見善本二，其一是葉文莊手鈔前後兩翻者；其一是錢叔寶通部手鈔者；皆細勘一過，是正近刻處甚多。邇來客遊邗上，一日晉齋先生得此見示，恍然識馮硯祥家舊物，擊節不置。惜以翁弗克偕之校刊，與此書結一重墨緣耳。嘉慶乙亥六月朔，思適居士元和顧廣圻題，時同在全唐文局。(《滂喜齋藏書記》)

宋刻《金石錄》跋（汪喜孫）

嘉慶辛未，喜孫臥病里門，吳興書賈持宋本《金石錄》見示，置問禮堂。一日忽忽索去，悵惘無已。後五年，晉齋先生得吾鄉江玉屏所藏殘本，與前所見本正同，因以雅雨堂本校之，疏其同異，別爲考證一篇。如〈周敦銘跋〉「楊南仲爲圖刻石」，「楊」，雅雨堂本誤作「湯」。〈毛伯敦銘跋〉「原文釋祝下一字爲鄭」，「祝」誤爲足。〈齊鐘銘跋〉「乃就鐘上摹拓者」，「上」誤作「工」。〈李翕碑〉「穆如清風」，「清」誤作「春」。〈魯峻碑跋〉「寰宇記」，「記」誤作「志」。〈費汎碑〉「因以爲姓」，「以」誤作「姙」。〈費君碑陰跋〉「其後爲五字韻語」，「韻」誤作「龍」。〈朱龜碑跋〉「遣御史作丞朱龜討之，不能克」，「克」誤作「兄」。〈劉衡碑跋〉「余嘗親至墓下觀此碑」，「下」誤作「丁」；「制作甚工」，「工」誤作「土」。〈樊君碑〉「晉爲韓、魏」，「晉」誤作「晢」。〈宗俱碑跋〉「官秩姓名」，「官」誤作「呈」。〈雝府君碑〉「徵爲博士」，「博」誤作「傅」。〈陳君碑額跋〉「司空掾」，「掾」誤作「椽」。〈卞統碑跋〉「晉書卞壼傳」，「壼」誤作「壺」。〈右軍將軍鄭烈碑〉，「右」下脫「軍」字。〈學生題名跋〉「乃決知其非文翁學生也」，

「生」誤作「立」。此本俱不誤。他如「爾」作「尔」，「楊」作「揚」，「倉」作「蒼」，「凰」作「皇」，「以」作「已」，「洛」作「雒」，「飭」作「飾」，「屢」作「婁」，「奕」作「亦」，「貌」作「皃」，「藏」作「臧」，古字具在，遠出雅雨堂本之上。凡此數百條，文多不錄，校畢送還晉齋先生，並承命書跋冊尾。

先生收藏金石遺文至數千卷，是正文字，稽合同異，當世金石家無出其右。先君撰〈修禊序〉，跋尾云：「吾友江編修德量，趙文學某，皆深於金石之學。」先君持論謹嚴，不輕許人。附誌於此，以諗後世尚友之君子。喜孫。（《滂喜齋藏書記》）

宋刻《金石錄》跋（阮元）

余童時即與定甫往來，其書室內有「《金石錄》十卷人家」扁，問其故，出此書相示。嘉慶二十二年，余從晉齋處購得之。伯元記，時道光戊戌。（《滂喜齋藏書記》）

宋刻《金石錄》跋（翁方綱）

趙明誠《金石錄》，在宋時初刻於龍舒，再刻於浚儀，此十卷或云即浚儀本，今驗第一卷〈古鐘銘〉至第十卷〈宋武帝檄譙縱文〉止，即原書之第十一卷至第二十卷，而改題曰第一卷至第十卷，是刪其前目十卷，專刻其跋者也。凡書前目與後卷悉同，惟此書不然。趙氏藏金石文二千卷，其跋則止五百種耳，故其前具列一至五千之次第，而後跋無之，前目具載歲月及撰書人名，而後跋無之。此刻專有其後跋，故從第十一卷起，以便於覽誦。此必南宋末書賈所重刻也。就此考之，若第一卷〈周姜敦銘〉「《呂氏考古圖》訓作百」，諸本作「百」，此作「百」。第三卷〈嶧山碑跋〉「楷」，此作「揩」。第六卷〈馮緄碑跋〉「謠」，此作「謡」。第十卷〈唐重立大饗碑〉題內「立」下有「魏」字。凡若此類，皆足正諸本之失。又如第四卷〈巴官鐵盆銘〉，題下「韓暉仲」，此作「韓注仲」。第五卷〈倉頡廟碑跋〉「池楊集丞」，此作「集水」。第六卷〈馮緄碑跋〉「史云復拜」，此無「云」字。第七卷〈費君碑陰跋〉「甘陵石勛」，「勛」他本或作「勖」，或作「勖」。第十卷〈晉太公碑〉「文正見太公而計之」，諸本作「汁」，此作「言」旁，其右半似「斗」，亦不分明。此下有「所見於」句，此作「於見」，皆可疑。又第十卷〈卞統碑〉「冤句」，此作「宛句」。〈吳禪國山碑〉「三表納貢」，此作「三表」，是則顯然之誤。然而此書世無刻本久矣，近來謝刻、盧刻，僅憑傳寫本，易滋歧誤；此雖重刻不全本，尚是宋槧眞本之僅存者，宜爲鑒藏家所珍秘耳！嘉慶丁丑冬十二月十六日八十五叟方綱識。（《滂喜齋藏書記》）

宋刻《金石錄》跋（朱爲弼）

嘉慶二十有三年春正月十有四日，敬觀於京都之北池子經注經齋。是月，小雲農部攜全帙來，傳師命題數語以志金石夙契。爲弼當日侍函丈前，詮釋鐘鼎彝器文字，賞析疑義，每竟日忘倦。自來京華，忽忽已十有四年矣，簿牘笥束，馳逐鞅掌。回憶仙館清暇，如在目前。今獲覩此書，恍如坐臥於積古齋中，不覺情之移也。爰披覽移晷，觕述前因，以誌眼福云。是日同觀者錢塘陳上舍鴻豫、華亭家上舍大源、明經大韶伯仲也，因並識之。朱爲弼。（《滂喜齋藏書記》）

宋刻《金石錄》跋（姚元之）

琅嬛仙館得此本，誠爲希世之寶。己卯夏五客廣南，獲見之，亦稱眼福，惜不得以之校所藏寫本之譌誤，因借鈔一過攜歸，以備異日之校讐焉。此本間不免誤字，覃溪先生、洪筠軒已爲標出，然仍有筆誤者。卷第五〈州輔墓石獸膊字跋〉「天祿近歲爲村民所毀」，「天」作「夫」。卷第六〈桂陽太守周府君頌跋〉「而名已譌缺不可辨」，「不辨」作「下辨」，當是木板脫左邊撇，遂成「下」。卷第九〈酸棗令劉熊碑跋〉「又封元壽第三人皆爲鄉侯」，按廣陵思王荊以永平十年自殺，十四年，元壽紹封，又封元壽弟三人為鄉侯。「弟」作竹頭，皆其誤也。又卷第六〈廷尉仲定碑跋〉「豫章太守」，「豫」作「豫」。又本中凡「傅」字俱作「傳」，亦係刊刻之未精。至〈車騎將軍馮緄碑跋〉「太原太守劉瑱」，「瑱」自係「璜」字之譌。今四川新出土宋張稟〈重刻馮緄碑〉更譌作「項」矣。桐城姚元之記。（《滂喜齋藏書記》）

宋刻《金石錄》跋（洪頤煊）

右趙明誠《金石錄》殘本十卷，是南宋所刻。頤煊以別本參校，如〈漢國三老袁君碑跋〉「安以永平四年薨」，雅雨堂本、《隸釋》本俱作「永元」。《後漢書・袁安傳》：「安章和元年代桓虞爲司徒。和帝即位，四年春薨。」年號是永元，非永平。〈漢車騎將軍馮緄碑跋〉云：「袁荊州刺史李隗、南陽太守成晉、太原太守劉瑱，不宜以重論。」雅雨堂本同。《隸釋》本作「劉璜」，碑文亦作

「瓆」。瓆字文理，事見《後漢書·陳蕃傳》。此獨作「瑱」，當是字譌。〈漢司空殘碑跋〉「其詞有云：命爾司空，余回爾輔。」《隸釋》本「回」作「同」。《隸續》載碑文亦作「同」。義皆長於此本。餘如〈漢陽朔塼字跋〉「尉府靈壁，陽朔四年始造，設己所行」，「靈壁」即「瓴甓」二字假借，雅雨堂本作「壺壁」，誤甚。〈漢從事武梁碑跋〉「故從事武掾，掾字綏宗，掾體德中孝」，《隸釋》本上「掾」字不重，「綏宗」下無「掾」字，此本與碑合。〈漢丹陽太守郭旻碑跋〉「議郎呆及脩孫某」，雅雨堂本「呆」作「某」。校云：「此某字，錢鈔作果，《隸釋》作呆。」以《隸續》所載碑文校之，「呆」本作「柔」，「呆」、「柔」字相近，若改作「某」，義全乖矣。如此類甚多，皆足以證近本之失，宜前人收藏之珍秘也。此冊今歸琅嬛仙館，制府師出以相示，因跋其後。時嘉慶二十三年，歲次戊寅，九月朔日，臨海洪頤煊謹記。（《滂喜齋藏書記》）

宋刻《金石錄》跋（程同文）

座師芸臺先生節制兩粵之明年，嘉慶戊寅伯子司農攜此冊京師，錢遵王氏所謂「《金石錄》十卷」者也。程同文跋於密齋。（《滂喜齋藏書記》）

宋刻《金石錄》跋（陳均）

嘉慶己卯閏四月，浪游嶺南，將徧訪諸名勝。首謁雲臺夫子於節署，出此冊見示，攜歸寓館，以篋中所有金石拓本校正一二，欣喜無量。弟子海甯陳均題記。（《滂喜齋藏書記》）

宋刻《金石錄》跋（沈濤）

此書本爲儀徵相國師琅嬛仙館所儲藏，今歸小亭女夫，即馮研祥家舊物也。以校今世所傳雅雨堂本，字多異同。翁覃谿閣部、洪筠軒州倅兩跋中已詳論其得失，而猶有未盡者。如〈讐騰碑〉「皇帝若曰」，盧本作「皇后」。案此乃趙氏據碑文「皇太后」，以證《集古》作「皇帝」之非。《集古》本作「帝」，不作「后」也。〈州輔碑〉「其封輔爲葉吉成侯」，盧本無「葉」字。案《隸釋》碑文本有「葉」字。洪氏云：「葉吉成侯者，葉之吉成亭也。」〈帝堯碑〉「龍龜負銜校鈐」，盧本作「校鈴」。案《隸釋》碑文正作「鈐」，當讀作「韜鈐」之「鈐」。緯書有《璇璣鈐》，《詩正義》引《尚書中候》撰《爾雒鈐》，「報在齊，雒授金，鈐師名呂」是也。〈費汎碑〉「今以爲季文有功封費者」，盧本作

「季叒」。案此碑誤「季叒」爲「季文」，故趙據《左傳》以辨之，前後皆當作「季文」，盧氏前著校語云：「碑季文乃季叒之訛。」後則竟改爲「季友」，謬妄甚矣。又〈路君闕銘〉「君故豫州刺史」，盧本無「君」字。〈嚴訢碑〉「人物同授」，盧本作「同受」；「招命道術」，盧本作「昭命」。〈朱龜碑〉「蠻夷授手乞降」，盧本作「授首」，此本皆與《隸釋》所載及謝氏、葉氏諸本相合，實勝雅雨堂本。惟〈嚴訢碑〉「伊歎嚴君」，盧本作「伊欺」。考之《隸續》，實是「漢」字，蓋「漢」字傳寫誤爲「歎」，「歎」字傳寫又誤爲「欺」。「楚則失而齊亦未爲得，後又爲丹陽、陵陽丞」，盧本作「丹楊」，此本雖與《隸釋》合，然考《隸續》〈劉寬碑陰跋〉云：「西都以丹楊名郡，東都改用陽字。郭旻爲丹陽太守，嚴訢作丹楊之陵陽丞。此碑有丹陽太守，皆用西都字云云。」則「楊」是而「陽」非也。此書惓草漫漶，乃當時坊刻，讐校未精，猶足證今本之譌誤，宋刻之可寶貴如此。道光癸卯元日，匏廬沈濤跋於洺解之愛古軒。（《滂喜齋藏書記》）

《金石錄》跋仁和朱氏刊本（繆荃孫）

趙氏《金石錄》，宋本止存十卷，國初爲嘉興馮硯祥所得，刻一印曰「《金石錄》十卷人家」，帖尾書頭，往往鈐用，傳之藝苑，以爲美談。後流轉於江玉屏、阮文達、韓小亭，最後歸潘文勤公鄭龕。文勤師嘗出以相眎，推爲天壤間驚人秘笈，今尚在仲午比部所。至舊鈔不乏流傳之本，大半出於明葉文莊所藏。至刻本向推雅雨堂盧校爲最精，而二長物齋等刻，不足道矣。一日二楞觀察手編示余，鈔手極舊，書籤題云：「《津逮秘書目》第六集，《金石錄》未刻。」即此書也。首有劉跂序，明誠自序，後有李易安後序，開禧趙不讜跋，明葉仲盛跋，歸有光跋。跳行空格，均據宋本，其間黏籤甚多，大半據盧本以校本書之誤，間有兩通之字，亦備列焉。爰借吾友章碩卿大令藏校宋十卷本，並自藏明鈔校本，成札記一卷。雖未能全見宋刻，然似可與雅雨堂本相頡頏矣。光緒乙巳清明後六日，江陰繆荃孫。

《金石錄》跋（張元濟）

趙明誠《金石錄》三十卷，宋槧久亡。世傳鈔本，以菉竹堂葉氏鈔宋本爲最善。錢罄室自言借文休承宋雕本鈔完，識於第十卷後。獨吳文定本，人未之見，莫知其所從出。後人重刻，清初有謝世箕本，譌舛甚多，殊不足觀；

繆小山得汲古毛氏本，行款均據宋刻，爲仁和朱氏刊行；余家藏有呂無黨鈔本，曾印入《四部叢刊》。嘗借瞿氏所藏顧澗薲校本對校之，二本大抵不離乎葉、錢所傳錄者。近時盧雅雨本最爲通行，然亦僅據何義門校鈔宋本，並未親見宋刊。《讀書敏求記》稱：「馮硯祥有不全宋槧十卷。」余頗疑即文休承所曾藏者。馮書散出，迭經名家鑒藏，先後入於朱文石、鮑以文、江玉屏、趙晉齋、阮文達、韓小亭家，卒乃歸於潘文勤。其十卷，即原書跋尾之一至十，實即全書之卷第十一至二十也。當世詫爲奇書，得之者咸鐫一「《金石錄》十卷人家」小印以自矜異。一時名士如翁覃溪、姚伯昂、汪孟慈、洪筠軒、沈匏廬諸人，均有題記。《滂喜齋藏書記》備載無遺，各以盧本互校，是正良多。雖宋本亦有訛誤，然迥非其他諸本所能幾及。文勤自言：「異書到處，眞如景星慶雲，先覩爲快。」獲覩之人，亦以爲此十卷者，殆爲人間孤本矣。而孰知三十卷本尚存天壤，忽於千百年沈薶之下，燦然呈現，夫豈非希世之珍乎！是本舊藏金陵甘氏津逮樓，世無知者。目錄十卷，跋尾二十卷，完好無缺。宋時刊本凡二，初鋟版於龍舒郡齋，開禧改元，趙不讇重刻於浚儀，且惜易安之跋未附，因以爲殿。劉跂之序，成於政和七年，必早經剞劂在前，今皆不存，想已遺佚。然窺見全豹，祇欠一斑，固無傷也。滋可異者，潘本諸人題記所引宋本文字，余取以對勘是本，多有不符。如卷十四〈漢陽朔塼字跋〉，洪校引「尉府靈壁陽朔四年始造設已所有」十四字，甘本「四年」字下「始造」字上多「正朔」二字。又〈巴官鐵量銘跋〉，翁校題下「韓暉仲」，此作「韓注仲」，甘本卻作「韓暉仲」，不作「韓注仲」。又〈漢從事武梁碑跋〉，洪校引「故從事武掾掾字綏宗掾體德忠孝」十四字，謂《隸釋》本上「掾」字不重，「綏宗」下無掾字，此本與碑合。甘本上「掾」字卻重，「掾」字下更有「諱梁」二字，「綏宗」下亦有「掾」字。卷第十五〈漢州輔墓石獸膊字跋〉，姚校謂：「天祿近歲爲村民所毀，『天』作『夫』。」甘本卻作「天」，不作「夫」。卷第十六〈漢車騎將軍馮緄碑跋〉翁校謂：「謠」，此作「誣」。甘本卻作「謠」，不作「誣」。又〈漢帝堯碑跋〉，沈校引「龍龜負銜校鈐」六字，謂盧本作「校鈴」，案《隸釋》碑文正作「鈐」，甘本固作「鈐」，但作「投鈐」，不作「校鈐」。卷第十八〈漢司空宗俱碑跋〉，汪校引「官秩姓名」四字，謂「官」誤作「呈」。甘本固作「官」，但「官秩」字下，「名」字上，卻無「姓」字。姚伯昂又言：本中「傅」字俱作「傳」，亦係刊刻之未精。案甘本卷第十六〈漢淳于長夏承碑跋〉，「太傅胡公歆其德美」。又〈漢廷尉仲定碑跋〉，「太傳下邳趙公舉君高行」，下文「傳」字又一見。卷第十九〈漢逢府君墓石柱篆文跋〉，「漢故博士趙傳逢府君神道」，下文「傳」字又四見。此八「傳」字，右旁俱作「尃」，但上半「甫」字，有點者二，無點者六，從無作「專」者。安有「傳」俱作「傳」之誤乎？依此言之，甘本與潘氏十卷必非同出一版。沈匏廬又謂：「潘本恅草漫漶，乃當時坊刻，讎校未精，翁覃溪定爲南宋末書賈所重刻，江鄭堂又疑爲浚儀重刊本。」語當可信。且是本字體勁秀，筆畫謹嚴，鐫工亦極整飭，絕無恅草之跡，是非浚儀重刊，必爲龍舒初版矣。洪邁《容齋四筆》云：「趙德甫《金石錄》，其妻易安李居士作〈後序〉，今龍舒郡庫刻其書，而此序不見取。」是本無易安〈後序〉，是亦一證也。原書中縫屢記書寫人龍彥姓名，刻工亦記有數人。惟書曾受水，墨痕汙漬，摺紋破裂，裝工不善補綴，致其他字跡多難辨認，未能據以考訂刊印時代，爲可惜耳！趙敦甫世講得之南京肆中，以此罕見珍本，不願私爲己有，屬代鑒定，並附題詞，將以獻諸國家。崇古奉公，至堪嘉尚！爰抒所見，質諸敦甫，兼就正於世之讀者。辛卯立夏節日，海鹽張元濟。

清呂無黨鈔本《金石錄》跋（張元濟）

是書宋刻，世間僅存十卷，即跋尾之卷十一至二十。今藏滂喜齋潘氏，迄未寓目。其傳鈔之善者，推葉文莊本、吳文定本、錢罄室本。葉、吳二本，何義門均獲見之；唯錢本則僅見陸勑先所校過者。何氏復自有校定之本，盧見曾得之；又得景鈔濟南謝世箕刊本，因刻入《雅雨堂叢書》。顧千里嘗以葉、錢二氏鈔本覆校盧刻，糾正其訛奪甚多。是爲石門呂無黨手抄，舊藏余家。卷中遇「留」字均缺筆，遇「啓」字「學」字同；後六卷別出一手，於「留」字外兼避「公」字，蓋亦晚村後裔也。無黨抄筆精整，全書讎校極審慎，然鈔校均不言所據何本。余從鐵琴銅劍樓借顧氏校本讎對，是固遠勝盧刻；與葉、錢二本互有異同；較近錢本，而亦不盡合；意者所據爲吳文定本耶？《滂喜齋藏書記》諸家跋文，所舉宋本佳處，是本多同；其宋本誤者，此亦誤。惟第十四卷〈漢從事武梁碑跋〉「字綏宗體德忠孝」，此「綏宗」下衍「掾」字；第十七卷〈漢費君碑陰跋〉「甘陵石勛」，此作「石勖」。即顧氏亦未校正，此則稍有瑕疵耳。顧氏兼錄義門校筆，既正盧刻之譌，其足爲是本借鏡者，亦自不尠。今以呂氏原校及顧氏所校，與是本互異之處，彙錄校記，附刊於後，庶幾成一善本乎？海鹽張元濟。

校本《金石錄》(潘景鄭)

此雅雨堂本《金石錄》。書衣題識云:「此冊內硃墨批皆照翁覃溪師藏本過出,道光乙酉冬十月,葉志詵記。」卷末錄覃溪跋云:「乾隆丙申三月八日,於寶善亭以惠氏紅豆山房校本、范氏天一閣舊鈔本、與陸丹叔學士新得舊鈔本,凡三本同校。是三本者,惠氏本暨丹叔本皆用義門校本謄入。然二本皆不及盧刻本,范氏本則又不及二本。從前曾以竹垞所校本即汪氏裘抒樓藏者校一過。又以孫氏萬卷樓所藏謝刻本校一過。與余所鈔此盧刻本,凡校過六本」云云。另有一行云:「嘉慶戊寅二月,借阮伯元督府藏馮硯祥文昌跋尾十卷本校改數處。」以上所據,知此書經校凡七本,而宋刻十卷本亦曾寓目也。余先藏黃、顧合校之本,則據葉文莊家鈔本,極詆盧刻之訛謬。盧刻所據葉鈔及陸敕先校錢鈔本、及義門校本,當時已稱完善。今閱此本,凡正譌脫者,又不下數百處。以是知几塵落葉,無窮盡也。此本佳處,不特文字之異同,而各家心得之語,時注眉上,足資考鏡。又錄乾隆甲申李文藻跋云:「謝校二十年前,郃陽趙希謙以十餘金購之。輿至濟寧,以歸劉雨亭沛家。」據此則謝本刊於順治間,至乾隆時板尚完好,亦足補此書之故聞耳。余於金石碑版之好,不讓德甫。歷年搜羅石墨,已逾萬卷。徒以戰雲離徙,棄置家鄉,未知何日得效德甫之刻日玩索,校勘跋題,以償宿願乎?此本無意中得諸滬市,「平安館」小印,眉端可證。又有「沈鄭齋藏」印,當是吾邑流散者。得此與舊藏黃、顧校本,殊誇雙璧。安得取十卷本快校一過。傲岸前賢,予企望之。時己卯臘月二十五日,雪窗展誦,呵凍記此,時客滬上之潤康邨寓廬。(《著硯樓書跋》)

校宋本《金石錄》(潘景鄭)

趙明誠《金石錄》,初刻於龍舒郡齋,再刻於浚儀趙不譾。迨元、明兩代垂四百年,未見雕槧之業。有明藏家所賴迻寫流傳而已。明寫本最著者凡三:一爲吳文定本,二爲葉文莊本,三爲錢罄室本。所據源出自宋。至清代傳刻,不能出其藩籬,而祖本面目若何,衹從臆測矣。吾家滂喜齋舊藏殘宋本十卷,自錢遵王《敏求記》著錄以後,遞經前賢收藏,詑爲海內孤帙。然以黃蕘圃畢生收書之勤,猶未覯其書,誠亦藝林憾事耳。近金陵甘氏書散。趙君敦甫以賤值論斤,得宋本《金石錄》五冊。慨然捐獻政府。余得授而讀之。全書完整無缺,版心略敝,而文字宛然無損。四五百年湮滅不彰之秘籍,一旦流傳人間,而余又得披閱校讀一過,文字因緣,自非偶然也。是本藏家淵源,序後有元俞琰題識云：「大德丙午二月十三日，藏于讀易齋。」並有俞氏藏印可證。外此印記，有「貞元」、「大雅」、及「唐伯虎」三印，皆屬後人作僞。甘氏藏印，有「甘福之印」、「一字德基」、「夢六居士」等印。末有「孫馮翼觀」一印。其他未經前賢流覽所及，度甘氏殊少往還，或其矜秘不肯示人，致無由傳聞耶？此書行款，每半葉十行，行二十一字，間有參差處。板心白口、雙魚尾，上記字數，中縫「《金石錄》卷幾」。下縫總計葉數，及「龍彥寫」三字。下記刻工姓名。其可辨者，有胡珏、胡剛、胡震、劉仲、徐亮、陳明、趙震、王才等。紙質細薄類棉紙，字體秀勁。每葉有「晏如」楷書朱印鈐紙面。據徐森玉丈云：「此其宋刻之明證焉。」宋諱闕筆可覩者，為殷、匡、貞、禎、徵、慎、戌、遘等。敦字以下不避，審是孝宗以後刻本。余按開禧元年浚儀趙不讙跋云：「趙德父所著《金石錄》，鋟板于龍舒郡齋久矣，尚多脫誤。茲幸假守，獲覩其所親鈔於邦人張懷祖知縣。既得郡文學山陰王君玉是正，且惜夫易安之跋不附焉，因刻以殿之」云云。據是則易安後序，龍舒初刻無之。浚儀本始附入。此本無易安〈後序〉及趙〈跋〉，當為龍舒初刊本無疑。又按易安作序，在紹興二年，而龍舒初刻雖不著年月，徵孝宗諱不避，度必刊於乾道、淳熙間。計與浚儀本前後相距三、四十年。考龍舒在安徽舒城縣，浚儀一在安徽壽縣，一在安徽亳縣。兩本雕鐫，不出安徽一省。疑浚儀本即據原刻校正，修板付印耳。茲取涵芬樓景印呂無黨鈔本對勘一過，頗多是正。又以舊藏平安館臨七家校本比勘，更多出入。是知几塵落葉，無窮盡耳。校錄既竣，率誌見聞於景印呂鈔本後，藉存鴻爪。（《著硯樓書跋》）

題　詠

一　詩

易安居士畫像題辭（吳寬）

金石姻緣翰墨芬，文蕭夫婦盡能文；西風庭院秋如水，人比黃花瘦幾分。

又（李澄中）

小窗簾捲早涼初，幸傍詞人舊里居；吟到黃花人瘦句，買絲爭繡女相如。（四印齋本《漱玉詞》）

【四印齋本《漱玉詞》畫像題辭原註】

易安居士照，藏諸城某氏；諸城古東武，明誠鄉里也。王竹吾舍人以摹本見贈，屬劉君炳堂重撫是幀。竹吾云：「其家蓄奇石一方，上有明誠、易安題字，諸城趙、李遺蹟，蓋僅此云。」光緒庚寅二月中，半塘老人識。案原本手幽蘭一枝，劉君摹本，取居士詞意，以黃花易之。

題李易安遺像並序（周樂）

李清照，自號易安居士，濟南格非之女也。幼有才藻，爲詞家大宗，嫁趙明誠。明誠好儲書籍，作《金石錄》，考據精鑿，清照實助成之。遭靖康亂，圖書散失，避亂於越。明誠卒，乃作〈金石錄後序〉，自述其流離狀，人皆憫之。按明誠，諸城人而家於青，此圖之在諸城也宜矣。觀其筆墨古雅，迥非近代畫手所能及，或即當時眞本亦未可知。第不知何年藏於縣署樓中，貯以竹筒，爲一邑紳所得，寶而藏之。今又入其邑裴玉樵手，携歸濟南，得快瞻數百年故物，不可謂非深幸也。披覽之餘，並作短章，以誌景仰。道光庚戌重九日，歷下周樂二南識。

曲眉雲髻屛鉛華，《漱玉》詞高自一家；幾閱滄桑遺像在，果然人瘦似黃花。

金石搜羅未覺疲，香焚燕寢伴吟詩；披蓑頂笠裝尤好，風雪循城覓句時。重敘遺編感故侯，艱難歷盡幾經秋；淒涼柳絮泉邊老，漫妒才人老不休。（冷雪盦本《漱玉詞》）

題李易安看竹圖小像（徐宗浩）

宣統辛亥，得易安居士小像於京師。圖高晉尺五尺八寸，闊二尺六寸五分，有周二南諸跋。易安晚節，世多訾議，盧見曾、俞理初、金偉軍三先生已爲之辨誣；後徵題於樊山、仁安兩先生，藉雪其冤。同時得王幼霞、錢納蘧兩刻本《漱玉集》，納蘧附錄二卷，考證尤詳。余覽其詞，悲其遇，爲重書影印，索俞滌煩撫〈秀竹圖小照〉冠於卷首，並錄諸題於後。發潛闡幽，庶幾無憾，漫綴一絕，用志欣快。

高節凌雲自一時，嬋娟已有歲寒姿；借東坡句霜竿特立誰能撼，寄語西風莫浪吹。（冷雪盦本《漱玉詞》）

題李易安遺像並序（樊增祥）

丁巳小春，武進徐君養吾以所藏易安居士小像見示徵題。道光庚戌周二南詩跋謂：「趙明誠籍諸城而居于青。此圖設色古雅，或即當時原本，不知何年貯以竹筒，藏於諸城縣署，後爲邑紳某所得，今又轉入濟南裴玉樵家」云云。易安生於北而歿於南，此圖閱八百餘年，復由濟南而入於吳，倘亦豔魄有靈，不忘江南煙水故耶？易安才高學贍，好詆訶人，遂爲忌者誣謗，幸得盧雅雨、俞理初輩爲之昭雪。其所爲古詩，放翁遺詩且猶不逮，誠齋、石湖以下勿論矣。寒夜無俚，爲製長句，以雪其冤，且伸夙昔論斷之意云爾。樊山樊增祥識。

趙侯一枕芝芙夢，難得鴛衾詞女共；金堂茶事見恩彌，錦帕梅詞覺情重。亭亭玉立傾城姝，文采風流蓋世無；自信眞心貫金石，浪言晚節失桑榆。父爲元祐黨人最，母是祥符狀元裔；母王氏，拱辰女孫。外氏親傳懿恪衣，小時熟讀〈名園記〉。歸來堂裏小鴛鴦，翁佐崇寧政事堂；郎典春衣携果餌，妾鬫珠翠市琳瑯。古今無此閨房豔，携手成歡分手念；無錢悵憶〈牡丹圖〉，惜別悲吟紅藕簟。乘輿北狩太倉皇，猶保餘生守建康；烟水吳興教管領，圖書東武半存亡。此時間道趨行在，六月池陽具鞍轡；目光如虎射船窗，不作世間兒女態。秋雁銜來病裏書，深憂痁作誤苓胡；江路蘭橈三百里，舊思錦帳卅年餘。易安以十八歸趙明誠，四十七而寡。旅中相見憂還怖，瘧痢既綿傷二豎；當年顧影比黃花，今日招魂埋玉樹。從此流移歷數州，縹緗彝鼎付沈浮；故知富貴能風雅，無福雙棲到白頭。紹興壬子臨安寓，已了玉壺蜚語事；一篇〈後序〉二千言，霧鬢風鬟五十二。序文詳密媲歐、蘇，語語靡蕪念故夫；隻雁何心隨駔儈，求凰誰見用官書？才高眾忌人情薄，蛾眉從古多謠諑；歐陽且有盜甥疑，第五猶蒙笄翁惡。眼波電閃無餘子，謗議由人亦由己；積怨龍頭張九成，僞投魚素綦崇禮。知命衰年宰相家，肯同商婦抱琵琶；憔悴已同金線柳，荒唐誰信《碧雲騢》。姿才俊逸由天授，太白、東坡比高秀；憶隨夫婿守金陵，已是思陵南渡後。騎出江天白鳳凰，雪中戴笠金釵溜；歸倒奚囊索報章，西風吟得蕭郎瘦。晚年僑寄金華城，明燭搖窗博乃興；玉軸三千俱掃地，海棠重五尙投瓊。見《打馬圖經》。曹藍、謝絮猶難匹，萬古閨襜推第一；余之夙論如此。松年肖冑兩篇詩，南宋以來無此筆。妙繪猶傳墨竹圖，綺詞欲奪金荃席；龍輔粧樓枉費才，鷗波柔翰慚無力。今見芙蓉出鏡中，姑山冰雪擬清容；孤嫠八百年來淚，重灑蒼梧夕照紅。（冷雪盦本《漱玉詞》）

題李易安畫像（王守恂）

一代文宗作女師，更從絹本得風姿；巖巖正氣朱元晦，未見吹求有貶詞。
五十孀憐已白頭，愴懷家國不勝愁；我朝自有盧、俞後，千載浮言早罷休。
（《石雪齋詩集》）

題李易安三十一歲小像（葉恭綽）

黃花人瘦鏡中顰，可是丹青自寫眞；易安能書。我若妝臺稱侍史，風前應作捲簾人。
當時讕語太悠悠，豈有佳篇餉汝舟；一例流傳輕薄甚，更言月上柳梢頭。
啼鵑感慨舊山河，《漱玉》哀音均轉和；吟到衣冠南渡句，風雲氣比女兒多。
（《遐庵彙稿》）

題李易安所書〈琵琶行〉後有序（宋濂）

樂天謫居江州，聞商婦琵琶，抆淚悲嘆，可謂不善處患難矣。然其詞之傳，讀者猶愴然，況聞其事者乎？李易安圖而書之，其意蓋有所寓。而永嘉陳傅良題識其言，則有可異者。余戲作一詩，正之於禮義，亦古詩人之遺音歟？其辭曰：

佳人薄命紛無數，豈獨潯陽老商婦；青衫司馬太多情，一曲琵琶淚如雨。此身已失將怨誰，世間哀樂長相隨；易安寫此別有意，字字欲訴中心悲。永嘉陳侯好奇士，夢裏謬爲兒女語；花顏國色草上塵，朽骨何堪汙脣齒。生男當如魯男子，生女當如夏侯女；千年穢跡吾欲洗，安得潯陽半江水。（《宋學士集》）

題李易安墨竹圖（王守恂）

律協宮商說詞伯，錄存金石作文豪；我今解得丹青意，欲表清風立節高。（《石雪齋詩集》）

柳絮泉訪李易安故宅（田雯）

跳波濺客衣，演漾迴塘路；□□□□□，□□□□□。清照昔年人，門外垂楊樹；沙禽一隻飛，獨向前洲去。（《古懽堂集》）

柳絮泉訪李易安故宅（任宏遠）

爲尋詞女舍，卻自柳泉行；秋雨黃花瘦，春流漱玉聲。收藏驚浩刼，漂泊感生平；往昔風流在，猶傳樂府名。（《鵲華山人詩集》）

易安居士故里（李廷棨）

閨秀鍾靈處，停車落日時；溪光留寶鏡，山色想峨眉。九日黃花語，千秋幼婦辭；自隨兵舫去，誰更續江蘺？（《山左詩彙鈔》）

柳絮泉李易安故宅（高宅暘）

一斛清泉柳絮颺，蕭蕭故宅但斜陽；風流不獨詞人盡，金石飄零亦漸亡。（《味蓼軒詩鈔》）

柳絮泉詩二首（廖炳奎）

龍潭西去趵泉東，錦繡才人住此中；過眼雲烟《金石錄》，年年惱恨是春風。

不將牙慧拾前人，譜出新詞字字新；一盞寒泉分柳絮，瓣香合供藕花神。

（註）明湖有藕神祠，同人擬祀易安居士神主。（《歷下詠懷古蹟詩鈔》）

前題（王鴻）

掃眉才子筆玲瓏，蓑笠尋詩白雪中；絮不沾泥心已老，任他風蝶笑東風。名園曾訪歷亭西，一碧寒泉瀉野溪；欲覓遺詩編《漱玉》，多情轉覺遜山妻。（《歷下詠懷古蹟詩鈔》）

前題（王大堉）

泉水湧如飛絮，曾居詠絮才人；千古吟魂來否？絮花空舞粼粼。
黃菊笑輸人瘦，酴醾開惜春深；閒裏呼盧打馬，興來戛玉敲金。（《歷下詠懷古蹟詩鈔》）

登州雜詩（趙執信）

朱榜雕牆擁達官，篇章雖在姓名殘；有人齒冷君知否？靜治堂中李易安。丹崖石刻姓名多毀，靜治堂，趙明誠守郡時故額。（《飴山詩集》）

詠史詩（謝啓昆）

風鬟尚怯胥江冷，雨泣應含杞婦悲；回首靜治堂舊事，翻茶校帖最相思。（吳衡照《蓮子居詞話》引）

歷下雜詩（樂鈞）

奇絕芝芙夢裏情，先教夫婿識才名；一溪柳絮門前水，猶作青閨漱玉聲。李易安故宅在西門外柳絮泉上。易安有《漱玉集》。（《青芝山館詩集》）

藏書紀事詩 趙明誠德父李清照易安（葉昌熾）

不成部帙但平平，漆室燈昏百感生；安得歸來堂上坐，放懷一笑茗甌傾。

詠李易安（董芸）

金石遺文憶故歡，老隨兵舫渡江難；香閨錯比明妃里，柳絮泉頭李易安。（《新齊音》）

前題（薛紹徽）

紙墨乾枯卷帙殘，幾番我亦笑酸寒；歸來堂上徐熙畫，懊喪方知李易安。（《黛韻樓詩集》）

題查伯葵撰〈李易安論〉後（陳文述）

李清照再適之說，向竊疑之。宋人雖不諱再嫁，然考序《金石錄》時，年已五十有餘。《雲麓漫鈔》所載〈投綦處厚啓〉，殆好事者爲之。蓋宋人小說，往往污蔑賢者，如《四朝聞見錄》之於朱子，《東軒筆錄》之於歐公，比比皆是。嘗欲製一文以雪其誣，苦未得暇，今讀伯葵所作，可謂先得我心。因題二絕，以當跋語；舊有題《漱玉集》四詩，因併載焉。

談娘善訴語何誣？卓女琴心事本無。賴有琵琶查八十，清商一曲慰羅敷。宛陵新序寫烏絲，微雨輕寒〈本事詩〉；一樣沉冤誰解雪，《斷腸集》裏〈上元詞〉。「去年元夜」一詞，本歐公作，後人誤編入《斷腸集》，遂疑淑貞為佚女，與此正同，亦不可不辨也。（《頤道堂詩外集》）

蕊生長姒〈百美詩〉，於李易安朱淑貞尚沿舊說，詩以辨之（史靜）

藁砧風雅重當時，金石心堅那得移；人比黃花更消瘦，何緣晚節有參差。李易安（《閨秀正始集》）

論易安詞（譚玉生）

綠肥紅瘦語嫣然，人比黃花更可憐；若非詩中論位置，易安居士李青蓮。（《古今詞辯》）

前題（馮夢華）

金石遺文迥出塵，一編《漱玉》亦清新；玉簫聲斷人何處，合與南唐作替人。（《古今詞辯》）

前題（江賓谷）

《漱玉》便娟態有餘，趙家芝草夢非虛；最憐九日銷魂句，吟瘦郎君總不如。（《古今詞辯》）

易安詞女（沙曾達）

趙家擇婦鳳求凰，詞女能文夢應祥；草拔芝芙天作合，乃翁字義費推詳。（《分類古今名媛吟草》）

題李清照（查惜）

間氣鍾閨秀，偏輸一段情；雨疎風驟後，曾憶趙明誠。（《南樓吟香集》）

論詞絕句（王僧保）

易安才調美無倫，百代才人拜後塵；比似禪宗參實意，文殊女子定中身。（《古今詞辯》）

前題（夏承燾）

目空歐、晏幾宗工，身後流言亦意中；放汝倚聲逃伏斧，渡江人敢頌重瞳。
西湖臺閣氣沉沉，霧鬢風鬟感不禁；喚起過河老宗澤，聽君打馬渡淮吟。
大句軒昂隘九州，么絃稠疊滿閨愁；但憐雖好依然小，看放雙溪舴艋舟。
掃除疆界望蘇門，一脈詩詞本不分；絕代易安誰繼起，渡江隻手合黃、秦。
中原父老望旌旗，兩戒山河哭子規；過眼西湖無一句，易安心事岳王知。
（《瞿髯論詞絕句》）

讀李易安《漱玉集》（張嫻婧）

從來才女果誰儔，錯玉編珠萬斛舟；自言人比黃花瘦，可似黃花奈晚秋。（《翠樓集》）

題《漱玉集》（王季木）

京朝名跡此中稀，劓水鯨山感異時；惟有女郎風雅在，又隨兵舫泣江蘺。（《崇禎歷城縣志》）

前題（陳文述）

《漱玉》新詞入大家，衛娘風貌亦芳華；桐陰閒話芝芙夢，第一消魂是鬪茶。
解賦凌雲擅別裁，連錢玉鐙競龍媒；一篇〈打馬〉流傳徧，如此嬋娟是異才。
玉堂爭似紅閨好，柏帳金環寫早春；解製貴妃〈春帖子〉，清照為戚屬撰〈春帖子〉詞，見《浩然齋雅談》。翰林例有捉刀人。
歸來堂上燦銀釭，紗幔傳經小影幢；愁絕紅樓詩弟子，女士韓玉父受詩法於清照，見《四朝詩集》。一篷寒雨過盱江。（《頤道堂詩外集》）

前題（范坰）

《漱玉》清詞玉版箋，易安居士有遺編；遠齊道韞應無媿，故宅猶稱柳絮泉。(《廣齊音》)

題《漱玉詞》（李葆恂）

小別明湖近十年，濟南名士各風煙；明湖四客王午橋、徐慕雲，皆去濟南矣。鵲華山色應無恙，誰弔詞人柳絮泉。

夫壻翩翩著作殊，三千金石自編摹；閨中別有消閒法，玉管新翻〈打馬圖〉。

白璧青蠅讕語疑，誰將史筆著寃詞；俞君〈事輯〉王郎刻，應感芳魂地下知。半塘新刊《漱玉詞》，附理初〈事輯〉於後。

小影荼蘼刧火紅，往見易安「荼蘼春去」小影於葉文湘雲處，今為六丁取去矣。畫圖重見寫春風；裙邊袖角新題徧，若箇詞華《漱玉》工。(四印齋本《漱玉詞》)

前題（王志修）

金石編排脫稿初，歸來堂上賦閑居；歸來堂舊址，乾隆中，同邑李氏改名易安園，今亦荒蕪矣。若論舊譜翻新調，夫壻才華恐不如。用鄉先輩漁村先生韻。

衣冠南渡已無家，鐘鼎圖書載幾車；畢竟不須疑晚節，西風人自比黃花。

詞客爭傳《漱玉詞》，半塘老人新刊《漱玉詞》。故鄉眞恨我生遲；摩挲奇石題名在，石高五尺，玲瓏透豁，上有「雲巢」二隸書，其下小摩崖刻「辛卯九月德父、易安同記」，現置敝居仍園竹中。應記花前寫照時。(四印齋本《漱玉詞》)

冷衷先生新輯《易安居士全集》，授讀一過，有感於懷，走筆作長謠，題於卷端，時癸亥端陽前一日也。（王念曾）

懷古蒼茫天水碧，《漱玉》貞蕤蘊怨魄；黟縣先生俞理初正燮。始發矇，名論確如矢破的。後來臨桂王幼霞鵬運、況夔笙周頤，皆臨桂人。嗜倚聲，併與《斷腸》登棗刻；我得其本緘巾箱，兵燹艱難保無失。開卷沈吟掩卷思，如見中州全盛日；燈火樊樓才藻多，晚霞詎料成金色。夫婿芝芙入夢初，掃眉才子稱良匹；錦帕封題〈一剪梅〉，倡影蛩氈守窗黑。相國精藍日市碑，繙閱夜談擕果實；徜徉自謂葛天民，願作鴛鴦長比翼。價重兼金沒骨圖，傾篋典衣償未得；從此鄉閭且息形，竹符一旦新除檄。先守青州後守萊，吏有神君咸奉職；探支鶴料膹餘貲，彝鼎斑然列几席。風流上紹六一翁，《金石》一編矜晚出；歸來堂中考訂精，鬭茶覆杯事奇絕。國家承平百餘年，運祚忽逢陽九厄；宣和艮嶽付煨塵，臣亦仳離走倉卒。江寧移郡虎口餘，無恙江山存半壁；循城蓑笠恣尋詩，玉妃萬騎紛馱雪。疇知哀樂理難窮，赴召池陽重惜別；最是江頭岸葛巾，剌剌不休語瑣屑。白日俄摧杞婦城，洗盡鉛華厲清節；天涯飄泊感雲萍，上江欲渡烽煙隔。臺、睦、衢、杭轉徙頻，顛頓空舟嫠夜泣。玉壺疑獄未分明，蜚語北庭訛饋璧。舍人左右事得解，啓事偶弄生花筆；親舊作謝亦尋常，桑榆蒙謗何由釋。大抵才人易招忌，倒影飄香近訐直；謠諑蛾眉競射沙，多口無根胡所恤。君今闡幽作〈年譜〉，編劖詩文蔚鉅帙；娉婷春影渺荼蘼，柳絮泉應香且潔。「雲巢」片石天壤留，好事爭繙〈打馬〉格；三復斯編觸我悲，自憐身世同蕭瑟。癸亥經今十又三，麒麟鬭多日薄蝕，試誦〈端陽帖子詞〉，紹興偏安猶可說。乾元用九亢有悔，蒲觴泛綠心紆鬱；借爾一澆塊磊胸，掇拾前聞愧不律。（冷雪盦本《漱玉詞》）

題《漱玉集》（郭則澐）

萬松金闕湖山限，醉人湖淥如春醅；佛貍不死白雁來，函憂漆室何時開。青州燼後洪州災，幻妄變滅供一咍；最傷白日堅城頹，用易安祭明誠文語。詞人例有江南哀。暮年詞賦驅龍媒，呼風愴絕金粟堆，黥山劓水徒澶洄，何來蜚語成玉臺。人間瓦釜紛鳴雷，俞理初。金偉軍。王又遐。李越縵。稱淹賅；□□□□□□□，老筆一掃空浮埃。冷衷晚出矜鑒裁，零縑斷楮珍瓊瑰。荼蘼春影沈寒灰，畫卷重見黃花回。風鬟霜鬢休相猜，鬭茶倘憶翻深杯；千年怨魄思東萊，傷哉一代縱橫才。（冷雪盦本《漱玉詞》）

題宋刻《金石錄》（奕繪）

孳經老人著筆暇，頗有閒情及鐘鼎；家藏宋槧《金石錄》，故紙不是雙鈎影。今世有雙鈎古碑影宋本書《天祿琳琅》偶未入，高宗訪求宋版書，聚集目錄，已盈八卷，名《天祿琳琅》。汲引今古得修綆；相隨滇粵廿餘年，今春攜入中書省。惟日丁亥三月望，殿閣參差月華靜；燈前親寫第五跋，不似東坡醉酩酊。蘇詩曰：「醉眼有花書字大，老人無睡漏聲長。」公平生不飲酒，以六旬有五之年，書法了無頹唐氣，故云。閏月丁亥索我詩，我固願焉不敢請；日吉辰良古所重，萬舞登歌味尤永。但慙前輩富題識，恐污蛟龍混蛙黽；願公壽考

如金石，宋錄、秦碑伴煙艇。道光戊戌閏月望日丁亥，應雲臺相國命題，後學奕繪。(《滂喜齋藏書記》)

重鐫《金石錄》十卷印歌奉贈芸臺制府（翁方綱）

十卷欲抵三十卷，三十卷即卷二千；馮硯祥家此舊印，趙《金石錄》之殘編。也是園叟爲著錄，藝林豔羨逾百年；此書宋槧誰得見，菉竹堂寫名空傳。我見朱竹垞。何義門。手所校，謝刻盧刻譌猶沿；今晨阮公札遠寄，秘笈新得邗江邊。阮公積古邁歐、趙，蘇齋快與論墨緣；恰逢葉子仿篆記，宛如舊石馮家鐫。重章疊和紙增價，長箋短幅紅鮮妍；錦贉何減浚儀刻，宋時浚儀刻本。囊楮倍壓湖州船。葉子篆樣又摹副，其一畀我蘇齋筵；我齋趙錄寫本耳，幸有蘇集珍丹鉛。紹興漕倉施、顧注，傳楷更在趙錄前；奇哉漫堂寶殘泐，惜也邵補功微愆！欽州馮家有全帙，廿載借諾心拳拳；乞公借從穗城刻，什倍開府緜津賢。誓言此印爲之質，萬古虹月衡杓躔；明年仍還馮家櫝，一月光又印萬川。嘉慶丁丑臘月弟方綱草。(《滂喜齋藏書記》)

題《金石錄》（繆荃孫）

歸來堂中二千卷，今石止存二百餘。煙雲過眼易磨滅，可憐石壽不如書。本朝金石分兩派，蘭泉、覃谿稱大師。若論著述分軒輊，德父終勝黃伯思。（仁和朱氏刊《金石錄》）

書雅雨堂〈重刊金石錄序〉後並引（黃友琴）

李易安作〈金石錄跋〉，時年已五十有二。國朝雅雨盧公重梓是書，序中決其必無更嫁事，謂是好事者爲之，殆造謗爲《碧雲騢》之類。數百年覆盆，遂得昭雪，自是易安可免被惡聲矣，詩以詠之。

李氏本清門，趙亦大族裔；淹通敵儒冠，文采蔑儕類。詎踰就木年，而違汎舟誓；金爲口所鑠，夔竟足不衛。卓哉都轉公，一語抉蒙翳；披雲始見天，湔雪洵快事。詞憐《漱玉》新，圖愛〈打馬〉慧；曠代有知己，九原當破涕。(《閨秀正始集》)

宣和打馬圖（王士禎）

前馬奔馳後馬逐，萬馬奔騰隘川陸；初看逐隊來玉門，又見爭先度函谷。

虎胸彗尾骨權奇，千里追風競齊足；傳聞天馬是星精，豈與凡材同碌碌。扼窩據險一敵萬，倒行逆施欻馳突；漫言稱德不稱力，徑籲浮雲何太速。得意横行彼一時，距少鹽車太行麓；殽、函哺秣朝飛龍，咫尺君門上天育；那知高步易顛蹶，夾壍一朝遭困辱。莫誇棗脯與文繡，世事由來有翻覆；直須十丈的盧飛，待向黃池更歕玉。（《漁洋人精華錄》）

題李易安《打馬圖》並跋（李漢章）

予幼讀〈打馬賦〉，愛其文，知易安居士不獨詩餘一道，冠絕千古，且信晦翁之言，非過許也。長遊齊魯，獲覩其圖，益廣所未見。然予性暗于博，不解爭先之術，第喜其措辭典雅，立意名雋，洵閨房之雅製，小道之巨觀；寓錦心繡口遊戲之中，致足樂也。若夫生際亂離，去國懷土，天涯遲暮，感慨無聊，既隨事以行文，亦因文以見志，又足悲矣！暇日檢點完篇，手錄一過，貽諸好事，庶有見作者之心焉。

國破家亡感慨多，中興汗馬久蹉跎；可憐淮水終難渡，遺恨還同說過河。南渡偷安王氣孤，爭先一局已全輸；廟堂只有和戎策，慚愧深閨〈打馬圖〉。纔涉驚濤夢未安，又聞虜馬飲江干；桑榆晚景無人惜，聊與驊騮遣歲寒。（《黃檗山人詩集》）

二　詞

聲聲慢（孫原湘）

易安居士，千古絕調，當是德父亡後，無聊淒怨之作，玩其祭夫文云：「白日正中，嘆龐公之機捷；堅城自墮，憐杞婦之悲深。」此正所謂悲深也。豈有綦處厚書云云。偶與改七香言之，七香仿詞意作圖，予塡此解，爲居士一雪前謗，願普天下有心人同聲和之。

何須訴出，滿紙淒風，如聞欲語又咽。夢已無蹤，還似夢中尋覓。心頭幾許舊事，盡托與玉階殘葉。雨外雁，雁邊雲，併作（去聲）一天秋黑。　我讀秋聲愁絕。千古恨，除非見伊親說。畫不能言，卻勝未曾省識。黃花尚憐瘦影，抱寒香共守寂寂。縱自怨，怎肯負霜後晚節。（張壽林輯本《漱玉詞》）

聲聲慢（周僖）

蕭蕭瑟瑟，畫出秋心，一聲一點一滴。待不尋思，拋也怎生拋得。疏疏密密雁陣，又壓樓半空寒黑。最恨是，帶愁來，不帶寄書消息。　滿架標題金石，間蝕損，當窗乍開還摺。幾朵黃花，可解笑人寂寂。黃昏剪燈照影，更那堪影也瘦立。這意緒，料只對孤影絮說。（張壽林輯本《漱玉詞》）

聲聲慢（孫文杓）

伊誰畫得，一片秋聲，淒然兩鬢翠溼。獨守西窗，還是舊時岑寂。深閨受盡黯澹，怎忍他冷風吹葉。雨乍過，又蕭蕭，盼斷雁來消息。　錦帊當初幽咽。離別恨，而今轉憎尋覓。夢已零星，想著更無氣力。黃花耐寒較瘦，捲疏簾自語自答。這況味，可但對孤影悄立。（張壽林輯本《漱玉詞》）

聲聲慢（吳震）

分明聽徹，字字吟秋，秋風一片響答。已到秋深，愁裏尚尋消息。尋秋苦向甚處，向此心自家尋出。奈細雨，弄聲聲，不似去年梧葉。　守到黃昏時節。憐瘦影，黃花也如人怯。黑了窗兒，一夜怎生得白。燈前倦繙舊錄，撫殘碑乍展又摺。問雁字，可寫個愁字寄得。（張壽林輯本《漱玉詞》）

金縷曲（顧太清）

俚詞呈雲臺老夫子，靜坐居伯母同教正。

日暮來青鳥。啓芸囊，紙光如砑，香雲縹緲。易安夫妻皆好古，夏鼎商彝細考。聚絕世人間奇寶。太息兵荒零落散，剩殘編幾卷當年藁。前人物，後人保。　雲臺相國親搜校。押紅泥，重重小印，篇篇玉藻。南渡君臣荒唐甚，誰寫亂離懷抱。抱遺憾訛言顛倒。賴有先生爲昭雪，算生平特記伊人老。千古案，平翻了。（《滂喜齋藏書記》）

南歌子（劉清韻）

觀李易安小像

一代詞人冠，三生慧業編。呑雲嚼雪思清妍，恰怪柔情幽緒太纏綿。　霧穀輕籠體，長蛾淡掃烟。紅塵無計挽神仙，幸有丹青留住影蹁躚。（《瓣香閣詞》）

鳳凰臺上憶吹簫（許玉瑑）

柳絮泉邊，芝芙夢裏，比肩緣信天成。甚渡江南去，鐵騎縱橫。贏得傷離怨別，身世事都付飄零。孤鴻唳，空餘薹篋，獨抱遺經。　分明畫圖題句，獨自說歸來，似諦深盟。奈岸巾孤往，忽墮堅城。賸有年時著錄，還記憶相對燈青。將誰比，簪花豔格，未足齊名。（四印齋本《漱玉詞》）

鳳凰臺上憶吹簫（俞陛雲）

世傳《漱玉集》，乃文津閣及四印齋本。李君冷衷更爲搜輯，采書至六十餘種，易安居士之文詞及遺文斷句，備於是編。將付剞劂，索余題記，用集中許君鶴巢韻賦之。

燼滅牙籤，霜高鐵騎，南朝愁絕蘭成。憶鵲華舊夢，天遠雲橫。辛苦歸來堂燕，過江東同訴飄零。金石序，幾行淚墨，浩刼身經。　荼蘼已成影事，寫令嫺哀誄，忍說鴛盟。賸一編佳詠，傳遍江城。卻有錦囊詞客，輯叢殘午夜燈青。好長與，雲巢片石，永著芳名。（冷雪盦本《漱玉詞》）

浣溪沙（李樹屏）

卅一年華絕世姿，那堪垂老感流離，風懷爭似舊家時。　題句空留偕隱字，錦書愁寄送行詞，箇人心事菊花知。（四印齋本《漱玉詞》）

弔李易安故居（錦秋老屋筆記）

黃華泉間，宋、明時爲李清照、谷繼宗宅第，國朝鍾學使性樸亦曾居住。由鍾氏歸於夢村伯祖及冰壑從叔，世居於此。夢村翁添建廊屋，有蕭寒郡齋、紅鷗館、西院。金線泉側，有水明樓，竹木映窗，鳴泉繞砌，南對雲山，乃歷下第一佳境也。冰壑叔去世後，六十年來，樓房隤廢，草木荒涼。近今賣花人以廢基改爲種花圃，每從經過，不勝今昔之感，因弔以詞云：

黃花依舊東流水，令人往事思量起；臨流華屋，名流居住，不勝屈指。清照詞新，繼宗詩麗，作成錦里。且休論遠代，即吾宗冰壑，又纔幾年才子。　當時何等丰標，享無窮豔福；清社竹樓翰墨，月廊簫鼓，紅偎翠倚。轉眼繁華，荊榛易長，斜陽影裏。誰還識，那雲山對處，是風流基址。（《續修歷城縣志》）

前人評論

△易安居士，京東提刑李格非之女、建康守趙明誠之妻，若本朝婦人，當推詞采第一。（宋王灼《碧鷄漫志》）

△李易安、魏夫人，使在衣冠之列，當與秦七、黃九爭雄，不徒擅名閨閣也。（宋黃昇《唐宋諸賢絕妙詞選》）

△李氏自號易安居士，趙明誠德夫之室，李文叔女，有才思，文章落紙，人爭傳之。小詞多膾炙人口，已版行於世，他文少有見者。（宋趙彥衛《雲麓漫鈔》）

△易安詞爲不祥之物。（宋葉盛《水東日記》）

△自漢以下，女子能詩文者，若唐山夫人曹大家，立言垂訓，詞古學正，不可尚已。蔡文姬、李易安失節可議。薛濤倚門之流，又無足言。朱淑眞者，傷於悲怨，亦非良婦。竇滔之妻，亦篤於情者耳。此外不多見矣。（明董穀《碧里雜存》）

△《花間》以小語致巧，《世說》靡也；《草堂》以麗字則妍，六朝隃也？即詞號稱詩餘，然而詩人不爲也。何者？其婉孌而近情也，足以移情而奪嗜；其柔靡而近俗也，詩嬋緩而就之，而不知其下也。之詩而詞，非詞也，之詞而詩，非詩也。言其業，李氏、晏氏父子、耆卿、子野、美成、少游、易安至也，詞之正宗也。（明王世貞《弇州山人詞評》）

△宋人中填詞，李易安亦稱冠絕，使在衣冠，當與秦七、黃九爭雄，不獨雄於閨閣也。其詞名《漱玉集》，尋之未得。（明楊愼《詞品》）

△古婦人之能詞章者，如李易安、孫夫人輩皆有集行世。（明陳霆《渚山堂詞話》）

△清照以一婦人，而詞格乃抗軼周、柳，雖篇帙無多，固不能不寶而存之，爲詞家一大宗矣。（清紀昀《四庫全書總目》）

△張南湖論詞派有二：一曰婉約，一曰豪放。僕謂婉約以易安爲宗，豪放惟

幼安稱首，皆吾濟南人，難乎爲繼矣！（清王士禎《花草蒙拾》）

△詞以少游、易安爲宗，固也。然竹屋、梅溪、白石諸公，極妍盡致處，反有秦、李所未到者。譬如絕句至劉賓客、林京兆時，出青蓮、龍標一頭地。（漁洋山人，清馮金伯《詞苑萃編》引）

△李易安詞獨闢門徑，居然可觀。其源自從淮海、大晟來，而鑄語則多生造。婦人有此，可謂奇矣。（清陳廷焯《白雨齋詞話》）

△宋閨秀詞自以易安爲冠，朱子以魏夫人與之並稱，魏夫人祇堪出朱淑眞之右，去易安尚遠。（清陳廷焯《白雨齋詞話》）

△朱晦菴謂：「宋代婦人能文者，惟魏夫人及李易安二人而已。」魏夫人詞筆頗有操邁處，雖非易安之敵，然亦未易才也。（清陳廷焯《白雨齋詞話》）

△閨秀工爲詞者，前則李易安，後則徐湘蘋，明末葉小鸞較勝於朱淑眞，可爲徐之亞。（清陳廷焯《白雨齋詞話》）

△葛長庚詞，脫盡方外氣；李易安詞，卻未能脫盡閨閣氣。然以兩家較之，仍以易安爲勝。（清陳廷焯《白雨齋詞話》）

△兩宋詞家，各有獨至處，流派雖分，本原則一。惟方外之葛長庚、閨中之李易安，別於周、秦、姜、史、蘇、辛外，獨樹一幟，而亦無害其爲佳，可謂難矣。然畢竟不及諸賢之深厚，終是託根淺也。（清陳廷焯《白雨齋詞話》）

△宋時詞學盛行，然夫婦均有詞傳，僅曾布、方喬、陸游、易祓、戴復古五家。方、戴、易氏且無考，戴、陸更係怨偶，易妻詞亦甚怨抑，推子宣與魏夫人克稱良匹。他如趙明誠妻李易安，盛以詞名，而明誠詞無傳。（清丁紹儀《聽秋聲館詞話》）

△易安在宋諸媛中，自卓然一家，不在秦七、黃九之下。詞無一首不工，其鍊處可奪夢窗之席，其麗處直參片玉之班；蓋不徒俯視巾幗，直欲壓倒鬚眉。（清李調元《雨村詞話》）

△男中李後主，女中李易安，極是當行本色；前此太白，故稱詞家三李。（清沈謙《填詞雜說》）

△閨秀詞惟清照最優，究若無骨，存一篇尤清出者。（清周濟《介存齋論詞雜著》）

△華亭宋尚木徵璧曰：「吾於宋詞得七人焉：曰永叔，其詞秀逸；曰子瞻，其詞放誕；曰少游，其詞清華；曰子野，其詞娟潔；曰方回，其詞鮮清；曰

小山，其詞聰俊；曰易安，其詞妍婉。」（清徐釚《詞苑叢談》引）

△易安以詞專長，揮灑俊逸，亦能琢鍊。（清吳灝《歷朝名媛詩詞》）

△李易安時代猶稍後於淑眞，即以詞格論，淑眞清空婉約，純乎北宋；易安筆情近濃至，意境較沈博，下開南宋風氣。非所詣不相若，則時會爲之也。（清況周頤《蕙風詞話》）

△弇州云：「溫飛卿詞曰《金荃》，唐人詞有集曰《蘭畹》，蓋取其香而弱也；然則雄壯者固次之矣。」此弇州妙語，自明季國初，諸公瓣香《花間》者，人人意中擬似一境，而莫可名之者，公以香弱二字攝之，可謂善於侔色揣稱者矣。《皺水》勝諦，大都演此。余少時亦醉心此境者，當其沉酣，至妄謂《午夢》風神，遠在易安以上。又且謂：「易安倜儻有丈夫氣，乃閨閣中蘇、辛，非秦、柳也。」（清沈曾植《菌閣瑣談》）

△易安跌宕昭彰，氣調極類少游，刻摯且兼山谷，篇章惜少，不過窺豹一斑，閨房之秀，固文士之豪也。才鋒太露，被謗殆亦因此。自明以來，墮情者醉其芬馨，飛想者賞其神駿，易安有靈，後者當許爲知己。漁洋稱「易安、幼安爲濟南二安，難乎爲繼；易安爲婉約主，幼安爲豪放主」。此論非明代諸公所及。（清沈曾植《菌閣瑣談》）

△大抵易安諸作，能疏俊而少沉着。（民國吳梅《詞學通論》）

△《漱玉詞》之全部風格，實兼有婉約、豪放二派之所長，而去其所短，沈氏所謂「墮情者醉其芬馨，飛想者賞其神駿」，其言蓋不我欺。又其所謂「神駿」，當求之於其用筆方面。《歷朝名媛詩詞》稱其「揮灑俊逸，亦能琢鍊」。又論其〈聲聲慢〉云：「玩其筆本自矯拔，詞家少有，庶幾蘇辛之亞。」如前所錄〈念奴嬌〉、〈永遇樂〉諸闋，亦皆以矯拔之筆出之。（民國龍沐勛〈漱玉詞敘論〉）

△漁洋服膺易安（李清照），至推爲婉約宗主，然則將置少游於何地！平心而論：易安於此道致力甚深，其自命亦殊不凡，觀其論北宋諸公詞可見。以詞心言，眞可不愧少游；特矜氣太重，時欲出奇制勝耳。（民國詹安泰《讀詞偶記》）

△清照詞最能表現出女性美來，其幽媚、婉柔、流暢，機杼天成，遠非時輩所能企及。（民國薛礪若《宋詞通論》）

△易安《漱玉詞》，傳者約四十餘首。善以淺近語發清新之思，詞意並工，宋人喜舉其佳句，《四庫提要》推爲詞家一大宗。（民國饒宗頤《詞籍考》）

△易安一婦人，以散佚之殘詞數十首，而能抗衡秦七、黃九，自成標格，爲《四庫》許爲詞家大宗。今取其詞而誦之，知《四庫》館臣不我欺也。（民國李栖〈漱玉詞研究〉）

△自班婕妤而下，女子文才之盛者，無過於宋李易安清照，其才華雋逸，學養博深，氣兼剛柔，千年而下，無論女子無出其右者，即鬚眉亦難逞其上。（民國李栖〈漱玉詞研究〉）

引用書目

1. 《宋四家詞選》，一卷，清・周濟選，清刊本。
2. 《七修類稿》，五十一卷，明・郎瑛撰，排印本。
3. 《七頌堂詞繹》，一卷，清・劉體仁撰，排印本。
4. 《九朝編年備要》，三十卷，宋・陳均撰，清抄本。
5. 《千百年眼》，十二卷，明・張燧撰，明萬歷刻本。
6. 《小滄浪筆談》，四卷，清・阮元撰，排印本。
7. 《山左人詞》，十二卷，清・吳重熹輯，清金陵刊本。
8. 《中吳紀聞》，六卷，宋・龔明之撰，清刻本。
9. 《五總志》，一卷，宋・吳炯撰，期刊本。
10. 《分甘餘話》，四卷，清・王士禎撰，清康熙程哲七略書堂刻本。
11. 《友古居士詞一卷，宋・蔡伸撰，明抄本。
12. 《少室山房筆叢》，四十八卷，明・胡應麟撰，清刊本。
13. 《文獻通考》，三百四十八卷・元・馬端臨撰，明刊本。
14. 《日知錄》，三十二卷，清・顧炎武撰，吳縣潘氏遂初堂刊本。
15. 《止齋題跋》，二卷，宋・陳傅良撰，虞山毛氏汲古閣刊本。
16. 《水東日記》，四十卷，明・葉盛撰，清刊本。
17. 《片玉詞》，二卷補遺一卷，宋・周邦彥撰，明末虞山毛氏汲古閣刊本。
18. 《世説新語》，六卷，宋・劉義慶撰，明吳中珩校刊本。
19. 《古今女史》，十二卷，明・趙世杰輯，明崇禎刻本。
20. 《古今別腸詞選》，四卷，清・趙式輯，陳維崧、彭孫遹、王士禛、尤侗評點，清刻本。
21. 《古今注》，三卷・晉・崔豹撰，明刊本。

22. 《古今詞統》，十六卷，明・卓人月編，明崇禎間刊本。
23. 《古今詞話》，八卷，清・沈雄撰，清刊本。
24. 《古今詞論》，一卷，清・王又華輯，清刊本影印。
25. 《古今詞選》，十二卷，清・沈時棟選，清刻本。
26. 《四六談塵》，一卷，宋・謝伋撰，景明刊百川學海本。
27. 《四庫全書提要》，二百卷，清・紀昀等纂，清續修增刊本。
28. 《打馬圖經》，一卷，宋・李清照撰，清刊本。
29. 又《粵雅堂叢書本》。
30. 又《麗樓叢書本》。
31. 又《沈津欣賞編本》。
32. 《永樂大典》，七百三十卷，明・解縉等撰，影印本。
33. 《白雨齋詞話》，八卷，清・陳廷焯撰，排印本。
34. 《白香詞譜》，一卷，清・舒夢蘭編，清刊巾箱本。
35. 《全宋詞》，三百卷，唐圭璋編，國立編譯館排印本。
36. 《全芳備祖前集》，二十七卷，《後集》，三十一卷，宋・陳景沂撰，鈔本。
37. 《因樹屋書影》，十卷，清・周亮工撰，覆懷德堂複刊賴古堂原本。
38. 《夷門廣牘》，一百六卷，明・周履靖輯，明刊本。
39. 《竹坡詩話》，一卷，宋・周紫芝撰，明末刊本。
40. 《老學庵筆記》，十卷，宋・陸游撰，津逮秘書本。
41. 《冷廬雜識》，八卷，清・陸以湉撰，排印本。
42. 《吳氏詩話》，二卷，宋・吳子良撰，排印本。
43. 《吳禮部詩話》，一卷・元・吳師道撰，清刊本。
44. 《宋刑統》，三十卷，宋・竇儀等奉敕撰，國務院法制局據范氏天一閣鈔本校刊。
45. 《宋宰輔編年錄》，二十卷，宋・徐自明撰，清初鈔本。
46. 《宋詞三百首》，一卷，清・朱孝臧輯，清刊本。
47. 《宋詞賞心錄》，一卷，清・端木采辑，影印再版本。
48. 《宋詩紀事》，一百卷，清・厲鶚撰，清刊本。
49. 《彤管新編》，八卷，明・張之象輯，明校刊本。
50. 《彤管遺編》，二十卷，明・酈琥編，明刊本。
51. 《兩般秋雨盦隨筆》，八卷，清・梁紹壬撰，清校刊本。
52. 《易安居士事輯》，一卷，清・俞正燮撰，清抄本。
53. 《直齋書錄解題》，二十二卷，宋・陳振孫撰，江蘇書局本。

54. 《花草粹編》，十二卷，明・陳耀文編，景印明刊本。
55. 《花草蒙拾》，一卷，清・王士禛撰，昭代叢書本。
56. 《花庵詞選前集》，十卷，《後集》，十卷，宋・黄昇輯，清抄本。
57. 《花隨人聖盦摭憶》，一卷黄濬撰，排印本影印。
58. 《金石錄》，三十卷，宋・趙明誠撰，雅雨堂刊本，據明鈔本校。
59. 《金粟詞話》，一卷，清・彭孫遹撰，排印本。
60. 《建炎以來繫年要錄》，二百卷，宋・李心傳撰，鈔本。
61. 又《叢書集成本》。
62. 《昭德先生郡齋讀書志》，四卷，宋・晁公武撰，續古逸叢書本。
63. 《柳塘詞話》，四卷，清・沈雄撰，詞話叢鈔本。
64. 《癸巳類稿》，十五卷，清・俞正燮撰，清刊本。
65. 《風月堂詩話》，二卷，宋・朱弁撰，明刊本。
66. 《香研居詞麈》，五卷，清・方成培撰，讀畫齋叢書本。
67. 《香祖筆記》，十二卷，清・王士禛撰，清康熙刊本。
68. 《弇州山人詞評》，一卷，明・王世貞撰，弇州山人四部稿本。
69. 《苕溪漁隱叢話前集》，六十卷，《後集》，四十卷，宋・胡仔撰，海山仙館叢書本。
70. 《唐宋諸賢絕妙好詞選》，十卷，宋・黄昇撰，四部叢刊初編縮本（縮印明翻宋刊本）。
71. 《唐詞紀》，十六卷，明・董逢元輯，明萬歷刻本。
72. 《宮詞》，一卷，宋・胡偉撰，清刊本。
73. 《容齋四筆》，十六卷，宋・洪邁撰，影印本。
74. 《徐氏筆精》，八卷，明・徐●撰，清刊本。
75. 《校輯宋金元人詞》，七十三卷，《補遺》，一卷，趙萬里輯，排印本。
76. 《浮山集》，十卷，宋・仲并撰，文淵閣本。
77. 《浩然齋雅談》，三卷，宋・周密撰，清續修增刊本。
78. 《珠玉詞》，一卷，宋・晏殊撰，汲古閣刊本。
79. 《草堂詩餘前後集》，四卷，明・嘉靖三十三年楊金刊本。
80. 《草堂詩餘正集》，六卷，明・沈際飛本。
81. 《草堂詩餘雋》，四卷，明・吳從先輯，明書林蕭少衢師儉堂刻本。
82. 《草堂詩餘續集》，二卷，明・長湖外史編，明沈際飛本。
83. 《茶香室三鈔》，二十九卷，清・俞樾撰，新文豐本。
84. 《茶香室叢鈔》，二十三卷，清・俞樾撰，新文豐本。

85. 《馬戲圖譜》，一卷，宋・李清照撰，夷門廣牘本。
86. 《問花樓詞話》，一卷，清・陸鎣撰，笠澤詞徵本。
87. 《國史補》，三卷，唐・李肇撰，津逮祕書本。
88. 《堅瓠七集》，四卷，清・褚人穫撰，筆記小說大觀叢書本。
89. 《惜香樂府》，十卷，宋・趙長卿撰，安徽巡撫採進本。
90. 《梅花衲》，一卷，宋・李龔集句，景南宋六十家小集本。
91. 《梅苑》，十卷，宋・黃大輿編，楝亭十二種本。
92. 《清波雜志》，十二卷，宋・周煇撰，四部叢刊續編本。
93. 《清眞詞補遺》，一卷，宋・周邦彥撰，毛晉汲古閣本。
94. 《眾香詞》，六卷，清・王士禛撰、董康校，影印本。
95. 《許廎學林》，二十卷，清・胡玉縉撰，北京中華書局鉛印。
96. 《堯山堂外紀》，一百卷，明・蔣一葵撰，明萬歷刻本。
97. 《復堂詞話》，一卷，清・譚獻撰、近人徐珂編，詞話叢編本。
98. 《揮麈後錄》，十一卷，宋・王明清撰，毛氏汲古閣本。
99. 《朝野類要》，五卷，宋・趙升撰，清鈔本。
100. 《棗林雜俎》，六卷，清・談遷撰，清鈔本。
101. 《琴操》，二卷，漢蔡邕撰，清刊本。
102. 《硯北雜志》，一卷・元・陸友撰，進步書局石印本。
103. 《絳雲樓書目》，四卷，清・錢謙益撰、清・陳景雲注，粵雅堂叢書本。
104. 《善本書室藏書志》，四十卷，清・丁丙撰，清刊本。
105. 《萇楚齋三筆》，十卷，清・劉聲木撰、劉篤齡點校，北京中華書局本。
106. 《詞曲通義》，任中敏編纂，上海商務印書館本。
107. 《詞林紀事》，二十二卷，清・張宗橚輯，清刻本。
108. 《詞林萬選》，四卷，明・楊愼輯，毛氏汲古閣刻本。
109. 《詞品》，六卷，明・楊愼撰，圖書集成本。
110. 《詞律》，二十卷，清・萬樹撰，清康熙刊本。
111. 《詞苑叢談》，十二卷，清・徐釚撰，清康熙刊本。
112. 《古今詞統》，十六卷，明・卓人月編，明刊本。
113. 《詞源》，二卷，宋・張炎編，清刊本。
114. 《詞綜》，三十六卷，清・朱彝尊編，清刊本。
115. 《詞綜偶評》，一卷，清・許昂霄撰，清・張載華輯，查初白詩評本。
116. 《詞徵》，六卷，清・張德瀛撰，詞話叢編本。

117. 《詞潔》，六卷，清・先著、程洪編，清刊本。
118. 《詞學集成》，八卷，清・江順飴輯、清 宗山參訂，光緒中刊本。
119. 《詞學筌蹄》，八卷，明・周瑛輯，清初抄本。
120. 《詞譜》，四十卷，清・王奕清等撰，清內府刊本。
121. 《詞藻》，四卷，清・彭孫遹撰，六安晁氏活字印本。
122. 《貴耳集》，三卷，宋・張端義撰，清嘉慶十年張海鵬照廣閣刻學津訓原本。
123. 《越縵堂日記乙集》，一卷，清・李慈銘撰，排印本。
124. 《越縵堂讀書記》，十二卷，清・李慈銘撰、由雲龍輯，排印本。
125. 《閒中今古錄》，一卷，明・黃溥撰，明末刊本。
126. 《陽春白雪》，八卷外集一卷，宋・趙聞禮編，詞學叢書本。
127. 《雲自在龕隨筆》繆荃孫著，排印本。
128. 《雲麓漫鈔》，十五卷，宋・趙彥衛撰，涉聞梓舊本。
129. 《黃孎餘話》，八卷，清・陳錫路撰，光緒二年刊。
130. 《填詞雜說》，一卷，清・沈謙撰，詞話叢編本。
131. 《彙選歷代名賢詞府全集》，九卷題明鱅溪逸史輯，明刻本。
132. 《新編事文類聚翰墨大全後丙集》，十二卷・元・劉應李撰，中央圖書館藏明刊本景照。
133. 《歲時廣記》，四十卷，宋・陳元靚撰，清劉氏嘉陰簃抄本。
134. 《滂喜齋藏書記》，三卷，清・潘祖蔭撰，排印本。
135. 《詩人玉屑》，二十卷，宋・魏慶之撰，清刊本。
136. 《詩女史》，十四卷，明・田藝蘅編，明刊本。
137. 《詩詞雜俎》，二十五卷，明・毛晉編，毛氏汲古閣刊本。
138. 《詩話總龜》，六十卷，宋・褚斗南編，明影宋鈔本。
139. 《詩說雋永》，宋・闕名撰、郭紹虞校輯，排印本。
140. 《詩餘圖譜》，三卷，明・張綖撰，明刊本。
141. 《道山清話》，一卷，宋・王暐撰，百川學海本。
142. 《道光濟南府志》，六十二卷，清・王贈芳等修、清・成瓘等纂，清刊本影印。
143. 《夢粱錄》，二十卷，宋・吳自牧撰，清朱點手鈔本。
144. 《漱玉詞》，一卷，《補遺》，一卷，《附錄》，一卷，李清照撰、清・王鵬運輯，四印齋重刊。
145. 又《張壽林校輯本》。

146. 《漱玉集》，五卷，宋・李清照撰，冷雪盦本。
147. 《漱玉詞箋》，一卷，宋・李清照撰，石印本。
148. 《碧雞漫志》，五卷，宋・王灼撰，知不足齋本。
149. 《説郛》，一百卷，明・陶宗儀編，藍格舊鈔本。
150. 《齊東野語》，二十卷，宋・周密撰，毛氏汲古閣刊本。
151. 《儀顧堂題跋》，十六卷，清・陸心源撰，排印本。
152. 《廣卓異記》，二十卷，宋・樂史撰，清康熙間鈔本。
153. 《樂府雅詞》，三卷，《拾遺》，二卷，宋・曾慥編，鈔本。
154. 又《四部叢刊本》。
155. 又《詞學叢書本》。
156. 又《文津閣四庫全書本》。
157. 《樂府新編陽春白雪前集》，五卷，《後集》，五卷・元・楊朝英輯，元刻本。
158. 《樂齋詞》，一卷，宋・向滈撰，清知足知不足館鈔本。
159. 《皺水軒詞筌》，一卷，明・賀裳撰，清刊本。
160. 《蓮子居詞話》，四卷，清・吳衡照撰，退補齋刊本。
161. 《賦話》，十卷，清・李調元撰，排印本。
162. 《賭棋山莊詞話》，十二卷，清・謝章鋌撰，光緒中刊本。
163. 《鄭堂讀書記》，七十一卷，《補遺》，三十一卷，清・周中孚撰，排印重印本。
164. 《蓼園詞選》，二卷，清・黃蓼園輯，排印本。
165. 《東山詞》，一卷，宋・賀鑄撰，彊村叢書本。
166. 《樵歌拾遺》，一卷，宋・朱敦儒撰，清刊本。
167. 《歷代女子文集》，十二卷，明・趙世杰選輯，重印本。
168. 《歷代詩餘》，一百二十卷，清・沈辰垣等奉敕編，清康熙間內府刊本。
169. 《歷朝名媛詩詞》，十二卷，清・陸昶編，清刊本。
170. 《獨醒雜志》，十卷，宋・曾敏行撰，鈔本。
171. 《隸釋》，二十七卷，宋・洪适撰，晦木齋刊本。
172. 《黛韻樓詩集》，四卷，薛紹徽著，排印本。
173. 《蟫精雋》，十六卷，明・徐伯齡撰，四庫全書珍本。
174. 《籀史》，一卷，宋・翟耆年撰，舊鈔本。
175. 《藝苑卮言》，八卷，明・王世貞撰，清刊本。
176. 《藝概》，六卷，清・劉熙載撰，上海古籍出版社鉛印本。

177. 《藝蘅館詞選》，四卷，清・梁令嫻輯、劉逸生校點，廣東人民出版社排印本。
178. 《類編草堂詩餘》，四卷，韓俞臣本。
179. 《續草堂詩餘》，二卷，長湖外史編，明刊本。
180. 《續資治通鑑》，六十四卷，明・王宗沐撰，明隆慶初年原刊本。
181. 《鶴林玉露》，十六卷，宋・羅大經撰，明刊本。
182. 《讀書敏求記》，四卷，清・錢曾撰， 清刊本。
183. 《讀詞偶記》，八卷，清・趙紹祖撰，影印華東師大圖書館藏清道光四年古墨齋刻本。
184. 《鷗波漁話》，六卷，清・葉廷琯撰，影印本。
185. 《讕言長語》，二卷，明・曹安撰，清刊本。
186. 《嫏嬛記》，三卷・元・伊世珍撰，津逮秘書本。
187. 《雞肋編》，三卷，宋・莊綽撰，涵芬樓排印本。
188. 《女子絕妙好詞》，清・周銘編，石印本。
189. 《中國文學欣賞舉隅》，傅庚生著，宏業書局。
190. 《中國婦女文學史綱》，梁乙眞著，上海書店。
191. 《冬飲廬讀書記》，王瀣撰，排印本。
192. 《李清照研究》，何廣棪撰，九思出版社。
193. 《李清照評傳》，張壽林撰，水牛出版社。
194. 《李清照集》，宋・李清照撰，影印本。
195. 《李清照及其漱玉詞》，宋・李清照撰胡雲翼編，台灣文化。
196. 《宮閨氏籍藝文考略》，清・王士祿輯，稿本。
197. 《珠花簃詞話》，宋・佚名著。
198. 《詞學四論》，吳宏一著，聯經出版社。
199. 《詞學通論》，吳梅著，上海商務印書館。
200. 《歲寒居詞話》，清・胡薇元撰，四部分類叢書集成本。
201. 《詩聯新話》，謝康著，中國圖書出版。
202. 《夢窗詞》，宋・吳文英撰，汲古閣本。
203. 《漱玉詞研究》，李栖撰，論文本。
204. 《讀詞偶得》，俞平伯著，開明書店鉛印本。
205. 《藥園說詞》，鍾應梅著，基學院華國學會叢書本。

後 記

憶民國六十一年（1972）秋，余負笈香港珠海大學中國文學研究所，從王韶生（懷冰）教授游。因夙欽仰易安居士，爰以「李清照研究」爲題，撰作碩士論文，蓋擬就易安生平及其學術作全方位之探討。進行之初，乃先考究古今學人相關研究論著，於資料上作廣徵博采；隨而細讀文獻，擷精取華，其中最服膺者尤在黃盛璋〈趙明誠李清照夫婦年譜〉、〈李清照事跡考辨〉及王仲聞〈李清照事迹作品雜考〉二家上，故本論文中頗多采用其說。日就月將，寢饋二載，乃將研究心得，撰成十餘萬言之學術成果。其後因論文創獲頗富，終以第一名畢業，獲榮譽碩士學位，深得所長羅香林（元一）教授、李璜（幼椿）教授所肯定。

民國六十六年（1977）十一月，本論文交臺北九思出版社出版，敬倩涂公遂（艾盧）教授題耑、王懷冰夫子賜序，均蒙寵錫有加。嗣後，續編撰《李易安集繫年校箋》，仍倩涂教授題耑，民國七十年（1981）元月由臺北里仁書局出版；書面世後，余藉之升等副教授。而後，又編成《李清照改嫁問題資料彙編》，則倩潘重規（石禪）教授題耑，民國七十九年（1990）八月，由臺北九思文化事業有限公司出版。上述諸書，西川王叔岷教授得而讀之，詒詩獎掖，詩中乃有「曠代才媛八百秋，遺編考校邁時流」等過譽之語；臺灣大學羅聯添教授亦曾以「李清照專家」相稱；二老揄揚有逾其實，愧不敢當也。

邇者，杜潔祥主編擬將拙著「李清照」三種，同時收入《古典文獻研究輯刊》第九編中，實深感戴。爰戮力增訂拙作，並撰「後記」以懷往事，俾留鴻爪云。

民國九十八年（2009）五月廿六日，撰於華梵大學東方人文思想研究所，時任教臺灣已十六載矣！